济南的前夜

李之敬 著

山东城市出版传媒集团·济南出版社

图书在版编目（CIP）数据

济南的前夜 / 李之敬著.— 济南：济南出版社，2023.9
 ISBN 978-7-5488-5352-7

Ⅰ.①济… Ⅱ.①李… Ⅲ.①长篇小说—中国—当代 Ⅳ.①I247.5

中国国家版本馆CIP数据核字（2023）第178067号

济南的前夜　JINAN DE QIANYE

李之敬 / 著

出 版 人	田俊林
责任编辑	戴　月　张　静
装帧设计	谭　正

出版发行　济南出版社
地　　址　济南市市中区二环南路1号（250002）
总 编 室　（0531）86131715
印　　刷　济南新科印务有限公司
版　　次　2023年9月第1版
印　　次　2023年9月第1次印刷
成品尺寸　148 mm×210 mm　32开
印　　张　11
字　　数　296千字
定　　价　45.00元

（如有印装质量问题，请与出版社出版部联系调换，联系电话：0531-86131716）

自警铭

(代自序)

　　所谓自警铭,实则自警之文也。

　　人生就是一个反复寻觅和追求的过程。我尊重世间的每一个人,我相信每个人都有自己的波澜壮阔,而人世间就是由每段波澜壮阔组成的汪洋大海。

　　滚滚长江东逝水,浪花淘尽英雄。我常常对自己说,人可以平凡,但不能平庸。即使遇到困难,或身处低谷,也不要气馁,要不断自省,要严格要求自己,自强、自励,努力让自己变得更好。我从小是喝济南泉水长大的,对济南有着特殊的感情。在这片古老又年轻的土地上,我生活着,感受着:走过处处泉水的老城,领略济南府的神韵;登上英雄的解放阁,感受和平盛世的珍贵;站在千佛山巅,遥望"齐烟九点"的壮丽……我深爱这个城市,拙作《济南的前夜》是我献给她的礼物,我歌她赞她,希望她更好。

　　人最可宝贵的东西就是生命,生命于我们只有一次。我想,就算做一棵平凡的草,也要做一棵迎风的劲草,傲然自立。以此自警,与君共勉。

李之敬

2022 年初春

于济南英雄山脚下

故事梗概

这是发生在济南解放前济南和沂蒙山地区的革命斗争故事。书中情节一波三折,惊心动魄且悲壮动人。

本书从国统区的济南开始讲起。陈桂香的三儿子王观海在天桥拉套子谋生,生活的困苦让观海对未来失去信心,他想去寻找早年投奔革命的二哥。母亲见状,忆起往事。

陈桂香祖籍沂蒙山石沟村,父亲陈新年轻时,家境贫穷,为摆脱穷根,约同村的张峰、王康一起闯天下。

陈新、张峰、王康三人第一站来到济南。随后张峰和陈新去了关东煤矿当矿工,张峰在矿上因事故惨死,陈新只身一人回到济南。在王康的帮助之下,陈新拉起了洋车,并在济南娶妻生下女儿陈桂香,日子仍然艰难。

几年之后,陈新妻子患病去世。万般无奈下,陈新托人让桂香到正觉寺街药商宋昌家当丫头。桂香在宋家勤勤恳恳,却险遭侮辱,最后不得不离开宋家。

桂香渐渐长大,经王康介绍与货场装卸工王振奎成亲。"五三惨案"后,陈新的外甥、本书主人公周成来济南读高中。周成读书期间追随胡老师,接受了进步思想的启蒙,胡老师在教学中传播马克思主义思想,还组织文学活动。此举遭到校方部分人的反对,并引来反动政府的疯狂镇压。政府下令抓捕胡老师和周成等人。

周成前往沂蒙山石沟村姥姥家暂避风头，在这里受到了革命的历练。他参加了大刀会，在革命的危急时刻，接受党组织委派，突围回济南。

周成在济南与党组织接上头后，开始参加党的地下活动。周成看望表姐陈桂香一家，并对陈桂香的二儿子王观亭进行了帮助和启发，提高他的阶级觉悟。通过周成介绍，王观亭进入火车站当了工人，并成为入党积极分子。

当时白色恐怖形势严峻，国民党反动政府派特务逮捕了不少共产党员和革命群众。不少基层党组织遭到破坏。在一次镇压中，上级党组织的联络员被捕，导致济南党组织与上级的联系中断了。为此济南党组织发动所有党员，寻觅上级党组织。周成克服重重困难，远赴上海。在上海他经受住酷刑考验，摆脱了国民党特务的圈套，重回济南。

好友郭永正在家乡古云集村发现了上级党组织的线索。在关键时刻，周成又临危受命，克服重重险阻，千里跋涉，与上级指派的联络员取得联系。彼时虽值严冬，漫天大雪，周成却感到了前所未有的温暖，因为他找到了党，对革命未来的道路充满信心……

目　录

第一章 …………………………………… 001

第二章 …………………………………… 027

第三章 …………………………………… 099

第四章 …………………………………… 133

第五章 …………………………………… 170

第六章 …………………………………… 212

第七章 …………………………………… 256

后　记 …………………………………… 343

第一章

一

　　20世纪40年代，中国社会风云突变，国民党统治日益黑暗。而随着中国共产党在军事上的凯歌高进，中共所代表的未来也逐渐明朗。然而黎明前的至暗时刻什么时候才会结束？谁也不知道。这段至暗时刻对当时的人们而言，才是真正的煎熬。故事就发生在此时。

　　在山东济南一个盛夏的晚上，夜幕正在星光之下徐徐铺开。一条朦朦胧胧的星带正挂在天上，那是人们熟知的银河。夜幕上还散落着几颗星星，像萤火虫一样，在深蓝的苍穹里静静地闪耀着，仿佛在向地上的人们眨眼睛。够幸运的话，你还可能会遇着流星拖着长尾巴，坠入银河，在夜幕上拉出一条白线，划破万重黑暗。此时的夜空显得格外深邃，令人无限遐想。

　　然而，夜空下的济南却像一座生了火的浴室，格外闷热，街头巷尾到处是一片嘈杂和混乱。由于居住的房子逼仄又狭窄，人们个个汗流浃背，煎熬难忍，哪怕是拿着芭蕉蒲扇不停地扇着，也无济于事，只好各自走出家门，来到马路旁边继续摇着蒲扇，享受一丝凉意。人行道上的青石板，经过白天的暴晒，烫得吓人。那沿街的柳树和槐树也都像得了大病似的，裹着灰尘的叶子打成小卷，细细的枝条无精打采地低垂着，一动不动。而爬到树上的苍蝇和不知名的小虫在树间飞来飞去，嗡嗡闹成一片，搅得人心烦意乱。人们浑身疲惫不堪，就连那树荫下躺在破凉席上的小孩也热得睡不着觉，直蹬着两只小脚，不停地哭闹。那小孩的妈妈只得一边给他摇着扇子，一边喃喃地唱着儿歌:"小老鼠,爬灯台,偷油喝,下不来,让奶奶,抱下来……"她用温柔的手,轻轻拍打着孩子,希望他赶紧睡着,熬过这难耐的时光。一些成年男子浑身仅穿着一条小裤头,横躺在马路边的凉席上,手搭在肚皮中央,张着大嘴,昏昏沉沉地睡着,似乎在梦中才能找到清凉。

一天里从清晨一直热到晚上,只有到了后半夜,在星光月影里才刮起一些微风,小树枝摆动起来,这时马路上才稍微凉快一些。也只有这会儿,街上嘈杂的人声消失了,仿佛大型交响乐遇到一个休止符,算是迎来了片刻的宁静。

这难得的宁静之后,虽然四周还朦朦胧胧,但天色却不知不觉地变成白色的了,天幕上面也看不清一颗星星了。济南火车站灰色尖顶钟楼的轮廓渐渐显现出来。远远望去,整个钟楼黑魆魆地赫然耸立着,与周围灰色的平房候车室形成巨大反差。透过微微亮光,可以看见钟楼模模糊糊的金字塔形的尖顶,塔身和塔顶之间是六角形的钟房,气势十分雄伟。忽然间,钟楼的时钟敲响了四下,临近车站的经一路上,早起的水车夫使劲拉着盛满泉水的水车,开始往各家店铺送水了。街上还是黑沉沉的,在微弱的夜色中,路面的青石板泛着一层朦胧的白色。此时的夜色并不影响年老的水车夫为生计而忙碌。他用力拉着水车,两脚一前一后地走着,车轮沉重而缓慢地转动着。由于青石板条高低不平,所以车轮在滚过石板条的缝隙时,一颠一晃,发出诉苦般的嘎吱嘎吱的声响,打破了马路两旁过夜人的清凉梦。这时候,在火车站东边的天桥洞下,模模糊糊显出一个人影,不注意看还以为是夜行的流浪狗,仔细看却是一个满脸污垢的男孩。他有十三四岁,个头不高,两道眉又粗又短,头倒剃得干净,两腮瘦得没有一点多余的肉。他有一对水汪汪、机灵闪光的大眼睛,左侧眉间生有一颗淡茶色的小痣,鼻梁阔大而笔直,嘴唇轮廓分明。他的胳膊中间还有一块约3厘米长的疤。他常常玩

雄獅沉沉睡寢門已閉
寧中德城約定事有因
余幼源於津浦路一
橋玲瓏天塹巍巍濟南站
昂首向雲端折君出斯
史鑄流滾滾前秋雨很
曬日光站化飛煙若聞
何事難寬容乃為雛宵
懷念日月寰球小鄰間
放眼看世界庭院是家園
壬辰初夏作陳從慶並題

倒立，猛地头朝下，腿朝上，两只脚蹬着墙，身子能倒立很长时间。这样立着的时候，他觉得自己就像一棵树，浑身都挺脱，心中有一股子说不出的快乐。眼下他伸开两只瘦胳膊，打了一个哈欠。生活的磨砺让他没有一点儿孩子气，他说起话来，就连嗓音也已经像成年男子那样浑厚，全然听不见大孩子处于变声期的那种嗓音。他拦腰系着一根细绳子，算是腰带，下身仅穿着一条短破裤衩，还满是补丁。一双破单鞋露着脚趾头，鞋上沾满了泥巴。他瘦骨嶙峋的样子仿佛一个孤魂野鬼似的，在天桥洞下忧虑地走来走去。此时天就要亮了，他手里握着一根粗麻绳。在绳的一端系着一个小铁钩，另一端是一根绳编的圆套。他正在寻觅着什么。透过双肩和背上被麻绳擦破的斑斑伤痕，可以断定他是一个以拉套子谋生的穷孩子。他叫王观海，由于家中热得不能入睡，就跑到天桥洞下睡觉，这样第二天一醒来就可以直接干活。

  他的父亲叫王振奎，母亲叫陈桂香。王振奎有四个儿子，老大叫观顺，老二叫观亭，观海排行老三，老四叫观河。老大观顺从小老实，有一股子犟脾气；老二观亭和老三观海生来聪明伶俐，父母为此都十分庆幸；老四观河从小憨头憨脑，做事有一股子蛮劲，简直就像一只小老虎，父亲王振奎就风趣地给他取了个乳名——小虎子。母亲陈桂香又在观河后脑勺上留了一根小辫子，那辫子很像一只小麻雀的尾巴，让人一看更觉得他有一股子憨气。王振奎原本是济南火车站货场作业所的一名装卸工人。装卸工纯属挣钱不多的苦力，但是王振奎为人忠厚老实，长得结实健壮，说话像敲钟，走路似刮风，在货场是个大力士。凡是脏活、重活，只要他一出马，保证顺利完成。在货场作业所上千人中是数得着的出色装卸工，颇受众人尊敬。他年轻时，力气过人，常常想着学习摔跤卖艺闯荡江湖。一次他与邻居到大观园看艺人佟顺禄表演摔跤，邻居怂恿他上场，他真的脱了上衣，露出两只强壮的胳膊，穿上摔跤衣上了场，与京城来的"跤大王"佟顺禄比试。结果两人一交手，竟摔了个平局。回到家中，他再三考虑，如果从艺，就要闯荡江湖，居无定所，收入又不稳定，思来想去还是放弃了这个念头。凭着自己有把力气，在货场干起了装卸工人，便结婚成家。他性情耿直，为人处世都讲道理，不会无理取闹。工作的劳累和生活压力像大山一样使他招架不住，有时实在烦闷，他会独自来到火车站附近的饭馆，买上半斤花生米和二两东北高粱酒，自斟自酌，仿佛一喝酒，现实中的一切艰难困扰，连同眼前那些折磨他灵与肉、压得他喘不过气的麻烦事都会悄然消失一样。喝着喝着，愁上心头，他就喝多了，直到他自觉身体支撑不住了，才结束酒局。当到了户外大马路上，被风一吹，他就站不稳脚跟了，身子摇摇晃晃，走路也磕磕绊绊，东倒西歪。他手中拿着铁路服，经过好长时间才跌跌撞撞地回到自己家的那条街。妻子桂香和二儿子观亭早就等候在大街巷口，离老远就发现王振奎的身影。王振奎脸红红的，两鬓的青筋像一条条蚯蚓。他满嘴酒气，喉管里像有什么腥气的东西要往外喷，舌头也不听使唤，嘟嘟囔囔，话已说不连贯了。他张着嘴，眼睛半闭着，歪在路边上，醉得已经很厉害，但可以看出此时他心里很舒服，很自在。真的，一个穷苦的工人有这样舒心的时刻不会多的。桂香一看见丈夫，忙迎上前去，搀扶着他的一只胳膊。老二观亭忙上前搀扶着他的另一只胳膊，扶他回家，随后把他架到屋内床上，让他歇息。此时的他神志恍惚地对家人嘟囔着："这不是俺的家，俺这一辈子就混了这么个破家吗？俺的家哪能这么穷？哪能这么寒酸、破烂……这不是俺的家。"

观亭就说："爸，你说啥，这不是你的家，是谁的家？"

振奎睁了睁无力的眼睛，看了看桂香和观亭，像是明白了刚刚说过的话。接着把头一歪，把眼一闭，睡着了。到第二天他醒来之后，桂香走到床前劝丈夫不要再喝酒了，喝酒过量会伤身，振奎听罢，满口答应。不久，还是继续喝酒。

人生仿佛是一条大河，一年到头不知去向地奔流着，看似平静，却惯会在你觉得风平浪静时，拨弄一下你生活的走向。观海一家虽过得辛苦，但总还算温饱。然而，他的父亲王振奎在一次上班途中，却被日本宪兵队无故抓走关押在大牢里，受尽酷刑和折磨，出狱之后不久竟一病而亡。他的大哥观顺早年出走关东，这些年一直杳无音信。几年前，二哥观亭也悄无声息地离开济南，不知去了什么地方。家中就撇下了母亲桂香、观海和小虎子观河相依为命。生活的重负一下子就落到观海的肩上，家庭没有经济来源，生活变得异常困难。全家除了母亲桂香给火柴厂糊点火柴盒，有笔微薄的收入之外，就靠观海到天桥边上拉套子，混几个零碎钱糊口度日。整个家庭天天过着几乎断炊的艰苦日子。这一切给年幼的观海带来巨大的压力，但是他却不得不默默忍受。

这阵子的疲倦和极度酷热，使得观海大清早就无精打采。忽然一列货车像一条黑长龙似的自西往东缓缓地开进站，接着传来货车嘶嘶的声音和那沉重的喘息声。不一会儿，货车在站台前停了下来。车头上的车灯突然亮了一下，照得前方的道轨清清楚楚的。片刻后，货车又愤怒地喷吐着发亮的火星和大股大股的浓烟开动起来，然后车厢一节连着一节，迅猛地穿过桥洞，驰过天桥，那沉重的车轮撞击铁轨发出巨响，使车厢猛烈地颠簸摇晃，震得整个大地和周围的房屋都在颤动。一直到车头粗犷的呼啸声和货车汽罐的嘶嘶声渐渐消失，最后一节车厢连同尾灯都看不见了，市区才又恢复了平静。观海用右手揉了揉他那惺忪的睡眼，打了一个哈欠，向四周张望了一下，定了定神，才径直朝天桥南边走去。

二

观海来到天桥南边，天才开始放亮。马路上过往的行人多了起来，车也多了起来。天桥就像一条河的河口，每隔一会儿就猛地流过一股人流。周围人喊马叫，小推车、三轮车、大胶皮的地排车川流不息。人们的脚步声、小商贩的叫卖声以及运输工人的吆喝声夹杂着粗野的谩骂声混作一团。清晨时整个城市苏醒了，天桥显得尤其繁忙。

天桥东边一家卖茶水的正忙着摆摊。他的旁边是一户卖西瓜的摊贩，摊主在地上摆了一大堆枕头大小的德州大西瓜。为了防止西瓜日晒雨淋，主人在西瓜摊上方搭了一个油布防雨棚。棚前放着一张条桌，桌子上放着一块木板子和一把芭蕉扇，还有一把专门切西瓜用的月牙形大刀。卖西瓜的是一位中年人，长得矮小，却十分精神。他肩上搭着一条擦汗的湿毛巾。只见他拿起一个大西瓜，用手敲了敲，试试西瓜熟不熟，然后把瓜放在木板上，接着摸起西瓜刀，刀刚一碰西瓜，西瓜就炸开了，红的瓤，绿的皮，黑的籽，甚是好看。主人用刀切了一小块，尝了尝，点了点头。这次的瓜好不好吃，他心中已有了数，随后就拿起芭蕉蒲扇赶着飞来的苍蝇，吆喝起来："德州大西瓜，包打包甜。"

观海看了看西瓜，嘴里顿时有了口水，但他赶紧快步走过西瓜摊，转脸扭过身子看着大街，两眼紧紧地盯着来往的地排车，看他能否拉个帮套，抓紧混几个钱。不大工夫，果然有三辆大地排车缓慢又沉重地由南往北朝天桥大斜坡奔来。

"师傅，雇个上崖的吧？"瞬间拉帮套的同行上来七八个，一窝蜂地围着车主人，左右吆喝着。

只见头一辆驾车的是一位彪形大汉，膀粗腰圆，有着一头乱麻一样的头发，满下巴的髭须，前额上不时地流着大汗。他一边伸长了脖颈，晃动着两肩，起劲地驾着车把，一边用右手擦了一把头上的汗水，厉声地回答："快点挂上吧！两万！"接着，三辆车都挂上了套子绳，个个猫下腰，拼命地拉起车来。顿时三辆地排车像加了油似的沿着天桥的大斜坡猛地冲了上去。

然而，观海来迟了一步，连这个拉上崖的活儿，他也没有抢到手。看着渐渐远去的地排车，他懊悔不已，只好退到天桥大南边去，失望地等待着新的机会。

这些天来，他的心一直不轻松，就像辘轳一样搅动不安。他想到母亲和弟弟在家中正三尺肠子空着两尺半，眼巴巴地等着他挣几个钱买粮吃饭呢。家中已经连买粮买盐的钱都没有了。眼下粮店里的粮食却一天好几个价地上涨，变化很大，如果他再混不上几个钱，全家真的要挨饿了。狼恶虎恶不如饿恶，挨饿的滋味可不好受。他是一个坚强的孩子，任何困难都不怕。这时他紧紧地捏紧拳头，狠劲咬了一下嘴唇，暗自发誓，即使遇到天大的困难，也要熬过去。

又过了有一顿饭的工夫，周围几个拉套子的同伙见总不上活，彼此附耳低语了一阵子，都悄悄地走开了。观海一直耐心地等待着。这年头，他知道也只有苦守在这里能找点活了。

这时候在天桥南边出现了一个女孩子的身影。只见女孩左胳膊上挽着一个柳条篮子，篮子上边严严实实地盖着一块小棉被。她边走边高声喊着："谁要冰块，谁买冰块？"接着就有一个小伙子走上前来，买了一块冰块。盛夏时节，拉车的、下苦力的人们实在忍受不了这炎热焦渴的折磨时，会买一点消暑。这女孩姓赵，名唤春梅，她是观海的同院赵昌祥的小女儿。赵春梅有十二三岁的年纪，个头已长得比一般同龄女孩高。她上身穿着一件碎花白夏布普通短袖褂，下身穿了一件蓝色粗布长裤，在膝盖的地方补了一个四四方方的大补丁，脚上穿着一双黑粗布襻带鞋。她的脸庞不算娇嫩红润，那是因为在很小的时候，她生过一场麻疹，好了后脸变得有些粗糙，幸运的是，并没有留下痘瘢。她前额上的刘海梳得十分整齐，像一绺黑色的丝带。那满头柔软而浓密的黑发，再配上那高高的微尖的鼻梁，一双明亮的大眼睛，低垂的长睫毛，微红的嘴巴，显得那么天真、纯洁，既稚嫩，又朴实可爱。

她一边往北走,一边望着周围的一切。当她一眼看见观海时,她高兴地快步迎了上去,忙喊道:"观海哥,观海哥!"观海听到有人在喊他,扭头一看,竟是春梅。他有些诧异,随即问她道:"你不在大观园门口卖冰块,怎么跑到天桥来啦?"

"我爸说,在那里卖不如这里卖得好,这里的人多。"春梅回答道。说罢,她的右手伸进篮子里,掀开棉包裹,给观海拿了一块冰,递给观海,让观海吃冰块。观海哪有钱吃冰块,连忙说道:"我不渴,我不渴。"可是春梅那双眼睛灵活地扫了观海一眼,心疼地说:"天这么热,你不吃块冰不行。你要中暑的,吃块冰吧。"观海只好依了春梅所说,把冰块接过来,填到嘴里,慢慢地化着,朝春梅笑了笑。

王振奎和赵昌祥都是铁路工人,又住同院多年,两人最相投契,关系密切,平日互称兄弟,他们的下一代都是光着屁股一块儿长大的。观海与春梅年龄相差无几,两人六七岁的时候,观海就喜欢同春梅玩,春梅有什么事也喜欢让观海陪伴。两人经常形影不离。那时候,济南商埠一带,居民兴起养蚕之风,春梅也喜欢上了养蚕。养蚕天天需要桑叶,有时观海大清早就起床替春梅跑到南郊张安村、大涧沟村一带,采集桑叶,背回家中,供春梅喂蚕。对此赵大娘和春梅十分感激,两家的关系越来越亲密。

观海家自从父亲王振奎病逝之后,生活更加艰难。有一次,赵昌祥下班回家,见屋内空无一人,就认为老伴可能上街买菜去了。赵昌祥走到里间屋一看,只见观海和春梅两人紧挨着正在一起喂蚕。他俩一会儿有说有笑,一会儿又窃窃私语。累了一天的赵昌祥又渴又累,心中不免有些烦躁,急切地盼望老伴烧水做饭。而观海和春梅两人寸步不离地一起跑到西屋,不知忙什么去了,更让赵昌祥心烦意乱。

过了一会儿,赵大娘右手提着一篮子萝卜回家来了。赵昌祥就对老伴说:"你看春梅这孩子和观海那个半大小子,平时终日混在一起，让街坊四邻看见不太合适，这样下去影响不好。你抽时间说说咱那丫头。"

赵大娘说："平心说，观海真是个好孩子。每天大清早到南郊给咱家弄桑叶喂蚕，还不多亏了他。那王家虽穷，桂香还不多亏了他每天去天桥拉套子，混些零碎钱，养活全家呀。你就别多事啦。"赵昌祥听了，不吱声了。

又过了几天，一天晚上，春梅正在屋里铺床，准备睡觉。赵大娘走到她跟前，对她说："春梅，你可也是老大不小的女孩子了。人有男女之分，你该注意少与观海那小子混在一起，免得让街坊邻里说三道四。"

春梅一听就生了气，说道："妈，你老了吧，就会听外人瞎唠叨。"

赵大娘见女儿有些不耐烦，说道："你这孩子怎么这个样？妈说得不对？"

春梅就说："妈，你对在哪儿？"

赵大娘真的有些生气了，就又说："噢，俺说得不对？！"

春梅忙改口说："妈，你说得对，你对行了吧？"赵大娘听了，生气地走了。

春梅知道，妈妈身体不好，不能惹她生气，也就没有再多说什么。

三

从那之后，春梅确实有些疏远观海，有时她故意憋在北屋里，不出屋门。观海见不着春梅，就在院内来回转悠。一会儿走出西屋门口往北瞧瞧，一会儿又回到自己屋里，透过窗棂，不住地把眼睛往赵家北屋方向瞅。春梅早已看见观海在院里找她，就故意躲在屋内不露面，见他出来就躲进屋里，见他回到自己屋里就探头瞧瞧。猜到观海心里烦得厉害了，就站到自己的屋门口向他笑笑。最后观海走到院中，春梅才跑过去和他说起话来。

赵大娘一眼看见了，就气得低声骂春梅：这个小神经病。

这件事就发生在三个月以前。

此时观海用手把另一块冰放在嘴里，慢慢地融化着。看着春梅那张清秀的脸上泛起的两个迷人的笑窝，还有那细长的弯弯的眉毛笼罩着的无限柔情，他心里甜甜的。他往前靠近她，说："春梅，你到天桥洞底下去卖吧，那里凉快，太阳也晒不着。"

春梅却不愿意离开观海。观海家虽然贫穷，但他做事有主见，个性很坚强。尤其他那一对忽闪忽闪的大眼睛，那挺拔的高鼻梁，那么迷人。在春梅的眼睛里，仿佛周围的世界什么都没有，只有一个观海哥。所以春梅怎么也舍不得走开，而是十分乖巧地紧挨观海站着。此时正有一列火车穿过桥洞，春梅用右手拉了一下观海的手，略带担心地说道："观海哥，你拉车过天桥，可当心火车点。"最后还是观海轻轻地推了一下春梅的胳臂，说："你抓紧卖冰块吧，不然全化没了，回到家看你怎么跟你爸交差。"

春梅听了，想了想，又看了看篮子里的冰块，最终还是和观海告别，去天桥洞下了。她轻轻地望了观海一眼，笑了笑，接着朝天桥洞底下走去。

春梅已走老远了，观海过了一会儿才走。观海那长腿迈了两步，很快就来到天桥跟前。此时一辆满载重货的地排车过来了。一位年纪五十岁光景的人，上身穿着一件满是窟窿的破背心，下身穿着一件由两条面粉布袋缝合而成的裤子走来。由于天气炎热，他的两个裤筒一直卷到膝盖以上。他的头发像杂草一样乱长着，已经有两寸多长，头发根根竖起，像刺猬的硬刺。然而由于常年劳累，他的脸显得异常憔悴，眼睛上已经没有了睫毛，在突出的眼眶上只能依稀看到几根眉毛的痕迹。观海看了看，心里想：啊，机会终于来了！

"师傅，雇个上崖的吧？"观海赶紧三步并作两步，抢先赶上前去，对那人开口道。

"五柳闸多少钱？"那人抬起头看了观海一眼，试探地问道。五柳闸这地方离天桥足足有十五里路，徒步走太远啦。可是在观海的心中这真是一个大活。他不由得喜出望外。他想：不能向人家要高价，不然人家要是不雇咱怎么办呢？他稍微迟疑了一会儿，答道："二十万。"

那人听罢，双眉紧皱了一下，一双疲惫的眼睛望了观海一眼，脸一抽搐却沉默无语。

"师傅，给多少钱？"观海赶忙追问道。

那人思索了片刻，回答："九万块，不干就算啦。"

观海听了，紧蹙了一下两道浓浓的眉毛，心里火烧火燎的，心想：给的钱太少了吧。这个活路太远，干完活回到家就要天黑了。九万元的脚力钱是不公道的，但是他不敢再讲价了，不管怎样总算找到了个活，莫失良机呀。一天不挣分文会饿着母亲和弟弟，干！

"同意，俺拉！"观海说罢，赶紧撑上前去，迅速把小铁钩挂在那人车把旁边的铁环上。他使上浑身的劲，拉着车，沿着天桥的大斜坡往上冲去。谁料想，此时在观海的身后却传来了一片骂声："王观海，这个王八羔子，又抢了俺的活！"观海已顾不上听这些闲话了。不一会儿，沉重的车子已翻过了天桥的大陡坡，开始在平坦的马路上前行。车夫和观海都觉得轻松了许多，两人开始边走边说话。车夫扶了扶车把，看了看观海右肩头被套子绳磨得伤痕斑斑的皮肉，说道："小伙子，你该穿件褂子，看你那肩头都磨成什么样子啦？"

观海听了脸色一沉，声音沙哑地说道："师傅，家里天天连碗饭都混不上，哪有钱添衣裳呀？"

车夫说："小伙子，你若不嫌弃，俺这里有一件蓝色旧褂子，放在车里，尺寸小点，俺穿着不合适，就送给你穿吧。"

观海听了，高兴得不得了，他连声说道："谢谢，谢谢！"两人继续拉着车走着，主人浑身散发着一股浓浊的汗臭味儿，观海心想自己身上肯定也好不到哪儿去。

太阳挂在天上像个火盆子一样烧烤着远山、大地。马路上人很少。盛夏的天气瞬息万变，不一会儿，在蔚蓝色的天空中，开始四处疾驰着一堆堆的云朵。忽然天起风了，天上的乌云飞快地聚集着，它的周边像衣袖一般伸展开来。此时观海两人正经过一座灰色的门楼。一对模样俊秀、身材适中的阔小姐正牵着手，刚刚跨出大门台阶，似乎准备出门。她俩站在门前，抬头仰望了一下天空，只见乌云乱飞，两人于是又返回院子，关上门了。

观海两人却只顾低着头，拉着车赶路，直到抬头时才注意到天气的变化。刹那间，天空被乌沉沉的黑色侵袭，接着大块的黑云密布。这时风在树间发出阵阵怒吼，东一头西一头地乱撞，尘土在空中飞扬起来，沿着大路回旋滚动。天上浓黑的云朵沉甸甸的，越坠越低。天要下大雨了！一道深蓝色的电光照亮了天空。雷声一个接一个，不住地吼叫着，每一记雷声就像劳苦人的号子。又过了一会儿，随着一阵吧嗒吧嗒的响声，铜钱般稠密、急骤的雨点从天上摔下来，砸在铺满灰尘的路面上，顿时浮起一层灰尘，变成一股股热气，呈现出斑斑点点的颜色，雨刷刷刷地下起来。

沿街的小贩们慌手慌脚地收拾摊子，路上的行人都抓紧四处躲避，观海两人也马上停下车来。车夫连忙举起左手刮了一下鼻尖上的水滴，赶紧对观海说："快，车前边有油布，赶紧盖货物。"

观海连忙伸手从货物底下抽出了两块油布，将车上的货盖好，随后开始寻找避雨的地方。两人四处观望，只见到处是一片闪闪发亮的雨网，避雨之处竟一时找不到。雨却越下越急，不一会儿，地上就汇成像小河似的激流，马路旁边的垃圾、烂菜、西瓜皮、碎砖块等杂物在水流里翻滚着，被一起冲进护城河或者排水沟里去了。那夹着雨点的狂风就像鞭子一样狠狠地抽打着观海两人的脸，使得他俩无法抬头，无法迈步。雨水从头发上和耳朵上滴落下来，淋得他俩像落汤鸡一样。可是，天上还在扯着闪，响着雷……

四

六月的天，小孩的脸。等给车主人把货送到五柳闸之后，观海开始往家返回时，太阳再有一刻钟的光景便要落山了。骤雨初歇，露出血红的太阳，天空被辉映得好像是一个巨大的熔炉，晚霞像火焰一般燃烧着，遮掩了半个天空。空气格外清新澄澈，还不时有水珠从马路旁的柳树叶上滴落到地上，山水沟和杆石桥下的水渠原来已积满了雨水，现在都变成了潺潺细流。远方，千佛山的山腰弥漫着明晃晃的雾气，使那重叠的山峦不时变幻着模样。红彤彤的落日余晖和蓝幽幽的阴影一缕一缕地相互交织着。此时的泉城济南，笼罩在朦胧的橘红色之中，宛如一幅镶嵌在玻璃镜框中的油画。它的作者一定是一位天才的画师，这是一幅经过无数次调色，然后精心绘制的传世杰作。

观海沿着繁华的街衢默默地一步一步往回赶，马路边上雨后的青草比以前更嫩、更绿了。当他途经明湖路时，只见街道两旁长满垂柳，枝叶交错地覆盖着整个路面，远看仿佛一片绿云，遮天蔽日；走到近前，那长长的柳丝直垂而下，看上去那么清丽，那么轻柔。无数柳梢被微风一顺儿地托起，姿态整齐而好看。当微风再次吹过柳丝，无数柳丝又一齐垂下来时，就仿佛少女梳理过的头发那般婀娜多姿。行人路过时，柳丝会轻轻地拂着每一个人的面孔和双肩，整齐的树干一行行有序排列，就像无数只张开的长臂，在热情地拥抱你，欢迎你的到来。在这里，泉水在每家每户潺潺地流淌着，并且庭院内杨柳拂地，非常宜人，真的如古书所言："家家泉水，户户垂杨。"这样的杨柳景致，观海却已无心思欣赏，因为此时的他实在太累了，只想早点到家，躺在床上歇歇。

观海从小长在这座城市，即使闭上眼睛他也知道哪条街有几棵树，有几条胡同。当他来到大明湖正门时，只见大明湖宽阔的湖面上十分平静，湖岸四周树林密布，远处的历下亭静静地矗立在湖心之中。观海双眼遥望着大明湖，忽然想起小时候的一幕。

那是初夏的一天，天空晶蓝透明，不挂一丝云彩，真是一个迷人的日子。拉洋车的外祖父为客户送货，路过观海的家门。母亲桂香要留外祖父在家休息一会儿，随后外祖父走到屋里，坐下喝了一碗白开水，因为活要得急，就急匆匆地起身要走。母亲就问："爸，你这是往什么地方送货？"

外祖父立刻回答说："大明湖那边。"

正在屋门口玩耍的观海听到了此话，就对外祖父说："姥爷，带着俺看看大明湖，好吗？"因为平素外祖父从内心里就喜欢这个外孙，观海这么一说，老人家就满口答应下来。观海跟着外祖父来到胡同口洋车旁，洋车上已经堆满了货物。外祖父就把小观海抱到洋车下边放脚的地方。因为这个位置小，观海只能蹲在那里，双手扶着车帮。桂香跟着出了门说："爸，你拉东西，可要当心点。年纪大了，别累着碰着。"外祖父点了点头，应道："这些你放心就是了。"说着，他戴好那顶麦秸编的宽边破草帽，弯腰拉起洋车就走。五十多岁的外祖父拉起洋车来，跑得不算快。约有一顿饭的工夫，祖孙俩来到明湖路一户人家门前。外祖父停下车，让观海从车上跳下来，再把车上的东西一件件地往客户家中送。在送完货之后，外祖父拉着空车来到大明湖公园门前，把洋车放在公园门旁边。观海随后就跑到大明湖岸边玩。外祖父很不放心小观海，怕他乱跑出事，就走上前，抓住他的手领着他。这是观海第一次来到这里，祖孙俩就站在湖边观景。

大明湖虽然不很大，但观海极目望去，沉睡中的明湖那么蔚蓝、清澈、深邃。在阳光的照耀之下，湖面上波光粼粼，一片湖光山色，非常秀丽。湖岸四周荷柳茂盛，如诗如画。远处的湖中岛上，历下亭静静地矗立着。水波轻缓地拍击着湖岸，簇拥着几艘游艇，在岸边还有不少蜻蜓飞来飞去。这更使得小观海玩兴四起，他开始沿湖边往前闲逛着，一猫腰，只见一些枝蔓丰茂的水草缓缓地在清澈的湖中晃动。在水草幽暗的空隙中，还栖息着几条小草鱼儿，鱼嘴对着水流，懒洋洋地一动不动。他调皮地把一小节树枝抛入湖中，水波立刻把树枝卷走了，随后他又向湖里扔了一块小石头，接着回转身就向一艘游艇走去。此时这艘游艇的船主正招揽游客，不少人买了票，纷纷上船。观海来到游艇跟前，他也想跟着游客快步登上游艇观光一下，那船主忽然伸出手来向观海要票。观海没有船票，瞪着一双大眼睛，望着船主，摇了摇头。这时，外祖父忙走上前去，把观海揽在怀里，抚摸着他的头说："观海，咱不能上船。姥爷拉洋车还没混上几个钱，哪有钱买船票呀。咱就在湖边玩玩吧。"观海听了，听话地点了点头。他两眼望着外祖父那内疚的脸，他明白外祖父的意思，自己没钱是不能上船游玩的。观海记不清什么时候离开了大明湖，什么时候外祖父又把他送回家中。

　　时光如沙，总在不经意间从人们的指缝中流走。外祖父给他家干了好些零零星星的小事情，观海记不清了。他记得有一次，上午外祖父来到观海家。外祖父一进大门，手里拿着很多玻璃纸包的糖果，顺手递给了自己好几块。外祖父眯缝着眼睛笑着，弯腰亲了两下观海的小脸，待了不长时间就走了。从那以后，外祖父很长时间没有再来。一天晚上，桂香对王振奎说："俺老爹害病了，他先得了支气管炎，后来这病又发展成肺痨。"随后，振奎就经常下班不回家，去老东门伺候外祖父。观海记得清楚，过年不久，总下大雪。一天早上，很久不来他家的王康爷爷忽然来了，说外祖父躺在床上，好几天不吃饭了，昨天夜里没气了。观海哭了，他明白外祖父死了。

外祖父被安葬在马鞍山西坡，下葬时观海来到外祖父的坟前，天上还飘着雪花。这时外祖父的棺材已经下葬了，坟旁边送葬的人正往坑内填土。桂香抱着观海，观海搂着母亲的脖子，看着渐渐被埋起来的棺材，两人痛哭起来。没能见到外祖父最后一面是观海一生的遗憾。

五

由于拉车赶路，又被雨淋，再加上一天没有吃饭，饥饿啃啮着观海的身体，他的肚子早已连叫都没劲叫了。此时他已分不清今天这趟活算是走运还是倒霉。钱虽然挣下了，但是付出的代价太大了。他多么想赶快回家吃饭，然后倒在自己的床上，伸直沉重的双腿，闭上双眼，歇息一会儿呀！可是这里离家还很远。

观海的家住在商埠一带经六路的一条深巷。按地理学讲，但凡经路应是南北走向，纬路应是东西走向。但是在济南商埠一带，经路却是东西走向，纬路却是南北走向。据说当初济南商埠街道命名时，其中一位当地的纺织巨头参与了方案的研究，他依据织布机上长为经宽为纬的说法，因济南东西马路长，便将其命名为经路，而南北马路短，谓之纬路，而这与一般地理学的命名相反。从普利街往西统称商埠，形成时间已有百年以上。经路和纬路构成的井字形街道有许多条，简直像棋盘一样，纵横交错，星罗棋布，即使是多年居住在这里的人也数不清商埠到底有多少条路。

这里市场很多，主要有新市场、大观园、西市场等，剧院有北洋大戏院、国泰电影院、大观园内的第一剧场和共和厅。繁华街道当属经二路，济南人俗称"二大马路"，这里集中了泉城的精华。鳞次栉比的西式洋楼，车水马龙的街市，川流不息的人流，商铺林立，十分繁华。这里遍布领事馆、银号、邮局、商店，是济南金融、邮政、商贸之重地。来自全国各地的商贾云集于此。像瑞蚨祥布店、龙祥茶庄、泰康食品店、宏济堂药店、精益眼镜店等一家挨着一家。商埠一带，还有济南地方名吃，像天丰园狗不理包子、聚丰德饭店、便宜坊油旋、草包包子、北厚记酱菜等。这里也是观海和他的伙伴们最爱游玩的地方。

商埠最早的街道都是砂石铺路或者土路，遇到下雨时，马路上泥泞不堪，人们不便出行，车辆出行更加困难。后来逐渐改成青石板铺路。青石板路面清洁干爽，加上街道两旁中西结合的建筑，给商埠一带平添了一种独特的情调。这里像样的深宅大院都坐落在商埠偏南高处的地段，都是富贵人家或者当地头面人物的公馆。对于一些没来过济南的人来说，如果沿着商埠一带古色古香的街道走一遭，细细端详一番，便会发现沿街每一幢建筑物都值得细细品味，老城市的根与魂似乎能从这一楼一台一草一木中找到。然而对于年轻的观海来说，就没有这么多的遐想了。

他只顾一步一步地穿过一条又一条的马路，又穿过一条条浓密而深远的林荫道。他走了很长时间，当快到家时，两腿已发酸，步子格外沉重，而且嘴里又干又涩，身上的汗浸得皮肤黏糊糊的，全身像散了架似的疲惫不堪。

当观海抬头望见那条从小居住的小胡同时，他的心豁然开朗。看到胡同口那片熟悉的槐树林，枝叶扶疏，绿荫映照，观海备感亲切，顷刻间浑身似乎又有了力气，他疾步走到胡同口。这条胡同北头不通，是一条死胡同。小时候，每天黄昏时分，他就在胡同内跑来跑去，而邻居的女孩子们就在这里踢毽子、做游戏。遇到下雨天，观海就与他的伙伴玩造房子的游戏。胡同两侧的石灰墙的石灰，由于年深月久已剥落了不少。即使残存下来的墙面，也布满了斑驳的水迹。此时一对小鸟正忙碌地在院落屋脊的上空跳来跳去。观海顺着胡同径直地往里走去，胡同尽头的大杂院就是他的家。

六

  这个大杂院的门楼很古老,一对黑色的兽头大门和门框,经过寒冬酷暑和多年蛀蚀,满是干裂的缝隙和凹凸不平的坑洞。门的颜色已快褪尽,门上很不讲究地钉上了一些铁箍和铁锔,那一对铜铸门环当年精细的铸纹如今早已模糊难辨。灰色的楼顶已有数十块砖瓦破裂,四角翘起的屋脊上,有四个雄狮一样的怪兽,有一个已经断去了头。门楼的侧墙经过岁月磨损,有些倾斜。整个门楼似乎随时都会坍塌。

  走进门楼,有一道正对着街的影壁墙。影壁墙中央画了一幅古画,那是一只张牙舞爪的巨龙,从残存的画迹中还能模糊猜想其最初的样子,似是出自名家。由于年深月久这幅图画已变了样,有些地方剥落模糊。影壁墙右侧有两棵石榴树。这两棵树总算给这贫穷的院落增添了几分雅趣。绕过影壁墙往西一拐,就走进了四合院。

  四合院东边屋前有一棵古槐树,树的枝叶遮盖了院子的一半。在院子西南角,有一口周围已长了青苔的石井,人们平素只要往井里丢上一块小石头,立刻便会听到一阵溅水声。

  四合院内有北屋四间,东、西屋各三间,南屋三间。破陋不堪的屋脊和瓦隙之间,普遍长有一尺多高的草。由于刚下了一场暴雨,大杂院里虽然有一个下水沟,可是水流并不顺畅,此时还能听到水溢出来的急溜急溜的响声。院子里的水都涨高了,漫过了较低的台阶,溅到屋门口。雨都停了,水仍流不尽。整个院落低洼之处还有不少残存的雨水,窗户仍然湿漉漉的。

  四合院内居住着三户人家,北屋和南屋住着在火车站机务段工作的火车司机赵昌祥一家。赵昌祥全家五口人,一儿二女,儿子叫赵亮,大女儿叫赵玉兰,小女儿叫赵春梅,三个孩子都比较聪明懂事,这让赵昌祥老两口挺省心。而赵家的家庭生活来源主要靠赵昌祥一人不停地忙碌。

三间东屋住着卖泥娃娃生意的穆桂山。穆桂山五十多岁，斗大的字识不了半升。他矮个子，稍微有点驼背，满脸皱纹，生了一双小眼睛、短眉毛、大嘴巴，长得挺难看。他自幼语迟，从不多言多语，说话也磕磕巴巴，那真是扎一锥子都不出声的老实人。穆桂山家境清贫，平日他挑着几十个泥娃娃、泥兔子、不倒翁等，走街串巷，靠卖泥娃娃维持着生计。他又是一个邋遢人，每天很晚起床，爱睡个囫囵觉，很少打扫卫生，屋里屋外都挺窝囊。每天只要吃上饭，他就抽时间去杆石桥街头看下象棋的。有时他也参战，只要赢了棋，心里兴奋得就忘记了一切。什么天下大事、街坊邻里的闲事，一概不关心。即使街坊邻里的事，人们之间的眉眼高低，出入上下，穆桂山也看不出来。俗话说家家都有一本难念的经，穆桂山夫妻也有一桩愁事，就是他有一个独生女，叫小花，现已九岁，长得可爱乖巧，可生下来就是一个哑女，至今也无法上学。为此事夫妻两人常发愁，但又毫无办法，只能听天由命了。

院西南方向，那三间乌黑、四壁破烂的西屋草房就是观海的家。观海家西屋的窗户很矮，房檐几乎遮住了窗户的三分之一，好像一个人的皮帽子拉到眼睛上面一样。在西屋屋檐底下，观海的父亲王振奎当年砌了个烧煤渣的火炉子。此时只见火炉子那微弱的火苗儿，烧得一把破水壶的水吱吱直响，并且不住地冒着热气。炉子底下已经堆积了不少炉渣和炉灰。炉台旁边靠墙立着一把火钩子和一把总是合不拢的铁制旧火钳。借着屋内煤油灯昏暗的光线，可以看见西屋正朝门靠墙放着一张饭桌。桌子两边是两把断腿折臂的扶手椅。由于破旧、腐烂，桌子仿佛炭一样黑。桌面上的漆都成了鱼鳞斑，而且桌子没有一个抽屉。在每把扶手椅子上头，还铺着一个破草垫子。靠南墙有两张用灰砖头支着的简陋的旧桦木床。一张木床上，一头叠放着几件补丁摞补丁的破裤，另一张床上放着三个破枕头和两件又薄又窄而且露着旧棉絮的被褥,被褥底下同样铺着薄薄的草垫子。床边靠墙的周边,糊着旧报纸,由于磨损和受潮,有的已剥落了。床底下放着三个没有瓶盖的空酒瓶。一个窗户上拉着一根铁丝,挂着一块粗蓝布作为窗帘,拉开蓝布有一道淡淡的日光射进屋里。不拉这窗帘,西屋里影影绰绰的,看不清人脸是啥模样。房间的北墙角上方,有一根铁丝,搭着一条灰毛巾,下边是一个木制架子,上方搁着一个脸盆,周围地上放着锅碗瓢勺。整个屋里除去这几件简单的家具之外,什么也没有,真是一贫如洗啊。

七

此时观海快步走进胡同,春梅正从院内出来。她一眼就看到观海急急慌慌的样子。等到观海离她三四步的时候,她便对观海说道:"你今天干什么去了,怎么这么晚才回家?王婶已经急坏了,快进屋看看去吧。"观海马上回答说:"今天有个活,路程太远,回家晚了。"说着就走进了自己的西屋。

观海家的西屋顶只有几根龙骨和大梁,从来没有上过油漆,现已落满尘埃。那木头屋梁已开始腐烂,这座老宅子的四角也有些透风。此时,弟弟小虎子双腿叉开,正躺在床上熟睡。母亲桂香正坐在床帮上伤心地沉默发呆。

"妈,你怎么啦?莫非小虎子惹你生气啦?"观海有些焦急地向母亲问道。母亲桂香一时没有吱声,她见儿子观海回家来了,就用右手揉了揉发红的眼睛,从床边站起来,迎上前来。她担心又心疼地问道:"观海,今天你怎么这么晚才回家来?"

"今天的活,路程太远,又遇到下大雨,所以一直回不来。"观海答道,边说边把今天挣的钱交给桂香。桂香赶忙给观海递过一个毛巾,并接过观海的钱,小心地收起来。观海一边擦,一边说:"咱这屋子怎么这么热！妈，你看我刚进屋，这满身的大汗。"观海站在母亲的面前，解开了蓝布褂子最下方的一颗纽扣，随之脱下褂子，露出了瘦削的胳臂。桂香就问儿子："你穿的谁的褂子？"观海回答说："是今天那位车主送给我的。"

观海开始把今天晚归的前后经过，一五一十地给母亲说了一遍。桂香一边静静地听着，一边用蒲扇拍打着落在手臂上的蚊蝇。等观海说完，桂香放心多了，她看到儿子被大雨淋得不成样子，心疼地说："中午一直没有吃饭，把你饿坏了吧？"

观海明明饥肠辘辘，胃部已隐隐作痛，但是他不愿意让母亲为自己担忧，于是他说道："没觉着，不怎么饿。"

母亲来到墙角处，从咸菜缸里给观海捞了一小盘自家腌制的胡萝卜和雪里红，搁在屋前小饭桌上。这时她忽然发现放在饭桌上的那只空饭碗，有两只苍蝇正顺着碗底往上爬，就急忙伸手想拿那只碗，准备洗一洗。不料观海手疾眼快，已先把那只碗拿到手中，转身走出屋门，来到院内水井旁水缸跟前，用铁舀子从缸里舀了碗清水，冲洗了一下碗，又回到屋里，把碗放在饭桌上，自己坐定。母亲桂香忙着给儿子盛了一碗粥，接着对观海说："锅里有窝窝头，那三个荠菜窝窝头是你玉兰姐送给咱的，让你尝尝。"

陈桂香所说的玉兰姐就是赵昌祥的大女儿赵玉兰，观海知道，赵家和王家是世交，关系特别好。玉兰姐就像母亲的亲闺女、自己的亲姐姐一样。

这时观海嗯了一声，走到墙角铁锅前，俯下身，顺手掀开锅盖，伸手抓了个菜窝窝，搁在小饭桌上，接着坐在一张跛脚的木凳上，低着头，狼吞虎咽地吃起来。桂香自己也随便找了一张小木凳，坐下来，看着儿子吃饭。

饭桌上煤油灯的火苗，由于受了湿气的影响和没有剪齐的黑色灯芯展开了激烈的搏斗，不时地发出细微的爆裂声。停留在饭桌上的一只苍蝇搓着两只前腿，爬行了几步，蓦地又飞了起来，无声地在灯光前旋转着。然后，苍蝇跃过观海的鼻子，观海想伸手捉它，不料却扑了个空，接着那苍蝇又飞到别处去了。

突然从外边的煤渣炉冒出了一股子烟，和南墙内厕所的一股子臭味混合后飘到屋里来，臭不可闻，呛得正在吃饭的观海站了起来。他用破毛巾擦拭了一下脖子上的热汗，心烦地咒骂道："这真不是人住的地方。"即使是平时，他对这个大杂院也有说不尽的不满。可是由于家境穷困，一切都不能改变，只好强忍着。随后他又坐下，继续吃他的饭。他一边把嘴里的雪里红菜根吐在地上，一边问道："妈，小虎子吃饭了吗？"

母亲温存地应道："俺俩等你等得实在太晚了，就囫囵地吃了一口，小虎子嫌窝窝头不好吃，又嫌没有菜，咽不下去。俺只说了他一句，他就赌气，噘着嘴不吃了，蒙头睡觉去了。"说到这里，母亲眼圈有些红。于是观海就说："妈，俺知道，眼下的日子太难，要是俺爸活着该多好呀。只可惜他过早地走了。妈，你说咱穷人多会儿能等到有好日子过。我常常想，难道这世道永远不变啦？"

桂香望了望观海，说："儿子，你现在还小，就慢慢地熬着吧。你别看你妈是个女人家，俺就相信你周成舅舅曾说过的话，世道不会一成不变。将来的社会一定不是这个样。"观海还想问母亲什么，母亲却又沉默了，随后又忙活着糊火柴盒去了。他只好继续吃饭，吃完了饭就倒在床上歇息。

八

观海从能提动半桶水就到天桥拉套子为家庭挣钱谋生，开始挑起了一个成年人的担子。每天晚上，回到家中已累得筋疲力尽，但凡有点精神他还要读书自学。由于自幼聪慧，他十三岁时，已略通文墨，明白事理。可是家庭仍然终年过着极其贫困的日子。为此他苦思冥想过，可总也想不出办法来。在这座城市里，他觉得自己像被一只无形的铁手掐着脖子，关在一个牢笼里，怎么也逃脱不掉，永远过着黑暗无底的生活。他时常觉得自己就好像一头小毛驴，被蒙住双眼，终日拉着一个磨盘在磨道里转。一天不干这苦累的活儿，一天便没有饭吃，他就这样每天苦熬着。即使如此还时常饿肚子。谁说少小不识愁滋味，因为对贫穷束手无策，少年观海十几岁就知愁。于是在难得有空的晚上他就去大观园听说书艺人刘泰清的西河大鼓或者看一场不花钱的江湖艺人的摔跤表演，算是消愁破闷。听了《五代残唐》《杨家将》，他知道了许多有趣的故事，听了《封神演义》中的天兵天将、飞檐走壁的神仙，他知晓了不少盖世英雄。晚上听的故事，到了第二天，他就在天桥拉套子时找到了用场。在中午吃饭时，他会给伙伴们绘声绘色地聊一段《杨家将》。他不但能讲出《双龙会》宋太宗金沙滩赴宴的精彩段落，还能讲出《大破天门阵》各路神仙斗法。他讲的人物，栩栩如生，活灵活现，伙伴们听得十分入迷，便称他为"小孟尝"。

可是，有一次，观海却与邻里发生了矛盾，险些惹出一场祸端，一想到这件事他就后悔不已。由于他思维敏捷，又喜欢文武之艺，加上常年去大观园看那江湖艺人的摔跤表演，他也就学会了摔跤的一些把式。有一位张公子，他可是街坊邻里谁都认识的阔少，倚财仗势，向来横行霸道，是经六路地段谁也惹不起的主。这天，张公子非要与观海比试一下摔跤技艺。观海谦虚，一直不肯。张公子傲气十足，竟出言不逊。年少气盛的观海愤而出手，于是两人抓挠起来。观海只略微展示了一下摔跤的招数，竟把张公子的胳膊一下子给扭伤了。张公子的母亲闻知，亲自找上门来，找观海的母亲桂香讨要说法，还要观海送张公子住院看伤。这事多亏了同院北屋的赵大娘出来打圆场，帮观海争理调解，才算了结此事。为这事桂香挺生儿子的气，大伙回到自己的院中后，桂香就批评观海："三儿，本来咱家的日子就挺难过，你还不让俺心净，还给俺火上浇油，招惹是非，你跟张家人乱腾啥？"

观海就说："张家人已经欺负到咱头上来了，非要与俺比试，还无故骂人，逼得俺忍无可忍俺才动手的。妈，你说说，咱家虽穷，也不能侮辱咱。俺这么做，也让他知道穷人也不能任人欺侮。"

桂香说："你爸爸要论体格，称得上大力士。他单位有上千人，可是他一辈子与人相处，从来不动手。可你怎么样？"

观海辩解说："妈，你要分清，是他向我挑事，不是俺找他的毛病。"

赵大娘凑上前来劝慰桂香，说："观海妈，你也不能这么说，人年轻的时候都有点火性子，这事也难免。观海岁数小，人大大就不会这样了。"接着，她又对观海说道："观海，你以后少与张家人接触。"

观海点点头，说："赵大娘，通过这一回的事，俺算知道了。"

可是，从此桂香常觉得心口窝痛，赵大娘时不时地开导劝慰桂香，少着急生气。观海是个大孝子，他更怕母亲为这事病倒了。从这以后，他再也不敢与任何人动手，只是每天忙着去天桥拉套子，挣钱养家糊口。

在观海的家庭中，小虎子观河还只是个孩子，眼下只有观海自己一个男儿支撑门户，他总觉得力不从心。在他的记忆中，只知道大哥观顺去了关东，时至今日，杳无音信。二哥观亭和北屋的赵亮哥出走外地，至于何时归来，也没有一点消息。母亲嘴严，从来没有说过这些事。

岁月一天天流逝，现实一天天历练着人，观海也一天天成熟，他开始懂得了社会。他明白，在国统区，生存毫无希望可言。他那内心燃烧着，模模糊糊地猜测二哥观亭一定是做了不起的事去了。

于是，他心中生出打碎眼前现实社会的疯狂欲望。他开始相信母亲曾说过的话，将来的社会不会老是这个样子。总之，他不怕冒险，不怕经受任何磨砺，只想寻觅一条出路。

第二章

一

这天深夜,济南的大街小巷一片寂静。月亮挂在南天上,一缕月光透过南墙上的小小窗棂,在屋内的床上变成一个个淡蓝色的光点。小虎子呼呼地睡得香甜,可是观海躺在床上却翻来覆去不能入睡。他的心很乱,他把头贴在母亲桂香的枕边,低声对桂香耳语道:"妈,你说,为什么有的人生来就过着像蜜一样甜的日子?为什么咱家却像苦瓜一样,甚至每天都吃不上饭?"

桂香听了,愣了一下,苦笑着说:"俺哪有这么大学问,俺可说不清楚。"

在观海看来,母亲桂香是一个善良、柔顺的女人,只不过艰难的岁月已折磨得她沉默寡言、精神麻木。眼下她把一切希望都寄托在孩子身上,想着孩子长大成人后能支撑起这个家。这时桂香两眼呆呆地望着发黑的屋顶,低声对观海说:"几十年过去了,现在俺有点相信命啦。俺这辈子可能注定就是黄连一样的苦命。就说你爸,苦苦地挣扎了一生,却下了一辈子苦力,当了一辈子牛马。"

"妈,俺可不想过这没有盼头的日子。"观海说道。

"观海,你先忍着吧。不忍着又能怎么办呢?以前,俺那表弟周成曾对俺讲过,共产党能救咱天下的穷人。当时俺非常相信他的话,可是后来,他一走多年,杳无音信。这真让俺没盼头啦。"

这时早已被母亲提及多次的周成的名字,一下子又使观海精神起来。接着,观海就把一直积存在内心里的一个念头,对母亲说了出来。他说:"妈,俺想闯一闯,离开济南,去找俺二哥。妈,你同意吗?"

桂香听了,一时愣了,随后她说:"观海,你让俺慢慢想一想,该怎么办,因为你二哥至今还一直没有任何消息……"

观海既是一个聪明的孩子,又是一个孝顺的孩子。他早就发现,至少有半年多的时间,母亲都没有好好睡过觉了。母亲经常心烦意乱、失眠,终日提心吊胆,即使对门穆家的门闩有一点小动静,她的心都突突地乱跳。其实观海早就看出来了,他也很愿意为母亲分忧解愁。

过了一会儿,母亲又对观海说:"观海,现在你已经懂事了,你是俺身边唯一的依靠。你不能离开俺和小虎子。你要记住今天晚上俺对你说的话,你不能跟任何人说。周成、你二哥和北屋里的赵亮一起离开济南时,周成对俺说得清清楚楚,他说等胜利了,他们都回来。他还反复地嘱咐俺:好好安慰玉兰呀,让她耐心地等待观亭回来,让他两人成亲。其实,观亭走时,玉兰都知道。周成还对俺说:这一切千万注意保守秘密。"桂香说到此处,停了下来。

此时观海才明白过来:为什么玉兰姐一直对自己家人这么关心,这么好。

接着观海就对母亲说:"妈,二哥出走的事,其实我早就猜到了。当时我虽小,但我能看出来,全家人都在瞒着我,不对我说实情。你儿不傻,我虽然不敢问,但我明白这是大事,我不敢多嘴,怕给家里惹来麻烦。"

桂香听观海这么说,放心了。她高兴地又说:"三儿,你千万管住你那嘴,一旦走漏风声,就会招来大祸。"

"妈,这事我会做到的,你放心。今晚上我真睡不着觉了。俺已不是孩子了,你就把咱过去的事,跟我说说,好吗?"观海诚恳地对母亲这样说。

观海的话触动了桂香的心,更吹燃了她对现实的不满。她沉默着,但她知道,现在的生活真是难以度日,应该让儿子去寻找个新的出路。可是每当她闭上眼睛的时候,只要心头一动,脑海里就会浮现出许多善良的面容,尤其是丈夫王振奎的模样。

她又想起丈夫临终时的嘱咐,那时王振奎奄奄一息地躺在床上,有气无力又心有不甘地对她说:"我说,看来俺照顾不了你啦,我不行了,你记住这个血海深仇。以后你要把孩子带大,你们相依为命吧。"想到丈夫的这些话,她就更不想让观海离开自己了。而且,这样的事一旦让政府发现,随时都有掉头的危险。这阵子她的心难受得像有无数个小虫在咬着,种种排解不开的前尘往事又在她心里蠕动着。一件件、一桩桩如潮水一般涌上了她的心头,让她揪心般的疼痛,夜不能寐。多少年所经历的累累创伤又清晰地浮现在她的眼前,使她伤心断肠。她知道,观海已长大,已是懂事的孩子,自己走过的路应该向他说说才对。要叫观海知道自己是什么人,要他有一个清楚的认识。在过去,她一直隐瞒,不敢让观海知晓,生怕观海年幼不慎多言,惹出祸端。听了刚才观海的一席话,她放心了。

想到这里,桂香把额头靠近观海,压低了声音,垂着眼,尽她所知,一字一字地向观海述说起来。观海越听越入迷,母亲桂香述说的事,血泪斑斑,跌宕起伏,不时地让观海流泪。

二

桂香小时候是在泉城济南老东门一条狭街窄巷里出生的。老东门是济南有名的穷人聚集地,这一带远远望去都是一些灰砖灰瓦、窗户歪斜的破旧老房子。在这里居住的都是一些贫穷的小摊贩,还有拉洋车的,跑单帮的,下苦力的。桂香在这里度过了她苦难的童年。

桂香的祖籍是沂蒙山石沟村。石沟村地处鲁中南,是沂蒙山一带远近闻名的大村。她的祖父叫陈克石。祖父兄弟俩,其兄叫陈克广。

陈克石是村里的佃户，每年靠租种地主的田地过日子。祖父母一生共生了八个孩子，夭折了六个，仅有大儿子陈新和末生的姑娘陈艳平活了下来。陈新自幼聪明伶俐，成人之后，为人端方正直，干活、处事都有准头。村里人都说，陈新这孩子想什么就能做到什么。陈克石听了打心里高兴。

石沟村地属沂蒙山区，沂蒙山有八百里，远远望去莽莽苍苍、郁郁葱葱，这里有很多名山，如蒙山、沂山、北大山、芦山、大青山，还有大大小小的山岗、丘陵，还有河，如沂河、沭河、汶河等。这里地处内陆，山高谷深，林密坡陡，地势险要，民风淳朴，自古就是卧虎藏龙之地。

一方水土养一方人。石沟村也一样，周围既有蛮荒的山坳，也有河流、荆棘、树林。因为地处内陆，民风淳朴，与外地有诸多不同。例如夏天吃饭，每家每户都端着做好的饭菜，在临街的大门口吃晌午饭。只有极个别的日子，一些人会搞特殊。如某某去外地多年，又刚返回家乡，由于一时不习惯家乡的民俗就不照做了。倘若被乡里人闻知传开，很可能被当成话柄，让人取笑。

这里种地依然是靠天吃饭。庄稼人到春季都眼巴巴地盼着老天下雨，好下种。只盼雨水和云彩能遂人所愿而适时地降临，风调雨顺，有个好年景。因为山多沟深，石沟村又坐落在弯弯曲曲的小山谷的斜坡上，于是这里不怕刮风，最怕天旱。一见天旱，老乡们都紧锁眉头，扳着手指头算账，又有多少日子没有下一滴雨水了。村里的老人凑在一起商量，不能再等就决定乞雨。人们个个头上戴上柳条圈，穿上短裤，光着脚板，敲锣打鼓，乞求龙王爷降雨。有时或许龙王爷怜悯这些可怜人在太阳下边会烫坏了脚底板，于是下了一道令，雨水真的如期而至，人们便欢天喜地下田种地。可是这一年，村里遇到大旱无雨，不管村里人怎么乞求，龙王爷就是不下雨。本来秋庄稼长成的就少，恰巧又遇蝗虫之灾，鼠盗蜂起。大秋时，村里人的庄稼几乎颗粒无收。陈克石家也经常吃不上饭，两个孩子陈新和妹妹陈艳平一起为整个家庭尽心尽力。这时候妹妹陈艳平已经长大成人，陈新托同村好心媒人介绍，在同族人的帮助之下，将陈艳平嫁给离沂河不远的诸葛庄一户姓周叫周世荣的人家。诸葛庄离石沟村很远，足有四十余里之遥。从此之后，陈新一人守着父母过日子。无饭吃时，他就去剥树皮、掘草根，几乎到了山穷水尽的地步。苦日子使他终夜不能入眠。他看到石沟村的穷人多，穷人活得都很苦，穷人给地主一辈辈扛活，每天天不亮就起来干活，一直干到天黑才能收工。一年四季，春夏秋冬，吃糠咽菜。他们中的大多数从来也不想改变什么，就是再苦也不愿出山村。但其中也有人远去他乡，多年未归的，据说还找到了安居乐业的栖身之地，可能还飞黄腾达了。

俗话说："人挪活，树挪死。"陈新思来想去，动起了外出闯一闯的念头。于是，他把自己的想法跟父母一说，万万未料到，他爹非常支持。陈新他娘听后坐不住了，就说："陈新可不能离开石沟村，家里本来就俩劳力，光让你爹一个人干怎么能行？"

陈克石就说："咱家一亩地，俺一个人干就行。"

"我说，陈新已到说媳妇的岁数，不找个人娶个媳妇吗？"陈克石老伴忽然又转了话题。

"像咱这穷人，家里穷得叮当响，人再好也没人跟。石沟村过得好的很多人家都娶不上媳妇，咱家更无望。"陈克石说。

"娶不上小脚的闺女，娶个大脚的也行。"老伴说。

"娶个大脚的也困难。"陈克石这样回答老伴，接着说道，"俺再干十年没有事，就让孩子出去闯闯，家里有事找艳平。"听到丈夫这么说，老伴就不再吱声了。自古道：儿是娘的心头肉，儿行千里母担忧。她心里就是有点舍不得儿离开呀。

陈新接着就对二老说道："等俺在外边混好了，有了钱，把你们接出去住，你们就是老了，也都能吃顿饱饭，过上几天舒坦日子。"

他这么一说，陈克石顿时笑了，他激动地站起来，右手有些颤抖，在屋里来回地走了两遭，对儿子说："俺就盼着能有那么一天呀，俺能盼来吗？"

陈新说："世上的事，一切事在人为。"

"有那个可能吗？"陈新娘问。

"你就是女人见识！孩子闯闯再说。"陈克石一句话，驳回老伴的质疑。这场争辩结束后，算是全家通过了陈新外出谋生的决定。

当天，陈新就暗地里约同村的穷哥们王康、张峰两人，决心要走出石沟村。

三

王康、张峰都是石沟村穷得家徒四壁、囊无一文的年轻人，陈新一约他俩，他俩就同意了。

他们第一步准备先去济南看看。临行前的一天，陈新拜望本族本家，包括叔兄弟陈浩，还有陈涛，向他们告别。陈新的伯父陈克广一生总盼着多生几个孩子，将来支撑门户。他这一支生了四个男孩，老大叫陈达，四十多岁时就因病死去。老二叫陈浩，老三叫陈杰，老四叫陈涛。平时陈新与陈浩关系最好，于是他决定先将这事告诉陈浩。

掌灯时分，村里没有多少光亮，连周围不远处屋脊的轮廓都模糊不清。陈新离开自己家的老屋，来到仅有一墙之隔的陈浩家。此时陈浩和媳妇沈燕刚刚吃完晚饭，正坐在家中。陈新一进陈浩的家门，沈燕就望见了，她忙把陈新让到北屋里。陈新跨进屋内后，坐在陈浩那几代人都坐过的破条凳上。陈浩正叼着旱烟锅子，在土炕上坐着吸烟。他见陈新来串门，就朝他点头笑了笑，继续吸烟。烟锅里不断飘出一溜子青烟，陈浩接着又从嘴里吐出一股子烟，不一会儿，屋里满是烟气。

陈新坐定后，就开门见山地告诉陈浩和沈燕，他说："二哥，明天俺准备与王康、张峰一起出一趟远门，到济南混一混，不行的话，有可能再去关外。"

陈浩一听陈新要出远门，顿时把旱烟袋锅里的烟丝磕掉，又吹了吹锅里的烟末，把旱烟袋搁在大桌子上。因为陈浩和陈新是亲叔伯兄弟，血脉近，感情深，平常生活中不少为难的事，他们都要靠本家兄弟撑腰和帮助。因此，陈浩从心里舍不得陈新离开。而又一想，陈新年纪不小了，至今还光棍一条，因此他也不想阻拦。思索了片刻，陈浩从本来坐着的地方站了起来，用肩头上的破毛巾擦了一下额头上的汗，对陈新说道："你想想，眼下的世道，虽然民国了，军阀还混战不止，社会还是一片黑暗。天下的乌鸦一般黑，哪里有咱穷人好过的日子。不过，咱这里也没什么活路了，那你就走走试试吧。"

陈新就说："二哥，你一年到头租了财主赵景岗东山坡的地，那是啥地呀？都是山坡地，石头多，能长几棵庄稼？大秋收成那么少，再给赵家交上租，所剩无几，弄得全家都不够吃饭的。你细想想，不如跟俺一块儿出门闯闯得好。"

陈浩看了陈新一眼，又琢磨了一会儿，说道："人出门在外，四海漂泊，走到哪里都是人生地不熟，能好混吗？再说，我是出不了远门，你看这一大家子，我咋能走得了。"沈燕听到陈新约丈夫一起出去闯，顿时也焦虑不安。她对陈新说道："你二哥要是抬腿走了，撇下俺一个女人家，那日子怎么过呀？"

陈新望着陈浩那满头的灰白头发以及那满脸皱纹，没有再多说什么。

沈燕接着就对陈新说："你们出门在外，事事处处千万要当心。"陈新点头答应着。这时他透过窗棂抬头望了望眼前自家的那几间老房子，对陈浩说："二哥，俺不在家，全家就托你照看着。尤其俺爹俺娘，你多关心，俺在外真混不下去，很快就回家来。"

陈浩就说："行呀，你在外边放心就是。你那屋除了艳平来时住，旁人也用不着。"

那天晚上，陈新又和陈浩说了一会儿的话，他就起身告辞了。陈新又到陈杰等家告别去。但陈涛竟已离开，想必也是苦日子无法过了。

第二天清晨离家时，陈新拜别了父母，整理了一下包袱，把仅有的破棉衣包在里面，用根麻绳把包袱紧紧捆紧，背在左肩上，在一个破兜里搁了一些煎饼，还有三块咸菜疙瘩，用右手提着。他来到村西头大杨树底下，在那里等着王康、张峰集合。不一会儿，王康、张峰两个人各自背着行李也来了。村里其他相熟的人，闻讯也来到村西头关帝庙前送行。陈新三人向送行的人们一一道别。三人缓步走着，送行的人还在送。离村约有一百多米的时候，陈新转身望了望村头自家的几间茅草房和院中的那两棵柿子树，感慨万千。虽然家贫，但这里毕竟是世世代代生活的地方，今天真的要离开了，百感交集。陈新在心中暗下决心，一定要争口气，闯出一片天地。

这时突然从身后传来一阵喊声："陈新！陈新！等一等。"陈新闻声扭头一看，原来是沈燕在喊，只见她手中拿布包着什么东西赶来。陈新忙停下脚步，沈燕也紧行了两步，赶到三人跟前。陈新说："二嫂，你有什么事？"沈燕就说："俺给你赶做了一双布鞋，你拿着，路上穿。"陈新一听，特别感动，忙接过鞋来搁在包袱里。沈燕又说："不管在外怎么样，要常来信，免得家里人挂着。"陈新点头答应着，说："二嫂谢谢你，你放心吧。"随后陈新扭头朝大家说："大伙回去吧，别再远送了。"送行的人们这才止住了脚步。三人从此离开了故乡。

他们三人昼夜兼程，一路颠簸。不料张峰染上风寒，一开始只是鼻塞流涕，后来竟头重脚轻，浑身发热了。看到这种情况，陈新、王康两人赶忙帮他背着行李,到第五天下午,三人终于来到了济南。

四

陈新三人来到一家名曰"东海客栈"的旅店,进去一看,院落虽不大,但收拾得挺干净,一问价格也合适,就住了下来。本来三人不想花钱住店,但张峰身体实在太虚,所以权衡之下开了一间房。第二天一大早,陈新先起床,望了望窗外那破旧的街巷,就开始考虑下一步怎么行动。快到中午时分,他跑到大街上,在一家烟酒店内买了两瓶烧酒回来。客栈的冯掌柜见陈新买来了酒,就问三人吃什么炒菜。陈新为难地说:"我们不吃菜了,带了干粮,麻烦您给送点热水就行。"客栈的女掌柜热情好客,这女人有三十多岁,人虽然不高,但特别精神,一双又黑又大的眼睛,那脸蛋被晒得微红,有点小龅牙,让人觉得有些可爱。她问陈新从哪里来,陈新顺口答道:"从沂蒙山来的。"女掌柜听了顿时高兴地笑了,原来她老家也是沂蒙山。没想到大家还是同乡,于是她说:"既然是老乡,怎么能让你们干吃饭,我给你们送个菜吧。"她赶紧忙活着为三人炒了两个菜,一盘绿豆芽,一盘合菜,另外还有一盘现成的炸花生米。不大的工夫,女掌柜就把菜端到饭桌上。

陈新见已上了菜,就喊王康、张峰坐下,三人喝起酒来。此时的张峰经过一夜的休息,身体好多了。三人几杯下肚,彼此间就说开心里话。陈新喝的酒较少,善于用脑的他,咬了一下嘴唇,首先对其他两人说道:"今天咱哥仨来到济南这个人生地不熟的地方,开始往下混。咱哥仨要好好地盘算一下,怎么走好每一步。先说咱哥仨是一个村里生,一个村里长。小时候,咱们一块儿玩,上树爬墙、逮家雀、掏鸟蛋。长大之后,咱们就一起上山拾柴火,上坡翻地,真是亲如兄弟。可就是终年吃不饱肚子,过着一样的苦日子。可以说,咱哥仨是一根藤上的三个苦瓜。"

张峰一时憋不住就问陈新道："陈新，你说咱为啥这么穷呢？"

王康插话说："这个还问啥？咱一出生就是穷山沟里的人，能不穷吗？人心眼又死，没有见过世面，所以咱老穷。"

张峰就不吱声了，继续听陈新说。陈新又说："咱仨要明白咱老百姓的日子不太平。咱来到济南这个生地方，两眼一抹黑，举目无亲混日子，要站住脚不易，所以要事事小心。"

王康跟着说："陈新说得对，出门在外，一个人的能力总是有限，所以咱仨必须抱成一个团。干什么事咱听陈新的，让陈新当头。"张峰接着就说："行。"随后三人一起举杯，各喝了一杯酒。陈新说："俺小时候，俺爷爷给俺讲过《三国演义》的故事。我印象最深的就是刘备、关公、张飞结为兄弟，同心协力，共图大业。说到这里，俺就想，为了咱哥仨今后在社会上好混，俺提议，今天咱兄弟仨，何不效仿古人拜把子，结为义兄弟多好？"

王康、张峰听罢陈新所言，非常同意。王康举起酒杯，把杯中的余酒喝下，也说："俺爹活着的时候常说，一个家，人旺，财才旺，还说天时不如地利，地利不如人和。人和了，天时不好也好了，地利不利也利了。陈新说得在理，咱们出门在外，干啥事都要有帮手。俺同意陈新的提议。"张峰也点头同意。接着，王康忙碌起来，他上街买来三炷香，在屋里点着，插在桌子上的香台上。三人共同焚香跪拜，开始对天宣誓。

首先陈新说道："今天，陈新、王康、张峰三人对天宣誓，结为义兄弟，今后就如同亲兄弟一样。人生在世几十年不容易，咱兄弟三人要有福同享，有难同当。"

王康说："咱仨兄弟，今后无论谁遇到什么困难，大伙要不分彼此，同心协力，相互帮助。"

张峰清了清喉咙说："兄弟三人，今天一言既出，一辈子永不变，永不后悔。"

陈新又请客栈的掌柜拿来笔墨纸张，为三人代写了三份帖子，帖子上写着每人的生辰，三人以帖为据，结为义兄弟。随后三人各自签名，并按上手印。陈新接着说道："今日东海客栈冯掌柜在场，老天可鉴，有帖子为凭，有证人在此。从今日起，三人发誓结为义兄弟，相互提携，相依为命，不分彼此，相互帮助。如要背义忘恩，苍天不容。开始叩头吧。"说到这里，三人对着香台，一起跪下，磕了三个响头，从此结拜为换帖的义兄弟。

根据年龄大小排列，张峰为兄长，王康次之，陈新为老三。于是三人又碰杯痛饮一杯酒。接着，三人坐定，开始商量今后的行动计划。初步商量时，大伙一致认为，第二天三人一起去关东。陈新考虑之后说："咱们一起去关东不如我和大哥两人先去关东好，二哥在济南找个活儿等候。一旦俺俩在关东有了着落，安排好了，二哥再去也不迟。"他的意见大家都同意。第二天早晨，三人约定好今后的联络地点和方法，随即开始分头行动。

张峰和陈新当天上午乘上去东北方向的火车，来到辽东煤都抚顺。恰巧那里有一个叫龙凤煤矿的大矿正招募矿工。当时一般活难找，为了解决生计，两人只好一起报名下井当了矿工。龙凤煤矿的主人对矿工非常残酷，对矿工管理得很严，每天派人轮流站岗放哨，矿工稍有不慎，一旦被工头发现，就会换来工头的鞭子。矿工的生命不如一根鸡毛，不知道什么时候就会无辜丢掉性命。工作在井下，吃的是又冷又涩的高粱米和当地人腌的酸菜或几锅水汪汪的白菜汤，就是这些东西，矿工们有时也不一定能吃到。

张峰和陈新所在的矿井，每天中午送到井下的，除了高粱米之外，只有两木桶白菜汤。矿工们排队打饭，每人用木勺子舀两勺汤。这天中午打饭时，排在前头的张峰突然惊叫起来。原来张峰拿着勺子舀菜汤时，却从木桶里舀出一只露着五脏的死老鼠。大伙看了恶心得慌。陈新迅速上前，伸手抓住死老鼠的长尾巴，一下子就把老鼠扔到远处煤堆里去了。大伙谁也不敢再喝那木桶里的白菜汤了。

陈新和张峰去不远处的第二个木桶去舀菜，第二个木桶早已成了空桶。陈新往前伸头仔细一看，数不清的死蚂蚁在桶底飘浮着。两人谁也无心再吃饭，只能挨一顿饿。

张峰和陈新住的房子十分简陋，他们与其他几个矿工就像沙丁鱼一样挤在一起，大伙住伙屋，搭通铺睡觉。不少矿工浑身生了虱子和水疮。生了水疮的皮肤就慢慢地开始溃烂，溃烂之后就从皮肤里往外流满是臭味的脓水。患者疼痛难忍，而且日重一日，逐步发展到全身。水疮同时还会传染身边的人。张峰本来身子弱，心又粗，结果被传染上水疮。即使这样，人还必须下井干活。张峰一疼起来就心烦不已，对陈新抱怨说："这辈子真他娘的倒霉，运气怎么这么不好呀，单单长上这号病。"

更可怕的事发生了。张峰上班时矿上发生了瓦斯爆炸，他不幸身亡。两兄弟只剩下陈新孤零零的一人。从此陈新每天下井干活，总是提心吊胆，既害怕再次发生事故，又害怕遭遇工头的无辜残害，还害怕传染上水疮。又坚持干了半年，他终于忍无可忍，找了个机会匆匆地返回山东济南。

五

陈新回济南之后，找到了王康。这时王康已经在济南火车站当了装卸工。他见陈新从关东回来，就问起大哥张峰的情况。陈新悲痛地告诉王康："大哥在抚顺矿上因发生事故，不幸身亡。"王康听了非常难过，一阵心酸，伤心地哭起来。陈新就不停地劝慰王康，说："人生无常，这也是无法挽回的事。"王康止住悲伤后，就对陈新说："三弟，你别再到处乱跑了，留在济南混吧，有困难，我来帮你。"

陈新觉得也只能如此了，就在济南住了下来。

王康帮陈新在老东门街租了两间破草房，落下了脚。陈新由于当矿工受过轻伤，体力也不佳，干不了装卸工。两人商议，王康想帮陈新买辆地排车，让陈新到小北门或者东围子门一带贩青菜，再拉着菜进城沿街去卖。陈新听了却说："俺不会做生意，青菜当天卖不出去就会烂，还要折本钱，太麻烦。"王康又想到济南是泉城，有七十二名泉，泉脉丰富，买一辆水车，可以做沿街店铺送泉水的生意。陈新听王康如此说，就同意了。从此，陈新每天靠拉水车给估衣市街一带的店铺送泉水过活，一年以后混下了两间破草房、两个灰黑的木箱子和几个柳条筐。此时的陈新对济南的大街小巷已了如指掌。接着，他又改了行，在邻街车马店里租了一辆洋车。每天一大早，他锁上家门，出车拉客，一直到晚上才回家做饭，孤零零地艰难度日。

街坊邻里见陈新一个人生活，都有意帮助他，想让他早成个家。振兴火柴厂的一位老工人，叫马元，已年过半百，老伴早亡，他也无续弦之意。老人心地善良，一生膝下无子，只有两个女儿，大女儿叫马丽，已十八岁，小女儿叫马美，十三岁。马元平日见陈新为人谨慎，忠厚老实，明白事理，一人勤俭度日，孤苦无依，十分可怜。马元很同情陈新的遭遇，接触多了，他有意把大女儿马丽许配给陈新。振兴火柴厂的整装车间徐主任与马元是老同事，家就在陈新家附近，他经常到马元家串门。不久，徐主任猜透了马元老人和陈新的心思，于是出面替陈新做媒，与马元说合。马元本来就有此意，双方均同意了这门亲事。

陈新将此情况赶快告诉二哥王康，王康听了非常高兴，就说："结婚是终身大事，无论怎样也要办得像样一些才好。"陈新也点头表示同意。但是，陈新转念一想，说道："二哥，俺一个单身汉，底子薄，条件差，这桩婚事怕很难像样。"

王康说:"这事最好先与女方老人充分商议,让女方满意才好。"

"二哥说得很对,咱是穷车夫,人家女方愿意嫁给咱就很好了,所以让对方满意最重要。"陈新也认同。

两人说罢,找到马元。马元非常通情达理,听两人说明来意,他笑了笑,说道:"我只看中陈新是一个好男儿,才把闺女许配给他。眼下他的日子不宽裕,两人婚礼仪式就越简单越好。咱就实实在在,有多大的荷叶,咱就包多大的粽子。"王康与陈新听了如得珍宝一般高兴,大伙商定选择了旧历九月二十日为成亲之日。眼下离结婚之日还有一个多月,马元一直视马丽为掌上明珠,自己贴身的小棉袄出嫁,一定陪送好。于是他给马丽准备了两床新被褥,外加两个花枕头。

为了脸面好看,他又把当年自己娶媳妇时的一个木箱子找了出来,买了一桶黑漆和一个新毛刷,将木箱刷了两遍黑漆,晾干,准备让马丽放衣物。另外他又去经二路瑞蚨祥布店扯二丈花布陪送闺女。

马元唯一的妹妹闻知消息后,也从齐河赶来给侄女送嫁妆,陪送了一身缎子里的棉袄和棉裤。马元一看喜笑颜开,马丽见姑姑送的竟是崭新的一套棉衣,非常感动,穷人眼里哪见过这样的贵重之物,她心里也乐开了花。她脾气有些古怪,长这么大,老爸对她的脾气还没摸透。马丽的母亲死得早,一旦别人待她有一点好,她就感激不尽。姑姑刚进大门,马丽忙迎了出来,双手接过嫁妆,把姑姑礼让到北屋,让姑姑坐下,然后给姑姑端上一碗水。姑姑也满心欢喜,心里想:马丽找了婆家,不管穷富,总算了却了哥哥的一桩心头大事,虽然身边无儿,陈新也算个依靠。

再说陈新,他也开始打扫自己的屋准备新房。陈新本想接父母来济南,但一来路远,二来也没钱,就只是去了封信,给二老报了喜。王康为这事请了几天假,专门帮陈新忙碌,把院落和屋子打扫得干干净净,还在屋檐下挂上一对大的红纸灯笼。王康请人用隶书写了对联"洞房花烛夜,金榜题名时",横批"喜庆临门",贴在门框上。同时,陈新买了一身新衣服,送给新娘。

举行婚礼那天,马丽首先在自己的房中沐浴一番,又把头发彻底地洗了两遍,她用粉红色丝带把头发扎了起来,头上又插上了五朵鲜花,非常漂亮。陈新雇了一个年轻的车夫负责拉洋车,马丽坐上车,车夫按着喇叭,边拉边按,围绕着泉城路、黑虎泉西路转了一圈,再把马丽拉回老东门街陈新家门口。新郎陈新穿了一套新衣服,头戴一顶黑呢子礼帽,腰扎一根红绸丝带,脚上穿一双黑色新布鞋,站在院门口迎接新娘。大门口站着许多人在看热闹。马丽下了车,一进院门,大家开始放鞭炮。其中有一个小男孩点燃鞭炮猛地朝新娘一甩,砰的一声,鞭炮炸响在马丽的头上,将马丽头上的一朵鲜花给炸飞了,吓得马丽猫下腰,抱着头,发出一声刺耳的尖叫。

过了片刻,马丽站起身来,掸了一下身上的鞭炮屑,心里烦气不已,狠狠瞪了一下那调皮的男孩。邻居们往前对那男孩说:"别再放鞭炮啦。"那男孩也受了惊吓,立马跑了。陈新在家摆了三桌酒宴,屋子里早准备好桌椅。王康、媒人徐主任,还有几个邻居到场祝贺。平民百姓的婚礼就如此简单,马丽就这样过了门。马丽一直没有心思吃什么东西,还为那鞭炮之事生闷气,经过邻居吕大娘再三劝解,心情才算好了些。

婚后陈新两人一开始过日子还挺亲密,然而日子一长,陈新逐渐发觉马丽个性孤僻,也理不了家务。与陈新单独在一起时,马丽经常抱怨:自己从姑娘梳着长辫子改成梳发髻,从此成了陈家的媳妇。这样的终身大事,婚礼办得不隆重,自己起码该坐一回花轿,让人抬着进陈家的大门才合礼节。而且,过门时还发生了鞭炮险些炸破自己头的事情,很不吉利。

马丽生气时还委屈地对陈新说:"你,陈新有好运,在大街上很轻松地捡了一个媳妇,太便宜陈家了。"说得陈新这个老实人,脸都红了。而平素两人的生活，仅靠陈新一人拉洋车维持，自然很艰难。

六

一年之后，秋尽冬初，天气冷起来。马丽有了身孕，不久，女儿来到人世间，陈新从此当上了父亲。他见女儿长得活泼可爱，心中不免万般疼爱，于是为她取名桂香。桂香是马丽身上掉下来的肉，那马丽也是疼爱得厉害。转眼八年过去，桂香出落得黑发黑眼，容貌姣好，眉心里有一颗从胎里带来的米粒大的胭脂痣。街坊邻里见桂香长得十分可爱，都赞不绝口。可是陈新家由于新添了一口人，生活更加困难。俗话说贫贱夫妻百事哀，为生计马丽断不了与陈新吵嘴斗气，为此马元常常出面调解女儿和女婿之间的关系。

流年似水，一晃过去多年，在桂香十二岁那年，一天中午刚刚吃过午饭，马丽突然晕倒在地。陈新随即用洋车将她送到诊所。医生一看，又切脉，又问病人情况，然后把陈新叫到旁边，低声对陈新说道："你的夫人患了重症，你心中要有个思想准备。"陈新一时不敢相信。医生开了几服中药，马丽吃了也未见效果，后来腿肿，再而面肿，病情越发加重。陈新和桂香天天都守在马丽床前，过了一个半月，马丽自知病重无望，她就对桂香说："小香，妈快不行了，妈没有把你拉扯大，妈对不住你。"说着说着，眼圈就红了。桂香就说："妈，你的病不要紧，再吃几服药慢慢就会好的。"

马丽两眼落泪，难过地说："妈心里有数，我这辈子脾气不好，许多事对不起你爸。妈死后，你可要好好地疼你爸，听你爸的话，你父女俩好好地过吧。"说到此处，桂香连连点头答应着，母女俩相拥而泣。那天晚上，没有到天亮，马丽咽了最后一口气。可怜陈新开始了又当爹又当娘的日子，拉扯着桂香艰难度日。桂香渐渐懂事，外边的事由父亲处理，家里的事她渐渐拿起来。陈新拉车回到家，她就忙着擦洋车。其他家里的事，如剪、裁、浆、洗、缝、补等活，她就跟邻居吕大娘学，连粗布衣裳自己都能做了。

这天一早，天灰蒙蒙的，陈新爬起来，简单地吃了口饭就出车了。他顺着老东门街往西走，走着走着，来到明湖路一家简陋的高台阶的粥铺门前。只见粥铺周围聚集着乱哄哄的一伙人，其中有许多贫苦市民百姓，还有要饭的。有的拿着大饭碗，有的提着叠式搪瓷饭盒，人挤人地排成队，整个队形仿佛一个长蛇阵。陈新下意识地停下了洋车，想看看眼前到底发生了什么事情。他正望着，忽然一个衣衫褴褛的矮个子老汉，身子佝偻着，右手提着一个篮子，一声不响地挤进了队伍。接着，后边的一位年轻人朝他大声地吆喝起来："大伙都在排队，喂！你不要插队！"

"睁开你的眼看看，谁插队啦？俺半夜里就在这里挨的号。"老人有些生气地说道。年轻人看了看，这位老人面黄肌瘦，满脸皱纹，一点血色都没有，看样子已饿了好几天。

"你挨号就挨号啦，也不能说俺没睁眼呀？"年轻人分辩道。

"你就是没有睁眼，要不然，为什么这么乱说！"老人回答说。

"谁乱说？"听老人这样讲话，年轻人按捺不住内心的气愤，开始高嗓门质问老人。

"你不乱说，还能有谁？"老人更不相让。两人越说越激烈，照这样的势态发展下去，马上就要开战了。

"小伙子，你少说一句吧，都快领不到粥啦。"有人突然劝那年轻人。小伙子听旁人这样劝他，才不再吱声了，这一场小风波才算平息下来。

此时粥铺门口站着一位中年人，他大概就是此粥铺的掌柜。只见他穿着一身灰长褂，胸前围着一条沾满了油渍的围裙。这一阵儿，他把手中的一把长柄的竹制舀子放在门前大瓷缸内，抬头望了望门前的长队，神色凝重地大声说道："大伙别排队了！粥已经没有了。"

"怎么没有啦？别啰嗦，俺有粥票呀。俺一早就来了，为什么没有啦？"一位青年厉声问道，他怒视着粥铺掌柜。

"大街上还乌黑看不清楚人的时候，俺就来排队啦。"又有人在抱怨。

"俺们都饿得要死……"有人这么说。

"俺来得够早的啦。"有人附和道。

"你还是来得晚。"人们七嘴八舌地在议论。粥铺的掌柜没有反驳大伙儿，只是对人们说："来的人太多了，粥就这么多，官府只给这点米面，俺也没有办法，大家谅解。明天早来吧！"在场的所有人几乎一起朝大瓷缸望去，只见瓷缸早已空空如也。这时，人们知道今天领粥无望了，于是就陆续散去。陈新向周围的人打听是怎么回事，旁人告诉他，这是官府设置的舍粥场，专为穷人和饿着肚子的人准备的。陈新立刻联想到自己的窘况，就问旁人："俺拉洋车，也是穷人，能领吗？"有人热心地告诉他："能领，不过挺难，你要到你所在的那条街的地保那里领粥票才行。"陈新听罢明白了，他心里挺高兴。

晚上回到家中，他急急忙忙向隔壁院中的吕大娘打听，问怎么领粥票。吕大娘听了就对他说："要领粥票可不易，咱这条街要找张洪才。"张洪才是老东门街的地保，他在家中排行老大，因满脸雀斑，对百姓又蛮横无理，街坊邻里暗中给他起了个绰号叫张大麻子。吕大娘把脸一绷，接着对陈新说道："这事要想办成，只有先给张大麻子送礼。"

"领粥票还值得送礼？那还不如不领哩。"陈新说。

"你不相信，咱走着瞧。"吕大娘两眼瞪了一下陈新说。

陈新对吕大娘的话确实有些不相信，他要亲自试一试。第二天下午，他就疾步来到街上张地保住的胡同，向人询问哪一位是地保家。

有人给他指向正在马路边一棵槐树下下象棋的矮个子男子。他走上前一看，张洪才不但脸上有麻子，还一脸横肉，而且长了一对小眼睛，留着刺猬似的又粗又硬的头发，一对耳朵还特别大，就像两个大水饺，那样子一看就是一尊凶神。陈新走到张洪才跟前，弓下腰，满脸赔笑地低声说道："张爷，俺打扰你啦。"

"你有啥事，就直接说吧。"张大麻子扭脸看了陈新一眼，拉长了麻脸说。

"张爷，俺想申请领粥票，可以吗？"陈新开口问道。

听到陈新这番话，张大麻子抬头把陈新从头到脚打量了一番，不停地眨着他那双颇有威慑力的小眼睛，说道："你不就是那个街上拉洋车的姓陈的？"

"正是俺。"陈新点了点头，答应道。

"老陈，俺本说不着你，你一不瘸，二不瞎，又能拉洋车混钱，还领什么粥票？俺真想不到你怎么有脸张嘴提这个要求，没事到街头一边蹲着去，少找没味。"张大麻子劈头盖脸地对陈新这么说。

"张爷，俺家真的每天都揭不开锅。"陈新对张大麻子说。

"你拉洋车都吃不上饭？我不相信，你吃不上饭，就喝风算啦。"张大麻子不咸不淡的话把陈新噎了一顿，弄得陈新下不了台。他心里很窝囊，只好转身悻悻地回家了。在回家的路上，他的头一直像着火一样发着热，他想到吕大娘说的话，有些后悔没听吕大娘的。再说，自己家里也没有什么东西可以送礼，这事只能到此罢休。

七

光阴如流水，桂香十三岁那年霜降过后的一天，外边飘洒着凄风苦雨，街上路滑人稀。陈新一早就出车了，他整整在马路上转悠了一天也没有拉上一个客人，没混到钱的他垂头丧气地回家了。他知道，家里眼看要断炊，能吃的东西只有屋内东墙地下的几根干皱了皮的胡萝卜。他进屋见桂香没有做饭，正低着头忙着给自己一针一针地补一只补丁袜子。他心里很不是滋味，于是对桂香说道："桂香，晚饭咱就凑合着煮胡萝卜吃吧。"

桂香非常懂事，她了解家中没有其他可以充饥的食物。此时她望了望那几根胡萝卜，没有说什么，因为她一吃胡萝卜肚子就痛得厉害。但她想父亲每天在外拉洋车很辛苦，就不肯跟父亲说自己不能吃胡萝卜，免得让父亲为难。她就独自坐在墙角的床头旁，停下手中的活，抬头望着已被烟熏黑的煤油灯，左思右想，心中一阵悲伤，心想：母亲早逝，自己既无兄长，又无弱弟，只能依靠父亲一人支撑这个家。时至今日，竟到了要饿肚子的地步。想到这些，不觉心碎肠断，珠泪盈眶。

知女莫如父。陈新最了解自己的孩子，他最心疼他这唯一的女儿。然而，他一时又没有好办法宽慰女儿。他只能说糊弄这一顿吧，明天再想办法。胡萝卜煮好之后，桂香勉强吃了些，就去睡觉了。就在这天夜里，陈新翻来覆去，一夜难以入睡。他两眼盯着破旧的屋顶，陷入了沉思。他明白，屋里啥吃的也没有了。然而天不作美，人越渴越给盐吃，他的腰痛病又犯了。他忽然想：要是春天，郊外有野菜，可以挖野菜吃，然而现在还不是那个节气，怎么办？怎么办？不能让孩子再挨饿呀。

这时陈新突然想起当年与马丽结婚时，马丽的姑姑陪送的一套缎子棉衣还一直放在黑木箱里，马丽只穿过一两次，不如此时拿出来，去当铺押上，换个钱花，买点粮，填饱肚子再说，总比挨饿强。

第二天一早，陈新让桂香从墙角处将木箱打开，把一身棉衣拿了出来，两人看了看，棉衣还挺好。陈新便决定，拿去当铺当了换钱花。陈新知道，有一个叫乐谊的当铺可以当。当期一年，利息低，比较划算。陈新问桂香："可以吗？"桂香没有吱声。桂香心想：今天老爸将此物件当了先吃上饭也对。陈新忙把棉衣用包袱包好，双手抱着，走出北屋。小桂香也跟了出来，站在院子里。风嗖嗖地贴着地皮刮，比剃头刀还锋利，冻得人有些哆嗦，陈新呼出来的空气就像一股白烟。陈新走了几步，将包袱搁在洋车座位上，就准备拉洋车出门。桂香忙对老爸说："爸，那当铺路不近，你一路上千万注意安全。"

天这么冷，家里无钱买煤，生不起炉子，陈新就对桂香说："放心，没事，屋里冷，你就上床，盖上被子，钻到被窝里暖和着，我争取早去早回。"说罢他就驾起车把，拉着洋车出了院门。

陈新走在大马路上，觉得腰又有些痛了。他又强忍着朝西走去。他心里想，要是能拉个活多好呀，还能挣个钱。

其实当时的政府打着裕国便民的幌子，到处开当铺坑骗百姓，也只有那些市井贫民，实在吃不上饭了，才肯拿着衣物去抵押，这也实属无奈之举。

过了一顿饭的工夫，陈新才来到乐谊当铺的门前。陈新抬头一看，只见当铺前是个高高的水泥台阶。陈新把洋车停在当铺门前，抱着包袱上台阶，屋内前边是一个长柜台，柜台上是横着的铁栅栏，正中央是一个窗口。陈新忙将棉衣放在铁窗口处，再往里一推，有一位身穿蓝布棉袍、面无表情的掌柜站了起来，此人五十左右的年纪，头上戴着一顶狗皮帽子，鼻梁上架着一副老花镜，下巴上长满了胡须。此时他右手往上托了托眼镜，然后伸手将包袱解开，又将棉袄和棉裤的上衣领子、棉裤里子等，仔仔细细看了个遍，又捏了捏里边的棉花，然后用冷冰冰的腔调慢声问道："这两件你想当多少？"

陈新就说："给 15 元吧。"掌柜一听，顿时脸色大变，不屑一顾地抬头从老花镜缝隙间看了陈新一眼，说："棉衣都穿了老长时间了，而且面脏里旧，连六成新都没有，就当 5 元。"

陈新一听对方出价太少，就争辩道："棉裤是缎子里，只穿过一次，根本没出过力。"没等陈新把话说完，掌柜接着就说："多了不要，这就给得不少。"说罢顺手将两件棉衣从柜台内推到窗口外。陈新看到如此结果，忙把棉袄和棉裤重新用包袱包好，抱着转身走出当铺。他把包袱放到洋车座位上，驾着车把往回走，懊丧地走了半截马路，心里想来想去，这么好的衣裳，给这么少的钱，太吃亏了。但搁在家里，又不生钱，还不如当了呢，等有钱再赎出来。就这样心里纠结了好一阵子，最后决定还是当。于是拉着洋车返回来，又将两件棉衣递到柜台上，掌柜给了5元完事。好端端的两件棉衣仅仅当了这点，其实几乎等于白送给当铺。

父女俩终日省吃俭用，没过两周，当的钱就全花光了，陈新又没办法了。

陈新这时忽然想起，不久以前在鲁新洋行拉车送客过程中，结识了一个叫王强的朋友。王强曾对他说过，正觉寺街有一户姓宋的很有名望的富贵人家，正急着雇用一个丫头使唤。他想：让桂香去当丫鬟，也比在自己身边终日挨饿要好得多。

这天晚上，他翻身从床上坐起来，鼓足了勇气，把正在睡梦中的女儿唤醒了，随后就把自己的想法对桂香讲了出来。桂香听了，一时没有说话。她倚着床头，两手抱着膝盖，把头一低，压紧双唇，一直在沉默。不一会儿，泪水盈满了眼眶。陈新心里很难过，可是他还是强忍着心中的痛苦对女儿说："小香，这年头，咱穷人讨一碗粥喝都很难，真没有咱穷人的活路啦。老爸已无指望了，你真不如暂时给姓宋的大户人家当丫头。到那里起码每天都能有口饭吃，至少咱两人有一个不会饿死。这个事，爸不是把你卖给人家，仅仅是当丫头。你说说，你心里怎么想的。"

听了父亲的这些话，桂香心酸得很，接着眼泪落了下来，流进了她的嘴里，她用手擦了一下嘴角，忍不住还是放声哭起来。她紧紧抱住父亲的肩头，难过地说道："爸，俺难受，俺舍不得你一人在家，俺不愿意离开你。"

"小香，没有事，你到那大户人家干干试试，干不了，咱就回家来。我想总比在咱这穷家挨饿要好。"桂香没有再说什么。桂香为了给父亲分忧，自己也不再挨饿，只有点头答应了。

第二天早上，陈新跑到四里街，找到了那个叫王强的人，见面后就直接向王强说明了来意。陈新对王强说："强哥，我有一桩难事，求你帮我一把。我那个丫头，十几岁了，没饭吃，我又混不上她吃，我想叫她给正觉寺街宋家去当丫头使唤，拜托老兄出面去宋家说和说和，也总比把孩子活活饿死强。"王强听了，不住地点头，他非常同情陈新的困境。陈新又说："俺没有什么能力，如果东家有什么事，如用人手时，俺还有把力气。东家出门如要用洋车，尽管说话，俺可以上门提供方便。"王强笑了笑说："我知道你的情况了。"

王强为人敦厚，又热情坦诚，听罢陈新所言，就把这件事答应下来。最后，王强望着陈新担忧的模样，说道："我所结识的这户人家，可以说是正觉寺街有名望的大户人家，拔根汗毛比咱们的腰还粗，真是如此。这家人与我是同乡，据我所知，这户人家知书达理，待人厚道，不会作践下人的，你尽管放心就是。至于人家用不用丫头，我去问后再说。"听了王强所言，陈新接着说："那我就拜托老哥啦。"说完，陈新就告辞了。

又过了一天，王强来到了正觉寺街的一条通街胡同，走进了他所结识的宋家。这家主人叫宋昌，与王强因一次生意交往而相识。两人都是胶东人，于是关系更加亲密。王强来到宋家门前，登上那大理石的台阶，用手轻轻地敲了敲大门，不一会儿，院门开了，从院内走出来一位身穿蓝布长褂的中年人。王强向此人说明来意，这位管家回去汇报了一下，一会儿就回来了。他头前带路，领着王强穿过门楼，一拐弯，绕过影壁墙，走进了这座深宅大院。宋昌此时正在院内观花，他一见熟人王强来了，笑着迎上前，随后就把王强让进上房。进屋之后，宋昌请王强落座，接着两人寒暄了几句，王强便把他此行的目的，跟宋昌讲述了一遍。宋昌因他姑母一直生病，行动不便，正缺少人手侍候，随即就很痛快地答应下来。

八

王强离开宋家之后，没有拐弯，直接来到老东门街，把宋昌同意用人的消息告诉了陈新。

经过一天的准备，桂香把自己的简单衣物叠好，打成一个小包袱。到了第二天早晨，她坐上了父亲的洋车，父女俩一起来到正觉寺街。根据陈新与王强的事先约定，王强已在正觉寺街街口等着他父女两人一起去见宋昌。去的路上桂香一直忐忑不安，一个穷苦人家的女孩子，从来没有到过富贵人家，今日到大户人家那里当丫头侍候人，心里不免充满了恐惧。此时，他父亲一边拉着洋车，一边嘱咐桂香："在人家那里，不同咱穷人家，要少说话，要注意礼节，要尊敬东家，别让人家说咱没有教养。"桂香一一听着。

大约有一顿饭的工夫，父女俩来到正觉寺街，看到王强正在一个大胡同口向他俩招手。陈新来到王强跟前停下车来，桂香也下了车。陈新把洋车放在靠胡同口旁边的一棵大树底下，然后三人沿着又宽又长的胡同往里走。不一会儿，三人来到胡同深处一座深宅大院跟前，只见一座古色古香的灰色门楼矗立在那里，左右两边各有一只石狮张牙舞爪地蹲坐着，显得十分威严肃穆。门前大理石的台阶干干净净，一对黑油漆的大门紧闭着，门上嵌着一对银色的兽头门环，左右黑门框上用大红纸贴着一对醒目的隶书对联："忠厚传家久，诗书继世长。"人们站在外边就可以清晰地看到大院内的米黄色的高楼和高楼上淡蓝漆的百叶窗。楼的侧墙上爬满了绿色的爬山虎，院墙上面是青砖，下面是水磨石的高墙，十分整洁。宅院内的白杨树和槐树，绿叶成荫，有些树枝都伸到了院子的高墙外面。此时，几只灰色的小麻雀在树篱中扑动着，不时会踩落一些树叶。

王强又对桂香嘱咐了一番。随后，王强走上前去，轻轻地敲门。接着，还是那天那个男人开了大门。他是宋家的大管家，叫宋子玉。他一看王强，知道王强几天前有事情来过这里，见过主人宋昌，便马上把王强和桂香往院内让。陈新没有一起进去，他在大门外静静等候着。王强跟着管家走在前头，桂香迈着碎步紧跟在后。两人顺着大门前的石台阶往上走，进了大门。面前就是一道崭新而又雪白的影壁墙，影壁墙的基石都是用贵重的虎皮石砌成的，纹理也很漂亮。穿过门楼和影壁墙，便是一座宽大的院落，院中东西两侧各有一座两层的西式洋楼，南边是一排平房，院内还有几棵白杨树和槐树。东楼的一角是花坛，东楼窗下摆有盆景。此时，一个二十几岁的女佣正拿着一把长柄扫帚打扫院落，与此同时，从东楼内走出一位年近四十的阔太太，她叫甄红霞，是宋昌的妻子。甄红霞对那女佣大声说道："王英，先停一停打扫院子，又来了一个丫头，与你做伴的。"那个叫王英的佣人随后停下了手中的活，转身迎接来人。

宋子玉三人一起来到院中，桂香定睛一瞧那位站在东楼前的阔太太，长得很有风度：瓜子脸，高高的鼻梁，一双大眼睛，高挑身材，面庞俊美。她身上穿着一件方格纹的蝙蝠连衣裙，裙子的下边镶了一道蓝色的花边。女主人丰满的双肩裸露着，耳朵上的梨形红宝石耳坠子一晃动就闪闪发光。她白皙的手臂和双肩都扑着香粉，头发盘成蓬松的冠形，浑身散发着刺鼻的香气。女主人用手扶着楼前的那棵老槐树，眯着双眼，对王强说道："王先生，这位就是你介绍的丫头？她多大年龄啦？"

王强忙说："十五啦。"

宋太太又说："人怎么这么瘦弱，她能干活吗？"此话说得桂香顿时低下头，浑身像着了火似的，连耳带腮都红了。她想：这女主人说话怎么这么难听。

王强赶紧回答:"宋太太,你尽管放心。桂香这孩子从小就没有娘,全家的活都是她干,可利索啦。"宋太太又看了一眼柔弱的桂香,便直截了当地说:"干活利索不利索,用用再说。由你做担保,俺倒放心。不过,咱丑话说在先,在这里包吃包住,每年年终还再给发钱。干不到整年,分文不发。丫头要懂做丫头的规矩,这样才能干下去。"女主人讲到这里,停了停,对管家说道:"子玉哥,安排她由姑妈使唤。与王英一起,住在西楼二层南头屋里,吃住与王英一样。让她先瞧瞧住的地方。"讲罢,女主人就转身上楼去了。根据女主人的话,宋子玉向王英指了指西楼,王英急忙在前头引路。宋子玉和桂香在后头跟着。王强没有动,他站在院中等候着。

王英三人一起,走进西边那座西式洋楼,沿着楼梯上去,往南走便是通道,走到最南边的一套房间。王英打开了屋门。这房子是有里外间的屋,里间有现成的床铺。阳光明媚,窗明几净,房间既宽敞又整洁。桂香看过之后,心里想:这里丫头的房间也比自己的家强上百倍,大户人家的条件真好呀。

桂香看罢房间,又与王英说了几句话。宋子玉就问桂香道:"你愿意在这里干吧?"桂香嗯了一声,表示同意了,随后三人下了楼,来到楼下。王强和桂香就直接出大门,去见陈新说明情况。陈新一见两人从院中走出来了,就迎上前去问:"桂香,这家怎么样?你愿意干吗?"

"爸,这里每天管吃住,年底还给钱,住房也挺好,我看可以,你放心吧。"桂香一边把带来的包袱从陈新手上接过来,一边说。

"爸,王叔,你们回去吧,不必担心,有事以后再说。"她又对王强说道。桂香心里有数,开弓没有回头箭,来这里对自己、对父亲都是好的。陈新也凭着直觉,从女儿的眼神里感受到她在这家还行,也就放心了。

陈新对桂香说:"有事及时捎信给我,我隔三岔五地拉洋车也会经过这里。"桂香说:"爸,我知道了,你自己保重。照顾好自己,出车千万别累着。"她又对王强说:"谢谢王叔操心,你们都回去吧。"听到桂香这么说,陈新和王强两人这才放心地离开了宋家。

九

桂香到宋家之后就被安排在西楼与王英住在一起,她主要负责伺候宋姑奶奶。姑奶奶,就是宋昌的姑妈。宋姑奶奶患病一年多了,生活不能自理,需要人侍候。桂香每天不停地忙前忙后,不光要侍候宋姑奶奶,还得侍候女主人。女主人红霞一天不是打牌就是会客,有时夜很深了,她还在上房与邀来的宾客打麻将。桂香就要去烧水,沏茶,然后端到牌桌旁,再就是为客人点烟,在桌旁侍候客人。红霞打麻将常常通宵达旦,那哗啦哗啦洗牌的声音在红霞听起来就好像美妙的音乐,可对于桂香却是煎熬,她又累又困,还要陪着女主人,在旁边待命。

王英个子不高,左脸长了一些小黑斑。她比桂香大四岁,到宋家五年了,对宋家的情况已了如指掌。她每天忙着做饭,上锅抹灶,终日没个闲空。宋子玉负责进出购物,掌管宋家各间平房门上的钥匙,是宋昌的贴身管家。

时间一晃一个月过去了。在一个黑漆漆的夜晚,楼外昏沉沉的,像是要下雨。二楼的纸窗在呼啸的夜风中颤动着,又过了一会儿,竟淅淅沥沥下起雨来。沉睡中的王英和桂香都被惊醒了,两人忙起身关了窗户,却也没了困意,于是便聊起了家常。王英谈起了自己的经历,她告诉桂香她老家是鲁西南农村,自己从小是个孤儿,是同族的一位伯父把她拉扯大的,随后她又跟着这位伯父逃荒来到济南,一开始没有饭吃只有沿街乞讨。经人介绍,伯父偷偷地将她卖给宋家当丫鬟使唤,独自走了。她在宋家吃尽了苦头,平素红霞一有不应心的事,对她不是打就是骂,经常叫她滚蛋,她吃够了窝囊气。讲到这里,王英伤心地流下了眼泪。桂香也向王英讲起了自己的身世,王英一听桂香的遭遇也这么苦,也是一个没娘的穷孩子,都是苦命人,于是觉得两人的心更加贴近了。桂香见宋子玉终日东跑西颠,为宋家操劳,这时她就问王英:"王姐,宋子玉是东家的什么人?"

王英说:"宋子玉是宋昌的同族兄弟,他也是一个穷人,四十多岁也没有娶个媳妇。他是跟着宋姑奶奶从胶东来到济南,当了宋家的管家的。"这时候夜已深了,两人说到这里停止了交谈,各自入睡了。过了几天,桂香又通过王英之口,了解到宋昌的发家史。

宋家确实是颇有名气的钟鼎富户,连每天晚上邻里街坊在街头巷尾的闲聊中,也少不了要说起宋家。宋昌交际广,在天津、济南、南京三地都有生意,各地钱庄都有存款。

据说早年间,宋昌的父亲宋鸿宾从胶东荣成老家讨饭出来,闯荡到了关东,在那里做起了生意,挣了一些钱。后来一直闯到朝鲜,改做人参和中草药的生意,又挣了一笔巨款。日本鬼子占领朝鲜之后,对朝鲜的老百姓残酷压榨,他很气愤,索性卷起铺盖回到国内,继续做中药材生意。宋鸿宾成家之后生有三子,大儿名宋飞,老二名宋昌,老三叫宋昆。宋鸿宾之兄宋鸿伟一生膝下无子。宋鸿宾在添了次子宋昌之后,就将宋飞过继给大哥宋鸿伟。宋飞从此回老家胶东荣成生活了。

宋昌在十六岁时开始拜济南一位老中医为师,整整学了三年。宋昌认为当医生好,只有别人求你,没有你求别人,而且学中医知道如何养生,如何延年益寿,对自己长寿十分有利,所以他学得很起劲。随后他又跟着父亲宋鸿宾学做生意,往来于天津、南京、济南三处跑中草药生意。因为懂中医和中药,生意做得挺红火。

宋鸿宾对小儿子宋昆格外疼爱,他发觉宋昆学习上进,很有悟性。在他看来宋昆有望成才,于是就不惜一切代价供宋昆求学。不久,宋昆考入南京国立东南大学，毕业之后在济南火车站当了工程师。

宋昌在生意场上也很快跟着父亲宋鸿宾发了财。这当中当然不是光靠贩卖中药材，他还兼做其他的生意，至于到底啥生意，有些人猜测和私下贩运大烟有关，但是平素任何人从他的嘴里也套不出一句贩大烟的话来。总之，只见宋昌吃穿用度都很讲究，出门总是坐洋车。家里到底有多少财产，可能连宋昌自己也未盘点过。

这年正觉寺街的一条胡同有一个大烟鬼因吸食大烟急需用钱，要卖掉胡同里的一处房产。宋昌闻讯来到胡同，仔细查看了一番，觉得大烟鬼的院落位于城里繁华地段，院内虽是平房，但院落挺大，院四周都是水磨石地基，上面是由青砖砌成的高墙，学士门楼，朱漆兽头大门，大理石的台阶，整个院落十分气派。随后与父亲一商量，他就出资将这处院落一下子买了下来。

第二年，宋昌雇人把院落中所有平房拆除，重新布局，按照最新的德国样式建造了两座两层洋楼，另外在南侧又盖了几间平房。整个建筑显得富丽堂皇，到处是一股子骄人的气焰。

不久，宋鸿宾全家从商埠平房里搬到新宅来，从此成了正觉寺街有名望的富贵人家。

十

宋昌事业有成，宋鸿宾心中颇为骄傲，但此时他的心愿就是早点抱上孙子。宋鸿宾的夫人姜氏四处寻觅，物色了不少青春年少的姑娘，终于经人给宋昌介绍了济南商会副会长甄四泉的女儿，名叫红霞。红霞长得如花似玉，还是济南高中毕业生，在校期间就是很有名的校花。

红霞言谈举止不俗，家世也好。经媒人引线搭桥两个人见面了，宋昌与红霞两人选择了一个风和日丽的日子，在大明湖公园第一次见面。宋昌一看甄红霞确实美丽动人,尤其是红霞那张杏仁脸上,时常泛起两个浅浅的笑窝,那双细长的眉毛也含着无限的柔情。她每走一步,那烫过的黑头发卷儿就会轻轻地跳跃一下,很迷人。她父亲又是济南商会副会长,在临直巷有房产,还开了好几家工厂,称得上殷实人家。而红霞再看宋昌,只见宋昌中等身段,梳着向右分拨的发式,整齐平帖,尖尖的嘴脸,高高的颧骨,深深的眼窝,身穿着藏青色的中山装,显得很富有。又听宋昌自言走南闯北,从事药材生意,是一位非常有能力的人。家中资产雄厚,正觉寺街有一套房产,婚后自己可以净享清福,这让红霞挺满意。但是红霞仔细观之,宋昌相貌平平,真不如她高中同学毕文诗。但是毕文诗仅是农村走出来求学的穷学子,在城里无根无梢的,无法依靠。转念一想,自己与宋昌结婚后的日子会很富足,于是经过几次交谈,她就答应了宋昌的求婚。宋昌当然如获至宝,心花怒放。这天,红霞回城里临直巷家中后,准备向父母汇报。

临直巷是济南有名的街巷,此街市之繁华,人烟之阜盛,自非别处可比,沿街皆是富户。当她走进院中上房,红霞的母亲周氏正在房中忙着给父亲甄四泉沏茶。甄四泉正歪在精致的雕花香楠木的靠背圈椅上捋着八字胡吸烟呢。红霞忙把母亲周氏拽到内室悄悄地做汇报。

"红霞,那个姓宋的人品如何?"周氏开门见山地问女儿。

红霞就将宋昌家中有钱有房,还有中草药大生意的情况向母亲周氏细说了一遍。周氏听罢笑了,心里非常同意,就说:"红霞,我就跟你直说吧,这件婚事是我的主意,事先未仔细告诉你爸,还不知你爸啥意见。我看过几天你把宋昌领到家里来,让你爸掌掌眼,以后就少让你那个男同学毕文诗来咱家里玩了。"

红霞点了点头,算是答应了。随后她掀起内室门帘,从内室走了出来。正在吸烟的甄四泉见女儿回来,擦了擦眼镜,问道:"那个姓宋的做什么生意？"父亲的问话顿时使红霞一愣，她心想：妈不是说爸不太知道吗？怎么先都知道了，看来不用瞒着了。

"跑中草药的。"这时红霞立刻答道。

"跑哪里？"老爸接着又问。

"天津、南京、关东等地。"红霞又回答说。

甄四泉把烟枪一搁，从高腿靠背椅上下来，倒背着手，在屋里来回踱着步。济南这个地方甄四泉居住多年，已经很熟悉，对于正觉寺街跑中草药生意的宋昌他也早有耳闻。至于此人的品德，凭着他的人生阅历，他有些担忧。这时他用右手揉了揉浮肿的双眼，对红霞说："红霞，你现在该明白像宋昌这种人，常年走南闯北，跑江湖生意，你要多加了解。好孩子，婚姻是人的终身大事，千万慎重，不可马虎。眼下国内时局动荡，阴云密布，如此形势，宋家跑中草药，怕性命都难保。"甄四泉对女儿说道。

"爸，你年轻时不也是走南闯北的人嘛！"甄四泉年轻的时候，真的也是走南闯北的生意人。甄四泉是山西晋城人，年轻的时候，甄四泉跟着他伯父，从山西往山东长途贩运骡马牲口。伯父死后，他改做造酒生意，在济南发了家。听到女儿这样说，他一时无言以对。他明白了，女儿已经非常中意这桩婚事了。红霞是甄家的独生女，从小被甄四泉视如掌上明珠，养成了娇惯的性格，平素她要的东西，若不依着她，不达到她的目的，她竟能两天不吃饭。但是，今天遇到了女儿的婚姻大事，他怕有闪失。最后他还是坚持自己的看法，于是说道："红霞，你太年轻，没有社会阅历，走江湖的这种人靠不住，要经过深入了解才能定下来。总而言之，这件婚事再考虑考虑。"红霞见父亲如此固执己见，就没有再继续交谈下去。到后来，红霞与宋昌见面时，就把她父亲的意见告诉了宋昌。宋昌得知甄四泉不同意这桩婚事，就托他的一个经营汽车维修的朋友刘良上门说合，因这人与甄四泉是老朋友，又送上厚礼，甄四泉这才算答应下来。

这年秋天九月初二，宋昌、红霞两人举行了婚礼。两人新婚燕尔，如胶似漆。过门一年之后，红霞怀孕，又不幸流产，后经医生诊治，红霞才又有了身孕，生下一子，取名玉石。此时宋家都非常高兴。宋鸿宾有了孙子，老两口更是高兴得合不上嘴。此后宋昌还是经常跑南京，济南的一切生意由父亲宋鸿宾和红霞料理。几年之后，红霞又为宋昌添了一女，名唤宋菊，这是后话。

十一

岁月无声，人生无常。年关将至，宋家全家人正忙碌着准备过年。宋鸿宾眼看着儿子宋昌生意如日中天，孙子孙女渐渐长大成人，心中由衷地高兴。

这天半夜，宋鸿宾起床小解，刚刚下床却突然感到一阵眩晕，摔倒在地。姜氏发觉后立马叫来宋昌。红霞听到姜氏喊叫，也跟着起床，他俩一起来到老人的屋内。宋昌随即赶紧喊起宋子玉，请来了附近诊所的一位医生。医生来了，看过之后只是叹息，说："老人走得太突然，也太可惜了。"原来宋鸿宾早已归天，谁也无力挽回。

宋昌只好接受这一残酷的现实。这时早有人去通知宋昆，宋昆来了，一见父亡，悲伤落泪，痛哭不止。天亮之后，兄弟两人强忍着悲痛，开始忙着办理父亲的后事，并通知远在胶东的宋飞。宋飞得知生父亡故的消息，也从荣成赶来济南发丧。

古语说：福不双降，祸不单行。宋昌的母亲姜氏，毕竟是一位年迈的老人了。老伴的突然离世，对她打击不小，再加上身体本就不好，第二天竟也去世了。

宋家两位老人的去世，惊动了整个正觉寺街。为料理两位老人的后事，宋家花费了不少的钱财。最令宋昌棘手的是他父母安葬在何处的问题，老人活着时从未说过自己的后事安排，宋昌想：把老人运回胶东老家太远，将来清明节也无法祭扫坟茔，在济南安葬又无好墓地。他与宋昆商议，决定把父亲安葬在济南近郊。接着，宋昌把这个意思就跟宋子玉讲了。宋子玉与宋昌虽然是同族，但在宋氏家谱中已出五服了。宋子玉自从投靠宋家，从此不愁吃穿，每天在宋家出出进进，又不下苦力干活，宋昌还让他当管家。宋子玉觉得自己比在老家的其他人不知好了多少倍，于是一种异乎寻常的感激之情在他心里发酵。他百般思索，终于为宋昌想出了办法。

原来宋昌的邻居姓刘，叫刘成。他老家是济南南郊的张庄村。刘成家弟兄三人，大哥、二哥皆在张庄靠种几亩薄田度日。唯独刘成终日奔波于城乡之间，数年下来挣了一些钱，买下了正觉寺街上的一处小院落，娶妻生子，变成了济南城里人。虽然过得仍然艰难，但他从没考虑回乡务农之事。刘成从小自强，虽然父母相继去世之后留下十几亩地，但他从不想与两位兄长分父母的这份家业，而是自食其力，把田地都给了兄长。为此，两个哥哥对这个弟弟格外感激。

后来刘成得知邻居宋昌家是大户人家，免不了经常向宋子玉求助。俗话说远亲不如近邻，宋子玉遇事也能帮就帮。因为生活在同一街巷里，谁也不可能终年挂着无事牌，平时都必须重视维护邻里关系，避免真到有事现求人，那就晚矣。这回果真如此，宋子玉见东家宋昌为安葬父母的事犯愁，就想起了邻居刘成这层关系。他想不如找刘成想想办法。

宋子玉见到刘成，就直接说明来意。刘成一听便说："俺当宋大管家有何难事，原来你东家没了老的，没处安葬。这事好办，俺老家就在近郊张庄山窝窝里，我两个哥哥都在老家，跟他们一说就行。不过俺那里没有平地，净是山坡地，只要你东家不嫌弃就行。"

宋子玉就说："刘贤弟，只要你同意，俺就千恩万谢了。俺东家是胶东人，要是埋在老家，将来后人上坟不便，能安葬在济南南郊那就太好了。你这么痛快就同意了，俺先替东家说声谢谢啦。"

刘成说：“谁没难处，谁家将来不老人呀？这到了关键时候，须有人帮一把呢。”宋子玉笑道：“刘贤弟，我们宋家真是遇到大好人啦。”刘成又说："这事俺能办到，你就不必太客气了。"宋子玉说："咱就这样，我马上跟东家说去。"随后，宋子玉就告辞了。不一会儿，他回去将此情况向宋昌一五一十地说了一遍，宋昌听了，心中自然万分感激刘成。

第二天早上，宋昌就安排宋子玉，当天中午为刘成三兄弟在一家大酒店摆了一桌丰盛的酒席，宋昌请客，宋昆、宋子玉两人作陪。席间，大伙交谈得很好，刘成三兄弟一致答应了宋家的请求。

至于宋鸿宾老人的坟址选在何处，宋子玉又通过刘成请了一位当地的风水先生做指导。刘成、宋昆、宋子玉三人陪同风水先生来到南郊现场选地。这里属于马鞍山西坡，也是刘成兄弟的地。风水先生来回踱着步，细细地看了一个遍，他选出了一块离山道不远的地方，作为下葬之地。

随后按照济南的风俗，宋氏三兄弟安排宋子玉雇了几个吹鼓手，买了纸人、纸马，全家人都穿着孝服，戴着孝帽，胳膊上戴着黑袖章，接待前来吊丧的人。

发丧那天，葬礼隆重，喇叭齐鸣，哀乐声声。亲朋好友及全胡同的人都出来送行。最后，宋氏三兄弟总算把老人平安下葬了。

十二

桂香来到宋家时，正赶上宋鸿宾老两口过世不久，宋家气氛一直不好。一天早晨，桂香房间的玻璃窗凝了一层水汽，射进屋里的阳光影影绰绰，像是从毛玻璃透过来的一样，一整天不见多大变化。天气太冷了，桂香起床后就准备干活，忽然从对面楼下女主人的房间里传来了一阵阵留声机呜哝呜哝的音乐声。桂香在自己的家里从未听到过这样无尽无休的音乐，对于这种富贵人家的歌声，她很不适应。

桂香来到宋家时，宋昌的儿子宋玉石都上初中二年级了，女儿宋菊上小学二年级。宋昌的姑母宋鸿燕也病了有一年多了。姑母与宋子玉来到济南已习惯了宋家的生活。宋昌是做中草药批发生意的，生意兴隆，天天宾朋不断。宋昌一向爱整洁，出现在生意场更是如此。他的裤子一直都是笔挺的，外衣和干净的翻领白衬衫紧束着腰身，一条领带紧紧地系在脖颈上，看上去精神十足。太太红霞天天打扮得花枝招展，连她那揩嘴唇的手绢都有着一股香气。房间里更讲究，床上的床单非常洁白。

这天宋子玉按照红霞的话让桂香一人为宋家老少洗一大堆衣服及被单被褥，存放在南屋的被褥很长时间没有拆洗过，特别脏。宋子玉安排王英负责做饭，打扫房间和拾掇院落的卫生。桂香才到宋家，看到这么多的活，心里很焦急。她从南屋找来了一个大木盆，把一件件衣裳、被单都泡在水里。此时天寒地冻，桂香也只能强忍着严寒干活，把手浸在冰冷的水中，搓洗着一件件衣服。她还从来没有洗过这么多的衣服。几天下来，她的手被冰冷的水浸泡得通红僵硬，关节肿了，手指痛得不能弯曲，然而活还没有干完。正忙着打扫卫生的王英发觉之后，避着宋子玉，在厨房里悄悄地烧了些热水，给桂香掺到冷水中，总算帮着桂香洗完了这一大堆衣物，过了这一关。

晚上桂香和王英回到自己的二楼上，关上屋门，倒在床上。桂香搓着正在阵阵作痛的手指就想哭，此时她真的想回家，不再干了，可是家中连饭都吃不上，可怎么活下去。所以她思前想后，下决心坚持下去。她弄不明白为什么宋家的人活得如此快乐，自己活得这么艰难。这是命中注定的吗？她想不通。她钻到被窝里，用被子悄悄地蒙上头，伤心地低声哭了起来，直到深夜还未入睡。王英在旁边看到她那痛苦的样子，就劝她："桂香，你别难过，手痛过几天就会好的，会慢慢地习惯。以后有什么难事跟我说，我帮着你，好吧？你睡觉吧。"听到王英这么劝慰自己，桂香心里稍微好受了一些，过了一会儿就睡下了。

在宋家有个老传统，也算是规矩，每次吃饭都分成三部分进行。主人宋昌和太太红霞以及两个孩子在东楼下一间客厅里进餐。宋昌的姑母宋鸿燕住在西楼一间房内，因病单独照顾用饭。先是这些人吃完饭，王英和桂香把主人餐桌的一切收拾完毕后，宋子玉、王英、桂香三个下人再在厨房旁边的平房内吃饭。在这里东家和下人的界线划得一清二楚。每次开饭前宋家人都纷纷来到餐厅里坐下，下人把饭菜一件件送到餐厅内饭桌上，等主人们都到齐了才能开饭。可是桂香来到宋家不到半个月，少爷宋玉石每次吃饭时却独自一人在院子里转悠，玩一阵儿，耽误了吃饭，随后跑到院后平房里与王英、桂香一块儿吃。这件事被宋昌看见了，就对太太红霞说："红霞，你要好好管教管教玉石，哪能任孩子与丫头在一起胡混。"

红霞听了觉得很在理，就记在心里。第二天中午开饭前红霞已留意，发现儿子玉石仍在院内故意玩耍。她就来到院里，喊宋玉石到东楼饭厅内与家人一起吃饭。宋玉石听到红霞的喊声，无可奈何，只好服从。然而，此后他还是不改。

桂香自从来到宋家可算见了世面，她在自己家里，一年到头没有闻到过肉味，可是在宋家大院，宋家人天天鸡鸭肉鱼、山珍海味吃不尽。桂香真看到了世上的穷人和富人生活的差别。太太红霞最爱吃红烧排骨。这天她要吃排骨，管家宋子玉赶忙去肉店买来排骨，王英抓紧忙着做。少爷宋玉石刚下学，回到家中他有个习惯，就是先要去厨房看看今天做的啥饭，王英炒了什么好吃的菜，有时还要伸手抓点尝一尝。这天厨房内热气腾腾，王英把刚刚炖好的排骨盛在一个大瓷盘里，然后桂香负责往上房餐厅内送。桂香正走在路上，宋玉石忽然闻到香气扑鼻的排骨味，就上前伸手去抓。桂香自然很紧张，宋玉石猛地一碰那个盛菜的大盘子，桂香的手一颤抖，盘中的排骨和其他炒好的菜顿时就掉在地上，撒了一地。这一下子可把桂香吓坏了。她正要想办法挽回，还是让红霞瞧见了。接着，红霞站在天井里就把桂香臭骂了一顿。红霞对桂香怒斥道："你怎么搞的，这么好的菜都叫你糟蹋了，你该死不该死？"桂香心想：这件事根本不怨俺，全是小少爷撞的俺。她本想辩白，但是她也不敢得罪小少爷，就强忍着，没有说一句辩解的话。不料正在此时，宋玉石把眼一瞪，对红霞说道："妈，是我撞的桂香，这事不是她的错。"儿子的话使红霞一时很难堪。她心中窝了一团火，没处发了。她又朝桂香说道："不管怎么样，你记住自己是个丫头，不能与玉石在后院平房内一块儿吃饭，这是宋家老辈子立下的规矩，你给我记住。"桂香一直没敢吭声，最后只低声说了一句："小少爷非去那里，俺可管不了。"太太红霞又朝玉石说道："小玉石，你可给我长个记性，不能与丫头一块儿吃饭。"宋玉石听了，搔了搔头皮，只是朝着红霞微微一笑，没有顶撞自己的母亲，一转身溜走了。

第二天宋玉石照样去后院平房吃饭，桂香很是无奈，就对宋玉石说道："小少爷，你到上房去吃饭多好呀。你到这里吃饭，太太要是生了气，把俺辞了怎么办？"宋玉石理直气壮地说道："在这个家里，难道还没有吃饭的自由？我愿意在哪里吃就在哪里吃，谁也管不着。你少听俺妈瞎说！"听小少爷这么说，桂香不再说话了。她觉得小少爷对她特别好，有时还偷偷地想邀她出去逛趵突泉，去看那里的金鱼。桂香就对他说："小少爷，俺不能随便出去，俺可不敢惹太太生气，让她知道了，就会惹出麻烦来。"宋玉石听罢，只好自己去玩。但有一次，禁不住宋玉石一次次央求，桂香也只好陪着小少爷逛了一次趵突泉。

宋鸿燕双腿浮肿，走路困难，吃饭穿衣都不能自理了。这人啊，如果身体虚弱，自然就容易心烦意乱。宋鸿燕有一点不顺心的事就朝着桂香发火，经常毫无理由地骂人。遇到这种情况，桂香从来不还口。为了混口饭吃，她对宋家人一心一意，不敢有半点怨言，总是怕被宋家辞退。

说起宋姑奶奶叫啥名字，很少有人知道。当时农村的妇女哪有名字，她嫁到谁家就姓谁家的姓。不过，宋鸿宾的父亲宋传厚脑筋开化了一点，给宋昌的姑母起了个名，叫宋鸿燕，乳名小燕。小燕从小生活在偏僻的农村，吃尽了苦头，六岁就开始裹脚。但每次一缠脚，她就痛得哭，后来就没缠好。后来她长大了，宋传厚就按照农村传统习俗，想给小燕选婆家，可是一直没有选到合适的人家，不是人家嫌小燕脚大，就是宋传厚嫌对方家境太穷，一来二去就拖了下来，使她错过了嫁人的最好时机，最后成了老姑娘。终身大事的烦恼时常使她心神不宁。其实她并不是没有遇到过意中人，她常常回忆起自己十八岁的那年夏天，当时父母还健在。一次，小燕陪着父母一起去镇上赶庙会，镇上正唱大戏，三人到了那里天已不早了。

父母一头扎进戏场子里，只顾看戏。小燕不懂戏文，只想赶庙会，在外边看热闹，在戏场子外边遇见了一个年轻人。此人是邻村的一个小伙子。这人唇上布满了初生的茸毛，年龄比小燕大两岁。两人一见有缘，就悄悄地交谈起来。趁周边没人的时候，彼此间说出了心里话，两人情投意合，相互表示愿意终身结缘。小伙叫小燕先与父母说和一番，然后小伙再托人上门说亲。

赶庙会回家后，在没人的时候，小燕就跟她娘说了此事。她娘自然很关心，就问："小伙子怎么样？"小燕回答说："小伙挺好，俺相中了。"娘听了很高兴。这之后，小燕娘就把实情跟宋传厚说了。谁想到宋传厚把脸一沉，立刻否了。宋传厚嘴里喷着唾沫星子，大声对老伴说："那户人家俺太了解了！一个雇农的儿子，家里穷得叮当响，一点也不门当户对，可不行。俺不能让自己的孩子跟那个穷小子受一辈子罪。"此话一敲定，娘俩无奈，此事就搁下了。

而按照小燕两人约定见面的日子，那个小伙子来到小燕村西头的井台旁等着小燕。小燕也按时到了，她告诉小伙："这门亲事俺爹不同意，嫌你家太穷。"小伙说："咱俩可以一起私奔。"小燕听了，心都颤抖起来。她苦苦地想了一阵子，然后摇了摇头，说："这个做法可不行，这样做后果太可怕了。父母会被全村人笑话死的。俺的脚裹过了，也走不了远路呀。"小燕觉得仿佛有一道深沟横亘在自己的面前，自己怎么挣扎也无力跨过。那个小伙一听姑娘已如此决定，十分失望，于是狠狠地一跺脚就走了。从此她再也未见过那个意中郎。

事后，小燕又天天盼着那个心上人再来邀她。从那时起，她天天看着院子里飞来的小燕子。春天里，两只小燕子在自己的屋檐底下筑起窝。小燕子一面唧啾着，一面掠空而过。到了秋天，两只小燕子飞走了。到了第二年春天，又是那两只小燕子飞回来，重新飞回自己的窝里住。而她心中的梦想却消失得毫无踪影。小燕子年年照样来，照样去，她的父母却先后告别人世，哥哥宋鸿宾也离家闯荡去了，宋鸿燕一人孤独生活着。

时光就这样一年一年倏忽而过，她还是孑然一身，直到满脸生出了皱褶，老了，那烦恼也愈来愈多。后来就奔着宋昌来济南，眼下又得了重病。可是，她无法抛开自己的心事，想起自己一生孤独，没有一件惬意的事，于是就吃不下饭、睡不着觉，像变了一个人一样。有时一点小事也会勾起她青春的追忆，让她开始怨恨自己的命运不佳。然而生活总是一成不变，后来她认命了。忽然她又庆幸自己有一个好侄儿，使她老来有人管，她又焦虑自己身上的病根不好去。有时她竟为王英做菜放的盐少而发火，有时为桂香进屋时一扇门没有关严，进了点冷风，也莫名其妙地生气，没完没了地唠叨。桂香都耐心忍耐着，天天为这位老人按摩、揉背、熬药。俗话说病来如山倒，病去如抽丝。经过桂香的细心照料，老太太的腿肿消了，身体也好起来了，老人的气色也较以前红润了许多。

一天，宋昆下班回来看姑母，见姑母能下床走路，还表扬了桂香几句，说她干活不错，不怕苦、不怕累，伺候姑母伺候得好。桂香听了，心里很高兴。

十三

红霞本来是大家闺秀，从小过着衣来伸手、饭来张口的阔小姐生活，平时只会描眉画眼、抹粉施朱，与宋昌结婚之后，除了饮茶、喝酒、跳舞、打麻将之外，就爱在阔太太面前夸财斗富。结婚后，一进宋家她就掌管家中的财权。平日她一不高兴就大发雷霆，发现谁干活稍微怠慢一点，就会给人脸子看。街坊四邻都知道她是出了名的鲜辣椒。所以只要红霞在家，王英、桂香就一刻不停地忙碌着，生怕惹她不高兴。

一天，宋昌刚刚从外地回来，因为此次出差生意顺利，赚了一大笔钱，宋昌与红霞都很高兴。这天一大早桂香就忙着打扫院落，为宋姑奶奶打扫卫生。宋子玉也在楼前忙着为花草浇水，从早上六点一直干到上午十点多钟。忽然听到有敲门声，他就迈着大步前去开大门。宋子玉开门之后，只见门前站着一位少妇，肩上背着个大包袱，年纪有二十七八岁，身材苗条，个头适中，面容俊俏，皮肤细嫩，有着一派江南女子的气质和风韵。宋子玉就问这人："女士，你找谁？"

那女子说道："请问这是宋昌的家吗？"宋子玉毫不犹豫地说："是的，是宋昌家。你找东家有什么事吗？"

"我要见见他。"女人这样说。

"女士，你从哪里来的？见东家有什么事？"

"告诉他，我是从南京来的，他就明白。"那女人没有再多说别的。

宋子玉见这女人是远道而来的，就有些惊讶，他感到事情会很重要，于是就说："你稍等一下。"随后他就急匆匆地转身回到院中。他走进东楼上房，看到红霞正在照镜子梳头。红霞问何事，宋子玉没见着宋昌，以为他不在家，便对红霞说："太太，外边有一位南京来的女士找东家。"

红霞一听管家如此说，接着就走出楼来。她迈着碎步，穿过庭院，来到大门前，往外一望，只见门外台阶上站着一个女人。女人虽然穿着朴素，长得却漂亮，可谓百媚俱生，很有魅力。如此美丽的少妇来找自己的丈夫宋昌，红霞心中迅即萌生了疑虑：莫不是宋昌在外边寻花问柳，招惹了什么风流韵事？红霞急忙问这女子："你找谁？"女子道："我找宋昌呀。"红霞问："你是他的什么人？"

"我是他南京的老婆毕秋月。"女人答道。红霞一听十分震惊，她有些不相信自己的耳朵，万万没有想到宋昌在南京竟然还另有一房女人。这时宋昌正在东楼一层最南头的一间内室里睡觉，忽然醒来，隐约听到管家说南京来人，急忙从床上爬起来，走出房间，来到大门前。毕秋月骤然出现在眼前，真是他始料未及的事。但是，他是一个头上打一下脚底板响的灵透男人。他知道，一场醋海风波就要降临。事到如今怕也回避不迭，不管怎样，他要尽力平息这场风波才是。他迎上前来对红霞笑着，说道："红霞，这个人可不是外人，这是我在南京时的救命恩人。"

红霞听了一时困惑不解，向宋昌问道："她到底与你什么关系？"宋昌说："她就是毕俊良的妹妹秋月呀。"红霞又问那女子说："我问你，你与宋昌啥关系？"

"我是宋昌的老婆。"那女人还这么说。这时宋昌就说："红霞，你不知道，两年前军阀混战，我意外身负重伤，困在浦口郊区，多亏他兄妹两人救了我。要不是她，我早死了。她真的是我的救命恩人。"

"俺只知道你受过伤，还从未听过你还有这么一个救命恩人，今天她上门了，才从你嘴里蹦出个救命恩人。俺才不相信你说的呢，这到底怎么回事？你为什么不跟俺早讲清楚。"

"我以前就跟你说过毕俊良的名字，没提秋月的事，怕你多心乱猜忌。想不到，她今天上门来了。"宋昌说。

红霞这时急得火冒三丈，翻了脸，气愤地说："宋昌，你真是个陈世美，你在欺骗我，俺是不相信你这一套谎话。"说着，她蹲在地上，捂着肚子生起气来。这一阵子，她肚子确实有些痛了。宋昌就劝红霞，说道："红霞，你冷静点，你冷静点，让我跟你详细解释。"

红霞猛地又站起身来，挥起右手朝着宋昌的头和肩打了起来。宋昌急忙躲闪。王英和桂香忙上前劝慰红霞，说："太太，你别急，你别急，慢慢听东家解释呀。"

红霞根本不听别人的劝解。那管家宋子玉也迎上前来劝慰她，说："太太，别着急。"红霞依然听不进去。

宋姑奶奶在楼内听见院中声音嘈杂，也拖着病体从西楼里走了出来，走到门前。她只听了几句话，立刻明白了一切。她的心里一阵烦乱，心想：宋家是规矩之家，真想不到侄儿宋昌竟如此行事，成何体统？转念又一想，宋昌家有万贯，在当下这个社会，富贵子弟谁不娶三房四妾，多一房姨太太也不算什么。于是就往前招呼桂香，让桂香先把秋月让到西楼一层一间屋内歇息，又劝红霞到东楼一层上房里消气。可是红霞却揪着宋昌不放，说："过去都怨我不了解你，今天才知道你是这种人。我告诉你，宋昌，你立刻让她滚蛋。要不，我就不跟你这个没有良心的人再过下去。"说着说着，红霞喊出宋菊就往外走。宋昌慌慌忙忙往前阻拦，说："你别走行不行？这事都怨我，算我求你啦。"红霞左躲右闪，继续领着女儿要往外走。姑母往前劝红霞，说："玉石他妈，你可别这样，你要回娘家，这不叫甄会长操心生气吗？"

"姑太太，你说说，你侄子宋昌他干的是人事吗？"红霞说。

姑母走上前，慢慢劝解道："玉石他妈，你要冷静，沉住气。这事有我收拾宋昌。"

"姑太太，我无法沉住气，宋昌太不像话啦！"说完，她猛地一转身，赌气回到自己的房间里去，顺手拾掇了几件单衣，连同宋菊的衣服，打了一个包袱。她挎上包袱，领着女儿走出楼来，那样子要坚决回娘家。宋昌迎上前再三恳求，姑母也再三劝，红霞就是听不进去。宋昌再次上前阻拦。红霞执拗起来，凭着年轻，腰身苗条又灵活，左一闪，右一躲，忽然往右边虚晃了一下，接着从左边一钻，像一条鱼一样就钻出去了。就这样红霞领着女儿回城顶临直巷的娘家去了。

十四

姑母和宋昌见红霞已走，就回到东楼上房内。此时秋月也从西楼来到东楼上房，宋昌望着多日不见的秋月，心中高兴，只是嘴上不说话。秋月将一肚子怨气和苦水朝宋昌发作开来。姑母就劝慰她，秋月便没有再多说什么。已到中午吃饭时间，姑母对宋子玉说："子玉，你去兴旺酒店定两桌饭菜，让秋月吃饭。"宋子玉听罢就去安排酒宴。不大的工夫，宋子玉回来说："一切安排妥当。"

宋昌又叫宋子玉通知正在上班的弟弟宋昆一块儿吃饭，家中留下王英看管。桂香跟着照顾宋家姑奶奶，大伙一起去了兴旺酒店。

在席间，毕秋月却无心吃饭，她望着宋昌，泪珠顺着香腮流下来。秋月边哭边把宋昌不在南京的那些时日里，兄妹两人生活如何艰辛，自己如何孤独，给宋昌说了起来。

原来几年前，宋昌正带着武汉的生意伙伴毕俊良一同回济南，他们乘坐的火车却遭遇流寇。当时流寇正在激烈交战，争夺地盘。一时尘土漫天，枪林弹雨。子弹穿过田野嗖嗖直响，打得铁道两旁树枝上的叶子和树皮屑纷纷直落,空中还时时闪烁着红红的火光。火车突然停了下来,弄得乘客都不知所措。形势万分紧迫,宋昌与毕俊良及其他乘客急匆匆地跳下火车,纷纷逃命。不少人下车后,慌忙钻到铁道旁边的庄稼地里暂时躲避。宋昌的心怦怦乱跳。子弹在他身边呼啸着,打乱了他的思绪,一时弄得他不知如何应对。毕俊良下车后拉着宋昌一起逃走。宋昌心里正琢磨着如何躲过这场灾难,此时天空中闪过两道火光,子弹像扇面一样在人们的头上呼啸。不幸的事还是发生了,宋昌的两腿被一串流弹击中,一时血涌如注。宋昌颤抖着嘴唇,强忍着疼痛,对毕俊良说道:"俊良,不好了!我的双腿被子弹击中了。"毕俊良听了两手发颤,急忙把衬衣撕成几条,给宋昌简单包扎住伤口。他使尽力气把宋昌背起来,背到附近江北农村的一户农家。这户好心的老乡帮助他临时照看宋昌。

这场激战使南北大动脉的交通彻底中断了。考虑到宋昌养伤不能在老乡家中久待,毕俊良立刻返回南京,把自己的妹妹毕秋月叫来,两人一起把宋昌弄回南京自己的家中调养。毕秋月在家一直照顾宋昌,宋昌万分感激。

一天,宋昌躺在床上,轻轻地对身边的秋月说:"秋月,你真好,我这辈子走到哪里也不会忘了你的救命之恩。我回济南以后,一定报答你。" 秋月听了只是淡淡一笑,没说什么。秋月也想:哥哥这个朋友生意很好,又仗义疏财,今日遇难,帮助他也应该。

毕秋月出生在苏州的一个小镇上,从小家境贫穷,六岁时父母双亡。秋月身边只有一个哥哥毕俊良,两人生活无着落。后来兄妹两人便随远房舅父过活。

后来毕秋月大点了,就跟着哥哥毕俊良做小生意。毕俊良后来因卖中草药结识了从济南来的宋昌。毕秋月是一个善良的女子,她十分同情宋昌的不幸遭遇,就尽心尽力地照料宋昌。由于家人不在身边,南京与济南交通中断,宋昌举目无亲。他在危难之际,多亏有毕秋月的帮助和苦心照料，便渐渐地爱上了这个姑娘。毕秋月也爱上了宋昌。作为兄长的毕俊良也早有此意，愿意为自己的妹妹找个终身归宿。他见宋昌家境殷实，就促成了两人的婚事。宋昌对红霞却隐瞒了秋月的事。因为两边在两地生活，宋昌以为一切无妨，想将来再做处理，没想到秋月竟找上门来。

宋鸿燕的心里虽有些不悦，但事到如今，宋昌和秋月两人早已生米做成熟饭，她还能多说些什么呢？

毕秋月也有些愧疚地说道："姑母，我做的也有不对的地方，我要向红霞姐赔不是，我可不是故意来捣乱的，实在是南京过不下去了。"宋鸿燕听了，觉得秋月这个女子也不容易。宋鸿燕转念一想：在这个社会里，富贵的人家多一房姨太太不足为奇。于是，她心里决定就这么办，随即说道："秋月，你既然进了宋家的门，就是宋家的人。红霞那边我慢慢劝劝她。要说按老规矩，进宋家门，她在先，你在后，她应为正房，你就为二房姨太太，你要与她和睦相处。家中大小事她说了算，你应该明白自己的身份。这样你接受吗？"秋月想了想，又点了点头，低声说："姑母，你放心，我会与大姐处好，不会让您老多操心。"秋月觉得宋昌在济南混得富有，日后也不愁吃喝，就决心留下来，接着又说："姑母，我不想走了，想在这里待下去。"

老太太嗯了一声，代替宋昌答应下来。其实宋昌一直犯难，他不愿意秋月留在济南，总想给秋月一些钱财，打发她回南京与她哥哥毕俊良一起做生意。没想到秋月执意不回，他也毫无办法，又见姑母已答应，就不再说话。

当天饭后大伙都回到家中，宋昆独自去机务段上班。宋昌就安排管家让秋月在宽敞的西楼一层一间房内住。这间房一直闲着，管家宋子玉走进西楼，打开房间看了看，觉得还需彻底收拾一下。此事自然指派给桂香干。于是第二天一大早，他就喊来桂香。桂香进房一看，发现偌大的房间还有不少灰尘，就先清扫，后刷洗，又费了很大的力气才推开那些一直紧关着的百叶窗，屋里那一股发霉的气味才散开。随后她忙着擦门窗，王英也来与桂香一起打扫。

宋子玉忙活着购置家具，还给秋月添置了带镜子的梳妆台、化妆品及日常用品。桂香挂上窗帘，铺上桌布，整整干了好几天才算完事。至此，秋月才算安顿下来。

十五

时间一天天过去了，桂香一想起父亲孤身一人，白天拉洋车满街跑，晚上一个人在家没人照顾，她就担心。万一有什么闪失，怎么办？这些就像一块铅一样沉重地压在她的心口上，使她不安。

这天晚上睡觉前，桂香与王英两人又拉起家常，说起心里话。桂香对王英说："王姐，我想回家一趟，看看我爸。他一个人在家，我放心不下。"

王英说："眼下太太不在家，你回去也正是时候。你向管家告个假就是。"桂香点了点头。王英又说："你来这里时间短，不了解宋家的内情。太太真称得上鲜辣椒，可歹毒啦！宋家的东西宁可都烂了，也不给下人。我已经看见多次，太太叫管家半夜里打开南屋库房的大门，把存放在那里的一袋一袋霉烂的东西偷偷背出院外，倒到街上的阴沟里。他们就是这样糟蹋东西，还生怕下人知情。太太成天把咱当贼对待。你不注意，她平日里把大米、小米、面粉、绿豆等吃的东西全叫管家紧紧地锁在库房里。做饭前，管家才把南屋库房的锁打开，称出一顿饭的用量，给我做饭。生怕咱偷。平时咱只能光干活，稍微歇一下，她要发现了，就把脸一耷拉，把嘴一噘，难看得能拴住一头驴。她就是这种人。"说着说着，气就上来了，话也说不下去了。

桂香说："我说怎么咱吃的馒头总有霉味，原来面粉放得时间太长，都发霉变质了。"

"宋家的面粉吃不了，我想办法弄点给你带回家。"王英这么说。

"不行，东家知道了，那不成偷了吗？咱可不做这样的事，叫太太知道就麻烦了。"

王英说桂香太天真，太实在了。可是，桂香就是这样的实在人。

没过几天，宋昌的姑母找宋昌商议把红霞接回家的事情。姑母对宋昌说："你该去趟临直巷那里，把红霞和孩子接回家来。太长时间住娘家不是那回事。"

宋昌就说："我不去。我要到那里，一见老岳丈，他准把我骂个狗血喷头。"

"那怎么办呢？"

"我想派桂香去，让她先试试接红霞行不行？"宋昌言毕，就让管家把桂香喊到东楼上房里来，直截了当地跟桂香交代了接太太娘俩回家的任务。桂香也有想法，她对东家说道："老爷，俺想顺便到老东门看看俺爹，行吧？"桂香一说顺便看一下老父亲，宋昌也很痛快地答应了。

宋昌看了看桂香，又说："明天你就去吧，可快回来。"

桂香想了想就说："老爷，这样的大事让我一个丫头去，只怕甄家老人不给俺面子，不放太太回来。"

宋昌觉得桂香说得有道理。他在上房里来回地踱步，琢磨了一会儿，终于编出了一些理由，就对桂香悄悄地嘱咐了一番，叫桂香按照他说的办。桂香听罢，觉得可行，这才答应下来。

第二天正是周日，天气晴朗。一早，桂香跟管家和王英说了一声，便起身走了。王英还对她说："抓紧时间回来，好吃晚饭。"桂香答应着，跨出了大门。当她快走出胡同时，忽然听到后面有人喊她："桂香，桂香，你站住！"听到喊声，桂香停下了脚步，回头看时，原来是小少爷宋玉石在不停地喊她。只见宋玉石右手提着一只竹篮子，气喘吁吁地赶到桂香的跟前说道："给你，捎着这篮子馒头给你爸吃。"

桂香一看那篮子里净是馒头，忙说道："俺不要，这可不行，叫太太知道了不得了。"

宋玉石理直气壮地说道："你怕什么？俺爸不管，俺妈不在家，无人敢管，出事有我呢。"桂香还想推辞不要，那宋玉石坚决不同意，桂香只好接受。桂香对宋玉石说了声"谢谢"，便接过小少爷手中的篮子，转身走出胡同，朝自己老东门街的家走去。走了一个时辰，就来到老东门街。

当跨进院门时，她发现从自己的屋里走出一个陌生的小伙子。此人不到二十岁的年纪，紫铜色的国字脸，端正的鼻子，一双又粗又黑的浓眉下，闪烁着一双明亮的大眼睛。小伙子穿着一身铁路工作服，行动敏捷，浑身充满了青春的活力。他的出现让桂香有些不知所措。小伙子见桂香来了，很有礼貌地对她点了点头，一个浅笑，代替了对桂香的问候。随后他接过桂香手中的篮子，先进了屋。桂香紧跟其后，她进屋一看就愣住了。只见父亲正躺在靠东墙的床上昏睡，那脸又黑又瘦。在父亲床前还坐着一位近五十岁的老人，这个人是她的二大爷王康。王康是父亲磕过头的干兄弟。在他的记忆里，从小二大爷对她就关怀备至，包括这里的房子都是王康帮助父亲买的。二大爷看着她长大，所以桂香从心里认为王康和父亲一样，是她最亲近、最尊敬的父辈。

陈新听见了桂香的动静，睁开了眼睛，见女儿真的回家来了，忙问道："小香，你怎么回家来啦？东家愿意吗？"

"爸，是东家同意我回家看你的。爸，你是怎么啦？"桂香问。桂香见老爸满脸病容、有气无力的样子，心中顿时一阵难过，眼泪止不住流了下来。

"我不要紧。"陈新低声回答。桂香不相信父亲所说，就问王康："二大爷，我爸怎么病啦？"王康说道："你爸前天出车被大雨淋了一下，受了风寒，发高烧，浑身抽搐。邻居送信给我，我马上就来了。请大夫看过了，这不，我买来了生姜、白胡椒，准备给他熬姜汤。本想通知你，你爸不同意。我知道，你去宋家时间不长，不一定好告假，所以就没通知你。你爸还说，他自己很快就会好的。"随后王康指了指那位年轻小伙子，对桂香说："这位是与我一起干活的王振奎。"接着又对王振奎说："这是桂香，我的干闺女。"

　　桂香抬头望了王振奎一眼，其实在她没有见王振奎以前，她已多次听到王康大爷说起王振奎，言语中充满了赞赏。王振奎为人忠厚、直率，好助人为乐，是王康要好的工友。那时候，桂香只是终日低着头帮家里干活，对于别人的事总不大关心，尤其是不相干的男人更不去分心。

　　此时陈新感激地说："这两天振奎不止一次地来家侍候我，帮我干这干那，叫我不知说什么好。"听了这些话，桂香心中对王振奎更是十分感激。

　　此时王振奎忙从兜里取出生姜和白胡椒，先是用水洗姜，后又把生姜用刀切成一片一片的，接着烧开水，忙得一刻也不停。桂香见王振奎为父亲一直忙碌，心里很不安，赶上前忙着搭手干。她对王振奎说："振奎哥，还是我来干吧。"王振奎只好让给桂香干，自己到屋外看煤渣炉子。

　　陈新望着女儿，问道："你怎么知道俺病啦？"桂香听罢，就把自己来家要看他的经过说了一遍，接着忙着在一个小药锅里熬姜汤。王康对桂香说："你爸的身体有我和振奎在这里照看着，你还是抓紧时间忙去吧。别让东家怪罪下来，把你辞了。"桂香说道："我已经跟老爷说过了，他知道。"

　　四人沉默了片刻。桂香将熬好的姜汤给父亲盛到一个碗里，端到父亲床前让他喝下，又给他盖上被子，等他慢慢地发汗。随后桂香、王康、王振奎三人一块儿开始吃午饭，边吃边聊起家常。三人看着陈新渐渐浑身出了汗，头痛也渐渐轻了，身上也不发热了，这才放下心。王振奎又轻声对桂香说："你还有事，就去吧。"

"振奎哥，让你受累啦。"桂香说。

"这点事算啥？你不用客气，没外人，你二大爷就是我干爹。"王振奎对桂香说。桂香笑了笑，接着转身又跟父亲还有王康说了几句话，就离开家，朝临直巷甄家的方向奔去。

十六

红霞带着宋菊回娘家后就将宋昌在南京另娶一房老婆的事先悄悄地告诉了母亲周氏。红霞已经想到一旦将这事告诉父亲甄四泉，必然会遭到父亲的一顿怒斥。后来见红霞一直在娘家住，甄四泉还是得知了这一消息，所以回到家一见红霞就火冒三丈地说道："红霞，你看怎么样，想当初我就跟你说过，这种走南闯北跑江湖的男人靠不住，你不听，今天果然应验了。不听老人言，吃亏在眼前。"父亲说话一向严厉，红霞只是低头垂泪。

红霞的母亲周氏坐在另一把椅子上，平静地对甄四泉说道："我说，这年头，有点钱的男人就这样，吃着碗里的，还看着锅里的，这种人有的是。你少生这样的气吧。"

红霞在娘家住了好几天，这天父母开始撵女儿回自己家。红霞就对母亲周氏说："妈，你说，我回去怎么跟宋昌过？他又添了一个女人，这叫哪一套？"周氏说："宋昌家有钱财，你这辈子又不愁吃穿，你明媒正娶，眼下已有两个孩子，就得跟他过。虽然他在南京又娶了一个女人，这也是爷们常有的事，富贵人家娶三妻四妾也不奇怪。摊到你头上，你不认也得认了。想想这个道理，你就迁就着过吧,别吃那个女人的气就行。"父亲甄四泉说:"只要把宋家的钱财抓得紧紧的,谁都会听你的。跟宋昌闹这一场也好,叫他知道甄家人也不是好惹的。"

红霞点了点头,说道:"再说我也不能自己主动回宋家呀。"甄四泉就说:"你在这里住着吧。那个姓宋的不来便罢,他要上门来接你,你瞧着,我定骂他个狗血喷头。我想这阵子他也不敢来。"

此话真让甄四泉说准了,宋昌真没敢来,过了几天却派来了小丫头桂香。那桂香敲门后,田妈一开门,见是宋家的丫头来了,就知道一定有事,便让桂香进院。这时节庭院内已有些寒冷,还刮着寒风,那宋菊没上学,也不怕冷,正在院中跑来跑去地玩耍,一见桂香来了就迎上前去,嚷嚷道:"你来接俺妈啦?"

桂香朝小宋菊笑了笑,点了点头,答应着。她继续往前走,接着掀开上房的棉帘,一步迈过屋门槛,只见屋内椅桌洁净,甄四泉老两口正坐在屋内大方桌两旁的太师椅上,红霞坐在父亲斜对面的椅子上,三人正议论什么。甄四泉抬头一看是宋家的丫头跨进屋门,他就明白了一切。

未等桂香开口说话,甄四泉的火暴性子就上来了,立马开了腔:"你东家就派你来接她娘俩回家?"桂香赶紧答应说:"老爷,是的。"甄四泉胸中怒火涌上了心头,对桂香说:"怎么,你东家不来?你回去吧。你见了他就说我说的,叫他亲自来接。"听甄四泉如此说,桂香立刻想起临来前宋昌嘱咐的话,便说:"老爷,您老人家先别上火,您是不知道,自从太太一走,家里乱成一锅粥。俺东家一着急就病倒了,原来身上的伤口也复发了,已无法走路。他躺在床上终日需要人照顾。那位毕太太初来乍到,还不习惯北方生活。王英和我白天又要侍候姑奶奶,又要照料东家,又要请大夫看病,还要忙平常家务,实在忙不过来。东家和姑奶奶这才指派我来接太太回家。"

周氏一听沉不住气了,自己的女婿平日经营着大生意,身上又有伤口，现在已经躺在床上不能下床走路，一大家人的主心骨都要倒了，还闹什么脾气？她就对甄四泉说道："老头子，你别添事了，赶快让红霞娘俩回家吧。"

甄四泉也不好说啥，红霞听说家中的问题严重了，沉不住气了，就想回家。

甄四泉随后也改了口气，对红霞说道："既然家里摊上病人，这样，红霞你就回去吧。到家后可要好好地与宋昌算账。"

红霞赶紧回屋内收拾了一下衣物，提着包袱就出了门。桂香领着宋菊，甄家给叫了车，三人很快回到正觉寺街。

当红霞走进宋家大院，她一看家里还是老样子，一切没有什么变化。宋子玉还是忙来忙去，唯独西楼底层一间房有人住了。此时宋昌正从东楼二层下来，一见红霞回家来，就笑嘻嘻地迎上前来，对红霞说道："我说红霞，临直巷那里是娘家，临时的家，这里才是你真正的家。"红霞一听此话，顿时气冲冲地说道："什么自己的家？这里是小老婆的家。你不是病了吗，怎么又下床出屋了？啊，原来你是在糊弄俺。"

宋昌就说："一日夫妻百日恩，百日夫妻如海深。是不是一听说我有病你就心疼了呀？"此话说得红霞的脸立刻羞红了，真是又气又急，她说道："去你的吧！以后甭想让俺相信你一句话，你就是一个假话篓子。"说完，她扭头看了桂香一眼，生气地说："你这个该死的丫头片子，也跟着他说谎。"

桂香委屈地说道："太太，这事可不能怪我，东家叫俺怎么说，俺就照实怎么说。"红霞听了，白了她一眼，不想再说她了。

姑母见红霞和宋菊一块儿都回来了，心里高兴极了。她先劝红霞，说："菊她妈，宋昌娶秋月那已是过去的事啦。既然这样啦，你要看在她曾经救过宋昌这一点上，就认秋月当妹妹得了。再说宋昌跑外面不容易，眼下衣食无忧，你就饶了他这一次吧。秋月在这里一起过，咱宋家不又多了一个帮手。"红霞想了想，说："姑太太，这样过也可以，不过，宋昌和秋月必须答应我两个条件。"

"什么条件？"姑母问。

此时红霞凑到姑母近前，微笑着小声说："第一，那就是宋家的钱财由我掌管，大事由我做主。第二，晚上宋昌不能去西楼住，只能在我屋里睡。"姑母听了，笑了，连连说："好，好，我跟他俩说说看。"姑母来到西楼，到房间内与秋月说了红霞的要求。

秋月一时不知道如何回答，她心里想：如果自己再回南京，终年既没有丈夫，又没有一个家，日子真没法过，那只能留在济南。既然如此，就叫她当家去，自己少操心也好。至于不让宋昌与自己住在一起，心里也确实委屈。

姑母立刻看出了秋月的苦恼，就笑着说："秋月，日子长了，宋昌还能光在东楼里住吗？"秋月羞涩地一笑，然后轻咬一下嘴唇，默默低下头，算是答应了。这件事经过姑母说和，总算是通过了。

这一天，宋昆下班回来，说是第二天他请客，设宴招待两位嫂子，其实是宋昌暗中托宋昆出面安排的。第二天，宋昆从会仙楼饭庄要来酒菜，在家摆了两桌。亲朋好友、左右邻里也请了几位，美其名曰"阖家欢乐"。酒宴之间，宋昆很威风，他上身穿了一件花衬衫，配上西服领带，穿着贴身背带裤，十分殷勤地请大家喝酒，其用意是缓解宋家的内部矛盾，尤其是太太红霞和秋月之间的矛盾。他一个个风趣的段子逗得红霞与秋月都笑了。王英和桂香两个丫头忙前忙后，一直在为客人和主人斟酒、递烟。这场酒宴下来，红霞也消了心中之气，秋月也有了名分。

酒宴过后没几天，姑母因年事高，操劳过度，又卧床不起，不能离人，桂香便忙得不可开交。医了几天，她的病也不见好转。宋昌只能把老人家送医院治疗。

十七

秋月来到济南渐渐地习惯了宋家的生活，凡是宋家的钱财都由大太太红霞掌管，她也不多过问。红霞成了宋家真正的主管，她自然洋洋得意，精神十足。每天晚上宋昌只能在东楼与红霞睡在一个房间里。即使这样，红霞仍然是一个天生的醋坛子，对宋昌和秋月看管得很严。年轻的秋月刚开始能忍着，日子一长便开始感到很烦闷。她在想：一年到头这个活法，这与没有男人的寡妇没有丝毫区别。好狠的红霞，早晚有我跟你算账的时候。宋昌也终日盼着与秋月在一起，因此也就终日熬着。暗中一有机会，他就悄悄地对秋月说："等有机会，我就到你那屋里去睡。"秋月两眼看着宋昌，一脸哀怨。

一天，红霞带着宋菊回娘家有事，太晚便没回来。这天天刚黑，宋昌、秋月两人便早早入房，关上屋门。宋昌上前紧紧地抱着秋月，亲吻起来。他如饥似渴地拥抱着秋月，在他的眼里，秋月仿佛是一颗熟透的甜水杏，水灵灵的，饱含浆水。秋月有着江南女子的温柔，这时她也像一朵久旱的娇花遇到了甘露，心中特爽快。宋昌抱起秋月就上了床，两人立马宽衣解带，动作起来。宋昌压在秋月的身上，就像卧在棉花垛一般舒坦，甜蜜的感觉就像心中有一块糖在慢慢融化。宋昌搂着秋月，低声说："我的心肝宝贝儿，我想你都快想死了。"秋月嗔道："我才不信你这没有良心的男人的话哩。既然真想我都快想死了，为什么不上南京去接我，却把我扔在南京？可苦了我了，你一走就忘了我侍候你的那些日子啦。"

"你不知道我有多忙，每天都忙不过来，哪有时间呀？"宋昌说。

"你别胡说八道，我才不相信你这些骗人的鬼话呢。这是明摆着的道理，你是担心她不愿意呗。"秋月说。

宋昌说："我不接你，你不也找上门了吗？"

秋月听了，气得用右手猛地拧了一下宋昌的大腿，说："你说下一步咱怎么过法吧！"

宋昌不知道怎么回答，就反问秋月："你说呢？"

秋月说："我说，我得生个孩子，也算我对得住你宋家，将来我才能在宋家门里站住脚。可是她，这个鲜辣椒很歹毒，不给我一点儿机会。"

宋昌说："怎么不给机会，今晚不就是机会？"

秋月娇嗔一笑，随后两人搂抱得更紧了。

这一夜两人久旱逢雨，过了痛痛快快的一夜。两人山盟海誓，难分难舍，并相约一有机会再在一起。

其实，红霞回到娘家，巧遇家中几个人打麻将，邀她在那里打了一夜，输了不少钱，事后她心中自然很沮丧。第二天回家后见到秋月，凭着她女人特有的感觉，她察觉眼前的秋月，虽然脸色有些发黄，但是走路的步子变得轻盈麻利了些许，胸脯上两个诱人的奶子，走起路来微微颤抖着，眼睛也像露珠一样明澈，往日里那死气沉沉的神色不见了。再看宋昌的脸色有些发灰发暗，两眼没有光亮，整个人无精打采。一时醋意横生，恼羞成怒，就想对两人发火，可是又找不着正当理由。自己又打麻将输了不少钱，也没有理。宋昌一问她钱，她不好隐瞒，只好照实说了。结果这事叫秋月听见了，秋月自然肚子里也有气。

十八

转眼到了夏天，这天宋菊放学回家，吃罢饭和桂香在庭院里玩。院子里挺热，秋月也在槐树下乘凉。她把那长长的黑发拢到耳后面，用一个银发卡卡住，手拿着一把蒲扇扇着。宋菊忽然跑到秋月跟前，对秋月说："二妈，俺上学的路太远了。"桂香在一旁听了，觉得那南关小学离家不过三条马路，算不上多么远，就插话说："小姐，咱家离学校算不上远。"宋菊一听生了气,顿时气冲冲地对桂香说:"什么咱家?你是俺家的什么人?你只是一个丫头!丫头!你少插嘴好不好?俺的事用不着你来操心。"秋月见宋菊说话太伤人心,就说:"小菊,你怎么这样说话?你桂香姐说的是实话。"宋菊说:"什么实话?我觉得她说的全是瞎话。"

宋菊连珠炮般的几句话,让桂香无地自容。宋菊又对秋月说:"二妈,俺上学坐洋车去那多好看。你说呢?"

秋月来宋家虽然时间不算长,但看出宋昌对这个女儿娇生惯养得厉害。平时每天要很多零花钱,零食不离嘴,而且学习也不用心,却经常与同学比穿着打扮。再想到这一阵子在宋家所受的怨气,秋月想:自己一进宋家的大门,红霞就对她百般提防,自己啥事也不做主,干吃气。既然红霞让自己活得这么难受,那也别让红霞太舒坦。

接着,她对宋菊说:"小菊,你说得对,上学这路程的确远,坐洋车对。你就跟你妈讲,没有洋车就不上学,看她怎么办。"然后她又低声说:"这事可别说我叫你这么说的。"

"嗯。"宋菊点了点头,立刻就去了东楼。她走进上房内室,见红霞正忙着更衣,就对红霞说:"妈,俺想上学坐洋车去。"红霞乍听这话,一愣,觉得孩子的要求有些蹊跷,就说:"这事我不管,找你爸去。"宋菊走到宋昌跟前,见宋昌戴着眼镜,正忙活着算账。宋菊就说:"爸,俺要坐洋车上学,行吧?"宋昌只低着头,装作没听见,也不说话。宋菊两手抓着宋昌的胳膊,晃着脑袋对宋昌说:"爸,俺想坐洋车去上学,你说行不行?"

宋昌从来溺爱这个唯一的女儿,平素把宋菊当作掌上明珠,听女儿这么说,他知道要是不同意宋菊就会哭起来。他只好无奈地说:"坐洋车可以,先只雇两周。"宋菊一听宋昌同意了,就高兴地跑到庭院里对秋月说了。

对于这件事,红霞倒有些看不惯,她对宋昌说:"一个小女孩子,哪有天天坐洋车上学的，成啥样子？你这个惯法能教育出好孩子来吗？"宋昌就说："她不就是坐个洋车，这个有啥？"

坐在庭院里的秋月却偷听得真真切切，她心想：红霞，你自己没日没夜地打麻将，输钱无数，还说孩子惯成啥样子，你才没个样哩。

宋昌就给女儿宋菊租了一辆洋车，宋菊天天坐着洋车上学，坐着洋车回家。正觉寺街的各家各户，还有南关小学的师生，没有不羡慕宋菊的。宋菊心中也很骄傲。

两周的时间很快过去了，宋菊就对洋车夫说她继续坐车上学，至于钱，她跟老爸要。她又说："你放心，俺爸爸怕我。"到了周五这天下午，宋菊放学回家，宋昌正坐在东楼的屋檐底下歇凉。秋月也在院中一边陪着宋昌纳凉，一边喝茶。红霞在屋里化妆。宋菊在大门外下了洋车，背着书包几步进了庭院。宋昌一见女儿放学回来就叫住了她，对她说："小菊，你记住，从下周开始，自己走着上学，不能再坐洋车啦。"宋菊一听就急了，刚坐洋车两个星期，宋昌真的变了卦，她就对宋昌说："爸，为什么？为什么？这么远的路，不坐洋车怎么去呀？"

秋月像是心疼宋菊似的，故意大声吆喝："老宋，孩子上学雇辆洋车，这事有什么？你是嫌雇车花钱多，还是怎么的？是不是宋家真的就雇不起洋车啦？"

宋昌说："谁嫌雇车花钱多啦？"

"不嫌花钱多，为什么不让孩子坐洋车啦？终日打麻将，输了大把大把的钱，你也不嫌多。雇车上学倒成了天下大事，真是。"秋月旁敲侧击说起来。宋昌听了心里明白，打麻将说的是红霞，没想到宋菊这孩子真的闹起来。宋菊噘着嘴，对宋昌大声说道："爸，你要不给俺雇洋车，俺真的不上学了。"这时，坐在屋内的红霞也听了个清清楚楚，她穿着蝙蝠连衣裙，花摇柳颤地从东楼走出来，随后用手扶着楼门框，眯着媚眼，看了看宋菊那撒娇的样子，想冒火气，然而她更生秋月的气，她气秋月在那里煽风点火、添油加醋。

因为秋月坐在宋昌旁边，红霞没有直接说什么，她狠狠地瞪了宋菊一眼，又示意宋昌应该管一管孩子，然后朝着在场的人高声说道："老的少的，没有一个有出息的东西。没想到，半路上又跑出了一只多嘴草驴。"红霞指桑骂槐地说秋月。秋月一听脸就红了，开口道："我是说孩子上学坐洋车，这怎么成了多嘴草驴？"

红霞说："你多嘴，就是一头多嘴草驴。"

秋月接着反驳道："小菊坐洋车能花几个钱，你天天打麻将输了多少钱？"

红霞一听这话，气得浑身直打战，就说："我输多少钱你管不着。"

红霞与秋月你一言我一语，扎过来刺过去，刀口对刀口地吵起来。宋昌眼看着两人就要动手，于是把脸一绷，对两个老婆高声开了腔："你俩都少说一句，好不好！"两个人这才停止争吵。随后，宋昌恶狠狠地对宋菊说："小菊，我再对你说一遍，从下周起，你走着上学去。"

宋菊接着犟起来，说："没有洋车，我就是不上学。"宋昌一听女儿还是这么说，急了，怒火燃起，他抬起右手就要打宋菊，说道："你敢再跟我说一遍'没有洋车就不上学'，我就打死你。"红霞一看宋昌真的要动怒打宋菊，就上前阻拦。她夹在宋昌和宋菊中间，一边护着宋菊，一边劝解宋昌。宋昌想打孩子，可红霞护着，他也没办法，就不再动手了。

王英忙上前拉着宋菊进了东楼，接着就劝宋昌，又劝红霞与秋月各自回房。至此洋车风波方才停息。

这事过后，红霞心中时常暗暗气恼，心想：宋菊差点挨揍都是秋月暗中煽动的结果。于是她就更恨秋月。

从这之后，宋菊再也不提坐洋车上学的事了。到了周一早晨，她一声不响地背着书包徒步上学去，可是学习仍然不用心。

十九

姑母由宋子玉护送进了一家西医院，桂香也跟着陪护。姑母原本病得厉害，她面容枯瘦，浑身发热，总是口渴，嘴唇因失血而发白。住院后，医生开始给老人开处方、打针、吃药。过了两天，姑母病情也未见好转。老人心情变得很沉重，心烦意乱。到了第三天，趁医生不在跟前，她悄悄地对宋子玉说："子玉，打针太疼，我不相信洋人西医这一套，还是看中医，喝中药。我想回家，在家什么都方便。"宋子玉不便说什么，他很快就把老人的想法转告给宋昌。宋昌只好点头同意。到第四天上午，老人又被桂香和宋子玉接回家中。宋子玉赶忙请了附近的一位著名老中医上门诊断。老中医看了病人，开了六服中药。这样一来，桂香的活更多了。宋子玉指派桂香每晚熬药，服侍病人。有时间还要洗衣服，打扫各房间卫生，还要陪宋菊玩。宋姑母吃了六服药之后，病一直不见好转，不幸又害了夹阴伤寒症，从十二月初躺在床上，一直到初夏，就不曾下床。

宋昌再次请那老中医来诊断。那老中医切完脉，沉思片刻，对宋昌说："老人的病，培土方不行，泻下更不行，病情较重了。"接着又开了六服中药。随后老中医告辞，临走时对宋昌说道："宋先生，老人吃了这六服药之后，如不见好，你就另请高明吧。"宋昌听罢只是默默点头。

桂香泡药时间较晚，她对熬药缺少经验，放水时药锅里放的水太多，熬药时火不旺。初夏时节，天已炎热，人不干活都浑身出汗。可怜桂香在火炉旁边熬药更是酷热难耐。这天，她已忙碌了一整天，到了晚上熬药时自然有些困倦，但她还是全神贯注，生怕出事。太太红霞来到厨房，一眼发现是桂香熬药，放心不下，劈头盖脸地对桂香说："小丫头，你要当心，姑太太重病在身，你要给我好好熬药，要出了事，我可轻饶不了你。"桂香只专心熬药，也没说什么。到了老太太该喝药时，桂香就把熬好的一碗药端了上来。老太太轻轻地喝了一口，说："这次新药怎么这么苦，还有一股子熬煳的味道。"接着就吐在地上。凑巧红霞也在跟前，正好听见了，立刻生了气，对桂香说："你怎么熬的药？"

"这药熬得不稠，没有事呀。"桂香说。

"那怎么药里有煳味？分明是你熬坏了。"

桂香就轻轻地尝了尝药，说："这新药不苦呀。"

"你这丫头还犟嘴，再犟嘴你给我滚蛋。"红霞不准桂香分辩，发起横来。桂香听了，低头不语，不敢再解释。老太太认为药苦，也没有再喝。她对桂香说："今晚我不喝这苦水了，到明晚再熬再喝。"

第二天，桂香早早地就将药用水泡上。天一黑，就熬起药来，没有熬多少时间就停下来，她生怕再出类似昨天的事。熬完后，她把药锅放在厨房的石板地上。谁想到药锅由于冷热相激，药锅底猛地炸了一道裂纹，锅里的药汤马上淌了一地。桂香害怕极了，她的心七上八下，不知怎么办。王英来了，一看发生了这种情况，也想不出办法。

桂香怕红霞知道，结果红霞还是知道了，不一会儿红霞就来到桂香的跟前，咬着牙，猛地朝桂香头上戳了一指头，开始骂桂香。她对桂香呵斥道："小丫头，这几天你是怎么回事？怎么像丢了魂一样。你是不是不想干了，不干就马上给我滚蛋，别在这里糟蹋东西，耽误大事。你不知道热药锅子不能往石头地上放吗？你给我跪下，跪在石头地板上，看看凉不凉！"她话稍一停顿，接着又生气地说："你听着，你给我跪下！"桂香只得跪在石板上。她低着头，鼻子开始发酸，眼里噙着泪水，忍不住哭了。王英也在旁边，但不敢替桂香说理。

这时宋家小少爷宋玉石正来到南屋厨房，想找桂香玩，见桂香罚跪，就上前伸手把桂香拉了起来。他狠狠地瞪了母亲一眼，与红霞嚷嚷起来："妈，为什么罚桂香下跪，不就是炸了一个药锅子吗？是什么了不起的事？又不是人家桂香故意弄坏的，你就是专门欺负老实人。"

"你这个小东西，你少多嘴，有你什么事？"红霞心想：这小孽种竟敢为一个臭丫头辩护！宋玉石的话气得她脸红脖子粗，她就朝桂香厉声说道："你马上找管家再找一个药锅。重新熬药，熬多晚，今晚也得熬出来。"王英在一旁听了，就去找宋子玉要药锅，桂香开始收拾厨房卫生。

秋月听见厨房里有动静，也赶来看热闹。她在一旁也看不下去了，想替桂香说话，又觉得没有太大把握。最后，强忍着肚子里的气，推了一下宋玉石的肩膀，说："玉石，你在这里干啥，孩子少管大人的事，你快到东楼复习功课去吧。"红霞也朝宋玉石说："你去学习去，大人的事你少掺和。"宋玉石只好回东楼去了。红霞与秋月看桂香在忙着干活，也就都转身离开了厨房。

王英找到宋子玉，又另取了一个药锅，拿回厨房。她急忙帮着桂香泡上药，准备继续熬药。桂香心里一直很委屈，她一看厨房里只剩下王英一人，就一下子扑到王英的怀里，对王英说："王姐，我不干了，我实在受不了这份窝囊气。"王英就说："桂香，咱出来给人家当用人，能不受气吗？谁叫咱是穷人。你不干了，回家就要挨饿。记住，不顺心的事就忍着点，在这里没有理可讲。"桂香听了，心想：要是真的回到家里，连个胡萝卜都吃不上，只有活活饿死，再说父亲也不同意。想到这里，她也就不吭声了。

二十

这天下午快吃饭时，王英和桂香忙着往东楼饭厅里端饭，宋玉石也跟着端饭,他不想在东楼客厅内与父母一块儿吃饭,想在南屋平房与用人一块儿吃。王英一看,就对宋玉石说:"小少爷,你可不能与俺们一起吃饭,叫东家看见了不愿意。"宋玉石却连忙分辩道:"王姐,没事,我跟我爸说过了。"

其实宋玉石心里一直喜欢桂香。他喜欢桂香那又黑又粗的大辫子,苗条的身材,还有那微尖的鹅蛋脸,那双黑黑的眸子,觉得桂香浑身上下都有一股子特有的气质,再加上桂香性格温柔又沉静,十分讨人喜欢。她的刘海齐着眉毛,细细地垂在前额正中,脸蛋儿泛着天然的轻微的红晕。虽然是个丫头,可长得非常好看。

这次宋玉石非要在平房与丫头一块儿吃饭,桂香也对他说:"小少爷,你在这里吃饭,要叫东家看见了,又说你没有规矩了。"

"什么规矩不规矩?我不听这一套。"宋玉石说。谁料不一会儿,秋月来喊宋玉石到东楼饭厅内吃饭。宋玉石就问秋月:"二妈,我在这里吃饭不行吗?"

"你爸不愿意。"秋月回答说。玉石噘着嘴,立刻甩了一下子衣袖,嘴里还嘟嘟噜噜,扭着身子跟着秋月走了。

姑母的病越发厉害,终日不能离人侍候。宋昌考虑宋家用人太少,他就将这事告诉了三弟宋昆,让宋昆给宋家找个年龄大且有经验的妇女侍候姑母。没过几天,宋昆就从农村找了一个近五十岁的黄妈来到宋家。黄妈这人有阅历,想事周到。宋昆开始跟她讲时,她不大同意,怕有闪失。宋昆对她说:"宋家已有两个丫头,可以做你的帮手。两个丫头照料病人没有经验,没有耐心,也忙不过来。你有什么要求,尽管提出,这次只是托你临时帮忙。"黄妈听罢这才算答应下来。这天她来到宋家,先到西楼看病人,谁料刚迈进房门就见病人精神恍惚,病情较重。黄妈当天就没有回家,接着就忙碌起来。

姑母病重,宋昌只好亲自去了济南普利门内的静安巷,请了济南最有名的中医先生。这位先生看了，开了几服中药，姑母喝了下去。开始姑母病情有些见好，过了几天病情又加重，变得越发糊涂，不省人事。

宋昌又一次请那位先生来看，全家人都在外屋静静地等着诊断结论。过了一会儿，这位名医阴沉着脸从内室走出来，在靠墙的扶手椅上落座。宋昌、红霞、秋月都不说话，有的站着，有的坐在椅子上。这位名医对宋昌说："宋先生，人一旦老了就像熟透的柿子，说落就落。这条黄泉路，谁也无法逃避。你家老夫人已油尽灯枯，到此地步，我也无力回天。宋先生，你心中要有数，可以再请西医想想办法。"

宋昌听罢，只好点头答应着。名医收拾了一下东西就走了。宋昌和宋昆兄弟两人商议，再去看看西医，于是商定将姑母再送到西医院住院，并准备后事。姑母一住院，宋子玉就派黄妈和王英两人轮番值班侍候，宋家的家务主要由桂香一人干。这样一来，桂香终日累得筋疲力尽。

一天，黄妈家中有急事回家了，轮到王英晚上去医院侍候病人。凑巧宋昌这两天有一桩大业务需要出远门，家中一时没有东家。这天一早，有三个月没有来串门的车太太上门来找红霞，求红霞给她捧场帮忙，晚上就回来。红霞实在推脱不了就同意了。她嘱咐宋子玉和秋月看管好庭院。她也想顺便出门好放松一下自己的心情。桂香从早到晚，一点也没闲着，一直忙到很晚，才准备上西楼歇息。

这是桂香第一次独自一人到房间入睡。晚上，庭院里十分幽静。夜深了，太太红霞才从车太太那里回来。此刻桂香静悄悄地爬上二楼，推开那间自己非常熟悉的房门，准备入睡。她脱掉干活的外衣，随后转身把门虚掩上，没有插门。她心想：留着门，王英要是回房好进屋。接着，她熄了灯，躺在床上，本来想等王英回来，但不知不觉很快就进入梦乡。

忽然，桂香隐隐约约地听到楼梯上有脚步声。接着她的房门开了一道缝，一个晃动的人影钻到自己的屋内，黑影直扑桂香的床铺，吓得桂香急忙喊道："谁呀？"

"桂香，是我。"竟是宋玉石。

"小少爷，半夜里你来干什么？"

"桂香，我天天想你。"宋玉石低声说道。

房间里漆黑一片，什么东西也看不清。通过声音，桂香知道确确实实是小少爷宋玉石。宋玉石忙往前扑到桂香的身上。桂香十分害怕，她拼命地挣脱宋玉石，并低声说："小少爷，你不要这样，这事要叫东家知道了，就不好啦。"可是此刻的宋玉石哪里会听从桂香的劝阻，他继续扑向桂香。桂香的心因恐惧而慌乱，她死死地挣扎。

哪料想房间内的巨大动静惊动了正在楼下上厕所的红霞。红霞本来心里不好受，因白天在车家打麻将又输了一些钱，正憋着一肚子火无处发泄。一听西楼二层半夜里闹动静，就想上楼看个究竟，于是她严厉地朝楼上喊道："楼上谁在乱呀？"

红霞的一声大喊把宋玉石给吓坏了，他立刻停止了动作，静了下来。红霞见楼上没有了声音，也就回东楼去了。接着，宋玉石惊慌失措地跑出桂香的房间，顺着楼梯急匆匆地溜下来。他刚到楼底，恰巧遇见了一直未入睡的秋月。宋玉石低着头，躲躲闪闪地跑出西楼，这一切让秋月看了个一清二楚。她追出楼门，来到庭院里。红霞也未入睡，此刻她透过靠床的窗户，发现秋月独自一人站在庭院里发愣，就走出东楼问秋月："二姨太，刚才你楼上怎么回事，谁在闹动静，像闹鬼似的？"

秋月银牙一咬，心里很生气。她心想：红霞，这都是你生的好孩子，今天叫你丢丢丑。秋月就意味深长地说："当家的，你是真不知道还是装不知道？谁在闹？是你那宝贝儿正在夜里干好事。"

"我儿怎么啦？"

"深更半夜里，他偷偷地爬上西楼到桂香丫头那里干啥好事去啦！"

"二姨太，你是说玉石能干那个丑事？我不相信，那不可能。"

"还能有谁？就是他干那见不得人的事。"秋月肯定地说。

红霞听秋月这么坚决，心里并不服气，就说："二姨太，你是夜里看走了眼。俺那孩子可是规矩孩子，你少往孩子身上泼脏水。"

"你若不相信，你现在就问问他。"秋月回答道。

红霞没有再说啥，她转身进了东楼，来到宋玉石的卧室里，只见儿子正在那里蒙着被子睡觉。她走到床前，掀起玉石的被子，对他说："你个小混账东西，我问你，刚才你去西楼丫头屋里了吗？"宋玉石根本没入睡，他的心还在怦怦直跳，他把头一抬，说："妈，你说啥？俺哪里都没有去。"宋玉石死活不承认。

第二天，谁也没有议论，宋家庭院里像往常一样平静。可是宋昌回来后，秋月就把此事告诉了宋昌。宋昌听罢很生气，他想不到自己的儿子竟是这么一个孽种。年纪这么小，竟学会了偷香窃玉。宋昌想到一旦桂香把这事说给周围的下人或者街坊邻里，乱传出去，宋家的脸就会被丢尽。

为了宋家的名誉不受损害，不一会儿，红霞叫宋子玉喊桂香去东楼一趟。桂香一听太太喊她，不敢怠慢，但她内心非常恐惧。到了东楼上房，进门后，她怯怯地问红霞："太太，你有啥盼咐？"

红霞板着脸，对桂香说："我给你说，你来宋家干的时间不算长，不光干活不行，而且是非不断，你不适合在俺这大户人家当丫头。从明天起，你另找地方去吧。念及你家穷，父女俩怪可怜的，我们宋家从不亏待任何人。既然临走啦，还是给你两套衣服。干活不到一年，还是按一年算，作为了结。我要明说给你，你走了，如果日后不分情由，说东道西，凭空捏造出什么流言蜚语，俺宋家知道了可轻饶不了你。你记住：你那张嘴要上一把锁，不要随便乱开，就这样定了。"说完这些话,红霞就出了房,她告诉宋子玉立马给桂香收拾东西。

就这样,宋子玉把太太说的东西都备好,放在南屋平房内。桂香流着泪,满腹委屈地收拾好自己的东西。王英送桂香出来,她悄悄地把自己攒了多年的零碎钱,取出了一些给桂香塞到衣兜里,桂香推辞着不要。王英就是不依,桂香只好收下。此时,桂香揩干了眼泪,对王英说:"王姐,我在外一旦有了着落,一定来找你。你有空时到我家去玩。"王英边听边不住地点头。桂香没有再让王英远送,她回头挥了挥手,与王英告别了。

二十一

桂香就这样离开了宋家,一直朝老东门街走去。她越走心里越难过,一想起这些日子,自己累死累活地给宋家干活,竟换了这么个结局,她就阵阵心疼,不由得泪流不止。她想:回到家,就算终日守着清锅冷灶,也不让父亲一人再过孤苦的日子了。很快,她又回到了老东门街自己的家。大门敞着,父亲那辆破旧洋车仍旧停放在靠东屋墙角处的树荫下,院子里的一切与刚走时一模一样。

可巧,陈新见天变阴要下雨的样子,未敢出车。他忽然见女儿回家来了,而且是一脸沮丧,神色异常,连包袱也带了回来。他就知道女儿在宋家那一定发生了什么事情。桂香一进屋,陈新连忙上前,伸手接过女儿的包袱,放在床头上。桂香一屁股坐在椅子上。陈新接着急切地问桂香:"你怎么事先也未说一句话,就回家来了?"桂香一听,委屈伤心的泪珠顺着她的面颊直往下淌,她就照实说道:"我被宋家辞退啦。"她满肚的委屈,一时却不知道咋跟老爸说,只能默默流泪。

见此情况,陈新焦急得在屋里来回踱步,不停地追问:"你在宋家怎么啦？你跟我说呀？你说呀？"桂香始终没有开口，陈新又一次追问，问得桂香没有办法，桂香方才说道："爸，一开始王强叔还说宋家是大户人家，什么规矩人家，不知底细的人还真以为宋家都是正人君子，其实根本不是这么回事。昨天夜里趁没人的时候，宋家小少爷偷偷地钻进俺屋里发坏。俺天天死心塌地、没黑没白地为宋家干活，伺候宋昌的姑妈，没有落个好，那太太还把俺辞了，还说俺如何如何不对。"说到此处，桂香早已哭得说不下去了。陈新听到自己的闺女受到这般侮辱，非常气恼。桂香继续又说："爸，从今以后俺就是饿死，也在家里，再也不给谁家当丫鬟了。"

陈新气得手有些颤抖，他要去正觉寺街找宋家算账。他对桂香说："走，你和我一块儿去，找宋昌这个王八蛋算账去，问问他老婆，俺孩子到底哪里做错了？"

桂香见父亲气得要疯了，又仔细想了想，就是老父亲找到宋家门上也不会有任何结果。最后，她就劝慰父亲，说道："爸，咱去与宋家算账，那个宋昌，还有他的太太都不是好惹的，没有任何好处，而且会闹得满城风雨，这事传出去，对俺一个女孩子的名声也不好，俺将来如何嫁人？还是算了吧。"

"咱就吃这样的哑巴亏？"父亲又说。

"世上哪有理？还是忍着点吧。"桂香忙回答。

经过了一晚上的考虑，第二天一早，父亲在那扇靠北墙的窗户跟前站着，对桂香说道："好了，孩子，你在家替我忙家里的事吧。"稍微一停顿，他又说："你已长大了，在家里洗洗缝缝，一个女孩子，家里的活，样样都应该拿起来才行。咱家里虽然没有啥绫罗绸缎可做的，可是粗布衣裳都要会做。将来嫁到人家那里，别叫人家说，陈家的闺女，女人的活啥也不会干。"

桂香忙回道："爸，你别说了，这些俺知道。"

陈新就说："你知道就好。你先在家待着，我看天下不了雨了，我出趟车。"说完陈新拉着院子里的洋车出门了。桂香在家干活,可是她那心里还存留着在宋家的那一道阴影,挥之不去。一连好几天晚上,她在床上翻来覆去不能入睡,一想起在宋家那个可怕的夜,她就惊恐不安。侥幸的是宋玉石未能得逞。她想:在今后的岁月,可能要跋涉更漫长坎坷的路。她又想到年老的父亲需要人照顾,自己已成人了,家中的许多事需要自己承担。有时她也做一些美梦,梦见自己也和一些阔家小姐一样,过着幸福的生活,可是醒来之后眼前仍然是饥饿、穷困、残酷的现实。这时她想自己这辈子可能就是这样的命。有时她对着漆黑的屋顶发问:世间有没有神灵呢?我愿世上有神灵,只要自己天天做善事,让神保佑我有个好命,将来赐给我一个好的归宿,那该多好呀。

当桂香萌生出这一信念时,她什么也不多想了。她忙着为父亲缝补开了线的裤子和袜子,晾晒被褥,打扫老屋的卫生,又拆洗父亲盖的破被子,再加上做饭,忙得不可开交。

有一天晚上,陈新因修车早收车回家来,凑巧王康也来了。王康手提着两瓶白酒,还有一大包五香花生米,进屋就都放在屋里的大方桌上。两人先是说了几句闲话,然后王康便对陈新说道:"老三,今晚我有空,咱兄弟俩喝两盅吧。"

陈新平素虽然为日子犯愁,但今晚二哥来了,愁也不好再挂在脸上,况且王康还带着酒来。于是便叫桂香准备酒盅子,烧水做饭。随后,两人坐下打开酒瓶子,边喝酒边叙谈起来。王康先是问起桂香为什么不在宋家干了,陈新只说桂香在宋家当丫鬟受虐待,并未向王康说实情。王康便说:"桂香不在宋家当丫鬟也好。"陈新接着说:"小香这女孩子,她下一步怎么走,我真没啥好主意。"说完,他轻轻地端起一小盅酒,先让着王康喝下一盅,自己也喝了。王康向前略微伸了一下脖子,悄悄地问陈新:"桂香多大啦?"

"桂香属兔的,过了年十六岁了。"陈新说。

"桂香也真成了大姑娘了，不小了，该找个婆家了。"王康说。陈新听罢这话沉默了，心想：过日子都这么艰难，孩子能找谁？王康似乎看出了陈新的心思，就说："当哥的我冒昧地说一句，你合计合计，把桂香给王振奎，让他俩成一对，不好吗？"

陈新听罢笑了，心里豁然开朗。王康的这些话正说到陈新的心坎上，他抿嘴一笑，说："你当二大爷的，说了就当家做主了。"

王康说："我说了算吗？还是当父亲的点头才行。"

"二大爷说了当然算数。"陈新说。

虽然陈新和王康低声地交谈，但通过他们的神情，桂香看出他们一定是说自己的婚事。她一边低着头两手不停地干活，一边侧耳偷听着两位老人在说些什么。桂香从小就知道，二大爷王康是父亲的义兄弟。王康家老少三代都是忠厚老实、干净利落的人家，人虽然穷，为人却厚道。到了王康这一辈也一样，他有点好吃的东西，自己舍不得吃，爱送人，让别人高兴他才高兴。别人遇到难处，他爱帮助别人，能为朋友两肋插刀，毫不犹豫。陈新受他的影响很大，有什么事都找王康商量。王康在货场干装卸工，也挣了一些钱，成了家。王康媳妇人品好，可成亲多年，就是不生育。为这事王康犯过愁，但从没有埋怨媳妇。

在货场干装卸的王振奎，干活挺好，老实巴交的。王振奎从小是个孤儿，在济南无依无靠。与王康在一起干活待时间长了，知道王康无儿无女，非认王康为干爹。眼下王振奎已到了结婚的年纪，当干爹的能不操心吗？于是王康就自然想到了桂香。王康用纸卷了些自己带来的黄烟叶，慢慢地用火柴点燃，吸了一阵子烟。不知不觉夜色深了，两人这才散了。

王康走后，陈新对桂香照实说了这件事。桂香也没有表示不同意见，只是低着头，不吭声，这事就算定了下来。

二十二

桂香心里本也很喜欢王振奎,当她第一次在家中见到王振奎时对他就有很好的印象。振奎说话好听;振奎那双眼睛就像一轮明月,令人感到亲切、善良;振奎那双浓眉一动一动的,做事果断;振奎身材高大,体魄健壮,给人一种安全感。桂香相信王振奎是她值得托付终身的人。所以,王康一提及这门亲事,不仅陈新同意,而且也说到桂香的心坎上。王振奎得知这个消息后,也从心里感恩干爹。

过了一段时间,王康和陈新就商量操办两人的婚事。王康问陈新的意见,陈新就征求女儿的意见。桂香一直不吱声。

又过了几天,桂香忽然对父亲陈新说:"爸,这个事散了吧。"陈新一听急了,说:"你这说的什么话呀?这是你的终身大事,已经都定下来了,怎么能说散就散呢。你说不同意也要说出个理由呀。"桂香这时说出了自己的顾虑。她说:"爸,王振奎住在经六路,咱这里是老东街,距离多远呀。俺要一过门嫁出去,丢下你一个人孤孤单单的,等你老了,没人照顾,俺舍不得你,俺不放心。"

"唉,小香,你说的不算什么理由。你能一辈子老在家里不成?你要有自己的家。咱们都在济南,俺拉着洋车跑起来,不大的工夫就能到王振奎那里呀。"

桂香沉思着,后来又说:"这样吧,爸,只要你不能拉车了,就跟俺过。"

"那也行。"陈新说。

末了,桂香才说:"这事你事先跟二大爷说开,王振奎须先答应,叫他心里有个数。"

"这个我就说了算,你二大爷不会不同意。你考虑得太多,也太远了。"陈新说。

又过了几天,双方商定结婚的日期,王康又问陈新父女有啥要求。

桂香考虑了一个晚上,第二天一早就对父亲说:"爸,虽然咱家穷,王振奎有二大爷帮着比咱好点。结婚这毕竟是两人的终身大事,俺想结婚仪式要像个样。"

陈新就说:"小香,你说怎么像个样?"

桂香说:"爸,俺已经想过了,俺出嫁不能像俺妈出嫁那样。她那终身大事就坐在洋车上,车夫拉着她围着大明湖、趵突泉、黑虎泉,转了一遭,就算过门啦。她连花轿都没有坐一坐,俺出嫁可是一辈子就这一回。"

"你要坐轿?"陈新问。

"爸,这事你跟二大爷商议商议,看怎么办。"桂香说。

第二天,陈新跟王康一说桂香的意思,王康微笑着摇了摇头,说:"这段路程太远了,抬轿的人太累,受不了,咱也雇不起。你让桂香考虑一下,我可以雇三辆新洋车,三个小伙子任车把式,都穿一身新衣裳,方形新礼帽。邻里街坊看上去,准场面。"王康这么说。陈新将此话转告给桂香。桂香想了想,二大爷说得在理,就点了点头,算是答应下来。

三辆新洋车由王康出,可过门时洋车不能空着,女儿陪嫁什么嫁妆却愁坏了陈新。娘家再穷,起码陪送一件新被子、一件新褥子、两个新枕头,算是一套嫁妆吧。这些竟使陈新犯了难。好在桂香有宋家给的工钱,再加上得知桂香出嫁的消息之后,街坊邻里纷纷随份子,这些钱凑起来,陈新才算给女儿凑了一套嫁妆。

王振奎与陈桂香两人的婚礼就在王振奎家中举行。那是一条狭长胡同的最后一个大杂院,婚礼在院内那棵大槐树下举办。邻居送的挂在树枝上的两个红色灯笼使得树叶子晃出一层红色的光,大大地增添了喜庆气氛。当着众人的面,王振奎和陈桂香两人在天井里拜了天地。桂香的出嫁总算了结了陈新的一桩大心事。

时光像流水,婚后一年半两人就添了第一个孩子王观顺,夫妻俩非常高兴。没过一年,王振奎和桂香又添了一个儿子,取名王观亭,那王振奎更有了生活的劲头。时间又过了几年,国内军阀混战,北伐革命军往北挺进,很快打跑了在济南的奉系军阀张宗昌。此时日本却出兵山东,五月三日这天,王康夫妇在江家池酱菜园处看完大鱼,又到北厚记买济南有名的咸菜包瓜和磨茄。

突然间,日本鬼子的五架飞机在济南的上空来回地轰炸。西门一带的居民都惊恐万分地躲闪着飞机。王康抬头往空中一看,只见飞机飞得很低,连飞机上的日本旗都看得清清楚楚。见此情况,他俩及其他居民都纷纷乱跑,想找地方隐蔽。谁料鬼子的飞机又投下了一枚炸弹,好多人惨死,王康夫妇不幸也在其中。

这天,无数日本军出动,对中国军民开了枪。许多无辜平民惨遭屠杀,一时间街上血流成河,凄惨至极。这就是震惊中外的济南"五三惨案"。

第三章

一

时光匆匆，老百姓的日子就在贫穷苦难中一步步向前。观亭之后，桂香又有了观海、小虎子。这是八月的一天，王振奎上班去了，桂香独自一人带着观海和小虎子观河来到老东门街看望父亲陈新。时间正逢中午时分，陈新和桂香一边吃饭，一边谈着一些日常琐事。

此时，传来一阵敲门声。陈新急忙搁下手中的筷子，从屋里迎出来，开门一看是一位乡下打扮的青年人。此人不过十七八岁的年纪，留着一个平头。那宽宽的额头还不曾被岁月刻下一丝皱纹，一双浓眉拧着两股英俊潇洒之气。一对丹凤眼，饱蕴着天真挚情。他的穿着朴实整洁，上身穿着一件白衬衣，下身是膝盖上打着一个补丁的蓝布长裤。脚上穿着一双白粗布袜子，一双黑色的尖口便鞋。

青年人肩上背着半布袋花生米，左手还提着两瓶沂蒙山白酒。看着眼生，陈新就问这人："你找谁呀？"

"俺是从沂蒙山诸葛庄来的，俺找舅舅陈新。"年轻人爽快地回答。

"俺就是陈新。你贵姓？"

"俺姓周，叫周成，俺娘叫陈艳平。"年轻人这么一说，陈新马上明白过来。来人不是外人，正是自己的亲外甥。陈新自从离开家乡到现在，从来没有见过这个外甥。今日亲外甥登上家门，自然十分高兴。他赶忙说："我就是，我就是，快进来说话。"接着把周成让到家中。

周成一进屋,陈新马上给桂香做了介绍。桂香得知是表弟来探亲,赶紧伸出双手,接过周成背着的东西,放在屋一角的地上,并让周成坐在靠窗户的一把椅子上,随后给周成递上了一杯白开水。周成一边休息喝水,一边望着这间破旧的老屋。陈新就问起周成家乡的情况。周成告诉陈新,他父亲周世荣去年得了中风,瘫痪在床不能自理,生活起居完全靠母亲照料。陈新听了,心里很不是滋味。又问起自己的小妹,周成说:"母亲身体尚可,就是一年到头干农活,还要照顾病人,挺累。"

陈新继而又问周成:"你这次来济南干啥?"

"准备上高中。"周成说。听了这句话,陈新没想到外甥虽然是农村长大的,竟如此有出息,心中更加高兴。他忙着让外甥一起吃饭。周成说:"舅,俺已经在火车站吃过了午饭。舅,俺考上高中了,要去高中报到,今天是最后一天了。"陈新听后不好再挽留了。

桂香万万没有想到父亲多年来经常提及的故乡沂蒙山,今天终于来了亲人。而且这位表弟不仅五官端正、面目清秀,而且读书识字、气质儒雅,不像一般庸常之辈,她自然也很高兴。

桂香对周成说:"弟弟,在俺家住一天吧!"

周成不好意思地说:"桂香姐,今天是最后一天了。俺要马上报到去,以后我会随时来。"桂香一听也怕耽误了周成的学业,就没有再挽留。周成又坐了一会儿便起身告辞。临走时,周成对陈新说道:"舅,我有时间再来看你和姐姐。"

桂香走到周成的身边,拉着周成的胳膊,说道:"弟弟,你可要常来俺家里玩,有什么困难尽管说。有什么需要洗的衣服,尽管拿来,我帮你洗。"

周成说:"姐,这些活俺都会干,用不着再麻烦姐姐啦。"

陈新和桂香一直把周成送出大门口老远,直到周成走远了,桂香和陈新才转身回家。

二

　　上课铃声刚刚响过，高一·二班教室里学生们的喧闹终于停了下来。一位五十多岁的先生正一步一步朝该教室走来。先生有些黑瘦，他头上戴着一顶西瓜皮似的黑色呢子帽，留着八字须，额头上刻着好几条挺深的抬头纹，一双眼睛不大，却闪闪发光。鼻梁上架着一副黑色的眼镜。他上身穿着一件黑色的旧马褂，下身是一条灰裤子，下巴的胡须翘着，左腋下夹着几本教材。走起路来，头总是向前一点一点的，好像身子担不住头的重量，头老想掉下来一样。他国文功底不浅，据说还是前清的秀才。

　　这时他已经走进了高一·二班的教室。教室里三十多名学生一起站了起来，欢迎先生的到来。先生缓缓地走上讲台之后，仰了仰下巴，两眼微微扫视了一下周围的学生，然后说道："同学们，请坐下。"

　　随后同学们都坐下了。他从眼镜框外望了望大伙，就坐在了一张破旧的椅子上，然后开始翻看全班同学的花名册，对大伙严肃地说："因为是第一次上课，咱先点一下名，相互认识一下。"随后他开始一个个地点名。

　　周成顺利考取了济南高中，被分到这个班。在他这个班里，据他了解，大部分同学来自本市，像他这样从农村来的孩子只有三人。在排位时，他就选择了一位乡下同学作为同位。同位见他又精神，又懂事，也很高兴与他坐在一起。

　　这时先生凑巧正点着周成同位的名字："谢明华。"这位谢明华同学由于当时只顾看窗外槐树上的两只小鸟，没有及时回答"到"。先生又喊了第二遍他的名字。周成马上用左手捅了一下他的大腿，谢明华这才恍然大悟，答："到。"大伙的目光一下子集中在谢明华的身上，弄得他满脸通红，十分尴尬。

老先生显得有些烦躁，他摘下鼻梁上架着的眼镜，从椅子上站起来，皱了皱眉头，说道："怎么啦，谢明华，你的腚怎么这么沉？沉得站不起来啦？"谢明华呆呆地站在那里，全班一片哄笑。老先生见课堂秩序有些混乱，就有些生气。他用沙哑的声音，严厉地说道："谢明华，咱这是正规上课，你今后一定要注意，精神集中。"

谢明华一直低着头，站在那里没有吱声。过了一会儿，先生才让谢明华坐下。

先生末后也坐下了，继续点名。等全班三十多个学生点完名，先生站起来，认真地说道："开讲前，我也先介绍一下我自己，我姓马，叫马凌肃。"谁料想先生刚说完自己的姓名，教室里突然冒出了一句："马铃薯？马铃薯不是一种菜吗？"

"马铃薯都不知道？马铃薯不就是土豆吗？"另一位同学低声回答。

这几句话逗得大伙哄堂大笑。站在讲台上的马老先生一看，课堂上竟出现了这样的场景，气得脸都发了紫。他虽然教书育人几十年，却忍受不了这种对师长的戏弄。他转身面向黑板，右手拿了一支粉笔，在黑板上端端正正地写了三个大字：马凌肃。接着，转身又面向全班同学，高声说道："谁在乱讲话？学生竟拿师长的名字乱开玩笑，太无礼了。我叫马凌肃，就是这三个字。"他用教杆指了指黑板上的字，然后又说："在这里，我要详细解释一下我名字的由来。马凌肃是在我出生之后，父亲聘请了一位大名鼎鼎的举人起的名。这位举人很了不起，他的老师姓翁，就是光绪皇帝的老师。他希望我成为钓鳌之人。什么是钓鳌之人，就是有远大抱负之人。大伙不知道我，我还是前清的秀才，那是通过考试取得的功名，一个乡才取一名秀才。"

说到此处，他放低了声音，继续说道："希望同学们今后尊敬先生，不要再这样了。"

此时整个教室一片肃静。沉默了片刻,他往台下看了看,说:"好了,好了,咱掀过刚才的这一页。现在正式开始上课。我先讲《诗经》,大伙翻开国文课本《关雎》篇。"

　　教室内的同学们有的在翻书,有的却没有此书。马先生开始念道:"关关雎鸠,在河之洲。窈窕淑女,君子好逑。"

　　马先生刚念完这两句诗文,声音未落,课堂又有些乱了。有的同学举手要求发言,周成也举了手。马先生看了看举手的同学,随后便指了一下其中的周成。周成得到了允许,他从座位上站了起来,说:"老师,《关雎》俺已学过了,还有《论语》也学过了。"

　　谢明华也跟着说:"俺也学过了。"

　　不少同学异口同声地说道:"学过了。"有的低声说:"《古文观止》都学完了。"

　　马凌肃听罢不耐烦了,他环顾了一下讲台下的学生,说道:"你们这个说学过了,那个说学过了。你们学过了,还来上学干什么?这《诗经》是我国古代最早的一部诗歌总集。这是我们最早的诗歌创作,是灿烂的文化经典,怎么能学厌了呢?这是什么学习态度?谁再说学过了,你就从头到尾给我背诵一遍。背不过,我就不客气啦,你就给我在教室的角落里站着。"

　　同学们再也没人敢举手发言了。马凌肃看了看下边安静了,就继续讲他的课。在这节课下课之后,周成还有其他同学在一起议论起来,对这位马先生的课很不满意。马先生对学生如此粗暴,不但不时地敲打和体罚,而且教学内容老套,跟不上时代发展,这些使周成对这所学校有些失望。

三

　　周成反复考虑眼前的时局,南方的国民革命军北伐十分顺利,部队长驱直入，一直打到天津、北京，可以说横扫北国，把一个个军阀打倒了，包括在山东的奉系军阀势力也从济南被赶到关外。他又联想到自己在县城学习时，不仅懂得了三民主义，而且白话文运动早已在他所在的学校得到认可。一些新思想、新文化的浪潮风起云涌。

周成很喜欢读书，尤其喜欢读进步期刊。这些先进的思想，就像星星之火一样点燃了他的热情，给了他一股子澎湃的力量。可是，他再看眼前这位马凌肃先生，他的思想如此落后、迂腐，观念陈旧，心中十分失望。

课间，周成与谢明华以及其他同学在交谈中，对马先生得出了一致的看法。使周成十分高兴的是，给同学们上数学课的是一位年轻的教员。他年纪也只有二十余岁，叫李何林。李老师思维敏捷，平易近人，对同学和蔼可亲，经常与同学们沟通交谈。他不仅数学讲得好，而且对时局有自己的见解和分析，对文学也爱钻研。他对李大钊、陈独秀、鲁迅都非常崇拜。对于马凌肃老先生讲古文，他也不认同。他觉得时代进步这么快，作为一名教师，是培养人才的园丁，应该把最新鲜的知识传授给学生。他早听说学生有意见，心中也有数。

这时，已到了十二月底。这天，大地阴沉而寒冷，老天忽然变了脸，天空中飘起了这年的头一场大雪。那漫天的雪花简直不像从高空落下来的，而像是被风从地面上卷起来的，简直像某种活着的生物，不是黏着人身就是拥入窗隙，仿佛一个醉汉在四处横行。

这样的大雪落了一整天。当雪停下来的时候，那落光了叶子的树上挂满了毛茸茸的银条儿，远山那终年常青的松柏树上也挂满了沉甸甸的雪球儿。

第二天，天刚想放晴，又刮起北风。马路上厚厚的雪由于天晴融化成水，而又突然遇到冷风，变成硬邦邦的冰。这冰天雪地让人们寸步难行。

数学课下课了。在课间，周成、谢明华，还有其他同学围着李何林老师反映马凌肃先生还在讲古文的事，他们托李老师向张校长反映一下国文课能否更改课程内容的建议，学生们认为应多讲白话文，像朱自清的散文，还有鲁迅的文章等。李何林当场都一一答应下来，并都反映给了校长，校长也答应了。

可是，国文课上马凌肃依然如故。这一下子激怒了不少学生。周成举手说："马老师，怎么还讲古文？"

谢明华说："马老师，张校长已答应不讲古文，你难道不知道？"还有的同学挖苦马凌肃，说："马老师，你可能不会讲白话文，不然，你为什么不讲白话文？"听学生这么讲，马老先生真的生气了，一时面似金纸，他翻了翻白眼珠子，握着教杆，不停地触着地，大声地对学生说："文言文有什么不好？那白话文通俗得很，语言直白，一看就明白，像白开水一样，有啥讲头？你们说，有啥讲头？你们是来求学业的，不要寻机闹事。胡适先生反复讲，当下要整理国故，学好祖宗留的国粹，你们要务正业。别像北京女师那样闹学潮。对于闹学潮，我坚决反对。要学的话，咱们继续讲《孟子·梁惠王篇》。不然的话，我就不讲课了。"至此，学生们没有再说话的了。

马老先生下课了。由于天气不好，他想早回家，他在教研室内休息片刻就走出屋来，只见院子里聚集了不少学生。他忽然看见高一·二班的学生一窝蜂地涌向校长室，他就气不打一处来。他一边走，一边嘟噜着："人心日下，国将不国了。"

那天中午，冰天雪地，马老先生走在回家的路上，由于风大路滑，到处是积雪，他一不小心跌倒在雪地上，摔伤了大腿骨，疼痛不已。幸而路过的学生把他送回家中。躺在床上，他想起近日来学生们的表现，现在世道大变，自己教了一辈子书，今天已进行不下去了，他觉得很丢脸面，很多事情让他想不通。忽然，他又很生气，觉得不想再进教室讲古文了。他想：不干了，不再教这群调皮的学生也好。从那之后，他就再也没露面。

四

过了年，同学们都盼望着，盼望着冬天快一些过去，春天快一点来临。不几天到了二月，大地刮起春风，春天真的姗姗地走来了。校园里枯败草地上的小草悄悄从土里钻了出来，杨树、榆树、槐树等也开始发芽。一棵棵垂柳一骨碌醒来，枯瘦的柳丝泛出新绿，冒出鹅黄的柳芽。不几天，嫩芽变成绿叶，柳丝串成珠帘，汇成一片蓊郁的绿海。

这天下午课外活动，学校里安排高一学生在操场上拔草。周成、谢明华、王翠荣、丁一仁等同学都来了。一场春雨刚过，杂草还很潮湿，长遍了学校操场的各个角落。大地真的回春了。

周成他们几个人蹲在操场东北角的边上，边拔草，边交流着自己的思想。不一会儿，李何林老师来了。他笑着对大家说："你们班的同学真幸运。我告诉大伙一个好消息，学校从上海聘请了一位青年作家担任你们班的国文课，明天就上课。"

"李老师，这位老师叫什么名字？"谢明华问道。

"胡也频，他是一位非常了不起的青年作家。我看过他所写的《到莫斯科去》，非常好。"李老师说。

"这消息太好了，太好了。我知道，胡也频是现在很有名气的青年作家。"周成高兴地说。因为周成是一位文学爱好者，他总想在写作方面有所进步，听到此消息，自然很激动。其他同学也为之兴奋。

李何林老师就对站在近边的王翠荣说："你们好好学习，到高中毕业时说不定能出几个青年作家。"

王翠荣说:"我可成不了青年作家,俺没有那个天分。"

周成说:"你怎么成不了?一切取决于自己的努力呀。"

王翠荣就说:"我哪能像你那样,聪明又努力,你确实很有可能。"

李何林老师笑了,他说:"大伙都一样,只要努力就能成功。"说了这些,李老师对大伙点了点头,转身走了。而同学们就把此消息传开了,很快全校各班都知道了。

第二天早上,周成班的同学们都提前在教室里坐好了。每个人的心都怦怦直跳,大伙的眼睛不时地向门外张望着,盼着新来的胡老师上课。

上课钟声一响,教务主任引领着一位二十六七岁的年轻人,一前一后走进了教室。同学们立即起立并且热情地鼓起了掌。教务主任给同学们做了简单的介绍之后,就离开了教室。这年轻人便是胡也频老师。胡老师独自站在讲台上,抬头环视了一下教室的四周,又看了看所有的同学。此时教室鸦雀无声。周成也打量起眼前这位胡老师。

胡老师个子不高,身体结实,黝黑的脸庞有些干瘦。他戴着一副黑色眼镜,长着一双浓眉大眼,棱角分明的脸显得特别有精神。他有一头厚密的黑发,映衬着一张岩石般的面孔,给人一种睿智的感觉。面对教室内几十位同学,他微微一笑,说:

"同学们,从今天起,我就担任你们的国文课老师了。我先做一下自我介绍,我叫胡也频,今年二十七岁,福建福州人。我从小热爱文学,念过私塾,小时在福州一家金铺当过学徒工。那时候,黑心的老板欺压学徒工,我彻夜干活,老板还不满意,我就反抗,索性不干了。我就想继续读书,于是独自逃到上海,进入浦东中学学习。后来家人又供我到天津大沽口海军学校学习机器制造。第二年,学校停办了,我去了北京,开始过上了流浪生活。

"在北京，我与朋友在《京报》编了一个《民众文艺周刊》。我见过李大钊先生，读过他的《我的马克思主义观》和《庶民的胜利》。在《庶民的胜利》中，他激情澎湃地颂扬了苏俄十月革命的胜利，使我受益匪浅。

"现在我已创作了《活珠子》《往何处去》《牧场上》等几个集子和戏剧集《别人的幸福》等作品。"

他讲到这里，同学们又热烈地鼓起掌来，接着他说："谢谢同学们的鼓励。"

胡老师笑着又说："这次我从上海来到济南工作，我很高兴。上中学时，我对泉城济南就有很好的印象，《老残游记》我读过好几遍，特别是大明湖、趵突泉、千佛山就像三颗明珠，特别美，那时候我就想来济南看看，待一段时间，今天这个愿望终于实现了。"

随后胡老师就开始讲现代新文学。他说："我的教学方式是，通过阅读某些作品，提高同学们的欣赏水平和写作能力。咱这是第一节课，同学们有什么问题，提出来，我回答。大伙可以大胆地提问题。"

对于胡老师这个提法，不少同学都很吃惊，觉得这种教学方式特别新颖。而胡老师的博学、热情，尤其是他大胆的思想、敏捷的思维，就像火把一样点燃了每一位同学的心。

周成第一个发言："鲁迅先生是怎样的一个人？"

胡老师说："我在上海时曾读过他的许多文章，他是我们青年的导师。他是伟大的思想家和文学家。他是我们青年学子的榜样，是战士，卓越的主将，很值得我们学习。我和鲁迅先生只见过一面，但交谈了很长时间。"

胡老师最后要求同学们课后预习梁启超的《少年中国说》，在下一节课，他要系统讲解。到此，这一节课结束了。课后同学们议论纷纷，都说胡老师讲得太好了，很有新意。

五

在第二次上课时，胡老师微笑着走上了讲台。他直接讲："同学们，上一节课，我主要介绍了我的人生经历、我的作品，还有教学方式。最后要求同学们预习《少年中国说》这篇文章。同学们预习了没有？预习了的同学请举手。"全班几乎所有同学都举起手来。

胡老师看了看，很高兴，又说："很好。大伙都事先预习了。我问大伙一个问题，为什么我选这篇文章让同学预习和研讨？谁先回答？"

丁一仁举起手来，说："胡老师，我的理解，我们中国的兴衰要看国力，国力是指我们青少年。"

接着周成举手，说："我同意丁一仁的意见。我认为，这篇文章说的是少年一代的好坏关系到国家的命运。"谢明华也举手同意，还有不少同学举手赞同。

胡老师说："这篇《少年中国说》，作者是梁启超。梁启超是清末维新变法的代表人物。《少年中国说》激励国人，也对国人做了谆谆告诫，要想国家强大，必须依靠青少年一代，这其中也包含我们每个同学。"

随后，胡老师高声朗读其中的一段："少年智则国智，少年富则国富；少年强则国强，少年独立则国独立；少年自由则国自由，少年进步则国进步。"胡老师停了一下，说："文章写得多生动呀。"接着，他又赞叹道："梁启超极力赞美少年的朝气和蓬勃，他满心希望暮气沉沉的中国能像一个少年一样，焕发出青春的活力。中国的未来都寄托在青少年身上。同学们，大伙想想，我们每个同学肩上的担子重不重呀？"胡老师说到这里，全班鸦雀无声。同学们的内心里在想：胡老师讲得太对了，太好了。

随后胡老师说："下课后，同学们一定要反复阅读这篇《少年中国说》，理解文章的真挚情感。"话题一转，胡老师又说："现在，我给同学们讲解马克思主义的基本知识。我首先讲阶级和阶级斗争这些基础知识。人类社会分为原始社会、奴隶社会、封建社会、资本主义社会，最后是共产主义社会。这是马克思主义的基本观点。原始社会没有阶级，也就没有阶级斗争。从奴隶制社会开始，产生了阶级，社会分为奴隶和奴隶主两个阶段，同时产生了剥削和被剥削，压迫和被压迫。于是，就有了两个阶级的阶级斗争。封建社会是地主和农民两个阶级，于是就有了地主和农民两个阶级的阶级斗争……"

同学们第一次听到阶级和阶级斗争这些新名词，都觉得特别新鲜。胡老师停了下来，同学们纷纷举手，要求发言。谢明华第一个举了手。胡老师点了点头，谢明华站起来，问："胡老师，现在中国是什么社会？"

胡老师说："当下的中国虽然经过辛亥革命，但是农村没有改革，地主还拥有大部分土地，广大农民没有土地，封建统治依然存在。另一方面，中国不断地遭受帝国主义列强的侵略和压迫，中国领土主权和领土完整遭到破坏，成了半殖民地社会。济南的'五三惨案'就是例证。日本帝国主义血腥侵略中国，在济南屠杀无辜百姓。国民党反动派却消极抵抗日本侵略者，还答应日本侵略者不少条件，对日屈辱投降。"

听了胡老师的话，同学们茅塞顿开、豁然开朗，对知识丰富的胡老师更加钦佩。

王翠荣继续问道："胡老师，中国将来是什么社会呀？"

胡老师见大家举手发言，露出了微笑。他沉着镇定，在讲台上来回踱步环顾着同学们，随即就问："同学们，谁来回答？"

周成抢先举起手，回答："中国将来是社会主义社会。"

胡老师说："很好，答得很对。但是，社会主义社会必须经过无产阶级革命，推翻资产阶级的政权，才能实现社会主义，再实现共产主义。同学们，从今天起要努力学习马克思主义。学习马克思主义也很简单，首先要相信它，同它站在一个立场上分析问题。这里就联系到文学，大家知道不知道马克西姆·高尔基？"一时间台下的同学，有的说知道，有的说不知道。

胡老师说："他是苏联无产阶级革命作家、社会主义文学的奠基人。当俄国国内反抗沙皇的革命运动日益高涨之时，高尔基结合革命形势的需要，创作了带有象征意义的短篇小说《春天的旋律》，末尾一篇叫《海燕》。《海燕》生动刻画了海燕在暴风雨来临前勇敢无畏地飞行于海天之间的英姿。文章以海燕象征大智大勇的革命者，抒发了作者对于革命的强烈期盼及乐观浪漫的政治热情。《海燕》发表后，在当时的俄国产生了巨大的社会影响，受到列宁的热情称赞。列宁在《暴风雨之前》引用了《海燕》中描绘的海鸟和企鹅的形象，并引用了'让暴风雨来得更猛烈些吧！'这句话。同学们，我希望大家努力学习这篇文章，背诵它。愿大家都长成海燕，都成为一个真正的勇者。"讲到此处，同学们个个都听得入了迷，下课的钟声响了竟也没听到。

六

济南高中坐落在济南的西南部，杆石桥桥头旁边。灰色的学校门楼坐北朝南，门楼飞檐红柱，雄伟庄严，古老而又优雅。走进学校大门不远，便是一排排教室。教室北边是平坦宽敞的操场，环绕操场四周是一条可容四个人比赛的灰黑色的跑道，形成一个巨大的椭圆形。操场西边是由白线划分的铅球、铁饼等投掷区，还有足球场，一对白色球门遥遥相望。东半边是篮球场，两对绿色的篮球架仰着头，矗立在那里。旁边还有秋千支架、跳远的沙坑、单双杠、平衡木等运动设施。

而操场最北边,沿着学校院墙排列着整齐的灰砖平房,那是老师和学生宿舍、食堂、教具仓库。整个学校的一切,都给周成留下了难忘的印象。

四月,桃花盛开,学生宿舍前边的几棵桃树绽放出一簇簇粉红色的绚丽多姿的花朵,不时地散发着浓郁的花香,吸引着同学们前去观赏。

这天是星期六,各班均不上课。大部分同学回家了,校园里显得格外幽静。周成来到一棵古槐树下,坐在石凳上正低着头兴致勃勃地读诗人徐志摩的散文《落叶》。这一段时间,他对鲁迅和徐志摩的作品备有兴致。

"读的什么书呀,这么入迷?"

听到有人问他,周成蓦地抬头一看,是一位女生。他认识,这位女生是高一·三班的,名叫柏艳丽。周成忙答道:"徐志摩的散文《落叶》。"

柏艳丽有十五六岁的年龄,个子很高。她穿了一件碎花格子的短上衣,下面穿着一件刚过膝的淡绿色的褶边裙。她那发鬓垂到两耳边,把她的鹅蛋形的面庞遮掩得恰到好处。整齐的刘海下面,闪着一双美丽的大眼睛,满脸含着天真的微笑,透露出一股子乐意同每个人交往的神情。她那两根乌黑的发辫很自然地往上翘着,显露着年轻女孩子的特有神气。

前几天的学生会改选,周成当选为学生会的组织委员。柏艳丽作为高一年级的女代表,也参加了会议。她已经很熟悉周成这个响亮的名字。

此刻,柏艳丽像是周成的老朋友似的,开门见山地对周成说:"周成,我有一件事求你,可以吗?"周成听了这话,非常爽快地答道:"只要我能办到的,一定行。"

"我想借你的《呐喊》看几天，可以吗？"

周成一听这么简单的事，接着笑了，就说："你喜欢读书，我当然支持。"

"我要看上瘾就不给你啦。"柏艳丽这么回答。让她怎么也没有想到，周成却说："你要这么爱看书，那我就送给你。"

柏艳丽调皮地笑了笑，随后周成就把自己喜欢的那本鲁迅的作品《呐喊》送给了柏艳丽。柏艳丽觉得，这年头，真诚待人的人实在少，可是周成却有着难得的真诚，可以说是世所稀有的好青年。于是，她就故意地逗周成道："你不后悔？"

周成却说："怎么后悔呢，诗人徐志摩在他的《海滩上种花》一文就说：交朋友的诀窍就是真诚，真心或真性情地交流。"柏艳丽听罢，点了点头。

从此以后，柏艳丽也真的与周成交上了朋友，她也渐渐地爱上了这个好青年。

前几天，胡也频把自己仅存的部分书分送给同学们，周成得了两本。他又把其中的一本《到莫斯科去》送给了柏艳丽。柏艳丽看过之后大开眼界，对苏俄的情况、对马克思主义、对普罗文学都有了认识，开始接受了进步思想。

平素在校，通过相处，周成逐步了解到柏艳丽的家庭，他父亲不是平头百姓，而是省教育厅副厅长、省督导员，这使他很惊诧。他就想：自己不过是一个沂蒙山的农家子弟，生活一直很窘迫，而柏艳丽却是一位衣食无忧的官宦人家的大小姐，两个人差距太大。虽说都是人，却一个在天堂，一个在地下。于是，他开始有意地疏远她。谁料柏艳丽很快就觉察到了。

柏艳丽真的爱上了周成。柏艳丽放学回到家中，每到睡前，周成那满脸笑容的样子，几乎占据了她的整个心灵。而周成的骤然疏远，让柏艳丽有点接受不了。

第二天一上学柏艳丽非邀周成在本周末去她家玩，说是让他认识一下她的家。眼见柏艳丽这么热情，周成只好答应了。

很快就到了周末，柏艳丽邀约着周成、谢明华，还有王翠荣，四人一起，来到县西巷柏艳丽的家。她家坐落在街的最北头，是一座古老的四合院。庭院周围是白白的院墙，墙头上是绿色的琉璃瓦。一进院内是正房五间、厢房三间，一律是青砖瓦房，室内窗明几净。天井挺大，中央有一个紫藤花架，紧靠着一个花坛，花坛上摆放着各种花卉。正房旁边角落里还有两棵石榴树，整个院落显得古朴、静谧。

这天凑巧柏艳丽的父亲柏如林也在家。柏如林，字青云，此人平易近人，没有什么官架子。柏艳丽的母亲有四十多岁，身体已经出现衰老的迹象，还患有哮喘病。这位官太太什么活也干不了，却喜欢热闹，有人来就搓麻将，身体好就串门子拜客。在家好喝茶，只剩下自己时就诵经念佛。今天见女儿柏艳丽邀来三个同学到家里玩，她立马吩咐用人宫妈，备酒宴款待同学。

大伙进门之后，向右一拐，在天井里观赏了一阵子花坛上的各种花卉后，就走进柏艳丽的房里玩。柏艳丽这时特别高兴，她坐在钢琴旁边，为三位同学弹奏了一曲《平安夜》，又拿出她临帖写的毛笔字，让三位同学看。周成和谢明华哪里见过这样的家庭，王翠荣虽然是济南人，可是柏艳丽的钢琴弹得这么动听，字写得那么好，也令她羡慕不已。

午饭的时间到了，四人来到了西厢房就餐。柏如林见女儿同学来了也格外高兴，并且一一认识了三位同学。他还特意记下了周成、谢明华、王翠荣的名字。酒席上热闹非常，大伙一直吃到下午两点多钟，才离开县西巷柏家。

七

胡也频在学校的影响力逐日扩大，他很快成了全校具有革命观点和进步思想学生的核心。同学们都特别爱戴和崇敬他。不少同学经他介绍和指导开始阅读马列主义的书籍，于是越来越多的同学懂得了革命的道理。学校里生机勃勃，同学们充满了活力，整个学校仿佛沸腾了一般。

在胡也频老师的直接领导下，学校迅速成立了一个文学研究会，选举了周成、王建刚、丁一仁、马宝之、张宝琪五人为研究会的常务理事，周成为会长。他们创办了《晨曦报》，每旬一期，由柏艳丽和王翠荣两位女生具体负责刻版、印刷等事宜。研究会公开进行普罗文学的宣传和研究，并取得了学校当局的同意，由学校出经费出版文学刊物《齿轮》。那常务理事成员一个个都是热血沸腾的爱国青年，胡老师特别喜欢他们，通过他们，团结着全校各班的骨干。

文学研究会成立的消息，很快影响激荡着整个济南市，于是经常有外校师生来联系和拜访胡老师。济南乡师的代表于福、正谊中学的许安、育英中学的连康等学校代表都邀约胡也频到他们学校做报告，帮助他们建立组织，沟通交流经验。热情的胡也频都一一答应了。

一天，胡也频接到一封上海的来信。周成问起胡老师来信有什么事，胡也频想了想，就说了："告诉大伙吧，丁玲要从上海来我校。"同学们听罢都欢呼起来。因为丁玲就是胡老师的妻子。作家丁玲所著的小说《莎菲女士的日记》，在《小说月报》发表之后，震动了当时的整个文坛。同学们对这位横空出世、才华横溢的文学新星充满了敬仰，都想一睹丁玲的芳容，见一见心中崇拜的偶像。丁玲与胡也频已结婚六年，她这次是来济南看望胡也频的。

三天后，丁玲来到济南。人生就是这么玄妙，学校校长、教务主任为了欢迎丁玲，也都去看望她和胡老师，一时全校师生都轰动了。胡也频的宿舍门前，天天门庭若市，聚集着来访的老师和学生。两位作家的精彩人生让所有的人肃然起敬，那周成更是羡慕不已。

八

四月的一天下午，胡也频给文学研究会的常务理事成员下通知，晚上要在他的宿舍里召开文学研究会常务理事会议。周成得知后，心想又有机会去聆听胡老师的教诲了，这是他最愉快的事情。此刻，他刚刚吃罢晚饭，独自站在校园那花坛的旁边。只见夕阳的余晖映照着一幢幢青砖灰瓦的教室，也映照着平坦而宽阔的操场。他再仔细看，身旁花坛上的杜鹃花都红艳艳地开放了。他低头瞧了一会儿，心里非常高兴。随后，他信步回到教室里，从自己课桌的抽屉里摸出一个笔记本，便朝学校后边的青砖平房走去。那里是住校老师的宿舍，胡老师就住在最东头的两间平房内。

胡也频刚到济南时，学校曾让他临时住在南新街。为了便于教学和辅导学生，随后学校又腾出两间宿舍，安排他住。

当周成来到胡老师的房间时，胡也频和丁玲也刚刚吃罢晚饭。胡也频见周成来了，微笑着迎接他到屋里坐下。房间内摆设简单、朴素，有一张桌子、两把椅子，靠东墙是一张普通木床，床上是简单被褥和一双枕头。方桌上放着一个相架，摆放着一张胡也频和丁玲女士的结婚照。桌子角上是一摞摞的书、笔记本和杂志等。

周成再看丁玲，年龄不过二十几岁，中等身材，圆脸，长得美丽端庄、沉静大方。一双大眼睛水灵灵的，像闪亮的黑玉，眼睫毛长长的，眼睛一抬亮晶晶的，低下去静幽幽的。嘴有些大，但大得可爱。嘴唇线条明显，牙齿洁白，她一笑就让人感到一种清新的美和善良。此刻，她穿着一件淡绿色的旗袍，旗袍镶着银灰色的花边，更显得她朝气蓬勃、容光焕发。周成一看到她，立刻就感受到丁玲女士那浑身洋溢着的女作家的非凡气质。

不一会儿，王建刚、丁一仁、马宝之、张宝琪、王翠荣都来了。人一到齐，房间就显得较挤了。六人中只有王翠荣一人是女生，她从来没有参加过这样的会议，特别兴奋。其他人也满脸兴致勃勃的神情，大家都表露出对文学研究会的关切。不少住校的同学在自习课间散步，眺望着文学研究会的理事会议，非常羡慕。

王翠荣伶俐慧敏，她一进屋就忙着替丁玲给大家沏茶。其他人低着头，彼此说着悄悄话。不一会儿，会议开始了。周成提议，先请胡老师讲一讲当前国家的形势。大伙儿都点头表示赞同。胡也频从椅子上站起来，环顾了一下大家，微微一笑，说："同学们，认清目前中国的形势十分重要，我早就想讲一讲，说起来，中国自从鸦片战争开始至今，仍然处在内忧外患的形势中。无数的爱国志士在寻求救国之路，其中，武训的教育救国无望，康梁的维新变法也宣告了失败。孙中山先生领导辛亥革命，成功推翻了封建帝制，但却向袁世凯投降，把辛亥革命的成果交给了这个窃国大盗。袁世凯又做起了皇帝。随后，中国又一次发起了讨袁斗争。之后，国内一片军阀混战，一直到现在，中国内部各派军阀的矛盾和斗争都反映着帝国主义各国的矛盾和斗争。只要帝国主义各国分裂中国的状况存在，各派军阀之间的战争就存在。所谓妥协也是暂时的。现在国民革命怎么样？大家来讨论一下，国民革命的任务完成了没有？"胡老师说到此处，停了下来。

为了提高大家的认识，他开始启发大家发言。于是周成第一个发了言，他说："在几年前我就知道了，为改组国民党，孙中山先生提出了'联俄、联共、扶助农工'三大政策。大家把一起打倒军阀，打倒帝国主义，作为国民革命的任务。实际上，国民革命没有打倒帝国主义，日本强盗还在济南制造了'五三惨案'，屠杀了咱多少同胞兄弟。"

张宝琪举手,说:"一九二六年三月十八日,北京女子师范大学学生发动了反帝爱国运动,却遭到北洋军阀段祺瑞政府的军警镇压,打死了刘和珍、杨德群为首的学生,制造了一场血案。支持学生的鲁迅先生也遭迫害离京。"

胡也频接着说:"其实,在老军阀未消灭之时,新军阀就在争斗。这些新军阀都是封建势力的代表。一九二五年三月,孙中山先生逝世后不久,廖仲恺先生,这位人民爱戴的革命领袖却被反动派杀害了。这些新军阀的目的是反对孙中山先生改组国民党的'联俄、联共、扶助农工'的三大政策。

"一九二七年四月十二日,蒋介石为了独裁专政,指示白崇禧部下,在上海发动了分共清党的血腥大屠杀,镇压上海武装工人纠察队,大批逮捕、杀害共产党员,很多领导人也惨遭杀害。

"眼下,蒋介石与各路军阀一直在混战。国民党三大会议上,在蒋介石一手操纵下,大会发表宣言,彻底抛弃了孙中山先生的改组国民党的革命精神,公开指责孙中山先生的三大政策,把共产党列为北伐革命的对象。中国往何处去?中国的前途一片迷茫。中国将往何处去呀?

"按照马克思主义理论人类社会发展的规律,人类社会必然向共产主义社会发展。同学们,想一想,生活在这个时代,我们应该怎么办?我们青年学生的历史使命是什么?我想,第一步就是要打倒外患帝国主义,誓雪国耻,少年盛则国盛,少年强则国强。我们青年学生都要求进步,都要成为改造社会的中坚力量。

"我们要打倒新军阀,争取民族解放、国家独立,与世界各国有平等的权利和地位。要实现此目的,必须实现无产阶级的革命。应当唤醒民众,实行工农兵学商大联合,组织民众进行革命,进行斗争。总而言之,中国必须往社会主义社会发展,走苏俄十月革命的道路。同学们，明白了吧。"

"那谁来担当中国革命的领导呢？"王翠荣忽然问胡老师。

"这个任务只有中国共产党来完成！"胡也频斩钉截铁地回答道。他激动地挥舞着右手，接着又说："这个使命既任重又光荣。可是，中国共产党却屡屡被这些新军阀镇压。蒋介石所发动的四一二大屠杀，迫害了很多中国共产党员。眼下，山东的韩复榘与蒋介石一个鼻孔出气，他们在'灭共剿匪'方面是一致的。在山东，由于韩复榘的特务一次次的大逮捕，共产党组织遭到严重破坏，大批共产党员被捕。这些共产党员胸怀鸿鹄之志，却时常居无定所、食不果腹、夜不能寐，为了天下劳苦大众翻身得解放，过上幸福生活，奔向美好的社会，不怕牺牲，英勇奋斗。可是，这些革命的先进分子却落了个坐牢、杀头的结局。同学们，想一想，这是多么令人悲伤的事呀。"胡老师说到此处，心里极度痛苦，喉咙哽咽得说不下去了。

宿舍内的空气好像伴着同学们激愤的情绪，顿时共同颤动起来。大伙的心为祖国前途担忧，就像江河的水忽高忽低，又像在黑沉沉的夜幕中，刚刚发现了几颗星星，可是突然间，星星之火又熄灭了。

胡老师此刻转了一下话题："我们今天的文学研究会的宗旨就是宣传马克思主义，宣传唯物史观，让民众尽快地觉醒。齿轮是工人生产的产品，它象征着无产阶级。无产阶级是革命的主力军，我们要当无产阶级革命的号角。所以，我们把文学研究会的杂志命名为《齿轮》，每位同学都要明白命名的意义。"

胡老师讲完话，丁玲女士也发了言。她说："同学们，胡老师的讲话很精辟，大伙要牢牢记住。我们青年学生一定要关心国家大事，因为祖国的命运与我们每个人的前途紧密相连。眼下，旧军阀打倒了，新军阀又在疯狂地屠杀共产党员。但是社会要进步，人民在觉醒，野火烧不尽，春风吹又生。爱国志士、共产党员个个怀着对祖国、对人民的爱高于一切的思想，勇往直前，虽死犹荣。我们要向他们学习，唤起民众，打倒帝国主义，打倒新军阀。虽然山东张宗昌的势力被赶走了，却又来了个韩复榘。他手下的特务很多，大伙一定要高度警惕。"

对于目前国家的形势，经过胡也频和丁玲的介绍，在座的每位同学心里都亮堂了。周成更明白了，为什么共产党员不怕杀头，因为他们信仰共产主义。他们坚信革命一定会成功。所以，只有意志薄弱者才畏惧死亡。这时候他在暗下决心，要争做一名共产党员。

九

这天上午，刚一下课，同学们都走出教室来活动。有的自己活动去了，剩余的同学聚成几堆在议论着什么。周成走出教室，随便加入一堆人中去，听他们交谈。只见王翠荣、丁一仁、张惠民三人正低声七嘴八舌地议论不停。

王翠荣对丁一仁说："我觉得胡老师所讲的内容怎么与我之前看到的一本《晓风》周刊这么相同呢？那可是地下共产党赤色宣传刊物。我真有点怀疑胡老师是共产党员，你说呢？"丁一仁把脸一绷，说："我不知道，你可不要乱说。这话要是让国民党特务知道了，胡老师会马上坐大牢的。"

"我看他就是地地道道的共产党员。"张惠民肯定地说着。

"共产党员又怎么样？共产党员有什么不好？"丁一仁生气地对张惠民低声说道。

"我是说胡老师是个危险人物，咱们最好不要太靠近他。"张惠民说。

"我觉得胡老师讲的事情都是对的，你怎么这么说呢？"丁一仁又反驳道。

"济南警察局这两年逮捕了一批又一批共党分子，难道胡老师糊涂不成？来济南这么多天啦，真的一无所知？蒋介石的'灭共剿匪'抓得这么紧，我看胡老师一不小心，会惹出大麻烦。"张惠民说到这里停了下来。他见周成凑到身边，就把脸转向了周成，说道："周成，你是文学研究会的大会长，你怎么看？"

周成说："张惠民，你就是前怕狼后怕虎。怕什么？胡老师讲得都对，句句是真理。要是青年们都像你这样，社会永远黑暗，永远停滞不前。"说到这里，他放低了声音，悄悄地对张惠民说："我对你说句真心话，我真想加入共产党，眼前的困难是找不着地下党的大门在哪里。你能帮我找着吗？"

王翠荣一听周成这么说，就关心地对周成说："你疯啦，这事谁也帮不了你。我服你，你真胆大，你不怕死？国民党一旦把你抓走，再想活也晚了。"

周成听后却说："胡老师说得很对，我相信胡老师。人早晚都要死，一个人活着要活得有意义，这才是最重要的。我就想活得有意义。"丁一仁说道："人活着就是这样，得活得值。我同意周成的说法。"丁一仁这么一说，王翠荣听不下去了，她对周成说："行了，行了，你革命吧！我倒要看你革出个什么名堂来。"随后她就转身进了教室。

这时上课钟声响了，几个人的谈话也就结束了。

像张惠民、王翠荣这样害怕革命、无所追求的人很多，周成很理解。他明白：大千世界，人各有志，想法不同也很自然。

这天晚上，周成回到自己的宿舍时已经很晚了。同房间的其他伙伴都已沉沉入睡，唯独他静静地躺在床上，把头靠在枕头上，海阔天空地想了很多，许多事情在他的眼前起伏。胡老师的话就像种子一样，在他的心田里萌芽，生长壮大起来，使他热血奔涌。对于胡老师立志献身无产阶级革命事业的大无畏的精神，他由衷地钦佩。

周成沉思着，又从床上坐了起来，慢慢地低下头去，不停地问自己：你究竟怎样看待这个世界？你来到这个世界，为什么活着？

你能脱离这个世界活着吗？不能，只有在人世间。你该为千千万万的劳苦大众而活，不该仅仅为了自己而活。而要达到这样一个人生最终目的，就必须具有为之奋斗献身的精神。

革命的道路是极其艰难困苦、坎坷不平的，尤其是处于内忧外患的社会，困难会更大，这需要个人牺牲。在任何时候，他都不是一个怯懦者。为更好发展、成长，他认为只有加入共产党的队伍，自己才会更有力量。

周成又想到中国历史，古往今来，多少圣贤豪杰，所有能完成救世宏愿的，都是力排万难。眼下更是如此。

周成懂得了中国共产党的伟大，他决心加入这个党，成为其中的一员。有不少夜晚，他仰望着星空，心里空茫茫的，只觉得那么孤独，仿佛在这个世界上，只有他和天上昏黄的月亮。他在想：我是不是在做梦，茫茫人海，党在哪里？为什么我一直寻找不到。胡老师是不是共产党员？他开始体会到信仰的力量，他觉得自己身上有了一种惊人的气力，这是他早先从来没有感觉到的。信仰可以移山，信仰可以克服一切艰难困苦。他仰望着星空，暗暗发誓：我决心克服千难万险，寻找到中国的救星——中国共产党。这是我的梦想，我要把梦想变成现实。

十

这天下午，胡也频正在国文备课室里看书备课，忽然从外边进来一名学生，对他说："胡老师，彭主任有事找你，请你到教务处去一趟。"说罢，那位学生转身走了。学生说的彭主任就是教务处主任彭建中。

胡也频随即停下自己手中的工作，起身走出国文备课室，顺着甬道，走了几十步，就来到教务处门前。彭主任正在门口等他。彭主任对胡也频说:"胡老师,请屋里坐,有一件事情,需要与你谈谈。"

这是他来校任教后,教务处主任第一次找他谈话,胡也频不知道会是什么事。他抬腿迈进教务处,彭主任转身右手一挥,让他在椅子落座。

彭主任望了望年轻的胡也频,一脸严肃地说:"胡老师,你来本校任教有几个月了,今天我谈谈校方对你的总的看法,希望能对你有所警示。"

才一开始对话,胡也频就听到彭主任严厉的措辞,心中立马很不得劲。他自己心里明白:我认真教学,对学生学习负责。一切行为都按校方制度做事,问心无愧。且看你怎么评价我。

教务处内只有他们两个人。彭主任抬头望着胡也频,又说:"胡老师,咱们学校无论是看教学质量,还是校风,一贯是全省人民公认的好学校。可是,最近一个时期,国民政府对我校并不满意。你了解不了解?"

"这话从何说起呢?"胡也频反问道。

彭主任见胡老师并没有认识到问题的严重性,于是便说:"你来校任教之后,大胆教白话文,因为白话文运动在社会上已有了很大发展,学生也有新文化的需求,讲白话文可以,包括组织文学研究会也可以。但是,万万不能把济南高中当成宣传马克思主义、宣传唯物史观、散布共产党言论的场所。近日,据同学们反映,你的观点、立场与共党的《晓风》周刊完全相同,许多言论如出一辙,在同学中影响很大,都直接惊动了国民政府和省党部,这是很危险的事情。上头认为,这是共产党在济南活动的典型表现。

"胡老师,今天我需要告诉你,韩主席与蒋委员长在对待共产党方面是一致的。韩主席手下组织了庞大的特务网,专门对付共产党。省党部张主委等人也因多次捕共有功,受到南京政府的奖赏,这些情况,难道胡老师你真的一无所知?"

"知道又怎么样？这些共产党员犯了什么罪？你可以说一下吗？"胡也频淡定地问道。

"胡老师，我没必要回答你的问题，我只告诉你，以上我所说的这些共产党分子，他们个个年纪轻轻，都是这样的下场。你认真地想想，人生苦短，他们多么可惜呀。胡老师，你也是年轻人，不要在这条路上滑下去，不要执迷不悟，为共产党当炮灰，当这样的炮灰不会有好结果的，你还是好自为之吧。"彭建中有些激动地说。

"彭主任，人各有志，并非所有的生命都是高尚的。有的人活得肮脏，死得无聊；有的人活得精彩，人生苦短。对于那些志存高远的人，即使死也有意义，也是高尚之人。时间会证明一切，后人不会忘记他们，历史将会作证。"胡也频坚定地说。

"胡老师，我有个看法，一旦年轻人脑子里灌输了马克思主义，这是很可怕的事情，马克思主义就像幽灵一样不好摆脱。我希望你一定要头脑清醒，悬崖勒马，不要越陷越深。"彭建中不得不再次厉声警示。

这时胡也频笑了，说："彭主任，谢谢你的关照和教诲，我自有主张。没有别的事情了吧？没有的话，那我就回去备课啦。"

"没有了。"彭建中无奈地说。

两个人的谈话，就这样结束了。

十一

五月的一天早上，在济南珍珠泉大院一间会议厅里，正在准备召开一个重要会议。厅内一张长会议桌上，摆着各种茶品，还有三位女服务员在厅内负责给到会的要员随时服务。

上午，韩复榘安排秘书长召集教育界要员开会，此刻，省教育厅厅长向思正，还有副厅长柏如林等都已到场。韩复榘还邀请了国民党省党部张主委等人参加。

本来是教育口上的事,韩复榘为避免矛盾,也邀请国民党省党部的负责人参会。韩复榘的目的是暗防省党部的头头向蒋介石打小报告、放暗箭,事后给他惹些麻烦。

大概是由于老百姓街谈巷议和各学校师生中到处流传着关于济南高中的胡也频在该校组织文学研究会,大肆宣传马克思主义,宣传普罗文学等,而且与共产党宣传的赤色内容相同,这些事情,很快通过特务组织传到韩复榘那里。在国民党看来,胡也频的所作所为自然是赤色宣传,这是极其严重的问题。韩复榘哪能按捺得住,于是他亲自出马,召集会议,研究对策。

会议九点开始,省政府秘书长张绍堂站在桌前,他两眼扫视了一下众人,见该来的要员个个都到了,就说道:"大伙静一静,稍等一下,韩主席马上就来训话。"不一会儿,身材高大的韩复榘由张绍堂陪同,精神抖擞地步入会议厅。此时在会议厅等待开会的所有人员都起立迎接,会场气氛非常严肃。韩复榘微微一笑,摆了摆右手,让大伙落座。他走到主讲台前,仔细看了看在场的人员,说:"今日来的人挺全,连省党部的张主委也到了。"

张主委一听,韩复榘刚上讲台就提到自己的名字,一时不知道韩复榘的肚子里装的什么药,就忙站起来,回答说:"韩主席,我们省党部在一些事情上应该努力配合省政府的政务,共同把灭共剿匪的事干好。"

韩复榘接着说:"张主委说得对,说得对,你坐下吧。"随后,韩复榘一转脸朝大伙说:"诸位,今天秘书长代俺召集各位来开这个会,不用说没外人,都是自家人。有什么事就直来直去,照直说,别跟俺绕弯子。俺也听说了,最近济南有一股子不小的风声,不知道大伙听到没有?"韩复榘说毕,向在座的人来回看了一遍。可是,会议厅内鸦雀无声,没人敢回答。

韩复榘心中有计策，他是要省党部的张主委打头一炮，看他说些什么。见大伙不发言，他就点了张主委的名："大伙静听着，让张主委先讲讲情况。"张主委立刻从椅子上站起来，他思维敏捷，顿时反应过来，这是韩复榘故意点他的戏。但他一点也不害怕，因为他背后有蒋委员长这棵大树给他撑腰，于是他说："那我就直接说了，是教育口上的问题。昨天上午，有人悄悄地跑到省党部反映，他那学校，从上海聘来了一位国文老师，此人叫胡也频，到校不到半年的时间，一直在校组织学校内师生团体闹学潮，近日闹得学校不成样子。胡也频把该校变成了地下共产党进行赤色宣传的阵地，闹得老师不能好好教课，学生不能安心读书，煽动学生闹什么革命，呼喊口号'打倒日本帝国主义'，还成立所谓文学研究会，把普罗文学当什么武器，出版《齿轮》杂志，这个刊物与共产党地下组织的《晓风》观点完全一致。同时，他还动员工农大众，实行苏俄式的社会主义革命。"

说到这里，张主委哼了一声，继续说："这哪还有一个学校的模样？现在胡也频已成了学校一些师生的精神领袖，他培养了不少骨干。他们已经抱成一个团，终日为地下共产党服务。"说到此处，张主委忽然又反问韩复榘："韩主席，你看怎么办？"

韩复榘听张主委如此发问，顿时气得站起来，那张大脸红得像猪肝，他说："这个还问他奶奶的怎么办？抓就是了。这个小子胆子挺大呀，在俺的眼皮底下活动，气焰竟如此嚣张，如此猖狂，简直无法无天。他们中还有几个头头？"

张主委随即翻开笔记本，说："以胡也频为首，还有……"他脑子一转，当众没有说出其他几个人的名字。

韩复榘就对张绍堂说："根据张主委写的名单，马上下达通缉令，有几个逮几个，一律逮捕枪毙。"

这时会议厅内一片寂静。

随之，韩复榘就朝坐在西侧的向思正瞪了一眼，说："这都是你教育口上出的事。"向思正忙站起来，回答说："韩主席，你先别着急，我们马上回去调查实情。果真这样，以后严肃处理也不迟。"张主委一听，就朝向思正说："学校直接反映的情况，不会有半点虚假，完全是实情。"

　　向思正说："张主委，事情不要操之过急，不然会影响全市各校师生的情绪。这需要我们调查详情的。"

　　一直坐在张主委旁边静听着的国民党省党部一位副主委，忽然把一张纸条递给了张绍堂。张绍堂看了看纸条，随即又把纸条传给了韩复榘。

　　韩复榘看了纸条后，对向思正说："老向，你这几天好好把这个学校的真实情况调查一下，特别是有共产党嫌疑的人员一律给俺摸清楚，报省政府。"然后扭头对在场的所有人说："没别的事了，散会！"会议结束后，人们纷纷走出会议厅。

　　柏如林没有走远，他见省党部的要员没离开会议厅，知道这些人又在与韩复榘及张绍堂开秘密会议。他很快打听到了张绍堂拟好的通缉令，名单中主要成员有胡也频、周成等人。

十二

　　很快，柏如林回到家中，悄悄地将韩复榘下达通缉令的消息告诉了夫人和女儿，柏艳丽一听有周成，顿时惊呆了。

　　柏艳丽没顾得上吃晚饭，就慌忙地返回学校去找周成。她一直找到胡也频的宿舍里，才发现周成在那里。此时，周成正在与胡老师几个人议论国内的形势。

　　柏艳丽走到窗前，朝房间内的周成摆了摆手，周成扭头看见柏艳丽找他，就从屋里走了出来。两人来到校园偏僻的一角，柏艳丽赶紧悄悄地对周成说道:"不好了,周成,我爸爸得到了一个重要消息,今天韩复榘已下达了通缉令,要逮捕咱学校里的几个共产党,名单中有胡老师,还有你……"

周成听罢立刻说:"你仔细说说情况。"

柏艳丽就把从父亲那里听来的消息,从头到尾,一五一十地对周成讲了一遍。形势十分危急,柏艳丽让周成立马通知胡老师及其他几个人,赶快离开济南。不然,大难临头。

周成对柏艳丽说:"我又不是共产党员,我仅仅是一个青年学生,为何对我一个无辜学生下如此毒手?"柏艳丽说:"你虽然不是共产党员,你可是共产党嫌疑犯,他们照样抓你,照样杀头。难道你不知道吗?现实就是这样。你马上告诉胡老师,千万今晚离开这里。过一会儿,咱俩到校外桥头上见。我在那里等你,有话对你说。"

"好的。"周成答应下来。这时柏艳丽神色匆匆地转身走了。

随后周成回到了胡也频的宿舍里。因为宿舍里全是可靠的人,周成就对大伙说出刚刚得到的重要消息。这消息仿佛晴天霹雳,大伙一时都震惊了。

焦国忠想了想,说:"其实,我早就有一种预感,国民党省党部的人一直在盯着我们,终有一天,他们会对咱们下毒手,没想到这么快呀。"

王仙敏说:"我也发现,教务处主任对咱们的活动一直很抵触。可能就是他在暗中给省党部的人通风报信。"

胡也频接着说:"前几天,彭主任就找我谈过话,绷着脸,严肃地说我是共产党员。我当时顶撞得挺厉害。"

周成这时激动地对胡也频说:"胡老师,我有很长时间就想问你,又不敢公开问你,你是不是已经入了党?"

此时的胡也频满脸沮丧地对周成说:"我早就想争取入党,现在我还不是共产党员。我来到济南后,暗中一直在寻找地下党组织。

济南一定有地下党组织，但我始终联系不上，这事让我一直很着急。"

"怎么地下党组织这么难找呀？"周成紧咬牙关，又说，"我们都是一些无辜青年，犯了什么罪，国民党竟对我们下毒手？"

胡也频说："你不知道，国民党对共产党的态度一向是宁可错杀一千，也不能放过一个。"

周成听胡老师这么说，更坚定地说："凭着国民党反动派如此残酷，我也要坚决找共产党。咱们大家想办法联手找。"

这时，有人敲门了。声音虽然很轻，却很急切。周成开门后，敲门人进门一伸头，就把胡也频喊了出去。不一会儿，胡也频又回到了房间，说那人告诉了他同样的消息。韩复榘已正式下达了对胡也频等四人的通缉令，马上就来捕人。

严峻的现实就摆在眼前。丁玲说："看来，大伙不能犹豫不决了。三十六计，走为上计。"此时胡也频完全明白了自己的处境。这里已不是安身之地，随时都有遭逮捕的危险。

"坚决走！"焦国忠说道。王仙敏也点头赞同。大伙最后一致决定，当晚就走。胡也频恋恋不舍地说道："我真舍不得这么多、这么好的师生呀。看来苦守在这里不行啦，无法再待下去，只能走。不过，大伙都记住，将来我们一定会再见面的。我们要努力寻找党。"周成动情地说："胡老师，我天天都想找党，可是，我就是找不着。这事怎么这么难？找党这事永远不可能吗？为什么就像大海里捞针一样难呢？"

胡也频顿时把脸一板，对周成说："愚公移山，一天找不到，一天不罢休。只要努力，总有一天会找着。"

周成又说："胡老师，你要是先找到党，千万别忘了告诉我。没党，我就像一个夜行无烛的人，终日里看不见路，太难受啦。"他稍微停了停，接着继续说道："胡老师，我的老家在沂蒙山。我给你写个详细地址，今后好联系。"周成开始低着头，忙着给每个人写自己的家庭地址。王仙敏对胡也频说:"我准备同你一块儿去上海。"

胡也频点了点头,说:"那更好。"

焦国忠说:"我要去东北,咱们今后要多加联系。"

周成把已写好的地址,分别送给每一个人。当他给胡老师写地址时,就说:"胡老师,我回到老家沂蒙山,那兔子都不拉屎的穷山窝里,往哪里找党去?我知道,俺那里从来没有共产党。"

胡也频说:"不一定,据传,现在江西农村山窝里就有共产党在活动。你耐心地寻找就是。"接着他又说:"我还是回上海。咱们后会有期。大伙放心,将来咱们中国,只要有共产党,中国的前途一定会有希望,会有光明的。我们分手之后,都要千方百计地寻找可爱的党。我到上海继续找。我相信,一定会找到。"此时,人们唯一的希望就是能寻找到可爱的党,早日投入党的怀抱。为此,大伙又充满力量。

他们不敢再耽误时间,开始分头行动。丁玲没有与胡也频同行,胡也频与王仙敏一块儿乘火车去青岛,然后去了上海。焦国忠去了关东。周成回宿舍里,收拾了一下东西,趁其他同学不注意,悄悄地走出校门,直接来到杆石桥桥头上。

远处,在杆石桥灰色的门楼旁边靠西边的桥头上,柏艳丽一直在那里焦急地等待着周成。此刻,她千思万念,只盼望着与周成说些心里话。

在离桥头几十步远的地方,周成抬头朝东边望了一眼,他就看见了柏艳丽。柏艳丽穿着一件麻纱连衣裙,一身薄衣素装,十六岁的少女就像花蕾似的似开未开,那正该是朝气蓬勃、容光焕发的青春年华。然而,这阵她的心却乱糟糟的。一见周成朝她奔来,刚走到近前,她第一句话就问:"你怎么待了这么长的时间才出校门?"

"好些事情,大伙还未商量完,开始胡老师还舍不得离开这里。

要不是丁玲老师坚持走,他还在拖呢。最后,大伙决定,今晚都走。"

这时柏艳丽说:"周成,说句心里话,我真舍不得让你走。"

"我也不愿意走。我也舍不得离开你。我一走,也无法向爹妈交代。事到如今,情况危急,济南已没有我的立足之地了。"周成这样说道。

"你回哪里呀?"柏艳丽问道。

"我回沂蒙山。"周成把事先写好的详细地址递给了柏艳丽。柏艳丽接过来,看了看,小心地放到口袋里。

桥头下边是从南部山区流下来的河水,河水哗哗地流淌着,泛着波光。桥头四周静悄悄的,没有一个人影。周成意味深长地说:"柏艳丽,今晚一别,我就很难再回到这里了。因为我是一个通缉犯,回来他们会抓我的。"柏艳丽走到周成的跟前,紧紧地抓着周成的手,说:"有些话,一直憋在我心里。今天,我要对你说:我爱你。"周成一听,顿时激动地抱住柏艳丽,说:"我也一直爱你。"两个人亲吻着。接下来周成慢慢地推开柏艳丽,说:"艳丽,我想劝你一句,说真的,不要爱我。因为我随时都有被特务抓去杀头的危险。"

"眼下,你抓紧时间躲一躲,等风头过了,再回济南。"柏艳丽却这么说。

周成此时心乱如麻,他说:"你不是对我讲过了吗,我是共产党的嫌疑犯,我怕连累你,让你跟我一块儿坐牢。"

"周成,我不管这些,我永远等着你。"柏艳丽回答说。

周成说:"我是沂蒙山的农家子弟,有的只是一个贫穷的家庭。"

柏艳丽真诚地说道:"我只爱你这个人。"

"既然如此,你就等着我,不要嫌时间长呀。"

"我等你,将来一定要回济南找我。"柏艳丽说。

在夜色中,周成紧紧地抱住柏艳丽,亲吻了一下,说:"风头过后,有机会我会到你家找你的。"

"我等着你,我等着那一天。"柏艳丽说。

严峻的现实使周成不敢再拖延。最后,他对柏艳丽说:"就这样,咱们后会有期。"周成双手松开柏艳丽,提着那简单的行囊,转身朝北走去。柏艳丽一直望着周成的背影,直到他渐渐地消失在茫茫的夜色中。

第四章

一

在茫茫的夜色里，周成小心地躲避着马路上的行人，急急忙忙地朝火车站方向奔去。当他来到济南火车站东边天桥附近时，他反复在想：回老家沂蒙山诸葛庄能行吗？不行。因为学校教导处档案内有信息，特务们只要一翻档案，便一清二楚了。那该往何处去呢？忽然，他想到母亲的娘家石沟村。因为那里有几个表舅，可以暂时避避风头。

想到这里，他决定去石沟村。为避开捕共队特务的视线，他不敢直接进候车室卖票处买票，他怕他的身影一旦出现，会当场被事先埋伏好的特务一下子抓住。于是，他决定扒火车走。黑暗中，他钻过车站东边天桥处的铁蒺藜防护网。由于匆忙，一不小心，他的两只胳膊被铁丝网深深地扎伤了。接着，他还跌了一跤，但他立刻又爬起来继续走。

此时天气闷热，周成嘴里又干又涩，舌头像吃了沙子一样难受，他都强忍着，只想赶快逃离。凑巧此时遇到了几个外出乞讨的穷哥们，他们也要扒火车。他就加入了他们的行列，其中一个年轻人与他还成了朋友。他们东躲西闪，终于来到月台旁边，等候火车的来临。不大工夫，远处传来火车进站的阵阵呼啸声，一列火车急驰过来了。火车在月台前刚刚停稳，随着上下车的人流，他们也一起悄悄地挤进了车厢。仅仅五分钟的时间，车站的铃声响了，这列火车经过一阵轰隆轰隆的响声和一次猛烈的颠簸摇晃之后又启动起来。

此时此刻，周成的心稍微轻松了一点儿。他明白：现在算是离开济南了，他暂时安全了。但是，他的通缉犯的身份并没有抹掉，他还是国民政府的通缉犯。他知道，反动政府不会让步，捕共队的特务们还在追捕他。他对未来一点也不敢想，他感到有一只无形的手在伸向他，所以，他随时随地要高度警惕。

于是，上车后，他猛往车厢后边走，与他一同上车的朋友一直紧跟其后。在最后一个车厢里，他终于找到了一个座位坐下。停歇片刻，借着昏沉沉的灯光，周成看了看车厢的四周。他发现，座位上几乎都是浑身沾满灰尘、衣衫褴褛的乘客，还有一些面黄肌瘦、到处讨饭的乞丐。坐在他对面座位上的是一个中年妇女，她怀里抱着一个瘦弱的婴儿。那婴儿一直在扯着嗓子哇哇哭个不停，还不时地瞪着泪水盈盈的眼睛看着周围。很快周成就了解到，原来妇女因为没有吃的，早就没有奶水，婴儿哭是饿的。他心中不由一阵阵难受。

周成在想：这就是中国的现状，这就是整个中国的缩影。胡老师说得对呀，这个社会怎么会不崩溃呢？

"你到哪一站下车呀？"那个朋友忽然问周成。

"我想回沂蒙山，在哪一站下车好呢？"周成反问道。

"那咱一块儿在磁窑下吧，那里去沂蒙山最近。"真挚的小伙子这样告诉周成。

"还需要多少时间呀？"周成又问。

"两个多小时。"朋友说。周成听罢，知道时间尚早，就闭上了眼睛，蜷曲着身子，开始定神苦苦思索着人生的下一步。

火车的车轮在黑暗中闷声闷气地前进着，很快就被黑夜吞掉了。两个小时过去了，列车到了磁窑站，周成就与那朋友下了车。磁窑站是一个破烂小站，出站后，两人就分开走了。看看外边一片漆黑，他只好蹲在一间候车室里，一直等到天亮。天亮后，他走出候车室，在车站小广场附近的一家小摊上简单买了点吃的，又买了十几个火烧和两瓶白酒一起装到书包内。

二

周成知道磁窑站离石沟村还很远，算起来约有两百多里的路程。于是，他开始昼夜兼程、不顾一切地直奔沂蒙山石沟村。磁窑往东几百里都是丘陵和山谷地带，他徒步走着，有时走大路，有时沿着迂回曲折的山间小路向前。太阳高悬在天上，烤着大地。坎坷不平的地面上，曲曲折折的小路一直向前延伸着。小土丘上，庄稼无精打采地摇晃。微风习习，偶尔吹来小麦的气息。土丘上还零零落落地长着一些车前子、蒲公英等，从远处望过去好像在悬崖顶上铺了一块特别厚密的绿毯。

周成继续向前走，这时却遇到山路，而且他发现越往东走，地面变得越黑。他一时不知道自己来到什么地方。这时已到黄昏时分，正巧迎面来了一个中年人，此人上身光着膀子穿件马甲，左肩上搭着一条旧毛巾，手中拿着一顶柳条枝编成的帽子，一脸黑。周成问这人："这里是啥地方？"这人告诉他："这个地方叫华丰煤矿，我就是华丰煤矿的一名矿工。"

"这里的良庄煤矿在中国是有名的煤矿。"这人又补充道。周成一直认真地听着，心想怪不得这边地面都是黑的，原来是有这么多煤矿呀。由于天热，周成口渴难耐，就向这位矿工师傅讨水喝。好心的矿工师傅就领着周成一直来到自己的工棚里。周成喝足了水，并且吃了饭，住了一夜，第二天又继续赶路，一连走了两天。这里的路极其难走。一次，他沿着一条羊肠小道走，因为是斜坡道，实在有些陡，他高一脚低一脚地走着，一不小心踩在一条石缝上。石头塌了，他也跟着滑了下去。他的整个身子就像从屋顶上往下滚的石块一样，滚了有半分钟，幸好崖边有几棵树，正好挡住了他，这才保住了这条命。这时他定了定神，心想：好险呀。男儿的胆气与生存欲一直鼓舞着他。他鼓励自己道：一切都没有什么可怕的，人类定能战胜暂时的困难！他望着刺目的天空，继续前行。

在快走过一个小山时，他突然发现一只苍鹰在半空中抖动着它那灰色的翅膀，画了一个巨大的圆圈，开始低低地盘旋，然后忽然又急速地飞翔着。周成仔细一看，原来这只苍鹰正在追逐一只野兔。一只几乎辨别不出来的灰兔在山坡上上蹿下跳，正努力摆脱这可怕的老鹰。周成赶紧捡了一块石头扔过去，顿时把老鹰吓跑了。灰兔急急地向一旁逃去，瞬间消失在小山的丛林中。

周成继续走着，发现前面是个大峡谷。他拼命地登上了峡谷口，向下俯瞰。真是不登高山不见平地呀，站在峡谷口上，他突然放开喉咙，喊了一嗓门，变了调的声音在山间回荡起来，他心中变得格外舒畅。喊声也吓得林中的松鼠慌张逃逸，瞬间四周又归于荒凉岑寂。

这个地方他曾经走过，他知道他开始走进沂蒙山了。沂蒙山是他一直向往的地方，这里的一山一水，对于年轻的周成来说，都是那么熟悉，那么可爱。他边走边望，对于这片土地寄予无限的深情，因为这片土地曾经养育了他。这个他从幼年就熟识的地方，今天他又回来了。这儿的一切都没有改变，就是在这里他度过了他的童年。他曾不止一次地回忆自己住在石沟村姥爷家的日子，想到姥娘做的小豆腐、摊的煎饼，样样都那么好吃，他多么想一下子飞到石沟村。他默默地对自己说：将来要成为一位优秀作家，把美丽的沂蒙山和心中的童年都写出来。

周成远眺沂蒙山。你看吧，数不尽的山，数不尽的峰，就像一条条巨龙，飞向天边，连绵不断。有的山本地人称为崮，如南岱崮、孟良崮。而在这大片的山洼中间，哗哗哗流淌着沂河、汶河、沭河等数不尽的河流。当地老乡说：沂蒙山山高，山高当数蒙山龟蒙顶；沂蒙山水长，水长当数沂河水长。那沂河水就像一条银线，蜿蜒曲折地流着，日夜奔流，闪闪发亮。

在沂河两岸和附近山坡上、山麓下散布着一簇簇的村庄，石沟村就在离沂河不远的地方。周成小时候经常与伙伴们一起跑到沂河去捞小鱼，捉小虾小蟹。

沂蒙山的一年四季景色各异，气象万千。春天的沂蒙山，风不再冰冷刺骨，变得柔和、舒畅，太阳暖得令人舒服。山坡上、沟壑里，疏松多眼的残雪在阳光的照射下，开始慢慢融化成春水，欢快地流淌着。沂河、沭河的水也渐渐泛绿。早春季节柳先知，河岸上的棵棵垂柳，枝条变软了，颜色渐渐发绿，仿佛一个个腼腆的少女披着袅娜秀发，临水照影，装缀得大地俊秀、鲜活。山坡上一棵棵野荠菜伏在地皮上。人们开始到山坡上挖野荠菜，带回家做水饺馅，包饺子；或者把荠菜烫熟，放些醋、蒜拌着吃，真可谓美味。山坡上的车前草、蒲公英、马兰头等也都探出了尖尖的脑袋，在春风的襁褓里破土而出，十分可爱。人们开始忙着备耕，整个大自然到处呈现一派春天的勃勃生机。

到了夏天，崇山峻岭都周身披绿，山村里绿云缭绕，田野里绿意铺展，河面上绿水荡漾，漫山遍野都是望不到边的庄稼。那蝈蝈儿彻夜唱个不停，响彻田间的每个角落。到麦收时，布谷鸟、云雀、麻雀、乳燕、斑鸠、鹌鹑的叫声杂然相间，此起彼伏。田野深处地瓜、玉米、大豆、芝麻等庄稼，经过曝晒和雨淋，一天一个样。庄稼窜枝拔节地茁壮生长，变得葱茏青黑，田野里到处熏蒸着发自大地母腹的馨香。山沟里，野生动物如狼、野兔子、狐狸、獾、山猫子，一有机会就会钻出来寻食，偶尔也会出现貂的踪迹。

秋天来了，经过几场秋风，大地上的庄稼熟了。勤劳的老乡昼夜不停地收割，将一年的收成颗粒不漏地收回家中。霜降之后，大地上草木萧疏。天阴时，淡蓝色的迷雾在谷地缓缓移动，远山一片朦胧。天晴时，天高水清，秋高气爽。你如果极目远眺，偶尔还会看到在那险峻崎岖的山的尖峰上,一只可怕的秃鹰站在山的顶尖上,鹰立如睡,可它那双闪闪发光的眼睛正不时地注视着四野,随时准备捕捉猎物。

　　冬天来临,随着一阵阵凛冽寒风的呼啸声,天空中雪花开始飘舞。一夜过后,原野上白雪皑皑,一片银装素裹。大地冰封,空气稀薄干寒,其冷沁入骨髓,令人清爽提神。此时人站在村头,眺望群山,便会心旷神怡。冬天的沂蒙山静悄悄的,人们听到的只是村里的鸡啼狗吠或者不时传来的劈柴生火的声音。

　　这里就是周成小时候生活过的地方,也是让他心里充满着甜蜜的地方。他尤其怀念与姥爷相处的那段岁月。当冬天的太阳暖洋洋地照射着山村,在北屋的墙角下,他坐在姥爷的身边。姥爷如果高兴了,就爱缅怀往事。于是,姥爷就给他讲起沂蒙山和石沟村的趣闻轶事。多少个夜晚,在他难以入睡时,孤独无措时,迷茫苦闷时,只要他闭上双眼,姥爷讲过的一切,那些灵动片段,立刻就在他的脑海里浮现出来,让他顿时有了一些力量……

三

　　在沂蒙山那一望无际的山洼地和山坡上,远处是一片片树林,近处却是大小不一的山村。有的村只有二十几户人家,有的村有上百户人家。石沟村属于比较大的一个村,有几百余户人家。在石沟村外,西北角处居住着三四十户人家,都姓李,是一个家族,人们称它为后街,它是石沟村的附属小村,叫小石沟村。

　　石沟村名字的来源,确实与石头有关。在石沟村村南口,立着一块扁方形的巨大奇石,奇石的每一个面上都有四条竖直花纹。无论什么人,只要轻轻地敲一敲石头的某一侧面,另外三面都会发出声响,声音又各不相同,所以乡亲们都称这奇石为响石。又因响石上有四条沟形花纹，这个村就被人们称为石沟村。至于响石的真正来历，早已失落无考。石沟村的赵姓和李姓两大家族都站出来说，此石是自己祖上所寻，可真凭实据又都拿不出来。于是村里人都不信服。时至今日，事迹原委，一直还是个谜。

石沟村的远处都是山。石沟村南门往东南方向有一条大道，沿着这条大路走，经过红桥镇，可以直通县城。村子往北近百里就是沂山，往西是一座天然大水库。水库的水也是往东南流，最初是细小水流，渐渐汇成大的水流，然后流入沂河。沂蒙山有无数条河，经过千秋百代，哺育出沂蒙人民特有的灵气。这里物华天宝，地灵人杰，人们世世代代与这片土地打交道，流尽了汗水，流尽了血和泪，渐渐改变了沂蒙山的山川地貌。

石沟村的西北角有座关帝庙，该庙建造得甚是巍峨。走进庙院，正面就是一座大殿。大殿两边，除了树木山石、苍松翠竹，就是山花野草。在院东侧有一棵高大的古柏树。柏树上吊着一口大钟。如果戳在地上，足有一人高。伸手用石一敲，那大钟嗡嗡直响，声音会立马传遍全村。关帝庙的门槛上贴着一副偌大的对联。高高的大殿内有三座泥塑神像。正中央是关羽的神像，威严肃穆，眼睛像冒火，让人望之生畏，于是人们见了赶快磕头。关羽身后，站着手持大刀的关平和周仓两位猛将，威风凛凛，栩栩如生。关公前面放着一张供桌，供桌上摆放着一些鲜桃、苹果等供品，素日庙里香烟氤氲。

若逢春天，天旱无雨，村里人无法种庄稼的时候，乡亲们就来到关帝庙前，给关二爷烧香、许愿、磕头，乞求关二爷显灵，赐给人间甘霖雨露。

关帝庙后边是一个宽敞的大院子，有几间平房，是一所小学。这是民国以后建成的，也是附近乡里唯一的小学。在农闲时节，村里的孩子们会来到关帝庙，在根深叶茂的古柏下一起快乐游戏。

石沟村有五百多户人家，姓氏有二十几个，唯赵、陈、王、李四姓最多,是该村的四大家族,其余皆为小户。赵家都住在村的南部,陈家住在村的北部,王家和李家分布在村的西南部和小石沟村。一直以来,这四大姓流传下来一个不成文的规矩,就是同村人彼此不通婚,这个传统几百年来一直传承着,没有破例。

乡亲们祖祖辈辈生活在同一个村里,和睦相处。即使四大姓之间,表面上也像一个家族一样,论起了辈分。虽然没有通婚的事情发生,但有些人家的孩子,由于到了谈婚论嫁的年龄,又都是同村的年轻男女,对彼此家庭的情况了如指掌,平素接触长了,暗中不免情窦初开,产生爱慕之意,就有意结亲。然而,无论媒人还是同村其他人,没有人敢提及这类事情。一旦提及此事,暗中就有人会说:都是同村四大姓,一家老少爷们,怎么能结亲呢?这么一说,自然而然此事就被搁下了。

四

石沟村的陈、王家族多半是家境贫穷的,尤其是陈家,那真是世世代代种地,当佃户,穷得要命。为了活下去,他们就只能给财主赵桂碌扛活。陈新的父亲叫陈克石,陈克石共兄弟两人,陈克广排行老大,陈克石排行老二。陈克石常对村里人说:"俺投胎就投错了,一下生就来到穷得叮当响的陈家,这辈子好不了了,这是命中注定。"两兄弟住的房子都是用一块块片石砌的墙,茅草盖的屋顶,下雨没有不漏雨的。陈新吃过树皮、草根,但他却不认命,最后忍受不了饥饿,去外地另谋生路。

陈克广有四子,大儿陈达,二儿陈浩,三儿陈杰,四子陈涛。除了陈涛之外,都给赵家当过佃户。家中除了锄、镰、铁锹、镢、丁字镐等劳动工具,就剩下锅碗瓢勺,其他啥也没有,常年过着困顿不堪的苦日子。过年都没有新衣裳穿,男人夏天里只穿一件破裤头。

陈克广劳累了大半生，到他五十多岁时，身子伛偻着。劳累使他弯腰驼背，贫穷使他愁眉不展，终于把四个孩子都拉扯成人，各自成家，娶妻生子。陈达的媳妇先后给陈家添了两个半傻瓜孩子，气得陈达给大儿取名大憨，二儿取名二憨。两个儿子长大后都替陈达给赵桂碌家当了长工。陈达因一场暴病早亡，陈克广老两口本就身体不好，再加上儿子的去世打击，不久也相继离开了人世。

再说王家。这个家族有六十多户，各家都较穷，因户少，该族人团结心齐。一户有难，老少爷们都会操心帮忙。平素每家除了种自己仅有的一点地之外，就是给人帮工。农闲之时，四乡赶集，做个小生意。有的会手艺，编竹筐，编竹篓子，贩卖皮革和木材，混个小钱。王洪祥一家从县城学会了做豆腐，于是全家人做豆腐，卖豆腐。其弟王洪庭临街开了一个小杂货店，卖烟酒糖茶、洋油、火柴等。王洪祥兄弟在石沟村称得上是条汉子，不讲理的事不干，村里不论穷富，都敬畏他们三分。

在石沟村，论起富足当属赵、李两家。财主赵桂碌，可以说独霸一方，为石沟村四大家族之首。赵氏家族人丁兴旺，有上百余户。要论拥有土地、家产之多，远近几十里当数赵桂碌家。他是十里八乡有名的财主。一进石沟村南门，人们只要抬头北望，就能望见一片灰瓦房的深宅大院。这院子的主人就是赵桂碌，他家有万贯，牛骡马成群，为他家常年扛活的长工，人数众多。赵桂碌不仅有钱，而且远近闻名。赵桂碌的父亲赵国荣是前清的秀才，为光宗耀祖，赵国荣还通过县衙门的人，出钱买功名，得了一块山东举人的匾额挂在赵家大门口，一时轰动四乡。民国以后，赵国荣离世，赵桂碌怕招惹是非，便将匾额收起来。

赵桂碌上过四年私塾，读过四书五经，也能背诵几十首唐诗宋词，爱收藏名人字画，逢人开口就是辞章典故。因他乳名三贵，村里人尊称他一声赵三爷，暗地里给他取了一个绰号——三秀才。

三秀才自言能给人看麻衣相，看过之后，张开黄色大门牙的嘴，开始断言你一生的结局将会如何。有时会告诉人家说，如你出门遇到黑马不吉利；又说，如果出门在外，遇到陌生人喊你，不要回应，不然凶多吉少。在外人看来，他对中医也有极深的造诣。事实上，他学得不深不透，实属半瓶醋。但是，他说他懂《黄帝内经》和《伤寒杂病论》。五十多岁时，在秋雾中，他常常独自一人沿着崎岖不平的山路，钻进丛林中采药，用尽自己的智慧，泡制药酒，梦想着延年益寿。

论辈分，论年龄，论家产，三秀才在石沟村人的心目中有着默认的权威。三秀才的老婆叫马连英，马连英能干又有心机，是三秀才的得力帮手。她一辈子为赵家生了五男两女。按赵家的家谱，赵桂碌是桂字辈，其子为景字辈。大儿取名景海，次子取名景岗，三儿取名景河，四儿取名景山，五儿取名景林。两女分别取名淑琴、淑英。赵桂碌为避免是非纠葛，凡是儿子娶媳妇之后，就必须分家出去，自己单独过日子。赵桂碌言道，这是遵循祖训：树大分枝，儿大自立。眼下四子都已成婚，只剩下老五赵景林尚在县城学堂念书，没有成家。两个女儿也都已出嫁。

赵桂碌虽有五子，但还是觉得后继无人。他觉得五子个个鲁笨，不如他精明强干。后来他觉得老五景林聪明伶俐，是块读书的材料，像他一样，知书达理，人情练达，未来或许能执掌赵家的家业，是个称心的继承人选，可是年龄最小。他就尽力供老五读书求学。再就是老二景岗，人长得身材魁梧，有魄力，有威严，还有一股子倔劲。对付同村的土包子是把好手。赵景岗做事花样百出，对付穷人不顾情面，能厚脸皮行事，显得又刁又倔。三秀才常想：这是自己所欠缺的品性。而其余的三子在他看来都是懦弱无能之辈。

三秀才在治家、用人、借贷往来方面，更是传承祖上奇招。他自曰：大家风度，铁算盘算账；大事不糊涂，章程要牢固。就说他自制的收租木斗吧，官方的斗，一斗盛玉米18斤，而他的斗却有两个，一个盛18斤半，另一个盛17斤半。人们表面看不出区别在哪里。其实，三秀才暗中在斗的底部做了标记，他心中有数。

每逢秋收时节，粮食登场，赵家开始用大斗向农户收租。由于他家的斗大，农户交完了租子所剩无几，种地的农户苦不堪言。如果说三道四，明年不租给你地，你就更没饭吃。冬春时节，有的佃农家里没有口粮，就向赵家借粮，三秀才就拿出自制的小斗借粮，农户暗地里牙齿咬得脆响，却不敢说。村里人称三秀才铁算盘，老谋深算。虽然如此，由于石沟村另一户财主李春善对乡邻概不赊借，闭门朝天过日子，所以，赵家虽然刁钻，可是一旦到了极度困难的时候，赵家还能挪借一下，这里还有万不得已的一步退路。所以，对赵家的行为，大家只能忍气吞声。

赵家土地有几百亩，须人照看。县城有药铺，理财须用人，家大财大，三秀才一般不出面，他叫马连英把她娘家弟马成奎，从宋家洼叫来石沟村做他的账房掌柜。马成奎此人出生时，左脚后跟筋短，长大之后，走路一拐一瘸的。他来到石沟村之后，村里人见他走路这个样，暗中都称他马拐子。他对赵家可以说忠心耿耿，对其他人却像一把铁勺，滴水不漏。村里人说这个马成奎是个铁拐李，配上铁算盘，成就了一只铁公鸡。

三秀才在县城开了一家药店，名曰"独一处"。全县独此一家药店，开业后生意火爆。四乡的人，吃了五谷杂粮，哪有不生病之理？生病就要喝药，进城买药就到"独一处"。卖药的生意自然红火。这生意也由马成奎一手统管着，马成奎的权力挺大。

在石沟村，三秀才的地比财主李春善的地要多二十多亩，是村子里地最多的一户。赵家几百亩地的农活，忙不过来，一部分地出租，另一部分地就常年雇长工耕种。村里数陈家穷，赵家就雇陈家的人种地。

早年间，从陈克广、陈克石到下一代陈达、陈浩、陈杰都为赵家干过长工。一年从农历正月初八，一直忙到年底除夕。年终了，三秀才才给每个长工三斗玉米，另外加两块银圆。陈达、陈浩两兄弟当长工时，三秀才发现，陈达年纪大，干活不出活，一点活累得腰弯，最后累得生了病，爬不动了。他就对马成奎说，别让陈达干了，让陈达的两个半傻瓜儿子大憨、二憨接班。又说这是照顾他身体不好。两个儿子每天管吃，一年年终也给三斗玉米。像陈达这样的傻瓜孩子没有人家支使。三秀才说罢，马成奎马上通知了陈达，陈达也无可奈何，只好让两个儿子继续为赵家卖命。马成奎让两兄弟管着三秀才家所有地的春耕。每天夜里，为七头牲畜铡草拌料，喂牲畜。开春赶牲畜往地里送粪，挑粪往山坡地扬粪施肥，一年到头安排得满满的。两兄弟干了不到三个月，三秀才听马成奎反映，大憨平时饭量大，吃得多，三秀才就不高兴。马成奎说此话时，凑巧被马连英听见了。马连英倒说了句公道话："下力的人多吃一口少吃一口别计较啦。"三秀才这才把刚刚吸完的烟灰一磕，把长烟袋一搁，没有再多说什么。大憨、二憨两个忠厚老实人，只知道干活出力，一辈子也未娶上媳妇，一生落了个光棍一对。

除了赵家，石沟村的大家族当属李家。李家一族有五十余户。这当中论富有，李春善是这里远近出了名的土鳖财主。李春善的人生哲学和处世之道是闭门朝天过，万事不求人，尽量不与村里人深入交往。据李氏家谱记载，石沟村的李氏家族是明朝皇帝朱元璋的护国大将军李然的后代。在朱元璋以"擅权植党"的罪名杀了胡惟庸之后，由于李氏家族与胡氏家族有干系，李然怕遭牵连，突然从京城携金带银匆忙出逃，来到沂蒙山藏匿下来。在石沟村生活若干年之后，李家人的性命总算保住了，从此在这里传宗接代。由于家庭富有，到李春善时，他四十几岁就拥有土地两百亩，家中牲畜有二十余头。因李春善的父亲见李氏家族还不够兴旺，自己又一直无子，在李春善出生之后，他自然十分高兴，眼看后继有人，还想再添贵子，于是，就给李春善取了个乳名小八，意在继续添丁。但是十年过后，李春善仍是一根独苗，并未遂他父亲所愿。村里人尊称李春善为李八爷。

李春善有两个儿子，大儿叫李开田，次子叫李开森，当下都已二十几岁，成家立业。由于祖上曾为官，家产不少，家底就不薄。论过日子，他自有一套。因为李家富有，万事不求人，村里人也无可奈何于他。

石沟村每逢农历二、七有集市，四里八乡的人都来赶集。每年春秋还有庙会，来往过路的人也很多，石沟村是个很热闹、繁华的地方。根据这种情况，李春善看准这其中的生财之机。他就在村十字街往东不远处，买了临街的一个大庭院，雇用了两个年轻人，开起了一个通达客栈。果然，客栈一开业，生意便十分兴隆，他的日子那真是芝麻开花节节高。

五

周成从磁窑下了火车，一路往东，他已经不知道走过多少个山岗。他只觉得那两只小腿肚子疼得厉害，大腿变得十分沉重。但是他明白，不能停下，一旦停歇下来，那两腿会疼得更加严重，所以他必须坚持走下去，一直坚持到目的地石沟村。

进入蒙阴之后不久，当地老乡告诉周成，前头不远就是沂河了，他知道离目的地石沟村也不远了。这时太阳偏西，他放慢脚步，因为此时他的思绪依然很乱，他不知道未来等着他的是什么，也不知道该如何面对石沟村的亲人们。

小时候多好呀，那时候无忧无虑。周成跟母亲在石沟村姥爷家中生活过很长一段时间。由于陈新外出，陈克石老两口虽然有众多子侄的关照，然而母亲陈艳平仍然放心不下，她经常带着周成从诸葛庄来到石沟村照看二老。平时姥爷非常疼爱周成。有时其他亲戚来看望陈克石，给陈克石带几个饼子、几个腌鸡蛋或者几个小米的煎饼，陈克石不舍得吃，总是留给周成吃，就算陈艳平逼着老人吃，老人也只是少尝一点点。

春天，陈克石看到家中没有什么可吃的，便一早提着篮子，拿着一把铲刀，领着周成，两人走出村后来到不远处的山坡上剜苦菜。陈克石只要在山坡上稍微转一会儿，很快就会发现苦菜。这时两人面对着那一簇簇苦菜，一块儿剜苦菜。不长的时间，一篮子苦菜就有了。两人快步回到家中，把苦菜交给陈艳平。陈艳平高兴地把苦菜择净、清洗、剁碎，有时做菜豆腐，有时掺上少许地瓜面子，做成窝头。可以说，姥爷为家庭找到了垫饥解饿的救命菜。

夏天，周成喜欢玩蚂蚱。陈克石每逢下地种田时，总要想方设法地捉几个蚂蚱带回家。周成看到姥爷逮来的蚂蚱，很高兴。

到了冬天农闲时，陈克石经常陪着周成玩。一天，陈克石拿了一个小凳子坐在墙根底下晒太阳，周成跑到他跟前，拉着他的手，非让陈克石给自己拉呱讲故事。周成问姥爷："姥爷，给我讲讲关帝庙的关二爷吧。"

陈克石回忆起自己秋天到县城赶庙会时听说书人讲过《三国演义》中一段关于关公的故事，就对周成说："关二爷叫关公，是历史上三国时期刘备的干兄弟，关公一直保着刘备的汉室江山。"

周成接着又问："为什么老百姓给关公建庙，又给他烧香磕头？"

陈克石说："因为关公为人好，刘备封他为汉寿亭侯。他为人正直，忠于汉室江山，屡次建功，做人忠义。"这几天，陈克石一直觉得身体很累，关节也疼。然而周成正听得起劲，见陈克石不说话了，便双手摇着陈克石的胳膊说："姥爷，你没讲完，必须继续说。"

陈克石无可奈何，稍微想了想，就说："你好好听呀，俺就给你讲讲关公宁可玉碎、不愿瓦全的故事。你要认真听呀,听了要记住。"

周成说:"俺保证认真听,听了都记住。"

这时陈克石来了激情,一脸严肃,说道:"到了三国后期,关公只带兵五百人,被困在麦城,内无粮草,外无救兵,危在旦夕。就在此时,诸葛亮的哥哥诸葛瑾来了。他就劝关公归顺东吴,可以保全关公及家眷性命,关公听罢,对诸葛瑾正色说道:'承蒙吾主以手足相待多年,焉能背信弃义,投敌为东吴之将。麦城破,我宁可玉碎,不愿瓦全。'最后关公被吕蒙所杀,关公就是这样的盖世英雄。"

听了姥爷讲的关于关公的故事,周成琢磨了一阵子,眨了眨眼睛,他想,将来做人就做个正直的人,忠义之人,像关公那样,宁为玉碎,不为瓦全。

陈克石笑了一笑,对周成说道:"所以老百姓都给关公建寺庙,拜他为关二爷,烧香磕头,供奉关公。"这以后,陈克石经常给周成讲故事,激励他长大后好好读书,将来一闯天下。陈克石不止一次地对周成说:"成子,你长大了一定要长志气,好好读书,将来有出息,给你祖上增光。"这些话深印在周成的心上,至今还萦绕在他的脑海之中。

周成和母亲一直住在石沟村,到他该上学时,母亲才领着他离开了那里。

后来周成考上了县里初中。有一年十月初,周成正在上课,二舅陈浩到县城学校里找到了周成,对他说:"昨天你姥爷突然没了。"周成听了这个消息,顿时哭了起来,姥爷怎么会死呢?他有些不相信自己的耳朵。可这样的大事二舅还能说谎吗?不可能。

当天他向老师请了假,跟着二舅回到石沟村。第二天,他同父母和石沟村的陈氏家族一起,为姥爷发了丧,送走了姥爷。他问二舅:"姥爷究竟得啥病死的?"

二舅陈浩却说:"老人是让河水淹死的。"周成听后很不理解,人不下河,怎么会淹死呢?周成继续往下问,陈浩却说:"你不用知道这么多,将来再说。"

二舅一直不愿意告诉周成姥爷的死因,周成觉得这么重大的事情,似乎连母亲陈艳平也说不清楚。这使他疑惑不解。

关于陈克石真正的死因,一直是个谜,经过了好长一段时间,周成才算弄清楚真相。据说,与二舅陈浩盖房有关。

事情发生在那年的盛夏。一天中午,天气特别燥热,人人胸口都透不过气来。这时天上堆满了笨重的层云,后来起风了,三五成群的蜻蜓迎着风头,相互追逐着。有的蜻蜓飞得很高,忽然俯冲下来,不停地在院子里飞来飞去。不一会儿,风也越刮越大,大风就像一头猛兽,吹得石沟村的一棵棵大树摇晃起来。白亮亮的雨点紧跟着铺天盖地地落下。又是一阵狂风,比之前更厉害,一棵棵大树被大风刮倒,甚至折断。

大雷雨开始了,滂沱大雨哗哗哗地从天而降,那雨点简直像从天上射下的无数支箭,雨水带着泥土,在山坡和路上滚滚而来,真是波涛狂啸。闪电刺破黑暗,把狂放的洪流映成沉重的青色。雷声在山谷中回响,下游有的地面变成一片汪洋。顷刻间石沟村不少人家的土坯房、片石垒的屋,在大雨中倒的倒,塌的塌,雨中的石沟村一片狼藉。

两个多小时的大雷雨终于停了,沂蒙山又恢复了往日的宁静。可是,对于陈浩家来说,四间北屋成危房,西侧三间坍塌了,本来不堪重负的房梁突然折断,从屋内都能看见天了。连全家唯一的那口大铁锅也被从屋顶上掉下来的瓦块给砸了一个洞。陈浩站在门口,举手刮了下鼻尖上的水滴,呆板、干枯的脸上毫无表情,有的只是彻底绝望,他麻木地站着,看着这种情况没有了主意。在这次暴雨中,塌方漏雨的有不少,但是陈浩家的情况却最惨重。一时陈浩家的几口人连居住和避风雨的地方都没有了，怎么办？陈浩如坐针毡，十分犯难。唯一庆幸的是，屋塌时一家人只有陈浩因腿痛在家留守，其余都出去干活去了，没有伤着一个家人。

下雨前，陈浩的儿子有志和有强兄弟两人到坡上割草去了。陈浩的媳妇沈燕和女儿有梅一起到村西门外晒场旁边的碾子上压谷子去了。盛夏时节，天气变化无常，谁想到老天突然翻了脸，天空中刮来了层层黑云，天要下雨。

当时碾子旁的人一看来了大雨，就纷纷收拾东西，四处散去。有梅背着半口袋谷子也往家赶，她娘紧随其后，可是沈燕毕竟年纪大，走路不稳，只能慢慢走着。结果没走几步一场暴雨就哗哗地下了起来。由于无处避雨，沈燕浑身的衣裳被大雨淋透了。她回到家中时，觉得浑身发烧，顾不上瞧一下倒塌的破北屋，走进两间小东屋，就急忙脱下淋湿的衣裳，躺在靠北侧的土炕上，盖上被子。不一会儿，竟昏迷不醒了。

不大的工夫，有志、有强一前一后也快步回到家中。兄弟两人放下手中的镰刀，随后走到娘的炕前，见娘被雨水淋得病倒在炕上，就问有梅怎么回事，有梅照实把事情的经过说了一遍。两人听罢，有志就忙着劈柴烧水给娘发汗。有强开始埋怨有梅："咱家里有的是人，谁让你和咱娘压谷子啦？"有梅说："俺不愿娘去干活，她在家闲不住，非去不可。谁料到雨来得这么急呀。"

"以后你们可别逞强啦。"有强说。

这时陈浩来到东屋，望着眼前的情况，心里火烧火燎的，自然更难过。俗话说破屋漏锅病老婆，难事都摊上了。他绝望地看着坍塌的破北屋，不时地吸着旱烟叶子。作为一家之主，一群儿女的靠山，他愁眉苦脸，束手无策。妻子有病须请大夫看病，抓药须用钱。重新盖房得用大量的砖瓦和木料，自己眼下两手空空，什么也没有，怎么办？

大儿有志是个懂事的青年,他见父亲犯愁的样子,就说:"爹,事情已这样了,光犯愁有啥用?想办法呗。盖房用的石砂,咱可以到山根旁边拉。"陈浩说:"那房顶的梁和椽子咋办?"有志苦苦思索了一会儿,说道:"从前,你不是说过,村西门外大路两旁那一排大杨树不是你当年栽的吗?现在已长成材了,咱锯它三棵树也就够用的了。"

有强是个火暴性子,一听大哥这么说,立刻从炕旁边站了起来,走到南墙跟前,伸手把挂在墙上的一把钢锯摘了下来。他对陈浩说道:"爹,俺这就伐树去。"

陈浩望了望有强,脑海里顿时想起十几年前一件春天的往事,当时是陈浩的二叔陈克石送给他一捆杨树苗,让他到村外亲手栽种的。眼下棵棵树苗都长成三碗口那么粗的参天大树了。想到这里,他就对两个儿子说:"过两天你俩一块去干,千万注意安全。"

六

这天,有志两兄弟又稍微做了些准备,从饭屋旮旯里,找了两根粗麻绳,拿着工具,一前一后地就朝石沟村西门走来。这场大雨过后,石沟村西门外大路两旁一排排高大的白杨树均呈现一片新绿。有志和有强两人走到村西大杨树前,停下了脚步。有志笑着对有强说:"如今咱盖房,多亏了当年二爷爷让爹栽这些树呀。"

有强说:"从这件事看出,还是老人有眼光,想事想得远呀。"

有志说:"姜就是老的辣,二爷爷到底比咱吃的盐多。"两人边说边选杨树。有志在这棵树跟前转转,又在另一棵树跟前转转。最后有志选中了一棵较粗的杨树,向有强挥了挥手,使了个眼色,两人算是确定了下来。接着一个蹲着,一个对面站着,对准树,摆好架势,拉开锯了。两人甩开膀子干了起来。一棵三个碗口粗的杨树,不到一个小时,就锯断了。随后又开始锯邻近的另一棵。伐树是个纯重体力活,两人干劲十足,不一会儿的工夫,就伐了两棵。这时村里不少人在此经过,也有人停下了脚步,在旁边好奇地围观。

有的问:"有志,你伐树干啥用呀?"

有志说:"这场大雨冲塌了屋,翻盖房顶用呗。"

有的就问:"有志,俺问你,这树是谁家的呀?"有强听了就生了气,不等有志回答,便抢着说道:"你问得蹊跷,当然是俺家的。这还是俺爹当年亲手栽的,栽了已十几年啦。"

正在此时,一个中年男人从人群中出现了,他对有志说:"陈有志,你怎么乱伐树?这树是谁的,你知道吧?"有志定神一看,此人是石沟村有名的绰号叫潘晕子的人,就忙答道:"潘叔,你说是谁的?"这人姓潘,真名潘国仁,因做事不太着调,村里人给了他一个绰号——潘晕子。有志是按多年来村里的传统排辈,称此人为潘叔。

"俺说,这是俺干爹的树,你俩不能再乱动了。"潘晕子又说道。

"不对,这树是俺爹亲手所栽,俺二爷爷的树苗。"有志反驳道。

"你二爷爷哪里来的树苗?"潘晕子继续追问。这一问,有志一时不知道如何回答,就说:"潘叔,这事你就问不着了。"

"我怎么问不着呢?你等着,俺干爹就问得着。"说罢这话,潘晕子抬腿走了。这潘某人的干爹是谁呢?他所指的是石沟村大财主三秀才赵桂碌。

潘国仁,石沟村人给他取"潘晕子"是有来由的。在石沟村他的家有九亩地,属于中等户。他是独生子。他父亲潘天庆对他从小娇生惯养,啥事都依着他。潘国仁生下来时,脑子就像有毛病,长大后为人做事邪得厉害。他七八岁时,有一次吃晌午饭,他不小心摔了一个花瓷饭碗。他娘说他:"怎么这么不当心,坏了这么好的一个碗。"他生了气,接着站起来,双手拿起盛着热菜的一个盘子,一下子全摔在地面上，顿时把他娘吓呆了。从那起，大人更不敢轻易地说他什么。他家与三秀才的宅院只有几十步远，两家来往频繁，三秀才婚后三年，一直没有男儿，头两个都是女孩，一直盼儿心切。

潘国仁小时候，一次，他爹潘天庆领着他到赵家串门。潘国仁显得挺可爱，三秀才看了他，高兴之余就说："俺要有这么个儿多好呀。"潘天庆接着说："这样吧，这孩子送给你算了。"三秀才说："那可不行，这样的宝贝儿，你舍得？"潘天庆又说："不当亲儿，当你的干儿总可以吧。"三秀才的老婆马连英在旁边说："天庆，你真舍得你儿当赵家的干儿？"三秀才也不经意地说了一句："俺确实想收个干儿。"随即潘天庆就答应了："当干儿当然可以。"

平时，潘天庆就巴结三秀才。三秀才在石沟村有钱有势，可以说是呼风唤雨，今天收自己的儿当干儿，实在是天大的幸事。于是，潘天庆马上叫潘国仁给三秀才和马连英跪下，磕了三个响头，喊了三秀才一声'干爹'，喊了马连英一声'干娘'，就这样认了个干亲。此后，三秀才没把这事放在心上。潘天庆却到处宣扬三秀才收了自己的儿子当干儿。后来三秀才生了赵景山、赵景岗，对潘国仁就疏远了些。但是潘家和赵家从此建立了干亲关系。

潘国仁上过两年私塾，长大又学过木匠。潘天庆抓紧给他娶了个姓张的媳妇，成了家。家中有地，他怕下力，不认真种，秋收收的粮食很少，父母亡故之后，就无人管束他。他开始与村里闲散人胡混，跑到济南，在奉系军阀张宗昌的队伍里当了兵。他媳妇张桂兰终日忧心忡忡挂着他。后来，国民革命军北伐，张宗昌被人枪杀，奉系军阀的头子张作霖在天津、北京也站不住脚，退回关外奉天去了。潘国仁从济南开小差，又回到石沟村。临走时还从军队中偷了七支枪，其中还有两把手枪。

回家之后，仍然好吃懒做的他，种地不愿意出力气，干木匠嫌累。由于在外边跑惯了，又有枪支，就干起了土匪。媳妇张桂兰见他不务正业，也为他担惊受怕，就多次劝他别干这个行当。最后，他答应不再干了，就给干爹三秀才当起业余保镖。三秀才有什么不好解围的事，就找他出面帮忙。平时他给三秀才溜须拍马，跟赵氏兄弟一群狐朋狗友闲聊、喝酒、赌博、打麻将，从中沾了不少赵家的光，混些钱粮过日子。

今天他见陈有志兄弟俩伐杨树，立刻就想去报告三秀才。他直奔赵家大院路上正遇到赵景岗的大儿赵庆昌，就对庆昌说道："庆昌，俺跟你说件事，你家村西门外的杨树都被陈家俩小子伐了！"赵庆昌一听，顿时火冒三丈，心想：陈有志，你心里真没数，好大胆子竟敢乱伐俺家的树？接着问道："潘大爷，此事可当真？"

"这样的事，俺敢撒谎？你不相信，马上到西门外去看看就是了。"赵庆昌马上蹑身回家告诉了其父赵景岗。然后赵庆昌急匆匆地直奔村西门外。他走出村西门后，只见那一排排白杨树的尽头围着一群观看的人。他料定是陈家兄弟在那里，心想：陈家兄弟真有点太猖狂了吧。于是，他赶紧来到众人眼前。此时有志、有强两人正一边用衣袖擦热汗，一边用力拉锯，正在锯第三棵杨树，干得挺起劲。赵庆昌摇晃着大头，瞪着本来就有点往外凸的眼，对有志说："陈有志，俺问你，这是谁家的树？你不问一声，竟敢乱锯乱伐？"

有志没有立刻回答，有强却瞪了赵庆昌一眼，斩钉截铁地回答道："谁家的树？这个还用说，俺陈家的树！"

"俺告诉你，这树是俺赵家的树。"赵庆昌就说。

"俺也告诉你，这树是俺爹亲手栽的。"有强气得嘴唇有些哆嗦了，反驳道。

"你少胡说，这些树连地都是俺赵家的，你再敢这么说，就该挨揍啦！"

"你敢揍人！你要碰俺一下，俺轻饶不了你！"有强说。

两人话不投机，赵庆昌没有多想，挥动着拳头，使尽力气，对准有强的下巴，狠狠就是一拳。有强由于躲闪不及被击中了下巴，顿时他的嘴角、鼻子鲜血直流。有志见弟弟吃了亏就上前，一把抓住赵庆昌的衣领子，进行还击。大伙都上前劝解。有的拉住有志的手，说道："有志，论岁数，你是大哥，可不能真动手，打架不值得。"有的劝赵庆昌，说："庆昌，你也停下，你们双方都请各自的老人来，把事情说清楚。打仗让外人笑话。"大伙不住地劝说着。有志是个懂事明理的青年，他想：赵家与陈家都是同村的老街坊，叔伯兄弟大憨、二憨还给三秀才家当长工。两家打仗解决不了任何事，这杨树到底是谁家的，还是该问个究竟。于是，他放开手，急急忙忙回家，打算仔细询问后再说。

有志三步并两步，迅速地跑回家中，立刻把情况告诉了陈浩。陈浩想了想，就对有志说："这树是我栽的，这一点没有错。其他事，走，咱问你二爷爷当初是怎么回事。"两人忙来到陈克石家。陈克石正在打扫院子，见陈浩父子进门来，就放下手中的扫帚，迎着两人进了北屋。陈浩父子没坐下，陈浩就开门见山地问陈克石："二叔，村西门外的树是谁家的？"

"是咱陈家的。"陈克石回答说。

"怎么赵庆昌说是他家的。"有志又问。

"是咱陈家的，还是俺让你栽的，你栽树全村老少爷们几乎都知道。"陈克石这么说道。

"现在赵庆昌一口咬定，那些树是他家的，那就请您辛苦跟俺走一趟，去跟赵家说个清楚。"说罢，有志父子与陈克石一块儿去找赵庆昌。

与此同时，赵景岗听了儿子赵庆昌所言之后，他也从自己的西院来到父亲三秀才的大宅院，走进上房，只见潘晕子正与三秀才仔细说着西门外刚刚发生的事情。三秀才右手端着长烟袋杆，深深地吸了两口烟，随后把烟袋锅的烟往烟缸里猛地磕了磕，又吹了两下烟袋杆,慢慢地对潘国仁说道:"国仁,这个事,你怎么看?"

潘国仁说:"干爹,依俺看,老陈家纯属强词夺理,就说那地皮都是赵家的。"三秀才就说:"村西门外不光地皮是赵家的,连那杨树苗也是俺给陈克石的。"

赵景岗一听,顿时理直气壮起来,他对三秀才说道:"爹,你在家歇着,俺去跟这伙穷小子说理去。"潘晕子却说:"景岗,这事你不要出面,干爹是当事人,也能压住场。"三秀才稍加思索,对赵景岗也说:"老二,你说话不中听,会得罪一大片人。"

"什么不中听?对付这帮穷极了生风的人,说什么好听的。"赵景岗却这么说。

"老二,你,一个毛张飞,什么事都会搞糟的。"三秀才又说。平日很多事,赵景岗自以为是,性躁心粗,不听三秀才的,确实给三秀才惹过一大堆的麻烦。听父亲这么说,赵景岗没有再说什么。

这时候,有强已经抓着赵庆昌的衣领,把他从西门外连拉带拽,一直拖到三秀才的大宅门前,找三秀才说理。赵景岗刚听到院门外有动静,就气势汹汹地走出了大宅门。赵庆昌一眼看见父亲来了,更壮了胆子,就气冲冲地朝父亲说道:"爹,陈家把咱家的杨树伐了不说,还动手打人。"

赵景岗立马朝有强瞪起了双眼,脸一绷,厉声说道:"陈二小!你来打仗的是不是?"说此话时赵景岗那真是一副穷凶极恶的样子。

"你看你儿,动手打的俺。"有强右手擦了一下嘴角上的鲜血,让赵景岗看。此时有强的脸涨得通红,鼻子、嘴角及下巴上满是血迹,他觉得喉咙里也有一股子血的腥味。

古人云:不是冤家不聚头。此刻真应验了这句话。陈克石、陈浩及有志来了,三秀才也出来了,三秀才手中拿着长烟袋,迈着四方步,慢慢地走出了大宅院,潘国仁也跟在后边。三秀才瞧见眼前这个场面,很惊诧。当他看见有强满脸血迹,就立刻推断出自己的孙子又作孽惹祸了。他慢慢地停下脚步，猛地朝赵庆昌吼道："赵庆昌，你个小兔崽子，给俺松手，哪有老街坊打仗的。"三秀才的话并没有起任何威慑作用，赵庆昌反而更壮了胆子，更变本加厉地用拳头朝着有强的太阳穴打去。这次有强留了心，躲闪及时，没有被击中。

周围人听说赵家和陈家为伐树之事打起仗来，都纷纷走出家门来看热闹。一时赵家大门四周，站满了人。陈克石见孙子有强拉扯着赵庆昌，大声说道："二小，你这是干什么，快放开手，回家。"有强此时满肚子冤屈，气涌如山，却听到二爷爷的大声训斥，就说："二爷爷，你看见了吗？赵庆昌打的俺，你看这血。"有强用手指了指衣服上的血迹。陈克石接着说："二小，你先回家。这里有俺哩，用不着你来说话。"二爷爷这么说了，有强只得服从，无奈地松了手。有志上前帮有强系好纽扣，有强转身气鼓鼓地走了。

这时，陈克石按捺不住内心的气愤，对三秀才说："三爷，想当初，村西门外的杨树，那是俺家陈浩亲手栽的，今天赵庆昌却说是你家的，你当着全村人的面，也说出个道理来，让村里老少爷们听听，好吧！"

三秀才默默地站定，半垂着眼皮，下唇收缩，两眼眯着，又逐渐地睁大，心里想：陈老二，你好混蛋呀，你陈家的人都是依靠俺赵家的地活着呀。你要是孙悟空，我就是如来佛。你蹦得再高，再远，即使蹦到天边，也逃不出我的手掌呀。想到这他就说："老陈头，难道你不知道当年那些树苗都是俺从县城买来的？那时候，你给俺扛活，俺安排你栽树，谁跟你说这树成活之后给你啦？"

三秀才这么一说，陈克石接着急了，心里很生气，脸顿时变得铁青。他哽着老音对三秀才说道："三爷，当年你明明跟俺说，杨树成材之后归俺，顶当年的工钱，怎么今天又不认账啦。现在俺人老了，累得一身病。浑身骨头都痛，夜里都不能睡觉，不停地咳嗽，就是因为一年到头拼命为你赵家干活，才落下了一身的病呀。俺都难到这地步，你还赖账？"

此时，周围人都看着三秀才。三秀才忽然眼珠一转，说道："老陈头，你该知道，村西门外的地是俺赵家的，种在俺地皮上的树，难道成了你陈家的啦？"

"三爷，这么大的事，今天你却装糊涂。俺记得，那是刚过惊蛰后第七天，你亲口对俺说，这种好的树归俺呀。"

"俺……俺怎么能忘事？"三秀才说。他沉默了一会儿，忽然冷笑了一声，说："好啦，好啦，眼下你家盖房，遇到难处。我做主，那已经伐下来的三棵杨树就送给你陈家。其他的树，你就休想再多要一棵了。不然，陈、赵两家咱就只有去对簿公堂。"

赵景岗一听父亲这么说，急了："爹，那可不行。他陈家凭什么硬要咱的三棵树。"三秀才瞪了赵景岗一眼，立刻说道："你懂个啥？你克石叔，当年还给俺扛过活，年轻的时候，给俺当过车把式，你就少说废话。"说毕，他扬了一下脑袋，猛地从喉咙里喷出一口浓痰，狠狠地吐在地上，又说："看到这个份上，散啦，都散啦。"随即便恼怒地用右脚将那口灰痰在地面上搓了两下。这位精算师抬头扫视了一下众人，冷笑了一声，右手拿着长烟袋，转身退场了。

赵庆昌跺了跺脚，冲着陈浩说道："这是俺爷爷放了话，让你陈家沾个光吧。"有志接着跳了起来，说："谁沾谁的光，当年谁种的树？你赵家说话不算数。"

"你陈家有本事去告，保陈家输。你告到县，输到县，告到府里，输到府，你看着办吧！"赵庆昌理直气壮地对有志说。陈家真的没有办法对付赵家这豪门大户，只能忍气吞声。这场伐树风波不欢而散。赵家的人走了，陈家的人也走了，看热闹的也走了。有志马上和有强、有梅一块儿借了一辆牛车把村西门外的三棵杨树拉回家中。陈浩父子三人有了这些木料就忙碌起来。有志请了陈家同族的老少爷们帮着，砌墙，上梁。一个月之后，总算把四间北屋凑合着盖了起来。

房子完工那天，陈克石又与大伙聊起家常。陈克石对陈浩说："老二，咱们陈家可当心点，赵景岗在村里到处喊，他家吃了大亏，让咱陈家坑了三棵大杨树，三秀才也说慢慢来。俺与赵家打了一辈子交道了。俺最了解三秀才，他是属夜猫子的。俗话说：不怕夜猫子叫，就怕夜猫子笑。夜猫子笑，没有好事。你瞧着，早晚有一天会跟咱陈家算账。这个老家伙的心眼俺算琢磨透了。"

陈有强在一旁听罢，心里有些不服气，就说："二爷爷，俺不太相信你说的，三秀才能把咱怎么样？他能把咱吹起来？他能尿出丈二高的尿来吗？"陈克石平静地对有强说："你年龄小，经历的事少，你就等着瞧吧。"

事情果真不出陈克石所料，一波未平，一波又起。

七

在石沟村，真正与三秀才交谈上的人不多。有时候，他常常一个人在村里人家家户户忙碌着做晌午饭、大街上人稀少时，走出大宅院，沿十字街，或从南到北，或从东到西走一遭。他一边悠闲地吸着长烟袋，一边抬着他那张羊脸，右手捋着那两撇长长的黑灰胡须，凝视一番每家每户的屋脊。他要看一看谁家盖的新房屋脊比较高，他就会低下头，沉思一阵子。自古道：凤凰爱把高枝占。他是石沟村的金凤凰。他心里想：在石沟村，谁家的屋脊都不能比我赵家的屋脊高。只要谁家的屋脊比他家的屋脊高，他就要在第二年重新再盖一套比那家屋脊高出半尺的房。谁家的日子都不能比他家过得好，他永远是石沟村的一只金凤凰。他是精算师，终日所做的就是绞尽脑汁地算计着全村人。平时他就坐在自己的宅院内，琢磨着租给农户的地，谁家种的什么庄稼，可能收多少粮食，租出去之后，自己家合算不合算。算来算去，只要自己划算，就不再算了。

就在这年秋天，他发现石沟村每一家的日子都无法与他比了，他从内心里踏实了。这一点，人们透过凝固在他脸上骄傲的神情可以看得一清二楚。同时，他也感到人生苦短，他活得太累。这一会儿，他突然一阵灵感袭来，于是，他想出了寻找快乐的方式——打猎。

沂蒙山是一片很宽广的土地，有山巅，有岩洞，有树丛。在岩洞四周还有带刺的矮树丛，在堤堰上、山地里，常年生活着野兔、貂等动物。每年在漫山遍野的秋庄稼收割完了之后，它们便四处出没。于是有不少人出来打猎。今年三秀才由于收的地租多，心中格外高兴。兴奋之余，他忽然想吃野味，于是回到家，在自己的上房里，来回踱着方步，马连英忙活着沏龙井茶。方桌上放着一大包五香花生米，他右手在桌上拿了几粒花生米，放在嘴里，慢慢地咀嚼着，就对老婆马连英说道："俺要组织几个小子和长工一伙人打猎，逮几只野兔子，喝一场痛快酒，热闹热闹。"

马连英听了嘟噜道："咱到集上买什么兔子买不起？打什么猎？你也岁数不小了，出什么风头？让外人看见，说咱富得张狂。"这话让三秀才笑了，他说："你真是一个女人见识，懂个啥？天天与村里这帮山沟里的穷小子打交道，让俺使得心慌。上山打猎，观观山景也是散散心。"

"你既然愿意去，由你自己呗。"老婆也不争辩了。三秀才马上走出上房，来到后院，找到马成奎，让他安排人抓紧织网。马成奎得令之后，找来一捆粗麻绳和几根木棍，然后给长工大憨、二憨下达了织网任务。

再说大憨、二憨两人，他俩是亲兄弟，两人从十七岁以后，一直给赵家扛活，当长工，也一直没有娶上个媳妇。他们白天给赵家种地、喂猪，有时到坡上锄地种菜，挑水浇园子；晚上给赵家喂牛。一天到晚，忙得没有一点空闲。

这天马成奎安排了他两人织逮兔子的网。大憨对马成奎说:"马叔,织网干什么用?"

"你问这么多干啥?"马成奎没有好气地说。

"俺问问织网到底干啥用?"大憨又问。

"三爷要打猎,逮野兔子呗。"马成奎答道。

"逮了兔子,有俺吃的吗?"

"有。你好好干就有。"马成奎最后这么说。大憨、二憨听了都非常高兴。

到织完网的第三天,天气晴朗,万里无云,三秀才便组织四个儿子、马成奎,还有几个长工一起出动了。三秀才的五儿子在县城读书,未能参与。三秀才的三儿赵景山牵着一条猎狗,四儿赵景海牵着另一条猎狗,马成奎带着一只老鹰。这次的狗是赵景岗养的,据说是一种特殊品种的狗,黑色、细腰,整个身子特别长,跑得特别快,是专门逮兔子的狗。

大憨赶着第一辆车,三秀才独自一人坐在车上。车上搁着三个网和一些麻绳,还有备好的水和响午饭。二憨赶着第二辆车,赵景岗神气十足、威风凛凛地坐在车上,众人朝西门出发了。全村的人对赵家的举动都不知道说什么好。有的说:"赵家真有财,有势力。"有的说:"三秀才,这老东西,真会风光。"恨三秀才的人就骂:"吃饱了撑的,还有闲心干这个。"

他们出村走了约二里路,见前面有一座山,就在山前一块平坦的地方停了下来。三秀才下了车,精神抖擞地爬上一个小山坡,开始指挥。赵景岗领着大憨、二憨在山跟前把近二十米的线网拉开。线网的两端各砸上木桩,支起长长的大网。大憨趴在线网的一端,二憨趴在线网的另一端。打猎开始了。两人埋伏在那里,屏着呼吸,头不敢抬,整个身体一动也不动。那赵景山早早地牵着猎狗上山了,赵景海牵着另一只猎狗也上了山,马成奎用一根木棍挑着一只老鹰在观望。

过路的人一看，便知这是在打猎，纷纷躲得远远的。赵氏两兄弟分头上山之后不时地大喊大叫，惊得躲在山洞里的野兔跑了出来。

赵景山上了山的南头，赵景海上了山的北头，开始两边夹击。野兔闻声从山里出来，就往下跑。随后赵氏兄弟就把猎狗撒开了，那猎狗朝着野兔拼命地追去。马成奎也把老鹰撒开，老鹰抖动着翅膀，飞了起来，直盯着一只野兔扑去。野兔稍微回头一瞅，见有一只猎狗追来，天上还有老鹰在盘旋，吓得一股劲地往下跑。

可是埋伏圈就在下边。三只野兔一下子飞也似的跑进线网。有两只一头撞到线网上，大憨和二憨赶紧将木桩歪倒，线网立刻将两只野兔扣住了。两人又迅速赶上前想将第三只兔子逮住，但它扭头朝另一方向跑去。不一会儿，钻进一片灌木丛里不见了。

这时三秀才笑着从半山腰走到大憨的跟前，用绳子将两只兔子的腿使劲捆住，然后他下令转移阵地，继续进行。

从早晨到晌午，多半天的工夫就逮了六只野兔。三秀才心里美滋滋的，就让大伙聚在山下，喝着水歇息一下。刚刚秋收后的田野鲜耀得很，空气中飘荡着泥土、作物和杂草的气息。阳光照射着苍老的土坡和山巅。凑巧有两个过路的陌生人，发现大憨跟前放着六只野兔，就围了上来，好奇地问大憨："你是哪个庄的？"

"石沟村的。"大憨回答道。

"姓啥？"两人继续问道。

"东家姓赵，那就是俺赵三爷。"大憨用右手指了指远处坐在山坡上的老人。此时三秀才正右手端着长烟袋杆逍遥地吸烟。两个年轻人望了望三秀才没说什么。这时赵景岗从远处山坡上一个乱石堆里走了下来，他有好几年没有走过这么多路，也没有爬过这么多山坡，自觉浑身挺累，腰也有些酸痛，又有些焦渴难忍。他见那两个陌生人总是不停地围着野兔转，就很心烦。于是他就走到这两个人跟前，冲着这两个人问道："你俩想干啥？"

"俺俩想跟你商量一件事，想要两只兔子回家下酒，你看行吧？"赵景岗一听顿时火冒三丈，就说："你俩这是明目张胆在大白天劫道呀。你知道俺是谁？"

"你是谁？"两位陌生人接着就问。

"俺是你家赵二爷！你俩这叫做梦娶媳妇——想好事，滚你的吧。"

"你怎么张嘴骂人？！"两人见赵景岗如此蛮横，也生了气。

"俺骂你什么啦？叫你走人！"赵景岗凶相毕露说。

两个人听了哪能服气，就想支架子打仗。此时赵景山和赵景海两人走了过来，潘国仁也跟着走过来，旁边另有过路的人，人们都上来劝解。这两个陌生人见赵家人多势众，俗话说，光棍不吃眼前亏，于是就说："好，好，你厉害行吧。早晚再算账，你等着瞧吧。"说罢，两人怏怏地抬腿转身走了。

太阳偏西了，三秀才一行才回到村里。三秀才立刻吩咐马成奎把六只兔子宰了，每个儿子分一只，自己留下两只。对于辛辛苦苦忙活了一天的长工大憨、二憨，三秀才只字未提给兔子的事。大憨和二憨两人白忙活了一天，连根兔子尾巴也没有得到就回家了。

八

当天晚饭，三秀才由马成奎和大女儿赵淑琴陪着，喝了不少白酒，吃了不少野兔肉，心中十分欢畅。天黑时，赵淑琴辞别了爹娘仍回婆家去了。三秀才酒足饭饱就倒在上房里间屋炕上入睡了，后来马连英也跟着入睡。

到了后半夜，全家人都睡着了，整个村子非常安静，唯一能听到的只有远处西街王洪祥的老婆推磨磨豆子的单调、粗涩、低沉的声音。过了一会儿，王家活干完了，就更静了。这时三秀才在睡梦中忽然觉得肚子不舒服，翻身从炕上爬了起来，他披上一件上衣，从上房走出来，走下门前台阶去便所小解。茅厕在大宅院的西南角，离上房较远。他急步走到茅厕跟前，右手推开木门刚往里走，只觉得从背后猛地上来两个蒙面人，死死地抱住他的双臂，迅速地把他拖到院子的一角。接着又上来一个蒙面大汉往他的嘴里塞进半块毛巾。他们将三秀才的两腿紧紧捆住，三秀才还想乱动，其中的一人朝他扑地一记重拳，正击中他的鼻梁，顿时打得他鲜血直流，紧跟着又对他遍身开弓，接连几下拳头，三秀才再也不动了。三个蒙面人悄悄地抬着他，打开紧闭的大门，到了院外，把他装进事先准备好的一个大麻袋里，架到一辆驴车上，赶着驴车消失在茫茫的黑夜之中。

三秀才的老婆马连英睡得很沉，到了后半夜，醒来睁眼一看，却不见三秀才在身边，她认为老头子一定是出房间去解手了，一会儿就会回屋的。等了一段时间却不见三秀才的踪影，接着她走到上房门前，喊了两声也没有人回应。于是慌了手脚，来到天井院内四处找人，转遍宅院的各个角落，仍不见当家人的人影。再看庭院大门敞开着，才感到事情不妙。第一反应就是丈夫是不是被什么人绑票了。因为这几年沂蒙山一带土匪出没，富户遭绑票的事情时有发生。

马连英赶忙告诉二儿子赵景岗，赵景岗听罢慌忙来到老父的院中。这时天已蒙蒙亮，他也四处寻找父亲，一直未能找到，却发现在北屋的墙壁上贴着一张小纸条，上面写着歪七扭八的几行字。

要钱令

我们已将赵桂碌绑架，正告赵氏子弟，在看到此文后三日内备好人身赎金一百五十块银圆。交款时间为第四日子时,地点为凤凰山第一个山洞口。只要银两按时交齐,人就平安无事,当日放人。过期不交,后果自负。

江湖绿林

赵景岗看过纸条,知道父亲已遭绑票,顿时盛怒不已,心想:何人敢如此胆大妄为,绑我父亲?将来此人如犯在我的手底下,决不会轻饶了他。这消息不胫而走,很快传遍了石沟村的每个角落。

20世纪20年代到30年代,沂蒙山一带盗贼蜂起,草寇遍地。尤其是莒县、沂水、五莲、苍山一带更是土匪出没之地。其中刘黑七、冯二皮、蔡夜猫等匪徒尤为凶蛮,烧杀掳掠,抢男霸女,到处绑票,无恶不作,祸害乡里,四方百姓终日不宁。当地百姓对这群土匪咬牙切齿,恨之入骨,却又无可奈何。至于三秀才遭何人绑票,大家一时弄不清楚是哪个团伙。

赵景岗马上派人告诉正在县城读书的五弟赵景林,赵景林也立即赶回石沟村。当他跨进赵家大宅门之后,负责关门的马成奎迅速地将大门闩上。上房里赵氏兄弟都已到齐,个个面无表情,心中都为父亲的处境担忧。大伙围着马连英坐下,研究救父方案。老四赵景海低声说:"娘,这些老缺太狠了,怎么要这么些钱?"赵景林道:"不狠就不叫土匪了。"

赵景岗听了不耐烦了,把眼一瞪,说:"你俩少说废话,听娘说。"屋里鸦雀无声,马连英抬头看了几个儿子一眼,无奈地对大伙说道:"你爹今日走背字,不知道为什么摊着这么个大难。今天土匪要这么多钱,咱家哪有这么多现银。你爷爷临死时曾对俺说过,在后院中央地下埋着一个坛子。那里头有一百块袁大头。现在你们去挖一下看看吧。"马连英说罢,爱多说话的赵景海低声说:"还是爷爷有心数。"赵景岗起身就安排大憨、二憨两个长工到后院去,并让老五赵景林监工。马成奎立刻去东院牛棚里揪着大憨、二憨兄弟两人，拿着工具，直奔后院。马成奎选准方位，两个长工挥舞着铁锹干了起来。

两人不停地干，整整挖了一个小时，终于挖到一个瓷坛子。打开坛子盖，里面果真装着满满的袁大头。马连英见有了这么多银圆也放心了，大伙也都很高兴，数了数，正好一百个。马连英决定，五个儿子，除去正在读书的赵景林之外，每人凑十块银圆，马连英也出十块银圆，这样算是凑够了一百五十块银圆。

等到第四天子时前，赵景岗安排马成奎，让大憨、二憨两个长工背着钱，一直爬到离石沟村约有二里地的凤凰山，把钱放到土匪约定的山洞口之后，方才回村。过了一天，三秀才才被土匪放回家来。此时他已经没有了昔日的威风，几天的工夫，脸都干瘪了。家人问他："这几天你在哪里？怎么过的？"其实三秀才眼睛一直被东西蒙着，什么也看不见，他也不知道在哪里。手脚整天被捆绑着，嘴里还塞着毛巾，又渴又饿，差一点被折腾死。不管怎样总算捡回了一条老命。

家人安慰他说："你还是命大的，大难已过，必有后福。你在家好好养养吧。"

三秀才皱了皱眉头，说："俺能有啥福？不再遭罪就行。"

九

那天晚上，为了给三秀才压惊，赵景岗弟兄，还有潘晕子和他媳妇都来到赵家大院看望三秀才。上房北屋正中央摆开八仙桌子，三秀才的各房儿媳妇轮流掌勺，炒了二十几个菜，又开了九瓶兰陵美酒，大伙想为三秀才压惊。五个儿子加上干儿潘晕子都在为三秀才侥幸回来而祝酒，三秀才却一直坐在高腿太师椅上沉默不语。

大伙交杯换盏喝起酒来。酒过三巡,菜过五味,老五赵景林若有所思,发开了议论。他对三秀才说:"爹,你细想想,这次之所以遭绑票,看来平时一定得罪了什么人。"三秀才听罢一直低着头,苦苦地沉思着,不吭声。赵景林又问:"爹,你说话呀?"三秀才这才说:"景林,你说得对,看来是咱得罪了坏人。"

潘晕子立马说道:"听俺说一句话,在场的没有外人。干爹,这不是秃子头上的虱子——明摆着的事。还不是上个月为伐树得罪了老陈家。"三秀才就说:"俺对陈克石够意思,那三棵树都答应给他老陈家了。"

"爹,人还不是这样,你对他再好,有时候也换不来一些人的心。"赵景林说。

"他娘的,陈浩算什么东西!要依着俺,什么也不给他。他全家没处住,活该!"赵景岗气愤地说。

潘晕子猜测说:"打猎那天,咱们遇到的向二哥要兔子的两个小子,准是土匪。大憨还给他们介绍说:'那是俺家三爷。'他们才认识了干爹。"

人们七嘴八舌地议论着,三秀才最后终于开了口:"此事与老陈家有一定关系呀。人就是这样知人知面不知心,画龙画虎难画骨。说不准老陈家与土匪有联络。"他沉默了一会儿,又对老五说:"景林,你给俺从县城里找一个土建施工队来,雇几个瓦工、木工,俺想修缮一下房子,整整院落,免得再遭土匪的绑架。"赵景林听了,就说:"爹,俺记住啦,一定办。"

潘晕子又对三秀才说道:"干爹,俺这里有枪,以后你有事尽管喊俺,或者俺隔三岔五地住在你这里,给你当保镖。"三秀才没有立刻说话。赵景岗听潘晕子这么说,心里有些窝火,就说:"潘兄,你这纯属事后诸葛亮,马后炮。有了这一次,爹不会再遭殃了。"他回过身来,对三秀才又说:"爹,听说南方正闹共产党,专跟有钱人过不去。所以，爹，咱各方面都要小心，防人之心不可无呀。"

三秀才右手拿起长烟袋，给烟袋锅里摁上一些烟叶，点上火，慢慢地吸着烟，也没吱声。赵景岗却问赵景林："老五，你在学校里读书，信息灵通，共产党是干什么的？是不是土匪？"

赵景林说："共产党和土匪是两码事，共产党的人更多。"赵景林讲这些话，大家都没有听进去，只顾埋头吃菜喝酒。赵家的宴席一直到了半夜才算结束。

没过几天，从县城来了三个瓦工、两个木工，要给三秀才修理改造房屋和院落。三秀才把一切详细要求都交代给赵景岗，由他监督施工。

当时已经忙完秋，赵景岗把大憨、二憨喊到上房，对他俩说道："你俩今年很苦很累，三爷让你弟兄俩回家休息半月，拾点柴火，准备过冬。每人再从成奎那里领两斗玉米面。半月过后，有事再叫你俩来。"大憨、二憨听了激动万分，嘴里一时不知道说啥好，只会说："那就谢谢三爷。"马成奎根据赵景岗的安排，就给两人称粮食，两人背着玉米面高高兴兴地回家了。说是放假，其实就是防着陈家，之后大憨二憨再也没被叫回来。

那半个多月，三秀才家的大宅门终日紧闭着，不与外界任何人联系。可是不久三秀才却暴病身亡，赵氏兄弟就一起忙活父亲的丧事。此事过后，赵景岗未经弟兄商议就搬到三秀才的大宅院里来，成了赵家的新主人。

到第二年一开春，赵景岗通过马成奎找来了陈浩，赵景岗对陈浩说："今年俺村东边的那十二亩地不租啦。"原来这十二亩地是三秀才租给陈克石种的，这是陈克石从二十四岁起给三秀才当了二十年长工后换来的。陈克石五十岁时，人老了，就由陈浩代种，秋收时陈浩除了交租，还给二叔陈克石生活口粮。

"为什么？"陈浩就问赵景岗。

"不为什么，准备自己种。"赵景岗这么回答。

"加租行不行？"陈浩怕没有地种就央求道。

"不租给你陈家啦。"赵景岗瞪了一下黄眼珠子，用力重复地说道。

"你不租给俺，俺二叔怎么过？俺一家老小可怎么过？"陈浩又央求赵景岗说。

"这事就不是俺管的啦，你可以租李家的地。"赵景岗所说的李家，即石沟村财主李春善家。赵景岗说罢此话，就再也不说一个字了。

赵家的这个决定，对于陈浩来说犹如五雷轰顶，简直使他到了无法活下去的地步。他知道，今天赵家的决定是改变不了的，从此他全家就要没地种了。

陈浩无奈地走出赵家大院，急匆匆地来找陈克石研究对策，请求二叔出个点子。他很快地来到二叔家中，将刚刚发生的事说了一遍，接着说："二叔，眼看着咱没有地种，非饿死不可。看来赵家非逼死人才痛快。估计这还是因伐树那事惹的祸。"陈克石沉默了一会儿，说："俺猜这次三秀才遭土匪绑票，他也有怒咱陈家的意思。既然赵景岗这样对待咱，咱只能另找门路。你去试试找李春善租地种，看怎么样吧？"

"二叔，你知道李春善的那地都是山坡地，地薄不长庄稼不说，地租还高，而且李春善那老家伙啥事都抠门。"陈浩说。陈克石就说："俗话说，人穷志短，马瘦毛长。不管怎么样，还要想办法活下去。那就只有找李春善租地这一步棋可以走走试试。"陈浩听罢二叔的一席话，自己又没有好办法，只有按老人的意思去做，于是起身就去李家。

陈克石望着陈浩高大的个头，瘦骨嶙峋的背影，心中十分难过。他想了很多，此时他真正感受到世道炎凉，人生艰难。活了几十年，却仍然受着贫穷的折磨，而且还到了没有地种的地步。

他本指望自己的儿子陈新出走能寻觅到一条出路，然而得来的消息是儿子在济南拉洋车，下苦力，张峰却已死在关外煤矿上。而石沟村的陈家人也继续过着不得温饱的苦日子。即使如此，三秀才还猜忌他家勾结土匪。

此时他猛地醒悟过来，他让侄子陈浩去租李春善的地也是错误的，陈浩这一趟一定会碰壁。他坐在土炕边上，开始悔恨自己的决定。

突然陈浩气喘吁吁地重新闯回了陈克石的老屋，告诉陈克石，他找李春善租地之事也彻底泡汤了。一切果然应验了陈克石的预料。听罢，陈克石眼前一黑昏了过去。

没有过多长时间，一天黄昏，他独自一人，颤巍巍地拄着拐杖，走出村外很远，来到沂河边。他站在沂河边上，看着不断流动的河水，突然纵身一跃，跳进沂河里自尽了。陈克石就这样离开了这个世界。

不久，经过的路人发现了他，把他打捞上岸，人却已经死了。

第五章

一

月亮高高地挂在天边，周成忽然看到了一座关帝庙的屋顶，他知道那里就是石沟村。熟悉的景物越来越多，扑面而来的是汹涌而至的回忆，这些让他备感亲切。为了不让村里人发觉他来，他趁天刚黑，选了一条偏僻的小山路，朝村里走去。在石沟村，他常常和陈浩的孩子一起玩。陈浩也挺喜欢他，今天投奔石沟村临时避一避风头，他知道必然会搅乱陈浩家的平静，这也实在是无奈之举。他该如何面对他们，他要怎样向陈浩说他来石沟村的理由呢。想这些的空儿，他已经来到村边了。村里人有的忙完了地里的活已回到家中，另外在大路上仍然有一簇簇黝黑的人影儿正匆匆忙忙地往家里赶。

周成继续走着，凭着之前的记忆来到陈浩门口。周成在门前站稳之后，此时的月亮正照在他的脸上。他忽然想起小时候的一天，他和母亲一起过了沂河，走进石沟村时，月亮也像现在这样照着他。可是时光匆匆像流水一样过去了。他用右手啪啪地敲了两下门。这时候，从院子里走出来一个十五六岁的农村姑娘。只见这姑娘头上留着一条长长的大辫子，辫子梢下扎了一根红头绳，面孔略尖，却白里泛红，前额上留着又短又齐的刘海。她穿着一身青布衣裳，手里还拿着针线活就迎出门来。这姑娘就是陈浩的女儿有梅。有梅最初认为是陌生人，出来一看，然后笑着问："你是诸葛庄的表哥吗？"周成笑着说："俺就是。"有梅高兴地说："太好了，表哥，赶快家来吧。"有梅说着，转身便在前面往院里走，周成紧跟其后，走了几步就来到院内。有梅朝屋内高声喊道："娘，诸葛庄表哥来了。"可是北屋里却没有回声。

有梅就让周成进北屋坐下休息。周成抬头望了望，偌大的院子空荡荡的，只见北屋门框上和窗户上挂着几个黄灿灿的玉米棒子，还有一簇簇花朵似的干辣椒。陈浩这时正从坡上回家来，一抬头，见一人在暮色之中来到自己的家中，定睛一看，竟是周成。他赶忙放下手中的工具，擦了一把前额上的汗水，接着让周成进北屋，还叫有梅倒水。

北屋内靠北墙是一张旧橱子，中央是一张大方桌，两旁是两张破椅子，东边有一条长条凳。东边一间屋门挂着土布帘子，是里间屋。这时，从北屋的里间内传出了一阵呻吟声，陈浩的老婆沈燕由于身体不好，身子也坐不起来。她正抽搐着鼻子，痛苦地呻吟道："有梅，谁来啦？"

"诸葛庄的表哥来啦。"有梅应道。周成走进屋，随后掀起布帘，跨进里间，抬头一看沈燕正躺在土炕上，满脸病容，两眼微闭着。

"周成，你怎么来这里啦？你不是在济南读书吗？"沈燕问。

"妗子，俺有事来这里。"周成说。

"有梅呀，快给你表哥做晚饭去。"沈燕说罢，有梅就道："知道了。"

周成说："妗子，你觉得身体怎么样？没有请个先生看看病？"

"这年头，日子这么难过，哪有钱请先生？俺已病成这个样子，恐怕活不长了。整天夜里睡不着觉，还不如死了痛快。"周成见妗子这么说，就继续安慰她："妗子，你不要着急，凡人吃了五谷杂粮，哪有不生病的？慢慢地调理一下，病总会好的。"说了几句话，周成见沈燕实在很累，就让沈燕休息，接着转身回到外间来，对陈浩说："二舅，俺给你捎来了两瓶酒。"说话的空儿他就从兜里取出两瓶白酒，放在方桌上。陈浩看了看酒，笑着朝有梅说道："快做饭去，你表哥肯定饿了，摘几个丝瓜子，炒个菜好下酒。这酒不错，俺有好久滴酒不沾了。"

有梅是个懂事的姑娘，在她娘生病后，家里做饭、洗衣裳等里里外外的家务活都由她操持着。陈浩刚把话说完，她就按照爹的吩咐，来到院子东墙跟前。那里是一个丝瓜棚，棚上长着大小不一的丝瓜。她顺手摘了几个，开始炒菜去了。

此时周成身边只有陈浩。陈浩坐在椅子上之后，就问周成："你不是在济南上学吗？怎么这时候跑到石沟村来啦？到底为的啥事？"接着周成低声向陈浩大体讲述了他在济南上学的事。最后，他说："韩复榘认为，我和胡老师几个人是共产党员，于是就下达了通缉令，现在正拼命抓我们。"听周成这么一说，半晌他又问周成："你参加共产党了吗？"

"没有，我根本没有加入。"周成肯定地回答。

"那韩复榘为什么派人抓到你的头上啦？"陈浩追问道。

"我的老师胡也频也不是共产党员，现在也被通缉。二舅，你不知道，蒋介石早就叛变了革命，破坏了国共合作。为了搞独裁进行清党，他们到处屠杀共产党员和革命工人，只要沾上一点边的事，一个人也不会放过，一律杀头。韩复榘和蒋介石一样，都是同一伙坏蛋。我与胡老师只是宣传文学，他们就暗中下达了通缉令，追杀我们。我已经成了共产党嫌疑犯，要是真的被他们抓走，必死无疑。"

"那真有点太冤枉你啦。"陈浩不安地皱起眉头说道。

"这倒是真的，俺有点太冤枉啦。"周成又接着说，"本来人们都想革命军北伐胜利了，社会应该变好，谁料到老百姓的生活更难过，世道更黑暗，更乱了。二舅，俺要告诉您，共产党就是一心一意为天下劳苦大众着想的组织，俺要是真正的一名共产党员，哪怕绳索刀斧压在脖子上，甚至牺牲生命，也是值得和光荣的。可是，俺没有加入共产党，却遭到如此追杀，简直太冤枉了。这也正说明国民党的滥杀无辜和社会黑暗。"

"周成，这世道就这么黑暗，做个好人也不好过。"陈浩也说。

"我想，人活着就是要为正义而活，为了社会的光明前途而活。为此，我要坚决加入共产党。二舅，不瞒你说，俺着急的是找不着党的地下组织。"

"周成，你不怕死吗？"陈浩又问周成。

"俺已豁上这条命了，俺活一天，也要有意义，俺不想混，俺不怕死。"周成坚定地回答。

"你做得对，俺支持你。你就安心地住在这里，只要有二舅吃的，就有你吃的。"陈浩这样说。

周成是奔着陈浩家来的，他听陈浩这么说，心里踏实多了。

"二舅，你知道共产党的消息吗？"周成又追问起来。

"俺只知道上山种地，外边的事情是聋子的耳朵，一点也不知道。这些事，你找你四舅陈涛说说，他刚从南方回家来，了解外地的一些情况，或许能打探到一些消息。"陈浩这么说。

"好的。"周成说。

这时天渐渐黑下来，院子里有了动静，有志、有强两兄弟也下地回家来了。

二

晚饭后，陈浩安排周成到东边原来陈克石家住。有志从母亲炕头席底下找出当年陈克石的开门钥匙，在前头带路，有强、周成紧跟其后，三人一起到了陈克石家。此时已到了掌灯时分，陈克石死了之后，不到一个月，老伴也去世了，院内空荡荡的，空无一人。为了不让村里人察觉周成来村里，他们摸黑来到这里。周成看到自己曾经住过的北屋和两间东屋，经过这些年的风吹雨淋都已经破漏不堪。而在院中，周成看到姥爷亲手栽种的两棵柿子树还枝叶茂盛，挺立在西墙角，就不由得联想到姥爷的不幸亡故，心中顿时一阵酸楚。

三人走进北屋，有志点着了那盏放在桌子上的小豆油灯。昏暗的灯光下，可以看到这间简陋的房子除了炕上一张破炕席、一条旧得褪了色的棉被和一个旧长枕头以外，什么也没有。周成坐在小时候曾经睡过觉的土炕上，抬头张望了一下那破烂不堪的茅草房，北墙上有一道深深的裂缝，而那昏沉摇曳的灯影此时给这间老屋笼罩上一层神秘的色彩。周成心里盘算着：在这里倒很僻静，可以躲避一些时日，等到风声过后，再找机会回济南寻找共产党。

有志和周成两个人坐在炕上攀谈起来，周成又问起姥爷怎么死的。谁知有志越说激动，最后竟从炕上跳下来，站在炕旁边对周成说："二爷爷纯粹是让赵景岗给气死的。二爷爷死后，他们还假仁假义让我们继续租种他们的地。要不是因为地的事儿，二爷爷能死吗。"然后就详细说了陈克石去世前后的事情。

周成就说："这个仇总有一天要报！"

停顿了一会儿，有志对周成说："表哥，这几年村里发生了不小的变化。二爷爷死后不久，秋后，土匪闹大了，沂蒙山一带好些村都有了土匪，各自还安了番号，像赶集一样闹腾起来。赵景岗看到世道乱，四方土匪闹大了，还有消息说共产党从南方要向北方发展，再加上他爹被绑票的事，于是，他私下里与家人，与他的干兄弟潘国仁一伙人商议，在石沟村想成立什么民团，保卫家乡。其实就是打着为全村人的旗号在这里当土皇帝。平时，他喝点酒，就走到十字街头，叉着腰，挺着胸，满大街喊：'俺，赵某人，从来不听邪，不信邪，谁敢露头胡折腾，没有王法，俺就办了他。俺不信谁不服。'他那一股子称王称霸的劲头，石沟村村民都不敢惹他，不少人见了他都恭敬地问候他：'二爷，吃饭了吗？'有时，他不屑地说：'二爷吃了，也是吃自己家的。'村里每个人都要向他请安问好。不然，早晚要拾掇你一顿，挨两棍子，弄得你人财两空。于是，石沟村里的人给他送了个绰号——赵二棍子。"

其实事情有志说对了大半。真实的情况是这样的：石沟村王氏家族有个叫王四的小土匪，在苍山土匪窝里混过多日。好吃懒做的他，一直光棍一条，可是他却有三支枪。后来回到石沟村，暗中拉拢起四个人，想成立一个组织。凑巧，这个消息让潘国仁知道了。潘国仁就对王四说："四儿，听说你几个人要成立什么民团？你一拨穷小子，没吃没喝怎么能行？你得有个势力大的人当靠山才行。"

王四想了想，觉得潘国仁说得对，就问："你说找谁做靠山？"

潘国仁说："俺说一个靠山，你准认为行。"

王四问："谁呀？"

潘国仁说："赵家二掌柜。他是国民党员，按形势，让他当头，其他人当他手下的兵，有吃又有喝。"王四一听，笑了，说："当然行，咱弟兄就图个吃喝。他愿意吗？"

潘国仁说："俺有办法，俺是三秀才的干儿，二掌柜是俺的干二哥，能不行吗？"

王四说："好，好，俺听你的。"于是，潘国仁就去找赵景岗，其实赵景岗早有此意，因为父亲三秀才被土匪绑票过，那一次差一点丢了老命。后来全家交够了银子才赎回父亲的性命，赵景岗已有了记性，所以非常同意组建民团，自保祖业。

潘国仁对赵景岗开口一讲，两人立马一拍即合，随即又在赵家大北屋里策划了半天。事后潘国仁找到了王四，王四就问："二掌柜说什么啦？"潘国仁说："他完全同意，要大干一场。咱们只要拥护他当头就行。"王四满口答应，说："这事没问题。"

这样一切安排就绪。这天下午，潘国仁在村里发起成立民团的活动。他出头挨家挨户走访石沟村赵、李、陈、王四大家族，还有其他人家，召集大伙在赵家大院里集合开会。赵家赵景岗来了，王家王洪祥来了，陈家有志爷俩也来了。

不一会儿，这个大院子就快挤满了，这时王四腰上拴着一把手枪，精神抖擞地来了，一时大伙的目光都聚焦在他身上。见来的人差不多了，他几步走到门前台阶上，对众人说道："大伙别乱糟糟啦，俺有个事跟大家商量商量。眼下世道很乱，到处闹土匪和共产党，尤其是南方，像江西更凶。这个势头像风潮一样很大，很快这股风就会刮到咱北方来。咱们必须早做准备，做到各村保各村。咱们也必须成立一个民团，保卫自己的家乡。大伙今天就是商议这个事。"说完，他下了台阶，坐在潘国仁身边。这时潘国仁掏出一盒大英牌香烟正想吸，王四故意嚷嚷："潘哥，吸这么好的烟？让俺尝一根。"于是，他一伸手，就把潘国仁的烟夺了过来，朝大伙说："这么好的烟，一个人吸，大伙吸，都是吸，大伙一起吸，多好呀。"接着就把潘国仁的那盒烟分给了众人，众人都笑了。潘国仁趁势站起来，走到台阶上，随后对众人说："咱村成立民团，大伙同意不同意？同意的，请举手！"

来开会的人，不知道潘国仁等人的葫芦里卖的什么药，也就随声附和，举手同意。潘国仁又说："大伙还要选个头。"不知道谁喊了一声：赵二掌柜。王四接着站起来说："二掌柜最合适。"一时无人发言，沉默了一会儿，算是通过了。王四就朝赵景岗说道："二爷，你也说几句话吧，大伙欢迎啦。"随即潘国仁从台上走下来。赵景岗心里很高兴，但是仍然装得面无表情，接着他就站在台阶上，对众人说："为了全村的安全，成立个民团非常必要，俺也不推辞啦，不过大伙还要再选个副手。"王四又开了腔："平心说事，老潘操心不少，就叫他干吧。"会议稍微沉默了一会儿，有志心里想：潘晕子算什么人？纯粹坏蛋！于是他低声对陈浩说："咱还不如不来参加这个会呢。"陈浩就说："你沉住气。"有志没有再多说。

王四继续对众人说："国仁年轻的时候，在外当过几年的兵，追剿过土匪，会打枪，会操练兵，懂得枪支弹药，让国仁当副团长吧，行吧？没意见就算通过了。"王四这么一说，气得陈浩和有志悄悄地离开了会场。这时候，赵景岗又说："石沟村有了民团，各家各户都安全，夜里可以睡个安稳觉。因此，各户都要交点公粮和钱，民团队员得吃饭和买枪。民团队伍赤手空拳没法打土匪和共产党，所以必须买枪进行训练，来了土匪和共产党好对付他们。大伙有意见吗？"

"这个能有啥意见？"王四说。会议稍微沉默片刻之后，赵景岗宣布散会。从此，石沟村民团就这样成立了。

半个月之后，国民政府派人来宣布赵景岗为民团团长。小石沟村李春善也跟着成立了民团，他还拉拢了几个在军阀孙传芳队伍里混过事的，还有当过警察的，干过散兵的，组成了一个班子。

三

关于赵景岗，周成略有印象。周成小时候，有一次姥娘陈张氏病得很厉害。看到这种情况，陈克石一时慌了手脚，他急匆匆托人去诸葛庄告诉女儿陈艳平。

在得知此消息的当天，陈艳平从饭屋提着平素攒下的二十几个鸡蛋，跟丈夫周世荣说了一声，右手领着周成，就急急慌慌地直奔石沟村来了。

陈艳平进家后，几步跨进北屋，来到炕前，只见陈张氏躺在炕上已昏迷不醒。过了一会儿，陈张氏迷迷糊糊地自言自语，似乎正做着噩梦。这时一位四十多岁的陌生人走进北屋，坐在旧直背椅上，表情严肃，在与陈克石说话。陈克石的眼睑有些红肿，面色苍白，抄着双手，焦急地看着那人。周成想：那陌生人一定是姥爷请来的中医，是来给姥娘看病的。陈浩等同族人都在旁边守候着，有的站着，有的还悄悄地议论着。周成一直在屋门口站着。

那位中医随后开了处方，就告辞了。陈艳平根据药方，与陈浩商量了一番，托人去县城抓药。到了晚上，中药抓回来了，母亲陈艳平忙碌着熬药。

经过十几服药的调理，姥娘恢复挺快，神志也清醒了，她从炕上坐了起来，随后能下炕走路了。她看见周成来了，对陈艳平说："这孩子，几天不见，都长大了。"又对周成说："成子，过来，让姥娘看看你。"周成走到陈张氏的身边，老人往前一把将周成搂在怀里。周成说："姥娘，俺怕！"陈张氏就问："孩子，你怕什么？"周成就说："俺怕姥娘有病。"陈张氏笑了，说："孩子，真懂事，姥娘的病已经好了。"周成高兴地趴在姥娘怀里。

其实，陈张氏手脚麻木，关节僵硬，仍然没有多少知觉，但病情比以前好了许多。陈克石和陈艳平脸上也都有了些笑容。陈艳平和周成就继续留在石沟村住着，照看二老。

周成由于刚刚来到石沟村，对这里的一切，感到既陌生，又新鲜。有天上午，他跑到胡同里玩，看到一个同龄男孩也来到胡同内玩，男孩的身后还跟着一只小灰狗。这个男孩是西街上做豆腐生意王洪祥的二儿子，小名叫二黑。很快两人相互熟识了，说在一起，玩在一起。两人在胡同里来回跑着玩。二黑逗逗小狗，那小狗跟着二黑身后乱跑。周成也逗一逗小狗。两个人追逐打闹玩得特别痛快。

然而，不一会儿就出了乱子。周成奔跑时，一不留神，脚下被一块大石块绊倒，狠狠地跌了一跤，他的左胳膊被石块深深地划破，顿时伤口开始渗血。周成接着从地上爬起来。二黑也跑了过来，一看周成的胳膊伤得挺厉害，也愣了，他有些害怕，忙对周成说："成哥，你快回家吧，找你娘想办法包一下。"

周成听后，皱了一下眉头，冷静地想了又想，却说："不行，待一会儿就会好的。"

"为什么？"二黑问。

"不行呀，这事要让俺娘知道了，她会很生气。"周成这样说。

"为什么？你娘要问你原因，你就说，谁乐意摔着呀？"二黑说。

"姥娘正生病，俺娘本来心里就很着急，这事让她知道了，那怎么能行呢？"周成又说。二黑一看周成执意不肯回家，他就说："那你疼吧，挨疼也活该！"周成听罢很无奈，他对二黑说："上个月在俺村，俺玩的时候，不小心下河湾，让坑水弄湿了衣裳，也弄脏了裤子。后来让家里人知道了，俺爹非要揍俺，俺娘猛劝爹，俺才算没有挨一顿揍。"

二黑听周成这么说，又对周成说："那你先别回家，在外头多待一会儿再说，伤口会好的。"周成听了，点了点头。其实他的伤处还在渗血，还在疼痛。他强忍到中午才回家，他害怕母亲生气，一直瞒着陈艳平，始终一声不吭。陈艳平也一直没有发觉，此事就这样瞒过去了。

转眼又过了十多天，姥娘的病好些了，陈艳平领着周成到陈浩家串门，看望沈燕。当两人迈进门时，沈燕正在搓麻线，准备纳鞋底子。

不大的工夫，王洪祥的老婆张云秀也手里拿着针锥子、麻线和鞋底子来到陈家，想与沈燕边忙活边闲聊。三个女人一台戏，她们三人在里间屋内慢慢地聊起家常。张云秀是个爱说爱扯的农村妇女，她有话不说出来，心里就憋得难受，非得一吐为快。这阵她就给她俩说起了有关赵二棍子的悄悄话。

张云秀向她俩问道："你俩说，在咱石沟村，数谁最厉害？"

沈燕直接说："在石沟村当属赵家，三秀才厉害，赵景岗更厉害，又是国民党员，有钱有势，称王称霸，那是谁都不敢惹不敢碰的人物。"

张云秀笑了，把眼一瞪嘴一撇说："这赵二棍子，就怕俺那一口子，你们相信吧？"张云秀说的俺那一口子就说的她丈夫王洪祥，大黑的爹。

陈艳平说:"这是怎么回事呀?嫂子,你说的俺都不敢相信。"

沈燕也说:"大黑娘,你说的这话,我也不相信。你就仔细说说原因。"

接着张云秀说:"好,俺跟你俩说说,可千万别往外传。" 两人又一致地下了保证,一定不外传。于是,张云秀就拉开了话匣子。

赵家是石沟村十里八寨有名的富贵人家,赵景岗更是石沟村第一霸。他表面上是正人君子,内心却不尽然。

这是两年前的事。石沟村每逢旧历二、七之日是大集,逢四、九小集。石沟村大集闻名乡里,甚至县里的人也都知晓,来赶集的人甚多。赵景岗见李春善最先在十字街东边开了一家客栈,于是他在村北头也开了一家振兴客栈,委托王洪庭当掌柜。

自从他在村北头开了振兴客栈后,隔三岔五地他便到北大街闲逛一遭。说穿了,他对委托王洪庭当振兴客栈的掌柜,有些放心不下。有一天上午,他头上戴着一顶黑色缎子帽,帽顶是一个红疙瘩,人显得特别神气;上身穿着一件黑马褂,一身光鲜靓丽的衣裳,派头十足地走出家门,往北一拐,经过十字街往北大街走来。

北大街一排排商贾门面都刷洗一新,油漆匾额写着字号,有的店铺门前迎风还吊着幌子,一派热闹。商家的店小二都站在门前,忙前忙后迎接来客。这天邻里街坊见赵二棍子来了,都点头哈腰地打招呼:"二爷,店里坐坐吧,屋里喝碗新茶。" 赵景岗见势,忙笑着答道:"不去了,不去了,你们都忙吧。" 他边走边答,好一会儿才来到振兴客栈。

这振兴客栈大门坐西朝东,门口旁边有一棵百年古槐。这古槐是拴牲口的好地方。正门内西侧屋内摆着一件黑漆柜台,院落挺大。一排北厢房数间屋专供过往旅客住宿用,一排南厢房,其中有厨房,有饭厅,供客人用饭。院内西侧有喂牲畜的大房间,院西南角有一口水井。此时虽然是上午,但店内客人不少,人们出出进进,甚是热闹。

振兴客栈掌柜王洪庭今天穿着灰裤白袜，头上包着一条羊肚子白毛巾，人显得十分精神。他正前前后后忙碌着，一抬头见东家赵景岗大驾光临，于是慌忙迎上前来，请东家到房内落座。在石沟村，王氏家族属于穷人帮，一般情况下，赵、李两家不与王家人打交道。既然赵景岗委托王洪庭开店，这可以说是很大的面子和信任，是近几十年没有过的，这件事在石沟村真破了例。王洪庭负责经营，每年年底赵景岗给王洪庭分红。

这会儿，王洪庭看了看东家赵景岗，满脸堆笑地说："二爷，怎么有好几天没过来？昨天俺就给你备了好酒，等着你。"赵景岗就说："这几天只顾商量家务事，实在倒不出一点空闲来。"

"你今天有空就在店里多坐一会儿，咱喝几盅。"王洪庭又劝赵景岗。赵景岗一点头，嗯了一声，抬腿来到店内柜台处。王洪庭安排店小二沏茶、上烟。

此时只见从店内走出一位二十七八岁的少妇，她从水井处提着一桶水，穿过了店门，就往隔壁杂货店走去。由于水桶盛得满，她走得急，险些与赵景岗撞个满怀。少妇站稳之后，定睛一看竟是赵景岗，她不由得半开玩笑地说道："二爷，是哪阵风把你老人家刮来啦？真是稀罕呀。"赵景岗一看是隔壁杂货店王洪光的媳妇韩桂花，忙回答道："嗨！天天家里家外一摊子事，没有一点闲空。今儿总算抽出身来啦。"说起来王洪祥与王洪庭是亲兄弟，王洪光与王洪庭却是叔兄弟关系。这时韩桂花就说："二爷，有空来这边喝茶，俺这里有菊花茶，还有杭白菊。"

"好，好，有闲空一定去。"赵景岗应道。

王洪光的媳妇韩桂花娘家在大韩庄，因她是元宵节晚上出生，和她娘家爷同月同日所生，她爹她娘满心欢喜，邻里街坊也都说：这孩子生的时辰怎么这么巧，与爷是同一天。她爹就说："这孩子的小名，就叫巧儿吧。"全家人听了一致同意。韩桂花的乳名就此定了下来。巧儿家在大韩庄属贫穷户，王洪光在石沟村也算贫困户。由于王洪光人性好，待人忠厚老诚，脑瓜灵活，经媒人说合，巧儿就同意嫁给王洪光，也可谓门当户对。后来王洪光开起杂货店，她自然成了内掌柜。可是自她嫁进王家，过门已九年，尺男寸女也未生下，王家也没怨言。韩桂花这女人出脱得美丽动人，是石沟村众男人心目中的一枚鲜樱桃。

赵景岗年纪四十多岁，精神十足，内心里却是个轻浮狂荡之人。他见韩巧儿皮肤虽然黑了一点，但是，瓜子脸，细弯弯两道眉毛，红馥馥的唇，杏眼桃腮，颇有几分姿色。过去他虽曾在街上遇见过多次，却不曾细细鉴赏。今日仔细观之，确实动人。不知怎的韩巧儿使他目摇心荡，精魂全失。他那双火辣辣的眼睛，直勾勾地盯着韩桂花，一直到韩桂花已回到她的店内，他还在琢磨着，暗暗地生起了图谋这位少妇的心思。

晚上赵景岗回到家中，躺在炕上，两眼直直地望着屋顶，翻来覆去，怎么也不能入睡，心思都扑在韩巧儿的身上。老婆高俊美见他辗转反侧，不能入睡，一副反常的样子，就说："我说，你今晚怎么啦？喝多酒啦？还是茶喝多啦？怎么睡不着觉啦？"

"没有什么事。"赵景岗说道。他心中有数，这样的事虽然勾掉了他的三魂七窍，但是自己的心思绝对不能让高俊美知晓。于是他不再多说，两人一夜无话。

第二天凑巧是石沟村大集。此集南北有二里之长，四里八乡的人都来赶集，买卖东西，人自然很多，集也特别热闹。大集分市，有猪市、牛市、骡马市、羊市、布匹市、药材市等。赵景岗从小生长在这里，一切情况是司空见惯，习以为常。今天他来赶集，但也无心闲逛看热闹，心里在想：买点啥东西，能让巧儿高兴？他在集上信步逛着。走着走着，忽然他瞧见许三正卖热枣糕。这枣糕是山村乡里人最喜欢吃的食品。于是他疾步走上前来,让许三给他称一斤。许三见是赵景岗买枣糕,就忙着切枣糕,称了之后,又用荷叶包好,递给赵景岗。赵景岗要付钱,那许三本是石沟村人,从小就熟知赵景岗,那是石沟村的显赫人物,惹不起,他哪里敢要钱?于是就对赵景岗说:"二爷,拿着吃吧,付什么钱?如果不够吃,再来拿。"听许三这么一说,赵景岗二话不说,一点头,提着枣糕转身朝北大街走来。

不大一会儿,他便来到王洪光的杂货店,韩桂花见赵景岗来了,觉得不对头,心里就琢磨:昨天他刚刚来过,今儿又来了,干啥呀?对于韩桂花来说,赵景岗是石沟村的名人,她也不敢怠慢。如果哪里有什么闪失,再带来麻烦呢。丈夫王洪光又不在场,她赶紧迎上前,笑道:"二爷,今儿你真有空闲来喝茶,俺就给你沏茶。"

"今儿赶集,这阵子人多,俺就先在此喝碗桂花沏的茉莉花茶。这不,看见许三了,俺给你买了块枣糕。" 赵景岗一边把枣糕放在小桌上,一边对桂花说。

桂花见赵景岗给自己送来了山村乡里人都爱吃的枣糕,一时不知道如何是好。心里想:如果谢绝,必定得罪他。要是吃了,觉得不该这么做。就说:"谢谢二爷啦,这么好的枣糕,二爷留着自己吃吧。"

"俺天天吃,这次特意给你买的。" 赵景岗笑着说道。
"那俺就谢谢二爷啦。" 韩桂花不敢推辞,只好客气地说。
"俺早就听说,桂花沏的茶特别有味道。"赵景岗嬉皮笑脸地说。
"茉莉花茶谁冲了不一样呀?都好喝。" 桂花说。
"桂花沏的就好喝。" 赵景岗带着挑逗的声调说道。赵景岗见桂花并没有吃,又热情地让了一遍。桂花看出不吃就真的得罪这位二爷,于是就拿起一块来,咬了两口,说道:"真好吃。"

杂货店内的一角是一台火炉子,专供烧水做饭用。赵景岗一屁股坐在一条长凳上，等着喝茶。过了一会儿，桂花便送上来一碗浓浓的花茶，放在赵景岗跟前的小桌上。同时，桂花边吃枣糕边说："许三做的枣糕就是好，那个赵小六的枣糕就不如他做得好吃。"赵景岗听了很高兴，他一会儿抬头看看来来往往赶集的人，一会儿拿眼瞟桂花。他见桂花人长得很美，就像一朵盛开的秋菊花。他那眼珠子滴溜溜地转，光焰逼人。他问桂花："洪光干什么去啦？"

"他在集南头卖花生哩。"桂花说。

"一天从早到晚上，他卖花生能挣几个子？"

"挣不多，挣个零花钱呗。"

赵景岗听罢就说："一个集下来，挣的钱够买平面绒做件衣裳的吧？"

"不够，不够，往哪里挣那么多的钱去？"

此时韩桂花正在他跟前经过，赵景岗忽然看见桂花的裤子还裂了一道小口子，就用右手胡乱摸了桂花的大腿一下，说道："他挣不了，你跟俺说呀，俺帮你。你那裤子都开了口了，还穿着，多难看呀。"

"口子长，俺用线缝几针就是啦。"桂花忙回答。

"俺给你买一块平面绒，做件新裤穿上，那多体面。"赵景岗这么说道。桂花听到赵景岗这么说，她心中对他的心思就明白了。她思忖：赵景岗在石沟村是远近有名的财主，家财万贯，田地百亩，称得上富户。可都是乡里乡亲，按村俗民规，按年纪，你应是长辈，应该为正人君子，怎能起了如此的歹心呢？虽然俺家境不好，却是规规矩矩的女人。她又一想：不能给洪光惹来麻烦。于是她决定自己装糊涂算啦，也就未敢答话。

赵景岗在杂货店喝完了一碗茶，桂花立刻给他又倒上一碗。他一连喝了三碗。桂花说笑着，也未怠慢他。他坐了足有一个时辰，未说什么，就抬腿走人了。桂花心想此事可能到此告一段落了。

四

谁能料到事情又有起伏，又过了两个集的时间，到第三个石沟村集时，正巧王洪光又去集南头卖自炒的花生去了，未在店中。那天上午，赵景岗用事先准备好的一个包袱，包着一块平面绒布，夹在胳膊底下，瞒着高俊美，悄悄地来到了韩桂花的杂货店里。当时店内只有桂花一人，又四处无人，他走进杂货店后，急忙把腋下的包袱递给桂花，桂花说什么也不要。赵景岗就说："桂花，这是俺的一点心意。"

"那可不行，俺可不能要二爷的东西。" 桂花忙说道。

赵景岗不顾一切把包袱丢在桂花的桌子上，随后就走了。桂花已无法拒绝，又怕被丈夫看见后生疑，连忙把包袱藏在一个柜子里。

从此以后，赵景岗隔三岔五地来杂货店玩，闲聊一阵，观察王洪光的活动动向。这天得知第二天一大早，王洪光与王洪祥的儿子大黑一块儿去新泰煤矿运煤去，赵景岗心中十分高兴，认为机会来了。第二天天还没亮，他就从炕上爬起来，看看窗棂外边，天上的星星像蜡烛似的，一个接着一个熄灭了，只剩下几颗大星星还在闪烁着。夜色还朦朦胧胧的，对面三步远还看不清楚人。此时老婆高俊美也醒了，她披上衣裳，坐在炕头上，见赵景岗要出门，就说："天这么早，你干啥去？"

"上茅厕去。" 赵景岗说。

其实高俊美不会太管赵景岗的事，她由于身体一直不好，近日与潘国仁的媳妇张桂兰一块儿参加了农村的一贯道。一贯道道主对她们说：张天师已经从天上带领着道众，乘鹤驾云下凡，来到世间拯救苍生，道徒们只要虔诚信道，都会脱离苦海，逢凶化吉，遇难成祥。高俊美也想通过一贯道，拜佛求神，保佑自己健康，为一家人祈福。

赵景岗走出了自家的大院子,直奔王洪光的家。王家和赵家距离不远。不一会儿,他就赶到了王家。王洪光家很穷,房屋四周连个院墙都没有,只有东侧孤零零的一面墙,还倒塌了半截,西侧是一个茅厕,再就是王洪光夫妻住的两间土屋。赵景岗小心翼翼地来到房前,看了看,只见王洪光平常停放在屋门前的那辆独轮小车不见了。他推断王洪光已出村运煤去了,于是放心大胆地去推王家的门。此时的王洪光也真的离家出了门。因为王洪光走时,桂花正熟睡着,门便没有闩。赵景岗很容易地推开了虚掩的屋门,他一步跨进屋里。屋里还漆黑一片,他慢慢地、一步一步地摸到里间屋桂花的大土炕前。此时,桂花似睡非睡地听到屋内有些动静,寻思丈夫王洪光还没有出发,就问道:"你怎么没有走,又回来干什么?"

"桂花是俺。"赵景岗悄悄地走到桂花的炕前说。

桂花一听不是王洪光的声音,而是赵景岗的话音,十分害怕,就说:"二爷,大清早的,你来干什么?"

"桂花,你别装糊涂了,你可把俺给想死了。"赵景岗说。

桂花觉得事情严重,就非常生气地说道:"二爷,你是长辈,俺向来敬重你,你可别胡来呀。"

"桂花,俺很想你,这事只要你知,我知,别人谁也不会知,咱俩就快乐这么一次,好吧。"赵景岗又说道。

"不行,二爷,这事可不行。"

赵景岗听到这话,顿时生了气,他猛地冲上来,说道:"行也得行,不行也得行。桂花,你可别不识抬举。"赵景岗上前撩开桂花盖的被子,伸手就去抓桂花的身子。

"二爷,你要再抓,俺就喊啦。"桂花大声说。无巧不成书,正在此时,窗外传来一个人的脚步声,原来是王洪光回来了。他因为走得匆忙,把钱忘在自家的炕席底下。直到走近村口时,他才想到没有带钱,于是他立刻停下脚步,把独轮车停在路边,对一同前往的大黑说回家拿钱。随后他就匆忙返回家拿钱。可是，他刚走到屋门口，就听到自己的屋里有动静，媳妇桂花正与一个人说话，他觉得很奇怪。黑暗中推开门往里走，再往里间屋一看，却见赵景岗在屋中，他顿时惊呆了，也迅即明白了究竟。

赵景岗一见王洪光回来了不知道如何是好，吓得他的心突突直跳，恨不能给王洪光下跪。他颤抖着手，胡编了个理由，说："洪光，俺来找你俩帮俺运一千斤块煤，没想到，你出门这么早。"

王洪光虽是个老实的男人，但他心里也明白，这么早赵景岗来自己家，这分明是来偷自己的女人，内心里很生气。但是作案未遂，转念又一想，都是同村人，此事声张出去，谁的名声都不好听，还是得饶人处且饶人吧。

桂花也为赵景岗打圆场，对王洪光说道："二爷一早来，就是想托你运点煤。"

"运煤当然可以，应该早打招呼，怎么黑灯瞎火闯进屋里啦，老赵，你打的啥主意？"

"俺能打啥主意？俺急用煤，没办法，才急着来找你帮这个忙。想不到你这么早就出发了。"

王洪光知道赵景岗是在诡辩，就说："赵景岗，俺告诉你，以后少黄鼠狼给鸡拜年——不安好心。真的急需煤，为啥不早说，偏偏这时候来呀。"赵景岗知道自己理屈，于是接过话茬，说："俺也没干什么，煤能给俺运就运，不给运就算了。就是运来煤，俺不会少给你一分钱。"说罢，他扭身走出屋来蹿了。王洪光望着赵景岗远去的背影骂道："这个杂种！早晚有机会跟你算账。"

这件事就这样过去了。事情没过三天，王洪光说话时不留神，说漏了嘴，王洪祥便知道了这件事。半个月之后是赵景岗的老父亲三秀才的七十大寿。赵家的亲戚、朋友、街坊四邻都来为这位老财主做寿。一时门庭若市，车水马龙，热闹非常。赵家准备了十几桌酒席招待八方来客。高俊美、赵景岗及众兄弟都忙前忙后。

这天中午，亲戚、远道的朋友都到齐了。酒席刚要开始，庭院里外还有不少小孩子在跑来跑去地玩耍，突然，王洪祥闯到赵家院门口，朝着院子高声吆喝道："赵景岗！你出来，俺找你有事。"赵庆昌在院中听到有人喊父亲的名字，就走出门来，见是王洪祥在门口喊话，就问他："洪祥叔，你找俺爹吗？"王洪祥说："对啦，就是找你爹。"赵庆昌就问啥事，王洪祥说："这事俺跟你说不着，俺只能跟你爹当面说。"

赵庆昌见王洪祥气鼓鼓的样子，面色也不对头，就乖乖地跑回院中，告诉了赵景岗。赵景岗一听王洪祥突如其来地找他有事，也猜测出不是好事，但是此时又躲避不开，只能硬着头皮迎了出来。走出院门口，他一看王洪祥绷着脸，气势汹汹地站着，就往前凑了两步，满脸堆笑地对王洪祥说道："洪祥，今天是俺老太爷七十大寿，你到家中坐坐，喝几盅喜酒吧。"

"不喝，不喝，说不喝就不喝。"洪祥大声地回答道。

"洪祥，你既然不喝酒，你找俺有啥事？"赵景岗问道。

王洪祥气冲冲地对赵景岗说："赵老二，前几天你干的不要脸的事俺全知道了。别的不说，你说你干的那档事，咱咋了断吧？"赵景岗见势不妙就对王洪祥说："洪祥，你别误会，你千万别误会。今天正巧是老爷子寿辰，俺摆了几桌酒席，请你入席喝几盅。"他边说边上前伸手拉王洪祥。

"谁没喝过酒？俺才不喝酒呢。赵老二，今天是你家老人寿辰之日，俺给你小子留个面。你要心中有数。我只问你一句话，你回答：你愿意公了，还是私了？"赵景岗心里明白其所指，知道也无法分辩，就问："公了，私了，都怎么个说法？"

"公了，就是俺把你那天干的'好'事，守着你家众亲戚、朋友、同村人的面，给你当众公布。私了，就是你马上给俺五块大洋，此事从此一笔勾销。今后俺啥也不说了,你斟酌着办吧。"

赵景岗一听,如果公了,他就会丢尽脸面,从此无法在石沟村混下去。他只能花钱私了啦。

"私了,私了,洪祥,你稍等一等,俺给你钱。"说罢,赵景岗慌慌张张地回到院内北屋里,众亲戚都直勾勾地瞪着眼睛等着赵景岗入席说话。高俊美看着自己的男人回来了,神色不大好看,看来一定是发生了什么不愉快的事情。她凑上前就问:"怎么啦?王洪祥找你有啥事?俺知道这卖豆腐的穷小子不是东西,他又想坑骗人不成?"

"他借钱。"赵景岗说。

"借钱干啥?"高俊美问。

"你别管啦。"赵景岗回答说。高俊美当着众亲戚、朋友的面,也不便过多追问,只问了一句:"多少钱?"

"五块袁大头。"

"这么多?"

"多就多呗。"赵景岗说。

高俊美见自己的男人如此着急,就急忙钻到里间屋里,翻箱倒柜,临时凑齐了五块银圆,把钱递给赵景岗后说:"让他写个字据。"赵景岗没有说什么,接过钱,快步来到院子门口。王洪祥此时正站在大门洞里,注视着北屋,等待着赵景岗出来。赵景岗来到王洪祥的跟前,低着头,笑嘻嘻地说道:"洪祥,这钱你收下,以后有啥为难的事,你尽管说。"

王洪祥右手接过钱后,严厉地对赵景岗说:"赵老二,从今以后,你要记住,兔子还不吃窝边草呢,何况人。以后你要老实点,少干那些见不得人的丑事。"赵景岗一时不敢吱声。王洪祥接着转身抬腿走了。赵景岗望着王洪祥远去的背影消失之后,咬牙切齿地朝着王洪祥的方向,骂道:"王八羔子!咱走着瞧,早晚你犯在俺手底下,俺再跟你彻底算账！"随后强打精神回到北屋上房。高俊美凑到他身边，问他："那个卖豆腐的穷小子，跟咱借什么钱？"

"穷鬼，纯属敲竹杠！你看他拉的屎都是黑的，因为黑心肠。早晚有一天，王小子只要犯在俺姓赵的手底下，少拾掇不了他。"他怒气冲冲地对他媳妇说。

有关赵二棍子的故事张云秀说完了，陈艳平和沈燕都笑得前仰后合。沈燕说："大黑娘，洪祥兄弟真有本事，他能在这只铁公鸡身上拔鸡毛，真了不起。"陈艳平说："像赵景岗这号土鳖财主，就该这样拔他的毛，狠狠地治治他。"

这些事虽然已过去多少年了，但周成还历历在目。联想到有志所说的石沟村的真实情况，周成的心里就像翻江倒海一样难受。他原来只知道城市里反动势力的猖獗，此刻令他非常悲痛的是，农村也是如此。封建势力横行乡里，好人难活，没有丝毫正义，到处都散发着腐朽霉烂的臭味，令人不寒而栗。周成意识到中国社会多么需要一场彻底的革命呀。

五

第二天上午，有志对周成说："表哥，晌午你不要出门，有人来找你。"

"谁呀？"周成问。

"到时候你就知道啦。"有志说道。

说完有志就下地干活去了。到了晌午果然有人来敲门，周成三步并两步地跑了出来。开门一看，只见大门口站着一个高高的身躯魁伟面色黧黑的青年。他穿着一身灰布中山装，戴着半旧的灰帽子，脚上穿一双黑便鞋。

这人有二十六七岁，黑褐色的脸上有着短短的一字似的眉毛，看上去和庄户人差不多，只是多了一份威严。周成再看时，那突然的惊惧顿时消失了，因为来人嘴角上堆着的不明显的皱纹是他所熟悉的，尤其是那深陷的眼珠和一双睫毛所显示的陈氏家族的特征，他马上认出，这不就是自己的四舅陈涛吗？只见陈涛左腋下还夹着一个小包袱。两人有好多年未见面了，四舅模样变化不大，人看上去变得更老练，更成熟。周成按捺不住内心的激动，忙说："四舅！快屋里坐。"随后往前握着陈涛的手，陈涛对周成微微一笑，就跟着周成来到北屋内坐下，开始交谈起来。

陈涛开门见山地对周成说："你不在济南认真读书，跑到这个山窝窝里干什么？"

周成说："四舅，你沉住气，让我仔仔细细地跟你说说。"

周成只好从头到尾如实地向陈涛讲述起自己的这段不平静的上学经历。这时陈涛把小包袱放在桌子上，他边听，边不住地点头。周成最后说："四舅，我是被国民党追杀才跑到石沟村避风头的。捕共队一旦逮住我，我就没命了。"陈涛看了看周成，说："有志已经跟我说了你的一些情况，今天咱们好好聊聊。我问你，你在学校学习的什么功课？"

周成说："我们学习的有国语、数学，还有历史等。国语开始学文言文，后来同学们反对学古文，开始学习白话文。今年胡也频老师来了，还讲了普罗文学。"

"那么你的文化一定挺好，一定会写文章。"陈涛说。

"都是跟胡老师学的，写的东西也没有什么诗意。"

"你成了这山村的秀才啦，现在叫知识分子。"陈涛说道。周成听罢，腼腆地笑着说："谈不上知识分子，只是多读了点白话文，学得也一知半解。但是，跟着胡老师却懂得了不少革命的道理，明白了人生该走什么样的路。可是突然之间，遭到了韩复榘下达的逮捕令，逼得我一个青年学生读书不能读，找党又找不着，只有四处逃亡啦。所以才逃到咱沂蒙山。"

陈涛说:"其实眼下这个现象不奇怪,因为国民革命出了叛徒,那就是蒋介石。蒋介石作为新军阀,势力很大,他收买了韩复榘,并且任命韩为山东省政府主席。韩复榘自然与蒋介石穿一条裤子。现在公开宣扬老蒋的'灭共剿匪'政策,镇压共产党和革命群众。他不这样做才令人奇怪呢。"周成十分认可陈涛的话,于是不住地点头。

因为多年未与陈涛见面,周成对于陈涛的情况也不了解,现在觉得陈涛讲的话很有道理,想解一解心中的迷茫,于是就说:"四舅,韩复榘的捕共队正在追捕我,我找共产党一直找不着,我已失去了方向。你说我下一步该如何走呀?"

"周成,你相信四舅吗?"陈涛问周成。

"我怎能不相信?从小我就是在四舅跟前长大的,当然相信。"

"相信那就好。首先不要怀疑你所做的,非常正确。继续找党就是了,我相信总有一天你会找到。"陈涛说。

"那就好。"周成坚定地答应道。周成又问起陈涛:"四舅,这几年你怎么度过的?我听说,你到处流浪?"陈涛说:"一言难尽。"

接着,陈涛就向周成说起自己的经历。陈涛是和陈新差不多时间离开石沟村的。当时在村中,的确混不下去了,听说陈新要走,他也下定决心要出去闯闯,又怕家里不愿意,于是就赶在陈新走前偷偷走了。有一天中午,他流浪到徐州近郊一个农村破庙前,由于好几天没有吃过一顿饱饭,浑身没有一点力气。他颓然坐在一棵大树底下休息。正巧一支过路的军阀队伍在此地打尖,士兵们正三五成堆地吃饭。

一个当兵的一眼看到庙门前饥饿的陈涛,就偷偷地给他送来两个玉米面的窝头。陈涛顺手接了过来,马上狼吞虎咽地吃了起来,并对这位士兵连着说了两声谢谢。

陈涛刚刚吃完窝窝头，这个当兵的就大声地喊他："一块儿走吧！"他顿时愣了一下，一时不明白啥意思。此时从庙内走出一个人，他是军阀中的一个军官，发现了要饭的陈涛。这人走到陈涛跟前，上下打量了陈涛两眼，说道："小伙子，你年轻力壮，要什么饭呀？跟着我们干，天天有饭吃。"

陈涛明白了这是让他当兵，听了这位军官这么说，他说："俺祖上就没有扛过枪打过仗的，俺更不是扛枪的那块材料。"军官就说："你当兵，我先保你不饿肚子。"

陈涛听罢暗暗盘算起来：这位军官讲得也有道理，当兵后自己能先不挨饿。可是又一想，不能随便当这个兵，他一时犹豫不决，不知如何是好。

谁料想，那位长官突然脖子一拧，瞪起眼珠子，就朝另外几个士兵厉声喊道："拉他走！"军令一下达，几个士兵蜂拥着冲上前来，这个拉陈涛的左胳膊，那个架着他的右胳膊，后头有人用枪托子推着他走，就这样硬硬地把陈涛拖走了。陈涛的脸阴沉沉的，表现得很无奈。接着那位军官生气了，他把眼珠子又一瞪，朝陈涛大声喝道："你小子再顽固，我立刻开枪毙了你。"就这样，陈涛被抓走了。

确实当天陈涛吃上了一顿饱饭，接着他开始跟着军阀队伍转战，到过湖北、江西、湖南，走过了不少地方，却始终无法逃脱。后来他彻底明白自己不应该为军阀卖命，不该为反动势力出力，他悄悄地下决心不干了。可是，想逃脱谈何容易，这事一旦被发现了，逃不成再被抓住，就会被处死，他只能小心谨慎行事。

陈涛铁心如砣，决心要出逃，所以他天天在寻找逃跑的机会。到了湖南，一天黄昏，天上下着小雨，他终于有了时机逃跑。这时大部队开始急行军，他早早地离开队伍。他的长官一直在找他，然而怎么也找不着，最后只好走了。因为兵中不少人是被抓来的，逃跑一个也不稀罕。

陈涛跑到长沙岳麓山附近，在一家饭店里当起一名小堂倌，终日在饭店里给人端菜、打扫卫生，干了一年多的时间，与一个与他一起干活的名叫刘合成的小堂倌成了挚友。刘合成是湖北武汉郑店的农民，也是逃难的。因为有相同的命运和遭遇，两人很投缘，于是结成了义兄弟。陈涛为兄，刘合成为弟。

一九二六年，他俩一起参加了北伐革命军。他进入部队后，进行了文化课的补习，知识水平快速地提升了。那是在叶挺将军领导的独立团，陈涛英勇战斗。那年八月，独立团一下子击破了埋伏在汨罗江附近的顽敌。二十二日又攻占了岳州并乘胜攻入湖北。

这时吴佩孚慌了手脚，于是率兵大举南下，北伐军也迅速地进攻武汉。五天的时间打到汀泗桥，三十日破敌于贺胜桥。在数次战斗中，陈涛表现得非常勇敢，在独立团里，他被评为革命军中的战斗英雄。他之所以英勇战斗是因为他明白了叶挺将军平素的教导，提高了阶级觉悟，树立了理想信念，内心里充满了冲劲。他参加战斗不再仅仅是为了解决饥饿，而是希望中国有一个美好的未来，希望能与革命军一起，打倒军阀，打倒帝国主义，人民从此能当家做主。

九月，独立团进逼武汉，在嘉鱼附近，渡过长江，接连攻克汉阳，续占汉口，又进军武昌。在经历了四十五天的浴血奋战后占领武昌。

由于当时军阀吴佩孚的顽抗，虽然这次战斗北伐军全胜了，但是死伤惨重。在战斗中陈涛和刘合成加入了中国共产党。陈涛不幸负了伤，刘合成把陈涛背到自己的家乡郑店农村，暂时隐蔽起来，治伤多半月。可是陈涛因伤已经无法再参加战斗，一直未回到前线。不久前，党组织根据革命形势的需要，决定调陈涛回山东老家沂蒙山，与山东党组织联系，秘密发动群众，进行革命斗争。于是，陈涛不远千里，返回了自己的家乡沂蒙山石沟村。

这时，上级下达了关于武装暴动的指示，陈涛正忙着在基层发动群众，积极进行武装暴动的准备，以配合党的工作。党中央正加紧争取发动广大群众，积极地准备武装暴动夺取政权。

由于陈涛对周成的情况还不是太了解，自己共产党员的身份自然也不能直接透露给周成。

在当下，他看到年轻的周成要求进步，逃到沂蒙山石沟村依然不忘寻找党，陈涛从内心里高兴。他万万没有想到周成竟是这么一位上进青年。他对周成说："你走的路是对的。中国社会当前革命的首要任务就是打倒军阀，打倒帝国主义，打倒土豪劣绅。这三件大事只有中国共产党来领导中国才有希望。否则，中国老百姓的苦日子没有尽头，作为青年更没有前途和希望。"

周成听四舅这么说，顿时充满信心和无穷的力量。他问陈涛："四舅，你说我下一步该怎么走？"

"周成，你要好好学习，了解社会，站在人民的立场上看人看事，积极参加革命斗争，把自己的一切献给革命事业。"

"我明白了，我能找到共产党吗？"

"你放心，你一定会找到的。你要有耐心，你要经得住党的考验。还要注意安全，保守秘密。听党的话，就一定会找到党的。"到这时，周成忽然意识到什么，虽然他还不敢明说，但从四舅的表情和他的经历，周成断定，陈涛就是一名共产党员。周成的心不住地翻腾着，陈涛可能就是自己一直在寻觅的人。此时陈涛打开了桌子上的小包袱。包袱里包着两本书，一本是《社会科学的基础知识》，另一本是《共产党宣言》，随后就把这两本书递给周成。周成马上高兴地接了过来。

陈涛对周成说："韩复榘指派的捕共队不是正在抓你吗？你可千万当心，他们不会轻易放过你的，你不要掉以轻心。虽然你跑到沂蒙山山沟里，仍然要提高警惕。至少这一个月，你不要在大街上闲逛，免得被坏人发觉告密，等到风声过后再说。闲着时，你要认真地读懂这两本书，然后咱一起讨论。"周成听后连连点头，答应着。

六

　　接下来，周成两天都没有迈出大门一步，一有闲空就读陈涛给的书。这天晚上，有志和有强下地回来，吃罢晚饭，来到周成的住处，大伙闲聊几句，然后关门睡觉。北屋里已经有些闷热，有强就问周成："表哥，这一天你上哪儿去了？"周成接着说："我一直蹲在屋里看书，没敢出大门呀。"

　　"院子里多热呀，看你胆子怎么这么小？"有强笑着说。

　　"四舅跟我说过，不允许我到外头去转悠，尤其是最近这一个月。"周成回答说。

　　"俺四叔就是这样的人，啥事都格外小心。"有强又说。

　　有志听罢，接着反驳有强道："强子，你这么说不对，不当心能行吗？韩复榘下的通缉令是闹着玩的吗？现在到处抓共产党可不能大意，让表哥老老实实地在家待着才对。"

　　"哥，你说得才不对，捕共队那些特务也是人，他们能从济南那老远的地方追到沂蒙山？俺看根本不可能。除非他们身上插上一双翅膀飞来。再说一个青年学生犯了啥罪？有这个必要吗？表哥听俺的，明天跟俺下地逮个蝈蝈回来玩，别听俺哥的，他们都是胆小鬼。"有强继续分辩道。

　　"不行，绝对不行。表哥出门一旦让村里人发现了，要是有个坏人往上头通风报信怎么办？"有志始终坚持着自己的看法。

　　"我看还是有志说得对。"周成说。这阵周成的心里比任何时候都不好受，他觉得自己的到来给亲戚添了不少麻烦，真对不住亲戚。

　　有强沉思了片刻，说道："俺的意思是不让表哥老憋闷在家里难受。俺想出一个点子，到明天一早，天未明的时候，神不知鬼不觉，俺带着表哥出村到沂河边去捞鱼。村里谁也不会看见，在那里也不会遇见村里人。这样做怎么样？"

听有强这么讲，有志没有再争辩。周成在旁边坐着，想了想，也同意了。当晚，周成决定与有强去沂河边钓鱼，也想让自己的脑子清静清静。这些天以来，他一直紧张，需要放松一下，而且在沂河边也不会被外人发现。有强见周成答应了，就忙活着做明天的准备工作，寻找钓鱼的工具，让有梅准备了一些吃的煎饼。

第二天，天刚蒙蒙亮，石沟村还在一片寂静之中，周成和有强两人静悄悄地背着捞鱼的工具和煎饼咸菜出发了。出村后两人沿着崎岖的山路走着。初秋时节，山坡上的庄稼正蓬勃向上地生长，那大片大片的玉米穗在山风的吹拂下，点头哈腰地摇摆着。豆子地里的蝈蝈儿一阵一阵叫，一有点动静就立刻停了下来。各种昆虫在山坡上嘈杂地乱叫乱飞。

周成和有强一前一后地走着，偶尔才交谈上几句话。这时两人恰巧经过一片玉米地，周成就问有强："这是谁家的地？玉米长得这么高。"

"赵景岗的。"有强说道。又走了一段山路，看见前头又是一片豆子地，周成又问有强："这是谁家的豆子地？"

有强回答说："三秀才家的，就是赵景岗家的。"

"赵家这么多地呀！"

"石沟村周围的地几乎都让赵家和李家占了。全村穷人多，几乎没有几个农户有地。"有强这么说。大约一袋烟的工夫，两人才来到沂河边。

沂河是沂蒙山一带最长的一条河。春天河面窄，河水浅，行人不用乘船都可以蹚水过河。可是到了夏天，下雨多的时候，河面宽，河水大，老乡们就无法过河了，只有乘船摆渡。

周成和有强两人站在堤上，只见河面涨得老高，周成把右手搭在前额上，往远处望去，刚刚能看到河对岸。河水像天空一样澄澈，渡口处停泊着一只小船。周成虚眯起眼睛往前看，只见高高的天上有几块云朵散布在沂河的上空。那云块舒展着的细边,发出像小蛇一般的光,简直像炼过的银子,停留在纯蓝的沂河的上空,一动不动。河中央急流滚滚,靠近河岸边,有的地方长着一些芦苇,却没有一棵小树能遮阳。除了偶有鱼跃出水面的声音,四周几乎没有一点儿声响。

此时也才刚到早晨,太阳已变得格外热烈。田野的小丘下和斜坡上就更闷热。在干燥的空气中,散发着即将成熟的秋庄稼的气息。

周成走到沂河的一个比较宽的岸边,慢慢地抖了抖衣服上的尘土和裤脚上的一些蒺藜和杂草,然后他一屁股坐到河岸边,放下手中的工具,伸直了腿,仰天躺在岸上,开始歇息。

有强沿着河边,来回走了几步。他走下岸来,把头扎进清凉的河水里,洗了一把脸,然后从篮子里拿出了一叠煎饼,坐在河边吃了起来。吃完之后,又捧起河水狠狠地喝了几口。此时周成低声对有强说道:"河中央的水流真急呀,咱可要小心。"

有强一翻身,右手从河边拔下一根小草,放进嘴里,慢慢地咀嚼着,说道:"每年夏天都有附近村里的小孩子在这里游泳,一不小心还会淹死。"周成又看到河中央顺流漂走的水草,说:"咱可真要当心。"

有强开始捕鱼。他的捕鱼工具是一个大木盆。木盆周围拴了一根长麻绳,木盆上蒙上了一大半薄的纱布,旁边留了一个小缺口。盆里面放上了一点玉米面的窝窝头当鱼饵,引诱鱼儿钻进去吃。一旦鱼儿钻入盆中就拉麻绳将鱼逮住。这时候,他将木盆慢慢地推到河中,躲到稍远处,等待鱼儿进入后收网。

周成和有强开始低声地交谈起来,有强说:"表哥,你看石沟村多穷呀,俺家人口多,成天连饭都吃不上,俺出生在这个穷家,命怎么这么苦,倒霉的事都让俺家摊上了。那赵景岗人家终日吃得肥头大耳,看见穷人都当眼中钉一样,恨不能让村里穷人都饿死才好呢。"

"在学校里，胡老师曾给我们讲过，像赵景岗这号地主老财，都是靠剥削穷人的劳动而富起来的。"周成说。

"赵景岗的心肠特别黑，他从来不可怜挨饿的穷人。越富越尖酸，真是一毛不拔。为村西门外的杨树曾与俺家打过架，有时候俺真想与赵家拼命，又一想，不行，这样做要坐大牢的，所以就不敢太愣了。"有强不停地说着。

"强子，你可不要蛮干。"

"表哥，你有知识，将来还有个出头之日。像俺这老粗，目不识丁，可怎么办？将来连成个家说个媳妇都不可能。俺兄弟俩怕要跟俺大憨哥一样，打一辈子光棍。"

周成说："有强，不要这么想，社会会变的。四舅说，南方在共产党领导下，农民运动轰轰烈烈地开展着。农村农户正在成立农会，组织赤卫队。他们拿起梭镖、土枪做武器，打倒军阀，打倒土豪劣绅，那里的穷人都翻身了。"听周成这么说，有强心里似乎有了盼头，陷入思考中。

沂河的水急急忙忙地奔向远方，大声地拍打着河岸，好像它想用这种拍打的声音压倒周成有强两人的声音。四周被无边的热浪包围着。

此时的有强心中似乎充满了力量，他对周成说："不管怎样，俺不能像大憨哥那样活着。俺不会那样，不行俺就跑，跑到县城里，找一家饭馆，当个端盘子的店小二。"

"你不要胡思乱想了。"周成说。他俩正说话时，周成突然发现位于木盆上方的水面上泛起了一股小水泡，他就对有强说道："木盆里可能有鱼了。"接着有强两手快速用力拉麻绳收网，很快就将木盆拉出水面。果然一条足有半尺长的草鱼及几条小鱼被困在里面。有强高兴极了，他慢慢地将木盆里的水倒净，这时大草鱼不停地乱蹦乱跳。有强用手将大草鱼及小鱼倒在事先准备好的一个罐子里，随后又往木盆内放了点碎窝窝头，再把木盆推到河里去。

这时候周成抬头朝对岸望了望，却发现从对岸开过来一只黑色的渡船，并且隐约地看见船头上坐着几个人。只见船夫弯着整个上身，手握短篙，用力划桨。小船迎着河水的冲击，摇晃着，缓缓地朝周成这边移动。不大的工夫，小船就停靠在码头一个不起眼的角落里。岸上的一位船夫急忙把一条长夹板搭在船和河岸之间，放稳之后，有三个乘船的人起身收拾好衣物，从渡船上迅速地走上岸来。随之三人下了堤，沿着一条乡间土路，朝有强的方向走来。

对于这三个陌生人的现身，周成很警觉，他仔细看了看，迅即小声地对有强说："你看见了吗？从船上过来三个人，你说他们是干什么的？"有强只顾捞鱼，没有多想，就说："邻村赶集的吧。"

"不可能，我怀疑很可能是韩复榘派来抓我的特务。别冤家路窄，我先躲避一下。"周成说毕，就从河边悄悄地翻过河岸，然后一个箭步，钻到附近的红高粱地里去了。

有强见周成躲了起来，也提高了警惕，他全神贯注地注视着前方，瞪起双眼想看清楚对方到底是何许人也。开始有些看不清楚，可是渐渐地他看清楚了。

朝他来的是三个陌生人，年纪都在三十多岁，其中一个中等身材，长脸，脸中央长了一个塌鼻子，脸膛有些发紫，目光深邃，嘴唇紧闭着。此人上身穿着一件哔叽面料的大褂，下身是一条灰裤子，脚下穿着一双黄色的牛皮单鞋，鞋上沾了不少的灰尘。在他的左肩上有一个背包，背包头上露着一把油布雨伞，右腰带上装着一把盒子枪，手枪壳外还有一绺红穗头裸露着，很醒目耀眼。另一个人个子略高一些，胖脸，他走起路来挺快，嘴里不时地叼着一支炮台香烟，面色黝黑，嘴唇很厚，嘴唇上方长着两撇未修饰的黑八字胡，两端的胡尖微微向上撅着，一看此人就有一股子凶气，只要嘴唇稍微一动，就会露出两颗大门牙来。他那满脸的横肉以及那双贼噜噜的眼睛和两颗白眼仁，更给人一种异常阴险的感觉。此人穿一件蓝布大褂、黑裤子，腰带下同样挎着一支亮闪闪的老毛瑟手枪，令人望后不由得生畏。最后一人个子不高，长方的黑脸，蓬乱的头发，左上眼皮受过伤，左眼总是半闭着，宽肩阔背，身穿一身藏青色制服，脚上穿着一双黑皮鞋，他一步一步地在后面紧跟着，腰带下挎着一支叫不上名的手枪。

天气炎热，河边上没有人。这三个人快步走着，很快三人就走到有强的跟前，其中长脸中央长了塌鼻子的人就问有强："小伙子，向你问个路，去石沟村怎么走？"

有强听了，就用右手指了指北方的一条小路，说："你们顺着这条小路走，一直走到一片豆子地，再经过一片玉米地之后，你就能看见那村了。"对方点了点头。这时那个矮个子，左眼半睁着的人凑到有强的身旁。忽然他一眼瞧见有强的罐子里还有一条大草鱼，便来了兴致，一蹲身子，看着大鱼，就对有强说："小伙子，钓得不错呀，还有一条大鱼呢。"他又一看，大草鱼在罐子里活蹦乱跳，就说："我有好几天没有吃鱼了，这条鱼送给我吧。"说着伸手就想抓鱼。

有强见此人想抢鱼，哪里肯答应，就说："俺一清早就来了，忙活了半天才逮住这么一条大鱼，可不能给你。"

矮个子的人却真的要动手抢鱼。此时那个留着两撇胡的高个子却大声开了腔："王虎，你哪辈子没吃过鱼？咱出来干什么的？哪有时间闲闹？走！"

这个叫王虎的家伙，听到这话，这才打消了抢鱼的念头，站起身来，斜眼看了有强一眼，随后跟着其他两人一起走了。

七

渡河后要去石沟村的三个人，一个叫谢百泉，外号猎豹手，就是那个长了一张胖脸、留了两撇胡的人。另一个叫张传林，中等身材，塌鼻子。第三个叫王虎，绰号水子，他左眼受过伤，只能半睁开。这三人个个干练、机敏，他们都是韩复榘侦谍队的骨干，也是韩复榘保镖队队长赵云亭手下的主要成员，又都是经过特种侦探队队长刘耀庭亲手训练过的人。来沂蒙山前，这三个人都是刘耀庭考虑再三才选出来的。

谢百泉任队长，是负责人，但是他从内心里不愿意干这个差使。他觉得为追捕这么一个青年学生，上面指派三名侦谍人员去沂蒙山区，大动干戈，省政府还下达通缉令，确实荒唐和可笑。可是作为一名特工人员，只能服从侦谍队的安排，军令如山，他只好去执行任务。

韩复榘为何对胡也频等几个文人及学生下达通缉令呢，这里头的原因是多方面的，谢百泉哪里能知晓。他只记得，临行前省政府召开了一次秘密会议，所有特工骨干都到场。国民党省党部负责人、清共委员会的负责人都亲自参加会议。会议要求一定将济南的几个共党分子一个不漏地抓捕，务必一网打尽。他们根据事先在济南高中摸排的情况、校方提供的档案以及他们可能出走的方向和地点，进行了详细的分工。共分三个行动组，第一组去上海缉拿胡也频。第二组三人去青岛，第三组负责本省的赤色共党分子，如周成，因周成是沂蒙山诸葛庄人，具体抓捕任务由谢百泉三人负责。

会议快结束时，省政府主席韩复榘由张绍堂陪同，来到会场。会议厅门前有六名卫队队员在站岗护卫，这一点备受大伙关注，与会者都更加认识到此次会议的重要性。韩复榘进会议厅时，脸还阴沉沉的，很生气的样子，没有人能猜出其中的原因。张绍堂不慌不忙地走到会议厅前面,双眼横扫了一下会场,随后对会场上的人们说:"大伙都注意听,现在请韩主席训话。"

接着,韩复榘站在台上,他朝台前抬头看了看,正颜厉色地说道:"我韩某人必须对大伙讲几句话,心里才痛快,不然俺要憋出病来。上个月,在南京总统府召开会议,我因病不能去,就派代表出席大会,代表山东和我。结果在会议进行中,蒋委员长到会把脸一翻,在会上对山东代表提出了严厉的批评。后来了解到国民党党部有人暗中搞动作,向蒋委员长打小报告,说俺韩某人目无中央,无故违抗通知,逃避会议,搞独立王国。又说俺在'灭共剿匪'方面毫无作为。之前济南警察局破获多批共党地下组织,取得了巨大的成绩。俺韩某人到任在'灭共剿匪'方面怎么能说毫无作为?可是某些人暗中下毒手,放暗箭,歪曲事实,离间俺与委员长的关系。因此,此次行动,要求一定立竿见影,见到实效。我们侦谍队的每个人,一定要在俺主持工作期间,在'灭共剿匪'方面做出成绩。事成之后,俺韩某人定有重赏。"

说到此处的时候,韩复榘表情非常严肃,从中既可以看出他"灭共剿匪"的决心,也可以看出他想通过"灭共剿匪"重获蒋介石的信任,所以本次会议他亲自前来。谢百泉也在会议现场,心里也明白了此次行动意义重大。

会议结束之后,谢百泉、张传林、王虎三人一碰头,随后做了简单的准备,带足子弹和手枪,决定乘火车去诸葛庄捉人。为了行动方便,缩小目标,避免走漏风声,三人都穿便衣,装扮成普通商人。他们又把三把手枪包好,放在一个皮箱内。说走就走,当天便离开济南出发了。

三人到了火车站,乘车南下,经过两小时在磁窑站下了火车。往东百里,就进入了沂蒙山。于是,三人到处打听诸葛庄。其实诸葛庄并不难找,它就在沂蒙山腹地。这里到处是崇山峻岭。在山与山之间，两条从迷蒙的峡谷里奔腾而来的无名小河汇合了起来。灌木丛生的山脊，一个比一个高，它们相互交错，绵延不绝。在山脊和斜坡之间就坐落着一个个山村，诸葛庄就是其中较大的一个，有六百来户人家。

谢百泉三人进村后逢人就打听周成的父亲周世荣的名字。好心的山里人一看谢百泉三人的打扮，像是商人，误认为是讨债的，就问他们找谁，他们说找周世荣。一位心地善良的老乡告诉谢百泉："周世荣已瘫痪多年，在家中已下不了炕了。家里只有两口人，生活饮食起居，全靠媳妇陈艳平照顾。"接着，谢百泉又问老乡："见过周世荣的儿子回来过吗？"三人开始打听周成的下落。打听了半天，也没有打听出来什么。最后那位老乡肯定地回答："周成从来没回来过，他回来也有可能回他姥爷家石沟村。"

听老乡这么说，王虎有些不耐烦了，就对谢百泉说："谢队，咱散了吧！既然找不着人，咱就别再啰唆，回济南吧。"谢百泉听罢急了，立刻训斥王虎，说："你不要胡闹腾，咱仨连个中学生都抓不回去，怎么回济南交差？石沟村再远，它就算在天边，咱三个也要去一趟，搞个水落石出。"

张传林也附和着谢百泉的意思，他习惯地把舌头在嘴唇上舔了一下，斜着眼看了王虎一眼，说："王虎，你少说几句吧，听老谢指挥。"谢百泉又问那位老乡："我们去石沟村怎么走？"那位老乡转身用右手指了指东南方向，然后说："沂蒙山到处是山崮，这里离石沟村有四十里。你们经过几个山崮，只要看见有平坦地，再继续往前走，就是沂河了。这时节，沂河的水很大，需要坐船摆渡过去。平时有一条渡船载人过河。如果没有船，那就麻烦啦。过河不远，前面那个庄就是石沟村。"

"谢队，还去石沟村吗？"王虎又问谢百泉。谢百泉把两眼一瞪，斩钉截铁地对王虎说："去！你少啰唆！"王虎吃了一个"卧鸡"，不吭声了，三人都没再多说，决定直奔石沟村。

八

根据老乡的指路，三人翻山爬坡终于到了沂河。三人过河之后就遇见了有强，根据有强的指引又走了一段，只见前面有一片树林，在树林掩映下的庄子，就是石沟村。

三人一进村，在大街上就遇见了几个光着脚板、扔着土块玩耍的孩子。一个约有八岁的男孩，逗着一条小狗来回乱跑，另一个孩子正在逮蚂蚁。孩子们见村里来了三个陌生人，出于好奇，就停下了自己的活动，站在一棵树下，用异样的眼神望着三人。

谢百泉走上前询问一个大孩子："这是石沟村吗？"大孩子看了谢百泉一眼，随后点了点头，然后说："是。"谢百泉又问："村里的局子在哪里？"那个大男孩用右手向南方指了指十字街的方向。另一个孩子热情地说："走！俺领着你去。"这孩子头前带路，三人跟着，很快来到村十字街交叉口。

谢百泉往南一望，只见往南二十米处，路西有一座朱漆大门楼。门前两旁有一对石狮，它们后腿卧，前腿立，龇着牙，咧着嘴，瞪着一双大眼珠，虎视着街面。两座石狮把守着这座大宅院的大门。

这里是国民党石沟村乡政府的所在地。这座深宅大院建筑很古老，四合院所用的砖瓦都是用又大又厚的大灰砖砌筑的。据村里老人说，这座建筑是清乾隆年间所建，虽然经过多年的风吹雨淋，门框早已腐朽，砖瓦却还结实。周围的砖院墙有两人多高。高墙根由于常年不见阳光，长满了苔藓。个别灰砖上有被腐蚀的深浅不同的孔洞，但高墙依然结实得很。院内一间间高大的厢房是乡官办公之地。村里的孩子从来不让入内。这里就是乡局子。不一会儿，三人来到局子跟前。

这时乡政府的大门虚掩着,张传林走上前,用右手敲了敲大门,里面空荡荡的,没有一点动静。他又使劲地用右手砸了好一阵大门,终于从院内走出来一个高个子男人,他就是潘国仁。

潘国仁是乡民团的副团长,又是赵景岗的左膀右臂,他正在值勤。他开门一望门前站着三个人,他对这三个人从头到脚、上上下下地打量了一番。潘国仁在外闯荡江湖多年,见过世面,见来人非同小可,有一定来头,就问三人:"三位老总,从哪里来?你们想找谁?"

"我们是济南的,找乡长。"谢百泉就说。

潘国仁一听,三人是从济南来的,就满脸堆笑地说:"请到里面坐。"随后客人来到院中,走进五间北屋的乡政府办公室。潘国仁就让三人落座,然后对他仨说道:"三位老总,俺马上吩咐人去找乡长来。"

潘国仁急匆匆转身从北屋出来,找到护院王四,叫王四去找赵景岗。不大的工夫,王四就把赵景岗从家中找来。赵景岗未进屋前,潘国仁就对他说明了三人是从省城远道来的。赵景岗听罢觉得有些奇怪,他思忖着:这伙人准有要事来石沟村,不知来抓谁。于是没敢怠慢。此时,张传林和王虎正吸着烟,见赵景岗走进上房,谢百泉从公文包内掏出了山东省政府的一份通缉令,上前递给赵景岗,说:"乡长过目。"赵景岗马上双手接过文件,他本来识字有限,又怕看不懂,就恭维地对谢百泉说:"三位老总,有什么事你们就直说吧,俺不用看了,一定全力配合。"

谢百泉就问赵景岗:"乡长贵姓?怎么称呼?"

赵景岗就说:"俺叫赵景岗,本村人。"然后右手一指潘国仁,说:"他叫潘国仁,副乡长。"谢百泉又把张传林和王虎两人向赵景岗做了个简单介绍。

随后谢百泉言归正传,对赵景岗说:"赵乡长,我问你,你们石沟村最近有什么从外地来的年轻人吗?我们三人是奉韩主席之令,追捕逃犯的。你们好好想想有没有陌生人来村里？"

赵景岗随后就问："大约啥时候来的？"

"也就是这几天的工夫，逃犯是一个十六七岁的中学生。"谢百泉回答说。赵景岗没有立刻回答，他考虑了一下，又看了潘国仁一眼，心想：村里各方面的情况，自己了如指掌，如果眼皮底下有陌生人来村，俺哪能不知道？他一直想不出来，于是就问潘国仁知道吗。潘国仁马上想起来，就在几天前的一个黄昏，他在回家时仿佛看见过陈克石诸葛庄的外甥的身影，随即小声地对赵景岗说："陈克石的外甥来过，俺看见过。"

赵景岗问："他住在谁家？"

"陈老二家，就是陈有志家。"

"当真呀？"

"这事还能假吗？"潘国仁说。

赵景岗得此消息就对谢百泉说："陈老二家确实来过一个中学生。"

"是不是姓周，诸葛庄人？"谢百泉就问。

赵景岗忙说："诸葛庄人，俺村陈克石的闺女，嫁到诸葛庄周家，孩子姓周，没有错。"

谢百泉听了，顿时眼前一亮，心想：这次抓捕任务总算有了点眉目。他就对赵景岗说："为了完成任务，需要你们很好地配合一下。不要盲动，也不要打草惊蛇，咱们要悄悄地行动，免得让人跑掉。走，乡长，哪一位能配合下前头引路？"赵景岗当场就指派潘国仁去，潘国仁只好应诺，三人紧跟其后。

很快，几个人一起来到村西街陈浩家。这天陈浩正在院子里和泥哩。因为院西边的土围墙上有个大豁口，他正忙着和些泥，想把那个大豁口堵上，听见有人砸门就去开门。开门一看，只见潘国仁陪着三个警察模样的人，个个都带着手枪，心里顿时一愣，知道是来抓人的。他也知道，周成大清早就与有强去了沂河边钓鱼，不在村里，自己心中有数。一见是潘国仁领来好几个人，他顿时生了气，就问潘国仁："潘头，你带来这么些人有啥事？"

"潘头"是石沟村人对潘国仁的讽刺性称呼。自从他当了民团的副团长，村里都用这个称呼戏弄他。时间长了，他也就不在乎了。他就对陈浩说："这是学校委托人来找你那诸葛庄的外甥的。"

谢百泉也说道："我们是来找失踪很久的中学生周成的。"

听谢百泉一说，陈浩立刻就明白了是韩复榘派人来抓周成的，就说："俺家没来什么人呀？"

"老陈，你可说实话。"潘国仁说。

"俺家没有外人来。"陈浩又说。谢百泉把眼珠子一瞪，对陈浩说："老陈，你放老实一点，我跟你明说吧，我们是执行韩主席的通缉令的，马上给我照实说清楚，你那外甥在哪里？你不要包庇和隐瞒。如果不实说，要是从你家搜出人来，我们连你一块儿带走。"说罢，一瞪眼，立刻掏出手枪，指着陈浩。

陈浩见三人挺凶，但他心中坦然，周成又不在家。于是，就故意分辩道："老总，俺哪敢违抗韩主席的通缉令呀。"

王虎急了，对谢百泉说道："谢队，少他妈的跟他废话！整个院子搜就是！"说完，三个人对陈浩院子的房前屋后、墙角旮旯处都搜查了个遍，可也没有搜到一个人的踪迹。潘国仁又对谢百泉小声说道："很可能人躲在隔壁陈克石的那个院里。"

三人很快来到陈克石空荡的院落，开始搜查，陈浩也陪着，他们各处搜了两遍，也落了个空。王虎有些丧气，张传林也有些烦躁，谢百泉心中很无奈，就对潘国仁说："老潘，你不是说有人来石沟村，是不是看走了眼？"潘国仁心里也有些纳闷。他也毫无办法，只好不吭声。最后谢百泉三人只好先返回乡局子。

正在此刻，恰巧有志从村外回家来。看到此情景，陈浩马上就给有志使了个眼色，聪明的有志立刻明白了一切，心想：这事真是有惊无险呀，多亏了周成去钓鱼，不然就麻烦了。谢百泉三人开始往局子里走去，有志一把拉住了潘国仁的袖子，潘国仁停下了脚步。

有志见谢百泉三人走远了，就对潘国仁说道："潘头，你领他们来的吗？"

"人家是济南的，好心来帮你找你那失踪的表哥。"

"是你帮着往俺家里来抓人？"有志直接质问潘国仁。

"俺多会儿帮啦？人家自己来的。怎么，你也喊俺潘头，你还有个老少辈吗？"潘国仁说。

"你哪里配当长辈呀？以后你少缺点德好不好？为什么非往俺家里来抓人？你他妈的纯粹是坏蛋。"

潘国仁一听这话，顿时生了气，就说道："陈有志，你骂谁？济南来人与俺他娘的啥关系？你少冤枉好人。"

有志就说："怎么警察不到别人家抓人，单到俺家来？"潘国仁听了，支支吾吾啥也说不出来，接着转身匆匆忙忙回局子去了。

潘国仁确实有些不解，他怎么也想不通，前天他亲眼看见周成来石沟村了，可是今天，人就像从人间蒸发了似的，消失得无影无踪。他在想：周成才来了就走了？不可能，不可能，可就是找不着人影。

谢百泉等人回到乡政府，赵景岗一看三人那样子，就明白肯定扑了空。随后他见潘国仁回来了，他还没有问，潘国仁就回答了："没有见到人。"赵景岗也没多说，立刻吩咐王四，到振兴客栈备酒、备菜。

到了中午，振兴客栈的王二小一前一后挑着两个提盒，进了乡局子大门，直接就进了上房乡长接待室。赵景岗见王二小来了，后头还跟着王四。他和潘国仁马上把一张八仙桌搬开，很快把酒菜都摆放在桌子上。王四也跟着忙前忙后。接着，那王二小一手拿着扁担，另一手提着两个空的提盒，转身走人。然后，赵景岗就请谢百泉三人入席，谢百泉三人都不客气地坐下。王四心里想陪着喝酒，自己本是听差的,没有资格,有些不好意思。这时,赵景岗对王四说道:"老四,你别走了,一块儿陪陪谢老总。"王四巴不得听赵景岗开恩说这句话呢,一听赵景岗这样说,就欣然同意了。

大家都坐好了,一喝起酒就海阔天空地交谈起来。潘国仁与谢百泉紧挨着坐,潘国仁说:"谢老总,俺在济南混过三年事,当过兵,对济南挺熟悉。"谢百泉问:"趵突泉逛过吗?"

潘国仁说:"当然去过,趵突泉的那三股泉水太好啦,只要看过,真的就忘不了。"谢百泉兴奋地说:"趵突泉真可称得上天下第一泉。康熙皇帝、乾隆皇帝都亲临趵突泉,交口称赞。还在趵突泉给后世留下一个双龙碑文呢。"

王虎性情孤僻,但爱喝酒,一看见桌子上有酒,就来了兴致,他又是个专门抬邪扛的人物,他开始给谢百泉泼冷水。他没有附和着说什么,却说:"谢队,你还高兴呢,咱这一次跑到诸葛庄一趟,抓了个空,连一个高中生都没有抓住,又跑到石沟村,还是一个白跑,白忙活。"

谢百泉听了,有些生气上火,他立刻说王虎:"虎子,你小子不了解内情。只知其一,不知其二。我,谢百泉既不是木偶,也不是傻瓜。要是没有好处,谁也不起早五更。"

王虎追问道:"谢队,你这话啥意思?"

谢百泉说:"王虎,你不知道,韩主席说了,抓住一个共产党员重奖二十块大洋呀。"

王虎说:"俺怎么不知道?"

谢百泉接着说:"韩主席亲口说的,当时你可能不在场。"在场喝酒的人都听到了,都说:"这么多钱呀。"赵景岗、潘国仁、王四都把眼珠子瞪了起来。潘国仁就说:"俺要是发现共产党,抓住共产党也有奖励吗?"

谢百泉说:"重赏之下,必有勇夫。不管任何人,只要发现共产党，抓住了共产党，然后报告县政府或者国民党党部。上报后，韩主席一定会有重赏。"

王四搓了一下自己的手，就说："俺要是抓住一个共产党，真胜过十亩地种三年的好收成。" 潘国仁说："抓个共产党也不是那么容易的事，天上不会轻易地往下掉白面馍馍。要不然韩主席会出这么多钱悬赏呀。" 大伙异口同声地说："对呀，对呀。" 王四本来就是一个财迷，他踌躇了一会儿，皱了一下眉头，说："俺要是抓住一个共产党，三年的日子就不愁了，也能娶个媳妇啦。"

谢百泉立刻说道："你要真的抓住共产党，直接报告给我，我马上报告捕共队，你的奖赏一分不会少。"

大伙一直随喝随闲聊，足足有两个时辰才结束。就这样赵景岗在乡局子里，好酒好菜招待了谢百泉三个人一顿。谢百泉、张传林、王虎三人吃罢午饭，稍坐了一会儿就走了。

第六章

一

自谢百泉三人朝石沟村方向走远之后，周成一直觉得不对劲。他望着三人远去的背影，又琢磨三人腰下都挎着黑色的匣子手枪，于是猜测他们很可能是韩复榘派来抓捕自己的特工。他坐在千里堤上，越想越有些后怕，转念一想，又怀疑自己的猜测可能有误。于是，又陪有强忙活着钓鱼。

高低起伏的河堤远处有一棵小树，中午时分，两人来到小树跟前，坐在树荫下，开始吃早上带来的煎饼和咸菜，然后躺在堤上休息了一阵，又忙活着钓鱼。

沂河里草鱼挺多，有强又是一位钓鱼能手。到了下午，已经有了七八条半斤重的草鱼，两人都挺激动，心想：这么多鱼可以让全家美餐一顿了。一直等到太阳变成了一个红彤彤的大火球，就要落到西边老鸦山那边时，他俩才准备回村。此时，那远处的群山变成紫褐色的一抹镶边，涂在天边上，沂河里的水波和着天空中的云彩交织成一幅画。两人收拾工具，有强提着一个小坛子和草篓子，周成拿着工具准备往回走。

这时有志气喘吁吁地从村里赶来，一见他俩，就往前激动地抓着周成的胳臂，低声说道："表哥，你俩多亏了没在村里，不然非让特务抓走。在上午的时候，村里来了三个陌生人，都穿着洋布制服，这伙人个个带着手枪，结果三人把咱家都搜了一个遍，多亏你俩早出村，免遭一劫，不然就麻烦了。你俩先别回村，等天全黑了再回去。"

说罢，没等两人说什么，有志又一溜烟地先回村了。

周成听了有志这么讲，吓得后背都凉了。想不到韩复榘真的派捕共队步步紧逼，一直追到沂蒙山山沟里。

周成不由得想起《水浒传》中，当年大宋朝水泊梁山好汉林冲，他本是禁军总教头，却惨遭迫害，被刺配沧州，结果被逼谋反。那林冲是大官呀，现在，我不过是一个青年学生，何必如此？这个社会竟容不下一个正义的学生了吗？

周成越想越佩服四舅，陈涛真有高见。如果不听陈涛所言，后果不堪设想。有志走后，周成和有强放下手中的东西，继续坐在被太阳晒热的河岸上，眯缝着眼睛，看那落日照在河面上的粼粼波光和脚下沂河倒映着的蓝天以及远处石沟村旁翠绿的垂柳。两人一直耐心地等待着。

时间慢慢地过去了，天空一丝儿云也没有了，渐近天黑，南天边上冰清玉洁的月牙就像一把镰刀挂在空中，直到这时，两人才开始静悄悄地摸黑回村。

一走进院里，有强就提着草篓子来到北屋里间屋，他高兴地让娘看一看草篓子里的几条大草鱼。一直躺在炕上的沈燕伸头瞧了瞧那草篓子里的几条鱼，高兴地说："俺小强真有本事，今天钓了这么多鱼。"

有强就说："娘，今天俺让你解解馋。"娘说："好，好。"这时其他人已经吃过晚饭，有梅立刻跑到饭屋，给周成和有强端来饭菜，放在大桌上，两人狼吞虎咽地吃了饭。因为劳累了一天，两人浑身疲惫，吃完饭就去东院陈克石院里睡觉。

陈浩对有强和周成说："你俩回去小心点，别让人看见。"看着他俩走后，陈浩与有志、有梅在大北屋里商议明天如何做鱼的事。有梅对有志说："哥，这回捞的鱼多，咱让老陈家都尝尝红烧草鱼，你看怎么样？"有志接着说："这当然好，这就看你做鱼的手艺啦。"

有梅很自信地说："这活没问题。灶王爷伸手——稳拿糖瓜。"她满口答应着。有志听罢，顿时把嘴一撇，说："俺不太相信你那做鱼的手艺。"

"哥，你就等着瞧吧。"有梅说。有志听妹妹这么说，笑了笑就到院子里收拾鱼去了。

第二天晌午，有梅捋起袖子，系上围裙就上阵了。

有梅虽然年龄不大，干活却是一把好手。在家纺线、做饭、洗衣裳，下地拾棉花，上山拾柴火，都拿得起来。她心灵手巧，还爱读书。晚上，在豆油灯下，跟着哥哥有志学识字，读《三字经》《百家姓》，一遍又一遍地念。读书学习使她的气质也变得美了，让她一举手一投足都添了神韵。

有梅还很孝顺，当她做好一锅鱼之后，首先想到的是一直在病中躺在炕上的娘和近来明显变老的爹，再就是从南方归来的独身一人的四叔陈涛，他们都需要吃鱼补补。那陈涛却住得远，住在关帝庙的北邻小学里。

这时周成想给陈涛送鱼去，他一说，有梅没同意，她怕表哥被村里人发现，于是决定自己去一趟。不长的时间，她就回来了。进门后有梅对周成说："表哥，四叔说了，天黑后让你去小学那里，他有事找你。噢，还说带着书。"

"太好啦。"周成回答说。天一黑，周成带好书就从有志家走出来。院子北屋后墙是一个大水坑，他沿着北屋后墙一条弯弯曲曲的水坑边的小路，走了一会儿，就到了关帝庙。庙里有一棵古松，大殿后边就是石沟村小学。

这石沟村小学正中央是一个大操场，北、东两面是各三间教室，西面三间屋，其中两间是教师办公室，另一间是陈涛的居室。周成直奔操场西北方向的陈涛的居室而来。他从外边老远就看见屋内昏暗的豆油灯光下，陈涛正在埋头读书。因为天黑，对于周成的到来，陈涛早有准备。周成一迈进屋,陈涛随即起身把周成迎进来,然后让他坐在一把椅子上。两人见面没有寒暄什么,周成就直截了当地对陈涛说道:"四舅,多亏了你说提高警惕,昨天大清早我和有强出村钓鱼,要是在村里待着,那就遭遇大麻烦啦。"

陈涛笑了笑,说:"周成,现在你应该看清楚中国的现实了吧?现实就是如此残酷。可以说,国民党在剿共方面真是布下了天罗地网,今后一定要时时当心。"

陈涛看了周成一眼,继续说:"我推荐的那两本书,你都看过了吗?"

"都看了,四舅,这些书太好了,我都是第一次见到。"

"我想问你,通过读这些书和最近的遭遇,你有哪些感悟?"

听陈涛这么问自己,周成顿时兴奋起来,说:"四舅,这一年的经历,时至今天,我真如从大梦中醒来,原来我生活的环境竟这么黑暗,自己再不寻找出路,确实没有任何前途。不少青年人都像我一样,没有一点奔头。再就是我想参加革命,想入党。现在看来,也是这么不容易,至今我还没有找到党呢。四舅,你能帮助我找到党吗?"

陈涛微微一笑,说:"你为什么要入党?你不是已经学习了《共产党宣言》了吗?《共产党宣言》说:至今一切社会的历史都是阶级斗争的历史。而每一次斗争的结局,不是整个社会受到革命改造,就是斗争的各阶级同归于尽。周成,你想入党,可你做好准备了吗?"

"四舅,我已经读了不少马克思主义的革命理论。"周成说。

陈涛非常认真地说道:"周成,你现在仅仅做了一些认识上的准备,实践上的准备还远远不够。下一步就要在这方面上历练,就是要实践,说白了就是要自己积极主动地投身到革命的行列中去,以自己的行动接受党组织的考验,争取入党。"

周成听罢,不住地点头赞同。陈涛翻开周成拿来的书,说:"我想有时间时给你说说这些书的来历。"

"那太好了,我很想知道。"周成说。两人一见面很谈得来,一开话匣子就没完没了,一直谈到夜都很深了,那豆油灯都快没油了才结束。

在石沟村的日子既平静又踏实,周成利用这难得的时间抓紧学习,不懂的就问陈涛。日子就像周成手中的书页,一页一页,一天一天,就这样过去了。

二

石沟村小学由于缺少师资,一直停办。陈涛从南方回来后,为了便于开展工作,他独自一人,克服重重困难,将学校办了起来。这天是周六,石沟村小学分外安静,忙了一天的陈涛想到村外转转,放松一下心情。他走出简陋的居室,一会儿的工夫,就来到校门口。四处空旷无人,他抬头朝南望了望,看到不远处走来了一位陌生人。此人三十多岁的年纪,身材高大,皮肤黝黑,两股英俊的剑眉下深藏着一双又黑又大的眼睛,阔大的直鼻梁,在鼻梁右边长着一颗米粒大的黑痣。这人穿了一身半旧不新的黑裤,他疾步走来,双眼警觉地扫视着前方站在校门口的陈涛。

此人离陈涛越来越近,陈涛看了看他,一时愣住了。这个人是谁呢?石沟村的人他几乎都认识,可是这人他从未见过。于是他思忖:莫非是抓周成的捕共队特务又回来了?他们不可能立马又回来,那又是何人?他不停地思索着。

这人迈着大步,来到陈涛的跟前,客气地问陈涛:"先生,你是这所小学堂的老师吗?"陈涛点了点头,说:"是的。"这人小心谨慎地问道:"请问石沟村可曾有一位老中医,只是专门看妇女病?"

陈涛听到这番话，顿时两眼一亮，他上下盯视了此人一遍，接着说："对的，有一位老中医，专门看妇科病的。你那病人患的什么病？"

"俺媳妇得的就是妇女病。老中医还在这村里吗？"

"还在呢，我认识他家。"

"再请问你，老中医常用什么药？"

"他只用六味地黄丸。"

"那就对了，俺正需要六味地黄丸。"

双方对话说到这里，来人猛地往前一步，把陈涛的手用力握得紧紧的，激动地问道："你可是陈涛同志？"

陈涛激动地接着回答："是的，我叫陈涛。同志，你怎么称呼？"

"陈涛同志，我叫马德和，我是奉上级党组织之命，来与你联系的。"

原来刚刚两人的一段对话是暗语。暗语对上号了，证明是党内自己人。陈涛高兴地对马德和说："太好啦，马德和同志请进屋，咱们慢慢说。"

"好的。"马德和点了点头，接着说。

三

陈涛走在前面，马德和紧跟其后，来到陈涛的居室内，陈涛一转身随手把屋门关好，接着请马德和在一把旧椅子上坐下。马德和解下肩上的背包，放在一张书桌上。他满面笑容地从背包内取出党组织联络信函，递给了陈涛。陈涛接过来，打开看了看，又给了马德和。

两人就像久别重逢的兄弟，开始交谈。马德和说道："陈涛同志，我从济南来，在临行之前，秦书记让我代表他向你问好。"陈涛一听激动地说:"谢谢秦书记,你再见到他时,也代我向他问好。"马德和又说:"他还要求每一个同志努力工作,深入到群众之中,积极宣传党的主张和政策。"

"谢谢秦书记的关怀。"他兴奋地对马德和说,"好的,德和同志,在我从湖南回山东寻找党组织时,在济南见过秦书记,还见过其他同志。他们安排我回老家沂蒙山,从事党的活动。临行前,秦书记还给我几本书,嘱咐我,认真地读,深刻地体会。时至今天,我还记得清清楚楚。"

这时陈涛给马德和倒了一碗白开水,递给马德和。马德和随即喝了一口,说:"一年前,我就来到沂蒙山开展党的工作,后来回到济南,学习党中央文件。这次党组织指派我重返沂蒙山开展工作,并与你联系。临行前,秦书记也多次谈到你。今天咱们总算联系上啦。"

说到此处,他稍微停了一下,面色严肃地对陈涛说道:"目前国内白色恐怖十分严峻,我们党的处境异常困难。由于上级党组织出现了变节分子,给济南党组织带来极大的威胁和惨重的损失。近年来上级党机关多次被破坏,不少同志先后被捕入狱。连《晓风》也被国民党查封,负责《晓风》的同志也入狱,幸好党及时处理了叛徒,清理了一大祸害。党中央派刘谦初及刘晓浦先后来山东。由刘谦初、刘晓浦、王进仁三人组成省委。淄川、高密、昌邑、潍县等地的革命事业又发展起来。我们的这些同志个个都把生死置之度外。"

此时,马德和狠狠地咬了一下嘴唇,用右手猛地做了一个手势,继续说:"当前国民党反动派疯狂地镇压共产党,想杀尽共产党人,但是共产党人是杀不尽的。野火烧不尽,春风吹又生。与此同时,现在国民党又在抓捕济南高中的胡也频老师及其同学,镇压这些进步师生。"

听到此处的陈涛激动得一拍大腿,兴奋地对马德和说:"眼前的石沟村,就有一位高中生,他叫周成,就是胡也频的学生。国民党省党部怀疑他是共产党员，正在千方百计地抓捕他，直逼迫得他从济南逃到沂蒙山石沟村。其实他还不是共产党员。"

随后，陈涛就将周成的详细情况一五一十地向马德和做了全面的介绍，还补充说："周成在学校里表现很好，要求进步，想参加革命。他一直想入党，却一直找不到党组织。现在他逃难来到这里，也在找党组织。"马德和听罢笑了，就说："周成真是一位好青年，我们一定要团结好他，让他跟党走。"

陈涛听马德和这么说，真诚地说："德和同志，在此我向党保证，我一定按照党的要求，努力工作，做好周成的工作，请你放心。"

马德和就说："陈涛同志，对于像周成这样一直要求进步的优秀青年学生，我们要紧紧抓住，努力培养，让他们积极投身到革命洪流中去。经过检验，把其中的先进分子及时地吸收到党内来，为党增添新的血液。"

陈涛也表示认同，他说："在这一点上，我和你的想法完全一致。"随后两人进行了深入的沟通交流，对如何宣传党的主张、深入发动群众、组织群众等事宜，进行了相互切磋。

马德和说："陈涛同志，说句心里话，我毕竟不是沂蒙山人，在工作中还需要你多多协助和提建议。我要按照上级党的指派和要求，选择适当的时机，发动群众，组织群众，与大刀会会员[①]一起，组织农友发动起义，建立红色政权。"

时间过得很快，两人不知不觉交流了有两小时。当陈涛邀马德和留在学校住一夜时，马德和却说："陈涛同志，谢谢啦，今晚我必须回黄石寨，晚上大刀会要开会。会后我就住在一户姓姜的农友家。我已习惯吃沂蒙山老乡家做的煎饼和小豆腐啦。"

陈涛听罢便不再挽留，一直把马德和送出学校大门外，直到看

[①] 本书大刀会一事与历史上真实的大刀会并不十分一致。本书为故事剧情需要，对大刀会一事做了改编。请读者知晓。

着他的身影消失在夜色中，才转身回到宿舍。

四

这天晌午，陈家人都在北屋围着桌子吃饭。周成用筷子夹了一根咸菜，搁进嘴里，吮着咸味。他不经意地一抬头，发现从大门外进来一个人，定睛一看是陈涛。他猜测陈涛一定有什么要紧的事情要说。此时坐在靠屋门口位置的有志就迎上前去，让陈涛进北屋里坐："四叔，一块儿吃饭吧？"站在天井里的陈涛一扬眉，笑了笑，说："我吃过了，你们快吃吧。"

随后陈涛将周成喊出屋来，两人来到北屋旁边的饭屋内。陈涛低声对周成说："今天晚上，在村小学大教室里，召开重要的秘密会议，你要去参加。"周成点了点头。陈涛又说："也可以让有志参加。没有别的事，我先走啦。"随后陈涛匆匆离去。周成又继续返回北屋吃饭。

不一会儿，陈家人吃完晌午饭，纷纷散去。有梅忙着收拾碗筷，打扫饭桌。有梅这姑娘是穷人家的孩子懂事早，朴实又勤快。对于目前的穷苦日子，她很知足。她常想：这比当童养媳强得多，起码有爹娘疼爱。所以，她干活从不偷懒。

当看见周成和有志躲在饭屋内窃窃私语时，她就有些纳闷，心想：一家人偷偷摸摸地低声密谈，议论啥东西？她转身走出北屋，三步并成两步，走到有志的跟前，抓住哥哥的胳膊，说："哥，你俩私下里喊喊喳喳地说的啥呀？还瞒着俺。"有志听了，抿嘴一笑，对有梅说："这些事不能告诉你们女孩子。"有梅顿时急了，把眼瞪得圆圆的，说："哥，啥秘密，还男女有别？"

"这真是大事，当然男女不同。"有志说。有梅按捺不住内心的疑惑，她扭身拉着周成问道："表哥，你们议论的什么要事，还这么背着俺？"周成一笑，严肃地小声说："这么回事，晚上我们有个活动。"

"什么活动？"

"革命活动。"周成说。有梅一听表哥参加革命活动，自己有些焦急，她拽着周成的袖子说："表哥，俺女孩就不能革命？为啥？我要明说，只要你参加，俺就参加。"

"有梅，你可知道，什么叫革命吗？"周成开始问有梅。

"不知道。"有梅怯生生地回答道。

周成说："我告诉你，当下中国有很多坏蛋，像军阀、贪官、土匪等，只有打倒了这些坏蛋，中国的老百姓才有好日子过。可是从事这个事有危险，所以劝你不要参与。"

"表哥，只要你不怕危险，俺也就不怕。"有梅坚定地表示。周成笑了，说："好，好，既然这样，那俺就一定带着你去。"三人说了一会儿，谈得十分默契。忽然，有梅问周成："俺看，俺四叔一定是共产党员，对吗？"

"我觉得，你说得没有错。"周成微微一笑，表示肯定的样子，然后又压低了声音对有梅说，"今天晚上，我们去村小学开会。"

"好，俺也去。"有梅说。周成听了没有说啥。过了一会儿，周成觉得晌午时分村里各家各户都在家中歇晌，大街上没有人走动，他就想去找陈涛聊聊。于是，他就悄悄地走出大门，有梅也一步不离地紧跟其后一起走了出来。

两人绕着北屋后墙根，沿着大池塘边上的小道，往关帝庙方向走去。大池塘的水不算深，宽阔的水面上长了许多的荷叶，周边还长着许多的芦苇，再远处还有一大片的蒿草。一些蜻蜓、蝴蝶、蚊蝇等在周围乱飞。

池塘内的青蛙在白天也呱呱直叫。两人刚走不远，有梅就望见池塘内站着一个人，这个人正一上一下地猫腰向岸上扔东西。有梅仔细一瞧,原来是有人在偷藕。她认识这个人,他是王四。有梅知道这片藕池不是王四的,是王洪祥家种的。王四是趁着晌午这里没人看管,在偷王洪祥家藕池里的藕。

那王四本是石沟村有名的游手好闲、不务正业的人。由于他的嘴有些歪,又不干正经事,村里人给他取了一个绰号——四歪歪。平时他在乡局子里给赵景岗听差,其他没事干。这阵他正忙活着干贼活。忽然他发现有梅和一个小伙子一步步向他走来,他拿眼贼里贼气地望了有梅两眼,想躲避已躲闪不及,只能低着头,装看不见。

有梅和周成赶紧从池塘边匆匆走过,也装作没看见对方,急忙朝村小学方向奔去了。

五

周成和有梅静悄悄地来到学校里,走进陈涛那间简陋的居室。

陈涛抬头见他俩来了,很高兴,就对他俩低声说道:"我要对你俩说,今晚的会议是每个争取入党的积极分子学习的好时机,可以说是一次难得的党课,而且这次会议由重要同志亲自讲。"

周成说:"四舅,太好啦。我在济南一直寻找党,可是始终找不着。想不到跑到这山窝窝里,却找到了党组织,我太幸运了。我一定好好听,好好干,争取早日入党。"

陈涛接着说:"你这样做就对了。我们要通过学习,不断提高自己的阶级觉悟,树立正确的入党动机。"周成听罢,使劲点了点头。此时的周成心里高兴极了。啊,他终于把自己日夜追求的党找到了,这真是天大的幸事。此时的自己,仿佛黑夜航行在茫茫大海中的一只小船,突然眼前出现了一块新陆地。

此时的有梅也突然明白了陈涛的真实身份,她心里也激动不已。她上前拉住陈涛的手,不住地埋怨陈涛:"四叔,你真能保守秘密呀。"陈涛只是微微一笑，什么也没说。

一会儿，周成、有梅根据陈涛的安排，来到大教室内，看了看教室的情况。为了保密，周成找来了一块木板，将教室后墙临街的窗户全部遮挡得严严实实，又将东侧墙的窗户也用厚纸遮挡住。这样从外边不可能发现教室内的任何动静了。有梅找来一盏豆油灯，添了些豆油，拿到大教室内，放到讲台上。然后她又从其他教室搬来了几条板凳，放在教室的一角，又用破布擦干净讲台。

很快天黑了。石沟村静悄悄的，家家户户都变得模糊不清了。这天晚上是一个静谧的夜晚，在那遥远的苍穹深处，几颗星星在闪烁，半圆的月亮放射着银色的光辉。

此时的石沟村显得格外安静。在村西头林荫道两旁，那一棵棵高大的白杨树就仿佛一位阴森森的巨人在那儿屹立着。月光从枝叶空隙中间投射下无数的光斑，连成一片密密麻麻的庞大黑影。经过一天劳作的村民，开始准备入睡了。

陈涛正在村口关帝庙前的林荫道上等候着参会的来人。踌躇之时，远处来了四个神色匆匆的人。一与陈涛相见，没有交谈，彼此只轻轻地握了一下手，就直奔庙后小学而来。

根据陈涛的安排，在小学门前两旁的柿子树下，静悄悄地站岗放哨的是陈有志和陈有梅兄妹两人。

周成正忙着接待参会的人，这时候他看见校外来了几个人，陈涛走在前头，后边紧跟着四个陌生人，他们跨进校门，穿过操场，朝北屋大教室走来。周成几步迎上前去，陈涛用右手指了指周成，对其中的一个高个子的人介绍道："德和同志，请你认识一下，这个青年学生就是我的外甥周成。"马德和停下了脚步，仔细看了看周成，微微一笑。周成急忙走上前去，与马德和握手。周成发现这位老马同志虽然个子高，块头大，但是走起路来轻快、有力，他一摆手，一抬足，都神态自若，胸有成竹，给人以无穷的力量。

马德和重任在肩，被上级党委任命为总指挥，其任务之繁重，可想而知。

这时马德和转身向陈涛一一介绍身边的三位同志。一位叫任维安，沂山县委书记。另一位叫凌祥云，沂山县委组织部部长。最后一位叫丁峰，沂山县县委宣传部部长。然后大伙一起走进北屋大教室。马德和走到讲台前，让同志们坐下，他打量了一番周围环境，准备开会。

前后没有经过多长时间，又来了十余人。马德和走到参会人中间，与大伙握手问好。

此时的有梅正在柿子树下站岗，这本来是男青年担当的角色，因为有志也在场，有梅要求干，陈涛也没有反对。此时黑暗中一个熟悉的身影出现在她的眼前，她熟识这个人，他就是村西街做豆腐卖豆腐的王洪祥。有梅没有丝毫迟疑，立刻打了一个招呼，说："洪祥叔，你也来开会？"王洪祥就说："是来开会的，俺是你四叔通知来的。"

在王洪祥的眼里，有梅是石沟村众多的姑娘中最懂事的一个，人长得匀称，又热情能干。再则，王家和陈家是世交，两家经常走动，关系特别好，彼此之间非常亲密。在两个人打完招呼之后，有梅忽然想起了王四偷藕的一幕，于是，低声对王洪祥说道："洪祥叔，俺跟你说件事呀。"

"什么事？你就说吧。"王洪祥说。

"你那池塘的藕，少了不少，你知道不知道？"

王洪祥听了，顿时一笑，粗声粗气地说："俺早知道了。还不是那四歪歪王八蛋干的好事。他偷俺种的藕，他好干这偷鸡摸狗的事，不长点出息，给王家丢脸。过去干这样的事，现在还在干，真是狗改不了吃屎。眼下他在局子里听差，当赵景岗的狗腿子。我看早晚落到大刀会的手里，少收拾不了他。"

有梅又觉得不该说这些话，就说："开会去吧。别生气啦。"然后王洪祥与有梅一前一后去参加会议，外边只留有志继续站岗。

两人走进会议室，找了个座位坐下，等待会议开始。见人已到齐，会议开始，县委书记任维安走到台前主持。人们聚精会神地看着任书记。任维安操着满口浓重的沂蒙山乡音，很严肃地说："同志们，今天晚上，我们召开的是一次部分党员干部及积极分子会议，也是一次紧急的秘密会议。每个同志都要严守党的秘密。会议议程有两项，第一项由老马同志代表上级党委做形势报告，传达临时省委的工作要求。第二项检查各村镇前期的准备工作完成情况。我们首先请老马同志讲话。"

凌祥云在一旁，丁峰在另一旁，两人都掏出一个小笔记本做着记录。

任维安的话音一落，高个子的马德和就走上讲台，随即他抬头环顾了一下大伙，说：

"同志们，今天晚上召开的这次会议非常重要，这是省委组织我们地区武装暴动前的一次紧急会议。我在这里讲两个问题。一个是当前的国内形势，第二个问题是我们的任务。先说当前的国内形势，自从一九二一年七月，中国共产党在上海成立开始，广大的共产党员在党中央的领导之下，取得了一个又一个的胜利。实现了第一次国共合作，实现了北伐战争的局部胜利。可是，到了一九二七年四月十二日蒋介石突然发动了反革命政变，在上海对我党党员进行了大逮捕、大屠杀，有两千多名共产党员和革命群众惨遭杀害。南方各省相继以清党为名，屠杀革命群众。为此，我们党和蒋介石反动派进行了针锋相对的斗争，一九二七年八月一日我们发动了南昌起义，接着党中央在武汉召开了八七会议，总结了大革命失败的经验教训，确定了土地革命和武装斗争反对国民党的总方针，并把发动举行农民武装暴动作为当前的总任务。

"之前国内发生了蒋介石同冯玉祥、阎锡山之间的军阀混战，这对我们共产党来说很有利。尽管在这种有利于革命发展的形势下，中央政治局依旧保持理智判断，又经过这几年的实践，再一次进行总结，认为想要建立并夺取全国的政权，如果走苏俄之路，举行全国中心城市起义，以形成全国革命高潮，还是很困难的。所以我们必须采取另一种革命方式，迅速夺取全国的胜利。"

说到此处，马德和稍微停顿了一下，环顾四周想了解一些与会者的反应。此时会场的气氛变得异常安静、严肃，马德和也变得异常激动。他抬起头，用和善的眼神环视着广大听众的脸。

此时不知是谁，从教室的西南角落里插嘴说了一句："我们学习苏俄不一样成功吗？"此话一出，引发了一场争论。另一位党员，他年龄较大，手掌撑在膝盖上说："不可能，那绝对不可能。革命哪能那么容易呀！我们共产党才成立几年？有多少党员？多大力量呀？我们还年幼，现在与国民党比较，就好像鸡蛋碰石头，一碰就完，肯定不行。"

第二个发言的是大刀会会员，也是党员，他激动地说："就拿咱大刀会来说，咱有几杆枪，有几枚手榴弹，有什么武器呀？仅有几十杆红缨枪，红缨枪能打仗吗？"

忽然有一位年轻的党员站了起来，激动地说道："革命不怕难，革命不怕死，怕死不革命，革命就要拼上命才行。毛泽东同志不是拼上命，带领部队上了井冈山才开辟的革命根据地吗？"顿时会场上人的目光都聚焦在这位年轻的党员身上。

马德和认识这个人，此人叫姜英，黄石寨人，是马德和第一次来沂蒙山从事革命活动，在该村发展大刀会期间发展的新党员。姜英低声对周围的其他人说："俺说得不对吗？"周成一直在认真仔细地听着，对于这位刚刚发言的同志投去认可的目光。

任维安书记从一张旧书桌前站了起来，一脸严肃地对大伙说：

"同志们，老马同志是在传达党中央的决议和精神，作为一名党员要坚决无条件服从党的决议。如有听不明白，会后再问。大伙继续听老马同志讲。"说罢接着又在原位坐下了。

教室里又恢复了寂静，只有讲台上豆油灯昏暗的光在跳动。凌祥云和丁峰趴在桌前，忙着做记录。少顷，马德和继续说："现在湖南农民运动搞得轰轰烈烈，毛泽东同志领导着萍乡煤矿工人和前国民政府警卫团等进行秋收起义的队伍，已经在井冈山建立了革命根据地。革命的形势迫在眉睫。根据党中央的号召，上级党组织认为，中央的决议是完全正确的，我们要坚决贯彻中央的决议，北方革命运动要迅速跟上，应立即组织农村武装暴动。最后我要说，每个党员一定要统一思想，统一认识，坚决贯彻上级的决议，积极组织好这场农村武装暴动，将革命进行到底。"

马德和的每一句话都洋溢着信心和力量，可以看出他的心像滔滔江河那样汹涌澎湃，他的话也拨动着每一个人的心弦。同志们个个充满力量，一双双眼睛闪着光亮，充满对胜利的渴望。

周成的心也很激动，他一直全身心地听着，几乎屏着呼吸，坐在那里听着。他明白，这是党在传播真理，这是党在号召人民站起来，打倒骑在人民头上作威作福的人。他的人生有了方向，他可以投入到大革命的洪流中去了。他离自己加入中国共产党的梦想又近了一步。

六

参加石沟村小学紧急会议的人员，除了共产党员和入党积极分子之外，还有各村大刀会里的骨干分子。

马德和的讲话结束之后，会场上一片肃静。对马德和的讲话，不少人第一次听到，还没有听够呢。大伙都明白，一场革命的暴风雨即将来临。随后，马德和和任维安开始检查四个村镇大刀会在武装暴动前的准备情况。为了保密，两人来到另一间学校办公室，听取各村镇大刀会负责人的汇报。组织工作由凌祥云负责。在会场上，凌祥云首先检查石沟村大刀会，于是就向陈涛和王洪祥低声打了个招呼。陈涛和王洪祥很快起身，一起来到另一间办公室。陈涛的心里紧张得很，虽然过去曾经参加过北伐战争，但那时只是普通一员，眼下却是石沟村大刀会的负责人。

马德和立刻看出了陈涛的紧张心理，于是微笑着说道："陈涛同志，你先坐下，不要紧张，沉住气，实事求是地说就行。"

陈涛听到马德和这么说，忐忑不安的心慢慢地平静下来，他说："我们石沟村根据党的要求，经过两个多月的动员工作，秘密成立了石沟村大刀会，由我和洪祥负责，全村百分之七十的群众都秘密入了会，至今尚有部分群众认识不清，还得再做工作。武器仅有3支手枪，17个手榴弹，21把大刀片，32杆红缨枪，有专门的武器管理员。请党放心，就等党的一声令下。当前存在的问题就是枪支缺乏，为这事，我们都很着急。"

任维安在马德和身边坐着，不时地看着陈涛，一边还做着记录。陈涛扭头看了看王洪祥，说："洪祥，你还有要补充的事吗？"王洪祥开始只是听，后来忽然脑子里一亮，就说："俺最近几天发现，已有半个多月看不见石沟村赵景岗的人影。副团长潘国仁在乡局子里，终日精神十足，有时也串四乡，不知干什么去。还有王四，这阵子天天十分高兴的样子，在局子里打麻将，喝酒喝得像烂泥一样，农活也不干。俺觉得这里头挺反常，到底什么原因不知道，咱可不能掉以轻心。"

马德和听后，说："洪祥同志反映的问题挺重要，我们要抓紧做好各方面的准备工作，争取提前暴动，以免走漏了风声，对举事不利。"接着，马德和嘱咐陈涛和王洪祥平时注意观察赵景岗等人的动向，武装暴动的第一步就是打下反动政府，打倒旧政权，活捉赵景岗，取得暴动成功，不能让他成了漏网之鱼。

接着凌祥云又叫武家洼大刀会负责人姜建新汇报工作，随后还有黄石寨的王宾、黑山崮村的文波等村镇的大刀会的负责人逐一汇报。而暗夜就像长着双翼似的，静悄悄地飞逝着。待到各村镇大刀会负责人汇报完毕时，东方黎明的天空已经呈现出鱼肚白，人们才各自散去。

这时马德和在办公室内打了一个呵欠，站起身来，搓了搓双手，在房间里缓缓地来回走了两趟，又向窗外望了望，此时天快亮了。

马德和对任维安说："还要开个紧急碰头会。"任维安明白马德和的意思，他马上起身把凌祥云，还有丁峰都喊到学校办公室内，根据马德和的提议，大伙都一致同意，最后通过了一项决议。

过了一会儿，凌祥云来到陈涛的居室里，陈涛立刻把凌祥云让到一把椅子上坐下，接着问道："祥云同志，你有何指示？"凌祥云激动地对陈涛说："陈涛同志，根据周成同志多年来的具体表现，他已经具备了一个中国共产党党员的条件。刚才经过党组织商讨研究，决定你可以作为周成的入党介绍人，让周成填写一份入党申请书吧。"陈涛听后紧握着凌祥云的手，激动地点了点头，说道："太好了。"

七

周成终于将入党申请书交给了组织，此后，他经常与陈涛共同工作，一起进步。这天，周成又来到石沟村小学找陈涛，想和陈涛讨论国内形势，进一步寻求陈涛的指导和帮助。他刚刚进校，紧跟着身后又进来一个人。周成扭头一看，原来是马德和。今天又见马指挥来了，周成特别高兴。陈涛在房间内也望见周成与马德和两人来了，于是迎出门来。他快步走到校门口，等两人都走进学校，他紧紧地闩上学校的大门，然后三人一起走进陈涛的居室里。

进屋之后，因为周成是自己的同志，马德和没有迟疑，开门见山地对陈涛说道："陈涛同志，今天晚上，我需要留在你这里了。"陈涛听了，激动地说："太好了，那咱可以进行更多的讨论。"马德和顿了一顿，又说："我来到沂蒙山工作，简直就像一只山间野兔一样，每天晚上都没有一个属于自己固定的窝。昨天晚上我住在黄石寨，今天晚上就跑到石沟村借宿，就这样一天天地过着。"

陈涛说："沂蒙山地广人稀，到处是山岗，可以说是兔子不拉屎的穷地方。在这里工作，自然就比大平原艰苦得多。"马德和听陈涛这么说，笑了一笑，说："我不怕苦，环境越艰苦，越锻炼人，越能磨炼一个人的斗志。对于一个共产党员来说，更是这样。"陈涛听罢不住地点头。

马德和自从来到沂蒙山从事革命活动，遵照党的指示，终日不辞劳苦地工作着，每天不知道穿过多少山梁，爬过多少沟沟坎坎，双脚板都磨出了厚厚的老茧。临行前带了两双便鞋，第一双早已穿烂，这第二双鞋的鞋前头露出了袜子，鞋底子马上就要磨透气了。陈涛看到马德和的鞋烂成这模样，立刻就把自己从武汉买的一双便鞋从床底下拿出来，送给马德和。马德和怎么也不接受，经陈涛再三劝说才收下。

陈涛给马德和倒了一茶碗白开水，递给马德和，并且请求马德和讲讲当前山东的革命斗争形势，因为他和周成两人都迫切地想了解这些。

马德和这个人称得上是坚定的革命者，虽然山东的白色恐怖形势十分严峻，中共山东省党组织屡遭破坏，损失惨重。但是他坚信，革命的烈火是燃不尽的，一遇春风就会重燃起来。革命的道路尽管曲折，但是最终还是会走向光明，所以每个与他一起工作的同志只要时间一长，就会有一种感受，他真的就像一把火炬，给周围的共产党员和革命群众带来一股股暖意和热情向上的力量。

这时马德和一口气喝了一碗水,伸手擦了下嘴角的余滴。在这间简陋的居室内,他又来回踱了几步,挺直身子,从容地舒展了一下脖子。他稍微地思索了一番,那双充满力量的眼睛在昏暗的房间内闪烁着熠熠的光辉,他热情地说:"我们的同志一定要懂得,革命的道路不会一帆风顺,这就像一条河流一样曲曲折折,革命的浪潮也十分复杂,不免泥沙俱下。比如,我们中共山东省委内出了两个叛徒,由于这两个败类的出卖,前省委书记邓恩铭、省委秘书长何自声、省学联负责人朱霄、省委机关会计杨一辰等多人被捕。现实就是如此残酷,像邓恩铭这样为革命而牺牲的好同志太多了。我们每一个共产党员都要有思想准备随时为革命、为党的事业献出自己的生命。"

说到这里三人都沉默了。少顷,周成强忍着难过,对马德和说:"德和同志,你还有好消息吗?说说。"

此时校门口突然传来急促的砸门声,而且声音越来越大。马德和听了听,根据砸门如此急促,立刻感觉到情况不正常,就对陈涛和周成说:"陈涛,敲门声不对,怕有敌情,我们估计有危险。"

没等陈涛反应过来,校门已被人砸开,闯进学校的是穿着警服的特工队队长谢百泉,还有张传林和王虎。同时闯进来一伙身穿黄色军装的国民党兵,中间还夹杂着潘国仁鬼头鬼脑的身影。他们气势汹汹地冲进学校,士兵们都荷枪实弹,早已将石沟村小学围了个严严实实,水泄不通。此事虽令马德和始料不及,但他似乎早已做好了准备。革命不怕死,怕死不革命,这早已是他人生的座右铭。

他们三人都没有来得及躲闪,就被敌人里里外外地包围了。潘国仁躲到陈涛的居室门口,朝屋内看了一眼,发现马德和和周成两人都在,他扭头给谢百泉使了个眼色,谢百泉马上心领神会。随即潘国仁从屋门前一转身快速地离开学校。这一切却都被陈涛看了个清清楚楚。

那谢百泉走进陈涛的居室,迈着不紧不慢的步子,朝马德和走来。他仔细看了看马德和的脸,像是在验证什么。似乎得到某种答案后,他对马德和说:"你姓什么?干什么的?"马德和非常冷静地答道:"我姓吕,以贩卖阿胶药材为生。" 谢百泉接着把两眼一瞪,又冷笑两声,说道:"马先生,你放老实点。"

马德和把事先准备好的阿胶药材,还有驴皮,给谢百泉看了看。谢百泉一看,说道:"你是谁,我知道。你是在册的共党骨干分子!我不会冤枉你,马上带走!"说罢,谢百泉右手一挥,顿时从屋外冲进十余个大兵,两个持枪,另外三个冲上前,将马德和的胳膊拧住,迅速绑紧后,推推搡搡地朝学校门口走去。

原来马德和右眼下方有一颗米粒大的黑痣,这个特征侦谍队大队长刘耀庭早从叛徒口中知道了。谢百泉回济南之后,也早从刘耀庭处掌握了派往沂蒙山活动的叫马德和。近日又有人告发,沂蒙山的石沟村、黄石寨、黑山崮一带有共党在组织发展大刀会,所以,谢百泉对来石沟村抓马德和很有把握。

而陈涛心里明白,由于自己从湖北转来组织关系时间不久,敌人不会知晓他的真实身份,他又是本村人,于是胆子就大起来,他对谢百泉高声说:"你们干什么?凭什么乱抓无辜百姓?他只是来推销药的。"

谢百泉把脸一板,说:"我们是奉韩主席之命,来抓共产党的。"

陈涛说:"你们根据啥?有什么证据?" 谢百泉反驳道:"抓错不了,早有证据。"

与此同时,那周成偷偷想转身溜走,谢百泉接着高声喊道:"小伙子,你走不了啦。上一次,你逃了,这一次你休想脱身!把他也抓起来,一块带走!" 谢百泉一说,瞬间冲上来五六个兵,将周成绑了个结结实实。马德和与周成,一前一后都被抓走了。

陈涛由于是本村人，平时又不事张扬，这次竟侥幸过关。

众兵押着马德和和周成，一前一后地沿着驼峰山的环山大路，往西再往北绕行，朝路桥镇运其香旅军队驻地走去。

八

谢百泉、张传林、王虎三人之前来沂蒙山石沟村抓周成，结果无功而返。三人抓一个青年学生却没有抓到，谢百泉心里明白，身为侦谍队小队长，回去无法向侦谍队总部交差。尤其是总部大队长刘耀庭更不好说话。一路上，他思来想去，心里总像揣着一只刺猬一样难受。回济南后，当天晚上，他硬着头皮，买了两条炮台牌香烟，随后跑到省政府大院，给省政府秘书长张绍堂送礼，想请张绍堂有机会在韩复榘或者刘耀庭面前美言几句，打个圆场，免受重罚。

第二天，谢百泉三人早早地来到侦谍队总部。他们走进刘耀庭的办公室，刚想说什么，就瞥见刘耀庭摆着一张阴沉沉的老脸，便打住了话头。其实刘耀庭已得知谢百泉三人空手而归，他蹙了蹙眉头，想发火，没有发，只是对谢百泉说："你们三人够辛苦的，我知道，沂蒙山穷山恶水的。"其实他心里想说：连个学生都没抓回来，还能干啥？

几天以后,韩复榘又召开联席会议,是研究"灭共剿匪"专题会议,他召集了国民党山东省党部张主委、侦谍队大队长刘耀庭、清共委员会的负责人一块儿开会。当了解到捉拿济南高中胡也频等人的三组侦谍队都没成绩时,韩复榘心火直冒,于是劈头盖脸地对刘耀庭说："'灭共剿匪'是蒋委员长安排给我们的首要任务,也是你侦谍队的主要工作。这么长时间都过去了,事情怎么没有丝毫进展？"

刘耀庭忙说："韩主席，你不知道，现在这些共党分子都变得十分狡诈，很难抓捕。"韩复榘听罢更生气了，他从座位上站了起来,一拍桌子,正颜厉色地说:"连济南高中那个穷学生都没抓回来,你们还能干什么?全是饭桶,都给我个个重罚。"

对于韩复榘的这番话,刘耀庭已经不敢再反驳,只是说:"是,是。"张主委说:"韩主席,我在这里反映一些共产党的情况,供你参考。近日,在沂蒙山地区,尤其石沟村、黄石寨一带,有共党分子在猖狂活动。据原共党分子交代,半年前就有人前往沂蒙山从事地下活动。此人姓马,叫马德和,年龄在三十五岁左右,十分刁滑,相当有活动能力。最近,在那一带地区,各村成立什么农民大刀会,还经常出现共党赤色宣传,蛊惑百姓,试图组织暴动。我们必须迅速将此人抓捕严惩或者就地处决,否则后患无穷。"

韩复榘一听,火冒三丈,随即说:"张主委反映的这个情况确实很重要。为贯彻蒋委员长的'灭共剿匪'的大政方针,我们必须立刻组织人员开往沂蒙山,消灭这些赤色分子,这一次争取做出些业绩,向蒋委员长汇报。"稍一停顿,又继续说道:"各位看怎么办最好?"

这时,省政府秘书长张绍堂终于等来了发言的机会,他趁机忙说:"韩主席,我倒有一点小小的建议,这事还是让侦谍队的原班人马负责怎么样?让他们从哪里跌倒的,再从哪里站起来。"

张绍堂稍加思忖,又说:"他们对沂蒙山一带的情况,已经有所了解,就是警员人手太少。"

刘耀庭听罢就说:"韩主席,听我说几句,第一次去沂蒙山,他们三人没完成任务,那里又冒出了一个赤色骨干马德和。现在还不知道经过这一段时间的活动,马德和把沂蒙山搞成什么样子,很可能一塌糊涂。形势如此严峻,原班人马去完成任务,这样做怕根本不可能。总之,警力太弱。"

韩复榘听刘耀庭说人少,他立马说:"这事好办,我给你出兵,派部队支援。"随后转身对张绍堂说:"老张,马上打电话,命令运其香旅立刻安排兵力与侦谍队配合，务必彻底消灭马德和一伙，把沂蒙山的共产党给我一网打尽！"

张绍堂遵照韩复榘的指示，立刻起身来到办公室拨打电话，给运其香部下达了军令。这样谢百泉在石沟村抓人就有了军力的协助，于是谢百泉才在石沟村小学顺利抓捕了马德和和周成。

九

在谢百泉抓走马德和和周成之后，陈涛心急如焚，他想到的是要立刻与任维安取得联系，商量如何营救马德和和周成。

国民党兵突袭石沟村的消息不胫而走，很快传遍石沟村。不大的工夫，有志、有强和有梅都来到小学，三人就问陈涛事情的原委。陈涛如实地对兄妹三人述说了一遍。那有梅一听就急得想哭，有梅对陈涛说："四叔，快想办法营救马指挥和周成哥吧！快急死俺啦！"这时王洪祥也赶来了。

有志见有梅急得要哭的样子，就说："有梅，你光着急有啥用？咱与任书记联系之后再说。"

那有强生性憨直，就问陈涛："四叔，到底是谁给敌人通风报的信，引来了敌人，抓走了周成哥他们俩的呢？"陈涛就说："现在俺可以肯定是石沟村乡局子的人干的。"

有梅说："如果揪住这个坏蛋，四叔，咱可不能轻饶了他。"陈涛说："当然，当然。"有强说："俺要逮住这个坏家伙，就先把他揍一顿。"

在小学院子里，大伙七嘴八舌，群情激昂，议论纷纷。王洪祥对大伙说："大家先别议论啦，咱先找任书记，还是让领导拿主意。"陈涛说："任书记昨天去武家洼发动群众去了。按说，这时候应该回来了，怎么还没回来？"

有志对陈涛说："四叔，俺去武家洼找他去。" 王洪祥也说："俺与有志一块儿去。"有梅说："俺也去。"大伙都嚷着要去。

说话间，任维安，还有凌祥云、丁峰三人，带领着几十名大刀会会员来到石沟村小学门口，因为早已有大刀会会员给任维安送信，任维安闻讯立刻与大伙赶到。任维安风风火火来到学校内，陈涛马上迎上前去，紧紧抓住任维安的手，激动地说道："任书记，你可来了。不好了！马指挥和周成被国民党兵抓走了。"陈涛一边说，一边让大家走进一间大教室，随后让会员们都坐下。接着任维安对陈涛说："陈涛同志，你沉住气，仔细说说事情的经过。"

陈涛又把马德和和周成被敌人抓走的经过，一五一十地给任维安和大伙述说了一遍。任维安听罢一时沉默了，大伙的眼睛却一起盯着任维安。有梅焦急地问任维安："任书记，你说可怎么办呀？"

任维安想了想，站了起来，说道："根据目前情况分析，马指挥和周成被捕之后，肯定被送往国民党兵驻地路桥镇。他们会沿着环山路走，而且一旦两人被关押在路桥镇监狱，那里驻军众多，武器装备齐全，那时候再想营救两人就十分困难。所以我们当务之急，就是抄近路，翻过驼峰山，赶到敌人的前头，截住敌人的去路。在敌人经过的路旁，埋下伏兵，出其不意地歼灭敌人，才能将周成两人营救出来。因此，我们要集中人员和武器，进行大营救才行。"

任维安的话，得到大伙一致赞成。随后大伙分析马德和和周成被捕的原因时，陈涛就说："我怀疑是潘国仁干的，因为他曾出现在现场。因此，第一步寻根究底，找出源头，先抓住潘国仁再说。"

任维安低声对大伙说："陈涛提供的线索很重要，因此我们要安排一部分会员包围石沟村乡局子，抓捕赵景岗和潘国仁。事不宜迟，要求大伙马上行动起来。"

会员们个个心情激动，但都静静地听着，等待着命令。经过任维安的安排，大刀会会员分成两个支队，第一支队以任维安为队长，陈涛为副队长，任务是营救马德和和周成两人。第二支队以凌祥云为队长，丁峰为副队长，任务是抓捕潘国仁和赵景岗。队员是按照自愿的原则，报名参加。任维安这么一说，为营救马德和和周成，大伙群情激昂，纷纷报名参加第一支队。武家洼村、黄石寨和黑山崮村的大刀会会员也都踊跃参加第一支队。王洪祥被安排在第一支队里。

　　陈有梅一开头也报名参加第一支队，但遭到任维安的拒绝。任维安对有梅说："陈有梅，你是个女同志，参加第二支队吧。第一支队要翻山越岭，一个女同志不适合。"有梅就说："任书记，为营救马指挥和周成哥，俺坚决要求参加第一支队。"稍一停顿，有梅接着又说："驼峰山的路，俺非常熟悉，每年秋天，俺上山收核桃板栗，不知道跑多少趟，这次俺想为大伙当向导。任书记，请你放心，相信我。"任维安听了，因此事紧急又事关大局，一时他有些犹豫，不敢答应有梅。这时陈涛对任维安说："任书记，有梅从小就生活在驼峰山跟前，对周围的沟沟坎坎再熟悉不过了，有梅担任向导没问题。"

　　任维安听陈涛这么一说，也就同意了。有梅非常高兴，对任维安坚定地说："任书记，请你放心，我向你保证，坚决完成任务。"任维安点了点头，说："好的，一切小心。"

　　有志和有强也要求参加第一支队，同样被任维安拒绝了，并将两人安排在第二支队，配合凌祥云和丁峰执行任务。有强不想服从领导分配，却被陈涛看了出来。陈涛一脸严肃，对有强说道："小强，这是一次革命行动，革命行动就不能有个人小性子，革命行动要求每一个人要有组织性和纪律性，要服从党的指挥和命令。"

　　平时有强遇事，一旦上了他的犟脾气，谁的话他都不听。今天陈涛对他说的话，他却没有吭声，因为他从内心里佩服陈涛，于是他没有多说什么话，乖乖地服从了。

十

有梅觉得她的任务既光荣,又艰巨,她浑身充满力量,因为她要去营救马指挥和周成,这两个人都是她心目中崇拜的人。此时她总觉得,她只有像他们那样活着,生命才有意义。

马指挥和周成被敌人抓走的消息让她非常难过,她暗下决心,就算她拼上命,也要把两人从敌人手中营救出来。此时她加入了营救队,成为向导,心里更是充满了力量。

由于形势万分紧急,在任维安下达命令之后,凌祥云立刻带领第二支队会员,争分夺秒地直奔乡局子,去抓捕赵景岗和潘国仁。

有梅成了开路先锋,这是很少人能想到的事。她熟悉山路,迈着大步,沿着难辨的小径逶迤上行,身后紧跟着任维安和整个支队战士。大伙紧跟着向前冲,每个人心里都明白,必须尽快地翻过山顶,到达对面,在敌人未经过的路段设伏拦截住敌人,才能将马、周两人营救出来。

说到驼峰山,既不算高,也不算矮。从山脚下一直到山顶,甚至石块缝隙之间都布满植被。漫山遍野都是树,还有灌木丛,其间有柿子树、板栗树、花椒树、海棠树等。此时升上树梢的太阳把金黄色的光芒投射下来,洒在柿子树和板栗树上,洒在灰色树干的海棠树上,各种树枝在阳光的照射下,闪烁着星星点点的亮光。周围一片寂静,树枝纹丝不动。

有梅浑身充满了力量,由于她急匆匆地往上走,一不小心跌了一跤,接着她就爬起来,继续前行,她早已忘记一切疲劳,因为她心中只装着营救两个革命者的使命。

大伙安静又快速地走着,人们感觉脚下的路既艰难又漫长,但是大家步伐坚定,每个人心里最担心的是怕自己掉了队。姜建新一边走,一边对周围的伙伴说:"这次行动多亏了任书记找了个好向导，对这样的崎岖山路这么熟悉，不然的话，营救马指挥根本不可能。"王洪祥也说："俺生在石沟村，是土生土长的山里人，俺却一点也不知道翻山有这么一条近道呀。"

有梅在旁边听了，默不作声，她一直带着大家往上走。大伙爬山已经有半个多小时了，这一段山间小径的上方，树枝纵横交错，几乎遮住了天空，上行困难重重。一个年轻的大刀会会员感到劳累，不由得说道："这是什么路呀，累得俺那两条腿就像挂着石头，都抬不动啦。"陈涛抬头看了小伙一眼，开玩笑地说："小伙子，这还没与敌人交战哩，怎么你先投降了呢？"

这个小伙又重新鼓起劲，对陈涛说："没事，记住，只要你行，我比你年轻，我会更行。"

陈涛说："好，好，就这样。咱谁都不要掉队。"两个人开始比赛往上冲。在有梅的带领下，广大战士鼓足劲头登上了山顶。

会员们终于登上山顶，这时各个会员都舒展了一下胳膊。任维安指挥同志们立刻下山，大家踩着小山道鱼贯而行。

有梅忽然想到在山脚下，靠近环山路旁有一个天然的大山洞，平时山洞是野生动物的栖息地，像山猫、狐狸、狼等动物晚上就在那里过夜。今天打伏击战，可以充分利用这个山洞。她随即就对任维安说："支队长，山下靠近环山路的地方有一个大山洞，咱们的会员可以钻到那里埋伏下来，不仅敌人不易发现我们，而且由于地势优越，也便于我们伏击敌人。"

任维安听罢精神非常振奋，他万万没有想到，有梅一个山村的女孩，竟是一位有想法的人。平时他对有梅了解甚少，想不到今天，在这个营救革命同志生死攸关的关键时刻，有梅表现出令人意想不到的勇敢和智慧，让他从心里钦佩。

任维安就说："好的，有梅同志，你的意见好，就按你说的干。咱们就让国民党知道，沂蒙山农民大刀会有多么厉害。"有梅听了，笑了笑，心里开心极了。

第一支队会员很快到达山脚下，根据任维安的指挥，陈涛带领一部分会员快速地钻进大山洞里埋伏下来，另外一部分会员在任维安的带领之下，分散地藏在附近树丛中，或者找一些地势优越之处藏了下来，随时准备投入战斗。

谢百泉三人凭借着运其香旅的帮忙，押着马德和和周成一直走着。谢百泉抓人之后，本来想着用吉普汽车押人，运往路桥镇监狱。然而，这里到处是山路，崎岖坎坷，根本没法开车，只能徒步走。但是他还是很兴奋，心里得意扬扬的。因为这一次他抓捕了共产党的一名要员，还有青年学生周成，凭着这惊人的业绩，回济南之后，足以领功受奖，所以心里一直美滋滋的。而押着马德和和周成的士兵，一直在绕着驼峰山的环山小路走，每个人都已精疲力竭，有的口渴得要命，有的肚子有些饥饿。大家多次与谢百泉商议，要歇息片刻。谢百泉总是说："再坚持片刻，很快就到达路桥镇了，最后一块儿歇着吧。"

国民党士兵押着马、周两人，沿着环山小路走着，已经转到驼峰山的南侧，离路旁的山洞仅有一箭之遥，偏偏在此时，谢百泉同意大家意见，下令全体休息。这时有的士兵吸烟，有的士兵找地方小解。谢百泉、张传林、王虎三人凑在一起，商谈如何与济南联系，进行下一步的工作。而马德和与周成的脑海里不停地思考着找机会脱逃，可是又找不到时机。

此时任维安和陈涛早已发现了这一伙人，有梅也隐隐约约地看清了马德和和周成的身影，顿时心里激动紧张起来。很快王洪祥及全体会员都在准备武器，等待着任维安的一声令下。此时，谢百泉开始向大洞处走来。

机不可失，时不再来。任维安首先考虑用擒贼先擒王和声东击西的战术，消灭敌人，他已分辨出敌人的头目就是谢百泉。于是，他用三八式步枪朝谢百泉的头部开枪射击，由于过分紧张，并没有击中对方。谢百泉到底是身经百战，立马隐藏起来逃走了。任维安的枪声就是命令，全体会员立即投入战斗。陈涛是神枪手，第一枚子弹就朝一个士兵打去，接着子弹穿透了敌人的胸部，敌人瞬间倒在路旁死了。

张传林和王虎一听到枪声，知道遭遇到意外，心想：先保全性命再说，于是马上转身到不远的高粱地里隐蔽起来。

而押着马德和与周成的几个士兵，顿时慌了。又听有人高喊："国民党士兵兄弟！马上举起手来，你不举手投降，就是死路一条！"喊话的大汉就是王洪祥。几个国民党兵从来就没有经历过这样的阵势，都害怕了，吓得纷纷投降，乖乖地举起手来。王洪祥和十余名会员冲上前去，缴获了国民党兵所带的武器和子弹。接着大家乘胜追击，又打死了十几个没有投降的士兵。其他跑的跑、藏的藏，这么大的队伍竟然不堪一击，这是大刀会没有想到的。

陈涛、有梅还有其他会员同时冲上前去，一边给马德和与周成解了绑绳，一边让他俩快速躲进山洞里。马德和与周成终于得救了。

这里离路桥镇不远，仅仅才二里路。这时不知道为什么，在远处突然接连响起了三声枪声，大家也没顾上细想。

十一

马德和与周成的得救使全体大刀会会员都很高兴。有梅激动地跑到周成的跟前，对周成说道："表哥，终于救出你了。"周成说："谢谢大家，真多亏了你们。"周成又说："我跟任书记说几句话。"他急急忙忙跑到任维安的跟前，说："谢谢任书记，没有你们的营救，我和马指挥就没命了。"任维安说："营救你们是我们应该做的。"

马德和更是激动，他对任维安和广大大刀会会员说："同志们，谢谢大家了，谢谢大家了！我忘不了同志们的救命之恩，我向大伙保证，我，马德和只要有一口气，我就要与同志们永远战斗在一起。"

王洪祥插话，对马德和说："德和同志，俺要告诉你，在这场营救过程中，有梅可以说立了一大功，她熟悉这条翻山道，又当向导。"王洪祥刚刚说完，马德和急忙走上前，对有梅说："陈有梅同志，我衷心地谢谢你！"

有梅就说："马指挥，不要客气，这事多亏了任书记和大伙。"于是马德和向大家深深地鞠了一躬，表示感谢。王洪祥又问马德和："马指挥，那些投降的国民党兵怎么办？"马德和说："我们共产党人不虐待俘虏，只要他们投降，上缴武器，去留征求个人的意见。"

这时俘虏兵凡有枪的，都把枪交给了王洪祥，然后任维安开始向他们讲解中国共产党的主张和政策。共产党领导劳苦大众闹革命，是为了推翻黑暗的旧社会，最后使广大的劳动人民翻身当家做主人。听罢任维安的讲话，大部分士兵都表示愿意回家，不再为国民党卖命了。还有几个人愿意留下来。

马德和、任维安、陈涛三人决定带领大刀会会员回石沟村休整。队伍刚刚决定要走，眼尖的有梅就瞥见在西面影影绰绰地来了一伙人，她对马德和说："马指挥，你看西边像是凌部长带领一伙人来了。"果然是第二支队大刀会会员在凌祥云的领导之下，来找第一支队，两个支队队员很快会合了。

马德和和任维安、陈涛和周成，忙着跑上前分别与凌祥云、丁峰、有志等人握手。任维安开口第一句话就问凌祥云："抓住潘国仁了吗？"

"抓住了。"凌祥云立刻回答。

"潘国仁怎么交代的？"任维安急切地追问道。

"潘国仁坦白交代说，是赵景岗偷偷通风报的信，还领了不少奖励，才引来了敌人。"

"你们去捉赵景岗了吗？"任维安又紧追问凌祥云。

"去了，我们随后就去了赵景岗家，在他家搜查了一个遍。最后抓捕赵景岗却扑了个空。"

"他怎么脱逃啦？"

"不知道。"凌祥云表情很无奈，他怎么也猜不透赵景岗是怎么脱逃的。

接着凌祥云说，丁峰补充，开始向大伙详细述说事情的经过。

原来根据任维安的分工，第二支队在凌祥云和丁峰的带领下，迅速地行动起来。凌祥云担心潘国仁此时会逃离石沟村，他知道有志是石沟村人，他就把这个想法跟有志说。有志说："潘国仁不会跑，俺知道他的老底，他怕老婆出了名，现在他在乡局子里听差，油水挺多，他不会跑的。"

有强对凌祥云说："队长，俺先偷偷去潘国仁家瞅瞅，看他是否在家里再说。"

凌祥云点了点头，说："好，你去吧。"接着有强出了门。

其实潘国仁家就住在村西南街上，潘国仁家的院墙仅有一人高，从外头就能看到家中有没有人。不一会儿，有强就跑回来向凌祥云报告，说："潘国仁没在家中。"

凌祥云心里有了数，于是他率领大刀会会员离开石沟村小学直奔乡局子。乡局子在村十字街的中央往南不远，青砖青瓦，高高的院墙，厚厚的朱漆大门，整个门楼庄严、肃穆。门楼两侧还有一对石狮。这种情况，要想捉拿潘国仁只能包围乡局子，冲进去捉人。

话说此时的潘国仁，因中午又喝过了量，正在后院大西瓦房里像一头死猪一样酣睡呢，他一直还没有醒过酒劲来。

乡局子的大门由王四负责把守，每天王四在局子里为赵景岗听差，有志和有强早有所了解。凌祥云就派有志和丁峰两人打头阵，先去敲开门，随后凌祥云带领会员冲进去。他们先都藏在门楼附近。

只见乡局子大门紧闭,有志缓步来到大门前,身后跟着丁峰,丁峰右手提着手枪,枪膛内安满了子弹。有志开始轻轻地敲门。

因为是下午,王四因喝酒也有些疲惫,听到敲门声后就从值班室内走出来,穿过天井,走进门楼内,上前去开大门。王四根本没有设防,一开门,丁峰冲上前朝王四厉声说道:"你小子,老实点,举起手来!"王四听罢,大脑还没有反应过来,顿时愣了。再瞅丁峰,高大的个子,气势汹汹,满脸杀气,而且此人自己从来不认识,来人右手端着手枪,正对着自己的脑袋,吓得他赶紧举起了双手。接着丁峰问王四:"潘国仁在吧?"

王四说:"在,他在后院西瓦房里睡觉。"丁峰又说:"我找他有事,头前带路。"王四只能乖乖地转身回后院,直奔西瓦房。随后,凌祥云率领的大刀会会员一股脑儿地冲进了乡局子。

王四走在前头,领着丁峰、陈有志、凌祥云等来到西瓦房。大伙走进屋内,只见北墙上挂着一把手枪,再看潘国仁,这会儿正在土炕上闭着两眼打鼾酣睡呢。

有强冲上前,一拳打在潘国仁的肚子上,潘国仁顿时醒过来。他一睁眼,翻身起来,右手就摸挂在北墙上的手枪。凌祥云早已握着那把手枪,对准潘国仁的脑袋,说:"潘国仁!你放老实点,你要再动,我立刻开枪崩你!"潘国仁只好垂下手来,呆坐在土炕上。凌祥云接着又说:"我问你,是你通风报信,勾来了国民党的兵?你要老实交代!我告诉你,坦白从宽,抗拒从严,拒不交代,就只有死路一条!"丁峰也说:"你小子不说实话,我就要你的命!"

这会儿,潘国仁头脑已清醒过来,知道真的是共产党来了,而且人还很多。自己要负隅顽抗,肯定没有好的结果,不如老实交代了。就说:"这事可不是俺干的。"

"潘国仁,谁干的?你快说!"丁峰厉声喝道。

"这事还能谁干?俺只见这几天乡长赵景岗多次向县党部跑,

还领来了不少奖励。"

"赵景岗现在在哪里？"凌祥云接着追问道。

"刚走了，回他家去啦。"潘国仁说。凌祥云一听，接着下达命令，安排陈有强和几名大刀会会员留守在乡局子。他们把潘国仁和王四的枪支全部没收，收归大刀会所有。

凌祥云、丁峰还有有志带领三十余人出了乡局子，直奔南村赵景岗家，去抓赵景岗。大伙沿着南北大街一直往南走。既然知道赵景岗逃回家中，大伙就直奔赵景岗家。有志认识赵家，大伙很快来到赵景岗家门口。

有志走上前砸门，不一会儿就来人了，不料开门的是赵景岗的大儿子赵庆昌。赵庆昌抬头一看，大宅门前站着一大群人，而他认识的只有陈浩的大儿陈有志。面对眼前的场景，他说："你们来找谁呀？"

"还能找谁？我们找赵景岗！"凌祥云理直气壮地说道。

"俺爹在局子里，没有回来。"赵庆昌一本正经地回答说。

"别人都亲眼看你爹回家了，难道你没看见？"有志接着说。

"要是他回家来，俺还能看不见吗？"赵庆昌分辩道。

"俺才不相信你说的话呢。"有志说。赵庆昌就说："你不相信，俺也没有办法，俺娘正有病，发着高烧，刚才还让俺找俺爹去。奇怪吧，你们说俺爹回家来了，是不是看走了眼？"有志就说："没有的事，大白天还能看错了人？"

凌祥云就对有志说："少跟他啰唆，大伙搜！"凌祥云一声令下，队员们冲进赵家大宅。赵庆昌一看，人多势众，无法阻拦，就说："你们不相信，就是搜查也没有用。"

本以为赵景岗就是插翅也难飞走了，大伙对赵家前院、后院及各间房都搜查了一个遍，却不见赵景岗的身影。凌祥云和丁峰觉得奇怪，那有志更觉得纳闷。自己是石沟村土生土长的孩子，自认为石沟村每家每户的锅台朝哪都知道，怎么今天竟遇到了如此的怪事，真是大惑不解。

最后凌祥云、丁峰还有陈有志几个支队负责人来到正房大北屋，准备再往里间屋查看一遍，里间门还挂着布帘子。此时只听内间里传来了赵景岗的老婆高俊美的喊声："庆昌，找来你爹了吗？"赵庆昌回答说："娘，没有，这不，来了一伙人都在找他呢。"

"那你就给我把桌子上的中药赶快泡上，待一会儿熬上，俺等着喝呢。"

"好，俺听见了。"赵庆昌答应着，走进里间屋。同时凌祥云一伙人也跟着进来了。大伙瞥见高俊美整个人躺在大土炕上，身上还盖着一床薄棉被，脸色挺黄，一副病容。高俊美抬头看了看众人，就对赵庆昌说："庆昌，他们来找谁呀？"赵庆昌就说："找俺爹的。"

"你爹在局子里，这里哪有他呀？"高俊美说。

大伙在屋里四周都搜查了个遍，确实不见赵景岗本人。赵庆昌就对有志说："俺说俺爹没在家，你们不相信，这回白白地搜了一遍，怎么样？"有志听了这话，直直地看了赵庆昌一眼，心里还是有些怀疑，心想：赵景岗到底搞的什么鬼？怎么自己就是看不出一点破绽来？大伙见有志不说话，只好死了心，悻悻地离开北屋内室，走出赵家大宅院。

凌祥云也只得草草收兵，想赶快将此情况告诉任维安。另外还想帮助第一支队营救马德和与周成，于是赶紧带领第二支队直奔驼峰山而来。

十二

马德和与周成的得救让所有大刀会会员欢欣鼓舞，为之振奋。

大伙对运其香士兵的由来也弄明白了。唯独凌祥云心里却有些遗憾，就是在执行任务中没有活捉赵景岗。此时马德和正召集几个共产党员开临时碰头会，大伙纷纷发言，最后商定准备立即组织沂山县农民武装暴动誓师大会。

此时凌祥云脑海中却想着一件事，他就对马德和说："马委员，这会儿，石沟村乡局子里还关押着潘国仁和王四这两个家伙，我有些担心有强，因为有强年轻，怕做事不稳，惹出事端。"马德和了解到这种情况，马上对任维安说："现在我们马上整顿全体会员回石沟村。"接着，任维安就下达了命令。

此时从驼峰山山顶沿着有梅引领的山间小道急匆匆走下来一个中年人，他一边走，一边四处张望，像是寻觅什么人，直到看见马德和，才迅速走到马德和跟前。这人一下子抓住了马德和的右手，说道："马指挥，我可找着你啦！"

马德和扭头看了看此人，他认识这个人，这个人是黄石寨村的大刀会会员，叫姜英。马德和刚来沂蒙山工作时，在黄石寨发动群众，最早就结识了姜英。姜英有三十余岁，是一位纯朴的农民，他第一个参加该村的大刀会组织，马德和对这个人的印象很深，也很好。于是马德和多次帮助他，姜英进步很快，马德和就发展他入党，成了党的地下情报员，专门负责搜集敌人的情报，与马德和联络。

今天马德和见姜英忽然来了，就知道一定有要事。姜英来到马德和跟前，低声对他说道："俺要向党组织反映一个重要情况，俺有一个堂兄，他在运其香部任职当勤务，内情非常了解，我已得到了一个可靠情报：国民党已出动三千重兵，全副武装，将驼峰山黄石寨一带团团围住，严把附近所有的山口，要进行剿共，彻底消灭这一带的共产党。运其香行动前已经开了紧急的军事会议。在会上，他说：现在趁共产党势力还不大，翅膀还不硬，还没有多少军队武装，要重拳出击。他要求全体官兵，一定要好好地投入战斗，立功后一定晋升或者重赏。同时韩复榘已下达了命令,韩复榘的口号是'对共产党必须斩草除根,不留后患!这一次一定要一网打尽!'马指挥,你千万当心。"

姜英的话使在场的人都震惊了。原来大伙已被敌人围困在群山之中,危在旦夕呀!这会儿,马德和抬头再往远处定睛一看:只见沂蒙山山高谷深,坡陡林密,再细看环山小路上,一条长龙似的黄色军队,就像一群云集的马蜂,在向他们的方向扑来。

姜英又用手指了指远方,对马德和说:"马指挥,怎么这么快呀,你看远处已经到处都是国民党的重兵,真的,咱已经被敌人重兵包围了。"

马德和凝视着远方,他心中在想,眼前大刀会会员人手少,又没有多少武器,寡不敌众,哪能与来犯之敌较量?该怎么办呢?

其实,不久前那三声震耳欲聋的枪声,就是谢百泉发给运其香的联络信号。信号告诉运其香部,此处有共产党,应立即调集劲旅赶来,彻底围剿共产党。

眼看运其香部应声来到,马德和又一次召集几个共产党员开碰头会,研究对策。在这生死攸关的时刻,任维安经过一番考虑,说:"德和同志,形势异常严峻,为了全省农民运动更好地开展,我建议由我带领大伙进行战斗,你与凌祥云同志避开敌人的视线,进行暂蔽,以利于今后全省工作的开展。"

陈涛接着发言,他说:"我非常赞同任维安同志的意见,我们每个共产党员在任何情况之下,考虑问题都要从全局利益出发,以大局为重。"

两人这么一说,其他同志都赞同,却遭到了马德和的反驳,马德和说:"维安同志,陈涛同志,是你们大伙刚刚把我和周成从敌人手中营救出来,我,作为一名共产党员,要与大伙战斗在一起,同生共死,就是牺牲了,我也心甘情愿。今天,我要负责领导所有大刀会会员的安全转移，这是义不容辞的事，我已决定，不能更改。"

其他党员听罢，一时沉默无语了，马德和又说："刚刚开过了党组织会议，此时是一个非常时刻，经党组织研究决定，我代表党组织宣布，周成同志从今天起，已被批准为中国共产党正式党员。"说罢，马德和就从自己的衣兜内取出一个小本本一样的物件，那是一份中国共产党临时党证。他郑重地递给周成，并说："周成同志，特发给你临时党证，注意保存。"周成激动地走上前，双手接过党证，他说："今天党组织批准我成为一名中国共产党党员，实现了我多年的追求。我永远不辜负党对我的期望，牢记党的宗旨，我要为共产主义奋斗终身。"因为时间紧迫，形势严峻，这次的党组织会议，马德和宣布就结束了。

会后，马德和把周成扯到一个僻静之处，开门见山地对周成说："周成同志，党决定交给你一项重要任务，需要你马上离开这里，千方百计地绕出敌人的包围圈，返回济南，寻找党的地下组织，代表我向党组织如实汇报这里的斗争情况。请你告诉党，马德和尚未完成党交给的领导沂蒙山农民武装暴动的任务。眼下，我们正遭遇国民党重兵的围剿，怕是难以突围，我本人已做好充分准备，随时为革命事业献出自己的一切，包括生命。"周成听了点了点头。

马德和低声对周成说道："我知道，济南的白色恐怖很严重，市区内到处是国民党特务布下的天罗地网，你千万当心。要乔装打扮，不能有丝毫的麻痹大意。"随之马德和就向周成详细地说明了地下党的地址、如何联系以及联络暗号。周成仔细地听着，都一一记在心里。

周成接到任务后，开始有些依依不舍，马德和一眼看透了周成的心思，马德和就说："我们共产党人，在革命的关键时刻，要服从大局，要服从革命的需要。周成同志，现在需要你马上离开这里，去执行这个任务。或许将来，咱们后会有期。"

周成想了想，只有服从了。接着他悄悄地与同志们告别，有梅满含着热泪，依依不舍。其实多少天以来，有梅一直关注着周成。说也奇怪，这种关注越是盲目，也越顽强；越是没有理智，却越是坚固。

此时的有梅要坚决与周成同呼吸共命运。她对周成说："表哥，你真的要走吗？你要走的话，我要跟你一块走，一起干革命。这里的山路，俺非常熟悉，俺可以带着你一起走。上山后有一条往北走的小道，从那里咱再往西走一会儿，就是峡谷，再直走一会儿，就能遇到一条大道……"

听有梅这么说，周成一时不知道说什么好。有梅要跟自己走革命的道路，这是好事，他没有任何理由拒绝她。周成真切地说："有梅，你跟着我走这条革命的路，会很苦的。"有梅却说："表哥，俺就甘愿这样苦，人活着，只有朝光明走，才有意义。"周成听了，严肃地说："革命斗争，有的时候连生命都难保得住呀。"

有梅说："表哥，这些事我明白。你为了寻找真理，找党多难呀。你受了很多苦，不是也实现了你的理想了吗？俺要向你和四叔学习，争取早日加入共产党。俺愿意承受一切考验，心甘情愿。"有梅真诚的话，让周成感动。他只能这样回答："好吧，有梅，咱们一起走。"有梅接着说："走，俺这里还带着一些煎饼，供咱路上吃。"

周成说："那太好了。"两人开始向大伙告别。

突然间，敌人像是发现了大刀会似的，天空中响起了一阵阵枪声，子弹啪啪地打在周围的山坡上或树枝上。

周成与有梅走入那条山间小径没多远，可能敌人发现了他俩移动的身影，不幸的事情发生了，敌人发起了又一阵密集的扫射，结果击中了有梅的胸膛。有梅还想拉住周成的手，说几句话，可是身体已支持不住了，她一头栽倒在山坡上。她望着周成说道："表哥，我觉得自己不行了，不能与你同行了，我伤得太厉害了。"说罢，她就倒在血泊中，壮烈地牺牲了。

周成看到有梅竟然这么惨死了，感到剜心般的悲痛。这是他有生以来第一次经受这么沉重的打击。他想到有梅，她多么年轻，多么可爱呀！他再一次看了看有梅，有梅真的已彻底停止了呼吸。这时陈涛和有志都已赶到，有志一看，刚才还好好的妹妹竟惨死在这里，骤然之间，他悲恸万分。

王洪祥也赶到了，见有梅牺牲了，忍不住眼泪直流。

此时的陈涛心里也像刀绞一样难过，但是他努力控制住自己的情绪，因为他必须赶快劝周成离开这里，去执行党交给的任务。他上前一步，抓着周成的手，郑重地对周成说道："周成，形势万分紧迫，你赶快走吧，去执行党交给你的使命。至于有梅的后事由我和有志负责。这个血海深仇将来一定要报。"

周成听了十分难过，又十分无奈，于是一边揩着脸上的泪水，一边对陈涛说："四舅，我走了，有梅的一切都拜托你啦，咱们后会有期。"说罢，周成恋恋不舍地朝山上走去。

十三

有梅惨死的消息传开了，在场的大刀会会员都非常难过，有梅这么年轻就牺牲了，谁能不伤心，谁能不难过？尤其是有志，他守在有梅的尸体旁边，痛哭不已。马德和担心敌人的火力再伤着更多的人，就向大伙发话："大家注意了，我们要化悲痛为力量。现在我们要分头向东转移，千万注意隐蔽，敌人还会射击的。"果然不出马德和所料，敌人不但没停下射击，而且越来越逼近大伙。从左侧赶来的一股敌军，此时与他们相隔只有五十多米的距离了。

陈涛这时突然发现，走在运其香旅前头的一个人，体态和面孔非常熟悉，再仔细一瞅，这不就是赵景岗吗？后头紧跟着一位穿警服的人，正是抓马德和的谢百泉。

赵景岗此时已当上国民党运其香旅军队的向导了。近几个月以来，马德和在石沟村黄石寨一带频繁活动，包括暗中成立农村大刀会组织、准备武装暴动种种，赵景岗早已有所察觉。于是他多次去通风报信，报告这一带发生的一切，连济南国民党组织都知晓了。

赵景岗非常明白，自己配合国民党"灭共剿匪"，一旦被共产党发现，共产党不会轻饶他，所以他格外小心，到处搜罗共产党在沂蒙山一带的消息。只要发现共产党的风吹草动，狡猾的他就像一只狐狸一样，立刻向县国民党党部汇报，等待国民党派人镇压共产党和革命群众。

这天晌午，马成奎从邻居口中得知国民党派兵来石沟村小学抓走了两个人，后来小学里又聚集了一些人，这些人大都不是本村人，邻居还悄悄地对他说："这些人都是大刀会的人。他们已经把持住了石沟村的四个村口，个个持枪，戴着红袖章，站岗放哨。"马成奎忽然想到这些人一定会找乡长赵景岗闹事，他怕赵景岗还蒙在鼓里不知道。于是他立刻就跑到乡局子里，悄悄地告诉赵景岗，让他躲避一下。赵景岗顿时如惊弓之鸟，立刻安排潘国仁在局子里执勤，安排王四把好门。他知道出逃无望，就迅速回家，想避一下风头。

他匆忙回家，抬头见大儿赵庆昌正在院里给正房窗台上的海棠、山影等花卉浇水。他走到儿子跟前，低声说道："庆昌，听着外头有什么动静，及时告诉我。我在屋里喝点水。"

于是赵庆昌就时不时地在大宅门前转悠，没过一个时辰，忽然他见大街上来了黑压压的一伙人，朝他家走来。他见势头不好，就立刻闩上大门，向父亲报告。当他再听到外边有人敲门时，那正是凌祥云和丁峰率领大刀会会员来抓赵景岗。这时赵景岗已早有准备，他三步并作两步，跑进上房内。他老婆已在里间屋，他向老婆高俊美使了个眼色，高俊美心领神会，接着就把炕上的大席掀开。那炕中央有一个地道口，直通东侧夹皮墙。赵景岗快速钻进地道，然后藏到东边夹皮墙内。随后高俊美又把席铺在土炕上，又铺上褥子，自己躺在炕上，盖上一床薄棉被，佯装有病。

其实这个地道和夹皮墙早就建好了。这是赵景岗的父亲三秀才赵桂碌在世时，偷偷雇人建成的。那一年初秋，赵桂碌遭到土匪的绑票后就策划在北屋内室挖一个地道和建夹皮墙，以备日后遇到急事使用。

谁料到人生无常，赵桂碌没用上，却给二儿子提供了藏身之处。

所以那天凌祥云和丁峰领着一大群大刀会会员来抓赵景岗，却不见赵景岗的身影。大伙哪能猜到赵景岗就藏在东墙夹皮墙内呀，于是只能草草收兵了。

凌祥云等人走后，赵景岗通过儿子赵庆昌观察，确实大街上四处无人时，他才仓皇地逃出赵家大院，火速跑向路桥镇，报告运其香。恰在此时，谢百泉向天空连续放了三枪，这是谢百泉与运其香事先约定好的联络信号。而在路桥的运其香和赵景岗听得清清楚楚，枪声告诉运其香在驼峰山和黄石寨一带有共产党在活动。

赵景岗不仅与沂山县国民党党部有联系，而且与驻路桥镇的运其香也有联系。关于韩复榘命令运其香旅要配合济南侦谍大队联手剿共的密电，赵景岗早从县国民党党部负责人口中得知。

那天，赵景岗见到运其香，因为是熟人，两人见面谈及联手剿共之事，一拍即合。赵景岗总算找到了靠山，他激动地对运其香说道："运旅长，我来反映一些情况，在驼峰山和黄石寨一带，共产党闹得越来越大了。请您千万重视一下，得出重兵才能灭掉这股势力，不可掉以轻心。否则，后患无穷。"

运其香听了，把眼一瞪，干笑了一声，说："我运某，不客气地说，大江大河都经历过，小小的河沟翻不了船。要说消灭共产党这股势力，易如反掌，不费吹灰之力。赵乡长，你就把心放到肚子里吧。你是一乡之长，剿共你也要出一把力呀。那就请赵乡长当向导，我下达命令，我旅由你领队，咱们密切配合，一同去歼灭共产党，怎么样？"

赵景岗只好依从了。事不宜迟，根据刚才的枪声，赵景岗引领着运其香旅，直奔驼峰山而来。最后与济南侦谍队谢百泉、张传林和王虎三人集合。

浩浩荡荡的运其香旅约三千人，分兵把守驼峰山、黄石寨一带各个山口，然后分进合击，铁壁合围，把马德和及大刀会会员重重包围。

十四

因为运其香旅越来越近，陈涛已清晰地看清了赵景岗的身影。他刚想要告诉身边的马德和时，对方的机关枪又响了起来。周围的树叶在枪声中纷纷落下，两只山雀从一棵板栗树上被击中了，一只掉在地上死了，另一只掉落在地上之后，苦苦地挣扎了一阵子，不一会儿也死了。

敌人终于发现了马德和和大刀会会员聚集地。虽然陈涛最早一眼瞄见赵景岗，但由于此时枪声密集，一直不好还击。陈涛毕竟是经历过战争的人，在战场上历练过。这时他躲藏在一块大石头后面，左手握着枪，右手抓着一颗手榴弹，他耐心地等待着机会，想等到敌人靠近时再打。

可是任维安哪里经历过这样的场景？他刚想扣动扳机，就被敌人的子弹击中，腿部受了重伤，倒了下去。他怒目圆睁，发现几路敌人就要合拢包围圈了，他又一次举起手中的枪，对着凶悍的敌人，发射出愤怒的子弹。

此时的大刀会已完全陷入了敌人的包围圈内，而且敌人越聚越多，火力越来越猛烈，眼前几乎变成一片燃烧的火海。

马德和也找不到跳出包围的办法，心里焦躁不安。他紧咬牙关，一股怒火压抑在心中。眼看着任维安倒下了,他为又失去的亲密战友悲痛欲绝。

时间在一分一秒过去,敌人的三面火力,一直在扫射着大刀会会员。震耳欲聋的炮声一阵阵袭来。为了减少牺牲,马德和向大家布置道:大刀会第一支队由陈涛同志领导向南方疏散,第二支队由凌祥云同志领导向北方疏散,以免敌人的火力集中,同志们牺牲惨重。此时会员们各自寻找掩体,进行隐蔽。

敌人呈半圆形包围圈的火力铺天盖地地下来了,密集的射击使本来没有多少枪支的大刀会会员没法还击。

陈涛一边带队移动,一边目视着前方。这时他发现鬼鬼祟祟的赵景岗像是想到远处躲藏,可是运其香旅不同意他离队。

陈涛再也不能容忍这只狡猾的狐狸跑掉,便举枪射击,一下就击中了赵景岗的头部。赵景岗一头栽倒在地,一命呜呼了。

枪弹就仿佛暴风骤雨一般,数千只黑洞洞的枪口,对准伤痕累累的大刀会会员。不一会儿,马德和的左臂和左腿受了伤,他找了一个山坡阴凹处做掩体,继续指挥战斗。

凌祥云和丁峰想率第二支队部分会员突围,由于敌人的火力过猛,最终会员一个也没有突围出去,都惨死在敌人的枪炮之中。任维安和陈涛也壮烈牺牲,第一支队会员也没有一个幸免。一时尸体遍地,血流成河,惨不忍睹。

就这样,沂蒙山广泛兴起的农民大刀会组织被残酷地镇压了。

当马德和看到敌人已经冲杀到眼前,谢百泉也来了,他决心与凶狠的敌人拼到底。他举着手枪,不停地射击,接连打死了张传林、谢百泉。此刻的他忽然察觉到自己的枪膛里只剩下最后的一颗子弹了,他毅然决然把枪口对准了自己的胸口,砰!他实现了自己与大刀会会员同生共死的誓言。

青山在低头,绿水在呜咽,都在为无数革命英烈哀悼!

第七章

一

周成与陈涛分别之后，一路上千难万险，终于又返回济南。根据马德和所说，周成到达济南之后，就沿街打听南上山街的位置。他在济南读书期间，由于很少上街闲逛，对于济南的街巷知之甚少，所以只能到处打听。周成一想到党交给自己的任务，就备感压力，他暗下决心一定要完成任务。

当周成问到一位老人时，这位五十多岁的老大爷领着他，走了很长的一段路，一直把周成送到南上山街北口，随后用右手往南指了指一条冷清又乌黑的小街，说这就是南上山街。南上山街在城区南边，济南人从西门到南郊四里山登山，必须经过这条街，所以取名南上山街。周成对大爷百般感谢。大爷说，问个路有啥值得这么谢。周成不禁赞叹济南人太淳朴了。

南上山街的住户大都是穷人，远远望去，沿街几乎都是东倒西歪的破陋的草房，一片西风衰草、荆榛满目的景象。那街道都是土路，看起来与农村没有什么差别。

周成继续往南走，一边走，一边悄悄地打听他要找的曹家巷五号。周边居民就指给他说街南边路东有一条长胡同，就叫曹家巷。不多时间曹家巷就呈现在他的眼前。接着，他就向曹家巷里走去。当他走到几乎无路可走的时候，才找到了曹家巷五号。

这是个旧宅院，没有门楼，只有两扇黑色破旧的大门，而且每扇大门又都是用两块木板拼接而成。虽然主人很细心地钉上了铁箍、铁锔，但由于多年的日晒雨淋，大门已有些扭曲走形。门中央有一条干裂的缝隙，虽表面上看去很单薄，其实倒还结实。此时两扇门紧紧地闭着。

周成透过门缝往里看，院内空荡荡的，只有两间破旧的北屋和两间东屋。此时虽是白天，北屋的两个窗户上却还挂着碎花藕荷色的布窗帘，但窗户并没关上。每间屋顶上都长着一些茅草。东墙角处堆放着一大堆煤球，煤球周围排着一些旧砖头。

周成向前走了一步，看看周围没有其他人便开始敲门。敲了好一阵子才有人开门。周成抬头一看，来人有二十岁左右的年纪，像是一个青年学生。

周成就对这人说："请问先生，您认识城顶街的一位老中医吗？"

"我认识，他是专治伤寒病的。" 此人接着说。

"小儿惊风，这种病能治好吗？"

"能看好，可患者得病不超过一个半月才行。你那小儿得病多少时间？"

"才一个月。" 经过这一段对话之后，那人微微一笑。暗号对上了。接着，他对周成说："请到屋里坐。" 说罢两人来到院里，然后那人随手用一根结实的门闩将大门插上。他们走进北屋，周成激动地自我介绍："我叫周成，我是受马德和同志的委托，从沂蒙山石沟村赶过来，向上级党组织反映情况的。你是？"

那人说道："我是联络员王武，周成同志请坐。" 周成随即坐在一把椅子上。周成从内衣夹层的布袋里掏出马德和亲手发给他的中国共产党党证，递给王武。王武接过党证，看了看，点了点头，然后又递给了周成，说道："周成同志，请你把党证收好。你那里发生了什么情况，请慢慢说说看。我先给你倒杯水。"

周成控制住自己的情绪，心里稍微平静了一些。他两眼看着东墙角的煤球炉子，细细说起来。从上学到韩复榘下令缉拿追捕他，在暗夜里怎样逃亡沂蒙山,再到石沟村如何寻找党,后来怎样准备武装暴动,随之又与马德和一块儿被捕,途中多亏了任维安领导大刀会会员把他和马德和营救出来,接着又被国民党重兵包围,马德和派他返回济南,代表他找地下党,向组织汇报工作,周成把一件一件往事都陈述了一遍。当他讲到许多同志包括他的亲人都在武装暴动中壮烈牺牲时,他再也忍不住了,俯在桌子上痛哭起来。

王武听了十分难过,他上前拍了拍周成的肩膀,悲痛地对周成说:"周成同志,你反映的情况很及时。这些情况党组织会迅速地向上级汇报。济南这里的白色恐怖也十分严重,省委机关屡遭破坏,国民党反动政府的血腥镇压,使不少党的干部被捕入狱。眼下山东的共产党、团组织多数被摧垮,无数的党员和革命群众被捕。面对敌人的残酷镇压,党、团员中有的叛变了,有的消极了,有的与组织脱离了关系。"

"国民党反动政府不断进行大屠杀,可不管它如何屠杀,中国共产党人是不怕死的,是杀不完的。我们幸存的同志正继续先烈的遗志,坚持斗争。"王武讲着讲着,哽咽得讲不下去了,他为失去这么多好同志忍不住掉下了热泪。

周成说:"王武同志,我们一定要与国民党反动派斗争到底。我坚信,我们一定会迎来胜利的那一天。"

王武讲了济南及全国的形势,并且讲到日寇侵占沈阳后,中共中央立即作出《关于日本帝国主义强占满州事变的决议》,中共山东省委也下达了文件,制定了反对日本帝国主义侵占东北三省的宣传大纲,号召工农兵及各界民主爱国人士一致行动起来,为把日寇驱逐出东三省、拯救民族危亡而斗争。

周成听了非常激动,他说:"王武同志,我请求党组织给我安排工作。"王武稍微思忖后说:"周成同志,目前党的组织十分薄弱,党内不断地出现叛党投敌者,所以我们党的活动十分慎重。为了配合党的中心工作,目前党号召我们积极参加抗日宣传工作,我们要积极投身到这项工作中去。"周成边听边点头。

接着两人又聊了其他的,周成对王武介绍了他在济南还有一个铁路工人家庭的表姐一家。另外,在济南高中还有他熟悉的老师和同学。

王武听了说:"过去我们的活动都以半公开的身份出现,如组织各条战线的'同盟罢工''飞行集会''武装暴动'等,使不少同志暴露了身份,遭到反动政府的逮捕,党组织遭到严重破坏,给革命带来了巨大损失。这样吧,周成同志,你要将身份隐蔽起来,配合组织做地下工作,以一个商人身份出现。有一位党员叫王进,从事贩卖中草药工作,我与他说一声,你们一块儿干,这样你既可以维持生计,又可以开展党的工作,你看怎样?"

周成连忙说:"这样当然很好。"王武又说:"你暂时不要与你上学的师生联系,以免暴露身份,惹来麻烦。党组织其他同志各有各的分工,以后你只能跟我联系,我直接领导你,有工作我会安排你。"周成听了,不住地点头。

王武说:"今后每星期六晚上,我领你去省立一乡师参加读书会,你一定别忘了。"

"好。"周成答应道。听了王武的一席话,周成的心情平静了许多,随后王武又为周成安排了食宿。

二

周成终于又回到泉城济南了,时间已过了有半个月,一切平安无事。通过王武的联系,周成已经和王进接上头。他一方面忙着中草药生意,另一方面积极投身党的地下工作。

这一天,周成怎么也按捺不住思念之情,于是决定去看望表姐一家。

当他走到表姐居住的那条街时,天已经黑得看不清对面人的模样了。他顺着胡同往最里头走,黑暗中,表姐家那座古老的门楼,还是那样黑黝黝的。此时,大门敞着,大杂院的大门平时不关。他跨进院内,几步就来到西屋门前,这会儿西屋门正虚掩着。

周成透过门扇,从外面可以看见屋内靠西墙的旧方桌子旁有几个人影,像是正在议论着什么。

原来王振奎长期在济南火车站货场作业所干装卸工,平时工作任务繁重,他干活又不惜力气。前几天他在扛笨大件时,由于用力过猛,扭着了腰,这几天未能上班去。他叫儿子观亭到大观园商场中药店里买了一瓶调节气血的虎骨酒,刚刚喝了三杯。陈桂香又忙活着给他按摩了一阵子腰,此时的他正歪着身子,倒在屋东头床上歇着。

陈桂香和北屋赵昌祥的大女儿玉兰围着大方桌子正忙着糊火柴盒。赵玉兰是来给王家帮忙的。另外,王振奎的两个儿子王观顺、王观亭也因国内形势动荡不安,没有找着活,此时帮着母亲打下手。

王家家境贫寒,这几天仅靠陈桂香糊火柴盒挣钱,收入微薄,全家日子过得很艰难。此时一家人正说着话。

正巧此时周成在屋外敲门,桂香说:"有人敲门,来客人啦。"

陈桂香停下手中的活,站起身来开了门。抬头一看,顿时惊呆了,原来是周成,她高兴地对周成说:"哎呀,你可来了。"

观亭急忙起身赶上前,紧紧地抓着周成的手,笑着对周成说道:"周成舅舅,你可回来了。这两年你往哪里去了?"周成拖长了声音,说:"一言难尽呀。"这时王振奎也从床上坐起来,朝周成笑了笑,说:"快坐下吧。"

济南有句俗语:人多屋子窄,前客让后客。王振奎所住的两间西屋本来就不大,又这么多人进进出出。因眼下来了周成,陈桂香看了看几个孩子，接着就对玉兰和观顺两兄弟说道："你们几个都先出去玩玩，大人好说说话，别在屋里。"话音未落，玉兰、观顺、观亭三人就结伙到北屋赵昌祥家里去玩了。

三

周成迎上前来，抿嘴儿一笑，对王振奎和陈桂香说："姐夫，姐，你们都好吧？"

王振奎就说："唉，这年头，饿不死就不错。"周成听了，苦笑着点了点头。

陈桂香忙一把抓着周成的胳臂，让周成坐到椅子上，连连问道："周成，你怎么这么长时间不来，你去哪里啦？也不给俺捎个信来。因为没有你的音信，都快把你爹急死了。"

王振奎见周成上门来了，也有些生气，就说："周成，你一走，这么长时间，一直杳无音信，说句不好听的话，俺们还以为你已经死在外面了。光你爹托人来我家里，就找了你三趟。"

陈桂香又说："在你走后不久，你爹就托人来到济南。我们跑到学校里找你，学校说早把你开除了。我们就问学校为什么，学校说你是共党分子。"

"后来他又托人去了石沟村找你，听村里人说，你参加共产党领导的武装暴动，之后国民党军队把你和另外一个人都抓走了，去了哪里也不知道，是死是活，一概不知。也有人说没有死，可能去了南方。也有人说凡是那一次参加大刀会的人，全被韩复榘的军队杀了，没有一个活的。"陈桂香说到此处稍微一停。

"姐，俺娘怎么样啦？"周成担心娘的身体，又追问道。陈桂香说："不知道呀。家里有什么情况，老家人一直没说。"

周成的脑海里立刻想起当年母亲不同意他独自一人来济南读书，

担心他会发生什么意外。为这事,母亲接连哭过好几次,有一次,她整整哭了一个下午。他猜测母亲现在一定出了事。或许母亲生病了,而且一定病得厉害,即使人没有死,也生命垂危。不然,为何父亲只字不让人提。周成眼睛里强忍着泪水,没有掉下眼泪来。而对于父亲费尽心思地找他,他早有所预料,可是即使他见了父亲,也无法告诉父亲事情的原委,怕父亲接受不了。

周成就对陈桂香说:"姐,有机会家乡来人,请你给俺爹捎个信,告诉他,就说我没有什么事。俺在济南卖中草药,俺所干的事都是正当的,让他放心就是。俺有时间就回家看他。"

陈桂香对周成说:"你别管了,老家来人时,我会让人捎信回去。"周成接着说:"表姐,我走的这条路没有错。"陈桂香一听周成这么说,接着紧张起来。她感觉周成像是真的加入了共产党,而这种事,一旦政府要知道了,连她全家都会受牵连,要一起坐监狱的。于是陈桂香忙对周成说:"我看你不想要命啦,你要让国民党抓去甭活啦。"

周成对陈桂香低声说:"表姐,共产党领导的中国革命是正义的,将来革命成功了,咱们劳苦大众都会翻身过上幸福好日子。总有一天中国就会像苏俄一样取得革命成功,这一点我是深信不疑的。这一天很快就来到了。"

王振奎在济南火车站货场作业所早就听说过,共产党领导人民闹革命是为穷苦人打天下。有人说在南方,共产党尤其闹得厉害,而到底怎么回事,他也不甚了解。他却认为这一切都是不可能实现的。此时他从床上慢慢地起来,右手掐死烟头,对周成说道:"周成,我虽是个大老粗,但我总觉得你年轻,在学校里读书读多了,是那些书害了你。共产党的一些主义,不是不对,而是不现实。我听老人讲过:自古走直道的人都是正人君子,可是行不通。你要明白,理想永远只是一个理想,现实永远还是现实,必须把这两个东西分开。"

说到这里，他停了一停，抬着头，睁着有些昏花的两眼，看了看放在方桌上的一大堆火柴盒，继续又说："如果把两个东西混在一块儿，非吃亏不可。共产党多少人丢了性命，光在纬八路侯家大院枪毙那些共产党员，俺就亲眼见过两回，每次二十多人呀！你拗不过整个社会，我劝你赶紧老老实实地读书，别跟共产党掺和，不然太危险啦。"

周成听了，就对王振奎说："姐夫，你放心吧。共产党手中掌握着真理，是杀不绝的，革命自有后来人。"

王振奎见周成并不听劝解，就又躺在床上，摇着那灰白的脑袋，反复地说："俺总觉得你年轻，早晚会出乱子。"

这时候，王观亭推门回到屋里来了，陈桂香抬头看了观亭一眼，心里有些不高兴，她就对观亭说道："谁叫你个小崽子回来的，还是到北屋里跟赵亮玩去。"

"俺不去。刚才周成舅舅说的话，俺都听见了。"观亭说道。

"你听见说什么啦？"陈桂香问观亭，观亭支支吾吾地一时又说不出来，最后说："妈，舅舅干什么，我就跟他干什么。"

桂香明白儿子并没有听到刚才的对话，就放心了，于是就说："你舅舅卖中草药，你也跟舅舅贩卖中草药？"

"可以。"观亭回答说。周成在旁边听后笑了，说道："我跑中草药，全国各地都去，你能行吗？你稍微等几天，我正想办法给你介绍一份工作。"

周成见表姐家生活很艰难，就想到不久前王武说过，济南火车站招工，因为有内部关系，党支部决定介绍一名积极分子去。周成忽然想到观亭年轻、聪明，又是工人家庭子弟，是最好的人选，于是就把观亭的家庭情况介绍给王武，王武当场同意了。这会儿，周成就对陈桂香说："表姐，等着吧，我准备给观亭联系一份工作。"陈桂香听了，就对周成说："那太好了，现在全家都没饭吃，愁得我晚上都睡不着觉呀。"

王振奎面对着东墙，朝里躺着，忽然听到周成给儿子介绍工作，也十分高兴，转过身子对观亭说："观亭，你先谢谢舅舅。"

观亭一听，兴奋地说道："谢谢舅舅。"

周成对观亭说："你先沉住气，在家听信吧。"

时间已不早了，周成就要走，观亭坚决相留，他拉着周成的胳臂，想让周成多待一会儿。桂香平素经常听丈夫说，韩复榘身边有一帮子特务，每天到处乱抓人，逮住人，让韩复榘看，只要韩复榘一点头，此人立刻就被枪毙。她就对周成千嘱咐万叮咛，要他行事提高警惕，谨慎小心。周成就对陈桂香说："表姐，你放心，我心中有数。"

夜深了，周成最后说，以后有时间再来，末了又悄悄地从布兜里掏出一本书，名叫《社会进化史纲》，送给观亭，并且低声对他说："这书很重要，没人的时候，抓紧仔细看，多看几遍，内容尽量理解。"观亭接过书来，点了点头。随后周成便起身与大家告辞了。

四

大杂院北屋的赵昌祥是济南火车站机务段的火车司机，膝下有一儿二女，儿子赵亮比观顺大三岁，因家庭贫困，无力上学，十几岁就干上短工。由于两个家庭都在铁路上混事，平素你来我往，自然关系非常亲密。赵亮和观顺更是称兄道弟，亲密无间，时间长了成了棍棒打不散的铁哥们。

赵亮在某建筑工地打短工，王振奎得知此消息，就托赵昌祥让赵亮也带着王观顺一起去干，从此观顺干上了短工。

省立一乡师位于济南北园，该校距离济南著名的大明湖风景区很近。学校北边靠近胶济铁路，每天都有许多列火车经过这里，人们能听到火车车轮撞击钢轨发出的巨响。

学校南边有一条大路，一直通到市区。路的两边是池塘，沿着池塘是一排排的白杨，还有垂柳。学校的四周是稻田、荷塘，还有许许多多的菜园子。济南人吃的蔬菜几乎都是北园郊区菜农供应的。

这里白天山光水色，夜晚风清月白，一片乡村风光，十分清爽。省立一乡师校门楼坐北朝南，庄严肃穆。院内有教室数十间，教学设备齐全，不仅有教室，还有两间存有不少古老书籍的图书馆和两间没有固定用途的屋子，同学们称这两间屋为阅览室，院内还有一个小运动场。校门东侧有一棵很粗的垂柳，长长的柳丝，为师生带来一片绿荫。学生上课后，校园内格外幽静。

省立一乡师在20世纪30年代很有名气，它是济南数得着的办学较好的学校。全省学生慕名而来，首任校长鞠思敏思想进步，热爱祖国，办学开明，他学习蔡元培先生的办学精神，兼容并包，校风较正，对共产党在艰难环境中的生存和发展给予了同情和支持。著名教育家范明枢任该校图书馆主任，他也常配合党组织购买和传递进步书刊。该校广大学生思想活跃，读书热情很高。

当时党组织十分薄弱，却如星星之火。省立一乡师这个基层组织，党员最初只有几名，只成立了一个支部。后来党组织逐渐发展和壮大，同时国民党反动政府也开始疯狂血腥地镇压，使党组织一次又一次地遭到破坏，尤其是韩复榘在一九三一年进行的两次大逮捕和大屠杀，使党组织受到重创。

九一八事变之后，全国掀起了抗日救亡运动，学生们积极响应。为了提高广大学生的政治觉悟，乡师党支部以学生自治会的名义，开展学生读书会，组织学生阅读进步书刊，发展党的组织。

范明枢是省立一乡师的主任，他也是读书会的负责人，在帮助学生购书的过程中，接受了进步思想。后来读书会在党支部的领导之下，逐渐成了党宣传马克思主义革命理论和进步思想的阵地。

在周成来到济南的第二天，王武就将周成反映的情况向当地党组织负责人秦卫一书记做了汇报。当听到王武讲沂蒙山黄石寨发生的惨案时,秦书记很难过,尤其得知连党组织派往沂蒙山工作的马德和同志也壮烈牺牲了,更抑制不住内心的悲痛。

党所领导的农村武装暴动失败,已不止一次了。无数的革命同志牺牲,他只能保持着冷静的态度,反复认真思考,探索革命斗争的内在规律,同时与其他同志共同商量,集思广益,倾听别人的意见,找出斗争的策略,与敌人继续斗争。

这次也是一样,在一阵伤心过后,秦书记只能继续战斗。他低声对王武说:"我们要从这次农村武装暴动的事件中,认真地总结经验教训,一方面向党组织汇报,另一方面改进工作,避免此类事件的发生。"

王武说:"在这一点上,咱们的认识完全一致。"两人又商谈了如何提高党员的政治觉悟、宣传抗日救国等事宜。由于工作需要,秦书记也同意将周成留在济南,配合做地下工作。

这天周六下午,王武邀着周成一块儿去省立一乡师参加读书会。途中王武就对周成说:"这次读书会我们都要积极参与,踊跃发言,不断提高自己的觉悟。"周成边走边听,不时地点头。

两人走了好长一段时间才来到省立一乡师。因为周成不是本校的学生,王武决定先领着周成一起去见鞠思敏校长,以征得校长的同意。他们一进校门就遇见了学生王永怀,王永怀也是一位共产党员。他们三人一起去了校长室。

鞠思敏校长认识王武,王武是该校一位品学兼优的好学生,在学校各项活动中,一直起着模范带头作用,还是学校自治会的成员,平素的表现很好,是学校的活跃分子。鞠校长尤其喜欢这样有觉悟、有进取心的青年。

他们走到校长室门口,只见校长室的门紧关着。王武走上前轻轻地敲了两下,听到屋内传出"请进"的回应后,王武推开了门,鞠校长也笑着迎了出来。

"王武，有什么事呀？"鞠校长问道。

"鞠校长，这是我的一个朋友，他想参加我们的抗日救国会，可以吗？"王武就问鞠校长。

"参加抗日救国会，当然可以，你就让他到图书馆找范明枢老师报个名。"鞠校长非常痛快地答应下来。因为鞠思敏是位进步人士，遇到这样的青年爱国举动，他当然支持。随后王武又说："他晚上参加读书会，可以吗？"

"可以，可以。"鞠校长又说。

王武告别了鞠校长，三人走出了校长室，往学校后边的图书馆走去。不一会儿，三人就来到图书馆，平时王武与范明枢老师关系很好。这时他直接先走进图书馆内，看见范明枢正在看报纸，王武替周成向范老师打了一个招呼，就算报了名。随后范明枢做了一下记录。三人来到图书馆门前一棵槐树下，彼此闲聊起来。

图书馆旁边是阅览室，阅览室用灰砖灰瓦建成，建成年代已远。阅览室面积不大，只有两间屋子，不仅低矮，而且破旧。屋内中央摆放着一张大方桌和几个椅子，还有几个凳子。

此时已是初冬十一月份，夜长昼短。这会儿，天渐渐黑下来，阵阵寒风把校园的枯枝碎叶从沉睡的阅览室的屋顶上刮下来，吹打在院墙上，就像两人急促地絮絮低语。光秃细长的垂柳被风吹得不停摇动，时而发出凄凉的声音。

周六这天，同学们因没有课程，有的人回家了，有的人到城里去玩，学校里的学生所剩无几，校园里很寂静。学生读书会活动要在阅览室的其中一间屋里进行。平时这间屋都上着锁，不允许同学随便乱进。

五

周六这天一大早,读书会会长姜小千事先向范明枢老师要来钥匙,开了门,布置好现场。

会议按时召开,会前王武将周成介绍给前来参加会议的党员。参加会议的大部分是男同学,仅有两个女同志,一个是三十余岁的教师田佩,另一个是仅有十七岁的女同学武新。

秦卫一书记是上级刚派到一乡师的新领导,经王永怀介绍,对省立一乡师校长鞠思敏、主任范明枢和地下党员的情况早已很熟悉,眼下他是往来的常客。今天晚上秦书记来了,他的出席让每个党员都明白,这次会议很重要。大伙认为上级会有新的精神传达,所以都全神贯注、聚精会神地听着。

会议首先由读书会会长姜小千宣布开会,随后是秦书记讲话。秦卫一站起身来,悄悄地打量了一下到会的每位同志,然后摆了摆手,示意让大伙尽量往前凑。秦卫一看上去有三十几岁,下巴上有许多胡子茬,其实年龄并不大。中等身材,他的前额亮晶晶的,有阅历的人会从他的脸型和细润的肤色看出,他是江浙一带的人。他风度翩翩,目光炯炯,身穿青色灰制服,对人总是面带微笑,很有魅力。眼角上由于常带微笑,生出一些细微的鱼尾纹,而平时他那厚厚的嘴唇总是微闭着,很少说话。不知为什么,秦书记举手投足间,总让人感受到他那深邃的智慧,显得格外有亲和力。

这时他看到同志们都已静了下来,于是微微一笑,开始了低声讲话。他说:"今晚到会的都是自己的同志,这是一个不平常的会议。我首先代表党支部,对周成同志从沂蒙山冒着生命危险的到来,表示热烈欢迎。周成同志临危受命,冒着枪林弹雨回到济南,向党组织汇报发生在沂蒙山区骇人听闻的黄石寨惨案,他很勇敢。这一次暴动,我们有许多革命同志惨遭杀害,我党派出工作的马德和同志也壮烈牺牲了,我听了很痛心。下面就请周成同志详细发言,大伙欢迎啦。"

接着周成站了起来,向在座的党员同志介绍了他的一些经历,尤其在讲到大刀会被国民党军队围剿和杀害,献出了宝贵的生命时,他难过得几次都讲不下去了。在场的同志都跟着难过,流下了热泪。

党员张洪凡轻轻地拍了一下方桌,说道:"我们一定要为牺牲的同志报仇!"

党员王永怀说:"我从入党那一天起,就做好了一切准备,要与国民党反动派斗争到底。"

王武说:"我们的革命事业是正义的,敌人越血腥镇压,我们越要坚强,越要与敌人斗争到底,要为牺牲的同志报仇!"

同志们个个擦拭着眼里的泪水,然后不停地发言。

过了一会儿,几乎每个同志都发了言。秦书记说:"同志们,国民党反动政府在纬八路侯家大院杀害了邓恩铭、刘谦初等二十二名党的干部。在临终时,他们表现出大无畏的英雄气概,沿途高呼'中国共产党万岁!''打倒国民党!',他们的英雄事迹永远值得我们学习。"

秦书记讲到这里,在场的人顿时群情激昂,热血沸腾,大家誓与国民党反动派斗争到底。

秦书记站起来,严肃地说:"在这里,再给同志们读两封信,一封信是刘谦初同志在临牺牲前,在狱中通过狱卒偷偷地写给中共中央的信,另一封信是他写给爱人张文秋的信。我请武新同志读一下这两封信。"武新把辫子轻轻地甩到背后,从座位上站起身来,又从秦书记手中接过两封书信,开始认真地朗读。

会场上一片肃静,有的党员一边准备记录,一边仔细听信中的内容。武新开始朗诵全文,她念道:

"事已如此,没有营救的可能,请不必进行营救工作。我心里很平静,正在加紧读《社会进化史》,争取时日,多懂一些真理。

"第二封信内容是:我现在临死之时,谨向最亲爱的母亲和亲爱的兄弟们告别!并向你们紧握告别之手。望你们不要为我悲伤,希望你们谨记住我的话,无论在任何条件下,都要好好爱护母亲!孝敬母亲!听母亲的话!"

武新刚读完这两封信,在场的所有的同志都心潮澎湃,义愤填膺,纷纷表示一定要学习先烈的崇高品质,继续斗争。

刘凯站起来说:"我,作为一名共产党员,一定好好向刘谦初同志学习,学习他崇高的思想品质和献身革命的大无畏英雄气概。永远忠于党,永远忠于人民,永远忠于革命事业。"刘凯刚说完坐下,张洪凡就站起来,说:"听了刘谦初同志的狱中来信,我十分感动。刘谦初同志是我一生学习的榜样,他是我们党培养的好儿子,我要做像刘谦初同志这样的人,永远听最亲爱的母亲的话,爱护我们的母亲,我们的党,为党的事业奋斗终身。"

大伙一个个发言,会议一直进行到很晚。秦书记最后做了总结发言,他说:

"同志们,今晚这次读书会开得很好,在会前,我进行了反复思考,我们要从血的教训中进行认真的总结。大革命失败以后,党在白区工作中,由于每逢纪念日经常开展集会、撒传单、贴标语等活动而暴露了自己的身份,使敌人掌握了我们的活动规律,造成了党组织多次被破坏,致使大批党员被捕入狱,甚至壮烈牺牲。

"所以我们应该从白色恐怖的严酷斗争形势出发,积极探索如何在白区工作,保存实力,积极活动。宣传工作要避开纪念日,活动时间改在晚上八点至十二点之间,尽量利用合法组织,在斗争中善于利用敌人之间的矛盾进行活动。

"关于农村武装暴动接连几次的失败,我们应该认识到韩复榘部队是一支典型的军阀部队,勇于私斗,这支部队由于与地主豪绅相结合，掌握着全省的地方政权，能迅速地调动兵力对农村武装暴动进行镇压。我们没能与广泛的群众斗争相结合，孤军奋战，缺少兵运工作的配合，所以应该积蓄力量，待时机组织武装暴动。这是我的看法。

"最后，通过今晚的这次读书会，我们每个党员要进一步认真学习刘谦初同志牺牲前所写的两封信，并且结合着《共产党宣言》《社会进化史》，更加深入全面地武装每个同志的头脑，做好思想准备，积极投身于下一步的抗日救国运动中去。我就说这些。"

秦书记代表党支部发言之后，大伙觉得秦书记的发言切合实际，纷纷表示坚决拥护。周成也觉得参加这一次党的组织生活收获特别大，他的革命热情更加高涨了。

六

经王武联系，周成与一个叫王进的中年人一块儿做起中草药生意。王进也是一名共产党员，他俩一起去外地采购药材，贩到济南出售。当时周成住在天桥北的官扎营街。白天他除了跑生意，给人送货之外，很少出门，晚上就跟王武参加活动。有时一起去省立一乡师参加读书会，有时按照党组织的安排发传单，宣传抗日救国的道理。

他很少经过经六路那条长街，已经有很长一段时间未与表姐见面了。表姐家生活得怎么样？那几个外甥都能吃上饭了吗？这些都让他十分牵挂。尤其是表姐夫王振奎一直认为自己之所以家境贫穷，没有钱财，只是因为自己的命不好。周成一直想启发表姐夫的阶级觉悟，让他认识到自己终日日出尽苦力，仍然贫穷，是因为这个社会制度不好造成的，而不是自己的命不好。可是他还没有抽出时间去看看他们。

另外周成还怕出门遇见济南高中的师生,因此他也很少经过济南高中所在的杆石桥街。尤其是他最想念的柏艳丽,他多么想见一见柏艳丽。有时候半夜里醒来,柏艳丽那美丽的倩影常常搅动着他的心。他内心里就像一团火,期盼着两人有机会重逢。

这天晚上,夜已很深了,周成还没有入睡,思绪不断在脑海里萦回。他想:现在,他又回到济南了,本可以与柏艳丽相见了。要是相见那该是多么快乐的事。可是接着他联想到刚刚开过的读书会,他想起刘谦初的死,又想起沂蒙山黄石寨牺牲的伙伴,心里顿时十分不安。亲情、爱情、友情这三方面,都居于次要地位,党的事业永远高于一切呀!于是,刚刚冒出的一些念头,顿时烟消云散了。一切都要服从革命的需要、党的安排。

隆冬到了,周成和王进贩卖中草药的生意也很少了。他就在家里读《共产党宣言》和《哥达纲领批判》,或者与王武去参加读书会。这天下午,天阴沉沉的,厚厚的瓦灰色的云块笼罩着泉城。一会儿,天空中飘起雪花,而且越下越大,雪片就像棉絮似的飞扬着,然后慢慢地落到地上。不一会儿又刮起了大风,雪花纷纷扬扬,暮色浓重,几步之外什么都看不清楚了。

泉城的华山、鹊山、千佛山等大小山头和树木都覆盖了一层白皑皑的雪。许多鸟儿在灰暗的天空中飞翔着,一只乌鸦挥动着矫健的翅膀,鸣叫着掠过泉城的上空,落在一个枯树枝上。不一会儿,由于天寒,这只乌鸦展开羽翼,在天空中盘旋了一下,还是飞走了。它是在寻找一个栖身之地。

第二天,泉城的大街小巷都穿上了雪做的冬装,漫天皆白。周成走出家门去买报纸,正好王武也来找周成,两人相遇后一起返回周成家里。一进屋,两人就开始议论起当前国内和国际的严峻形势。这阵济南冰天雪地,周成住的是一间土屋,没有生炉子,周成又穿得单薄,他全身冻得发青,打着哆嗦,在屋里来回直跺脚。由于屋里冷,王武一呼吸就从嘴里冒出一团团的热气。其实王武早就知道周成没有过冬御寒的衣物。他还有一件穿过的对襟厚蓝布棉袄,一条黑粗布棉裤,不过穿了多年都有磨破的窟窿,他就抽空闲时间补了补。今天给周成捎来,送给周成穿。

一开始周成不好意思要,王武笑着说:"你先穿上我这套旧棉衣,等将来革命胜利了,你还我一套新棉衣,好吧?"周成听了,笑着接受了。他从王武手中接过棉衣,接着就穿在身上,立刻感到了温暖。周成感动地对王武说:"王武同志,请你放心,将来我一定还你一套新棉衣。"他这么一说,两个人都笑了。

接着王武说九一八事变后,中日之间的民族矛盾逐步上升为主要矛盾,摆在中国共产党面前的问题是要认清这种变化,所以我们党主张先团结国内一切力量进行抗日救国,解决国内的阶级矛盾。

王武的这一番谈话,使周成对当前形势有了更进一步的认识。

七

又是一个星期六,将近黄昏,王武邀周成一起去省立一乡师参加读书会。

到会场时,已经有不少人来了,其中有周成认识的,还有一些人是他从来没有见过面的。今晚不是党员专题会议,周成知道,读书会是个群众组织,参加的人一般都是爱国人士。

让王武与周成没有料到的是这一次参加的人中有一个特务。

学生党员张洪凡见来的人不少了,就说:"咱们读书会开始了,上次范明枢老师送来的宣传抗日救国的资料,大家都看过了没有?看过的人请举一下手?"在场的大部分人举了手,张洪凡很高兴,就说:"大伙有何感想?谁来说说?"此话刚一讲,田佩老师就站了起来,说:"《国民日报》的蒋委员长文章中,为何闭口不谈抗日,只要求民众埋头工作，交捐纳税，勿问国事。日本强盗都占领了东三省，我，作为中华民族大家庭的一员，国家即将灭亡，哪有心思教书，埋头工作？"

田佩的话音刚落，大伙就争先恐后地发言。

王武说："蒋介石对日的基本方针：一是依靠国联'主持公道'；二是鼓吹'以文明对野蛮'，要中国人民以'文明'的不抵抗，忍受日寇的野蛮屠杀。哪能这样？我们青年绝不甘心当亡国奴！"

张洪凡说："蒋介石依靠国联管什么用？国联只是个聋子的耳朵——摆设。日寇仍悍然步步紧逼，进攻上海，一再向上海城防军队攻击，用飞机轰炸民房住宅，掷弹街衢，无数同胞丧生，国亡在即。凡是有点血气的中国人，哪能一忍再忍。我看，蒋介石就是不抵抗！"

刘凯站了起来，气愤地说："我们坚决要求国民政府抗日救国！"

在场的不少同学都义愤填膺，一致赞同，大伙异口同声地说："坚决要求政府发枪上前线，抗日救国！"

刘凯把话锋一转，说："蒋介石不一致对外，却强调所谓的危害民族生存的赤匪必须根本铲除，顽固地坚持'攘外必先安内'的立场。这样做对吗？他只管个人野心膨胀，不管中国百姓遭殃，丢掉国家大好河山，拒不抵抗日本，百姓都将沦为亡国奴了。我看，他纯属卖国贼、日本人的走狗、背信弃义的人。时至今日，我们不能再相信蒋某人了。中国共产党积极领导人民，打倒帝国主义，打倒封建主义，领导人民翻身做国家的主人，有什么错？有什么罪？现在正领导全国人民抗日救国，坚决把日寇赶出中国！这些正义行动我们坚决支持！"

刘凯讲得慷慨激昂，不少人表示同意，并且说："刘凯讲得很对，很有道理，我们坚决拥护！"

正在此时，从人群中站出来一个年轻人，这个人学生打扮，头戴一顶圆形黑呢子礼帽，帽边紧紧地压着两道眉毛。由于屋里灯光昏暗不清，在场的人看不清此人的面貌。这时，这个人朝着刘凯看了一眼，随后开了腔。那口气既阴阳怪气，又盛气凌人，他对刘凯发问道："喂，这个学生，你叫什么名字？"

"你此话啥意思？我叫刘凯，怎么啦？"

"刚才那个发言的学生呢？"他又朝张洪凡说道。

张洪凡猛地站起来，说："你想干什么？我叫张洪凡，你是干什么的？你是特务？"

此人冷笑了一声，慢慢地说道："我不是特务，这一点你放心。我倒问你，你可是共党分子？"

刘凯说："谁是共党分子？我们都是本校学生。青年学生热爱国家，伸张正义。我倒问你，你想干什么？为什么韩复榘一再屠杀共产党员，我问你：共产党员犯了什么罪？你说说理由？"

"让我讲这些，我讲不出来。我只知道，韩主席是韩青天，处决共党分子一定有他的道理，不会乱抓好人的。"

"什么道理，你说呀？"刘凯继续追问。

"我说韩主席做得都对，就像禁烟、禁毒，就像抓住吸毒者实行处罚。"

"你所知道的只是表面的东西，政府从绥远运来大批的烟土，强派给济南各大商铺，商铺老板都叫苦不迭，天天抱怨。济南市民人人皆知，这怎么讲？而我问的是共产党做的有何不对？"

"好，你讲得好，讲得好。我没有必要与你辩论。"此人说完不说了，然后转身就走出了会场。

这人走后，大伙有些愣了。这个人什么身份？怎么混进学校里来的？有的同学说：似乎在什么地方见过这个人。刘凯就问张洪凡："这个家伙到底是干什么的？"

张洪凡低声说："刘凯，你害怕啦？不必过分担心，没有什么了不起的事。一句话，天塌不下来。"这时张洪凡拉着刘凯离开会场，走出阅览室，来到门旁边那棵槐树跟前，对刘凯说："还有一个最新消息：我们要迅速掀起新的革命高潮。要学习俄国革命'武装保卫苏联'，我们的革命事业马上就会成功，我们要充满信心。"

刘凯听了没有多说什么，随后就问张洪凡："我想问你，刚才那个人是干什么的？"

张洪凡说："我也不认识，没有什么了不起，他也不会把咱吹起来，不用理睬他。"这会儿，王武、周成，还有武新三个人也过来了。

武新在张洪凡身边站着，有些沉不住气了，她低声对张洪凡说："据我了解，这个人是青年党头子李璜的亲戚。李璜是省政府的高级参议，他与韩复榘及刘耀庭等人的关系都非常密切。刚才你们两个人说话没有注意场合，此人很可能是侦谍队队员。我的看法，咱们的同志讲话，还是小心点好。过去我们的同志不就是因为暴露了身份而惨遭杀害的吗？"

张洪凡听罢，微微笑着说："武新同学，你就是一个女生，胆小怕事。刚才我不是已经讲过，不要怕事。既然想当革命者就要拼上，这样做才行。"

武新听了张洪凡这么讲就没再说什么。周成也认为会议确实混进了坏人，就对王武悄悄地说："王武同志，我觉得武新同学的看法是对的，我们的一言一行都要提高警惕才行。"

王武也低声回答道："对，我们决不能蛮干，下一步行动一定要小心谨慎，避免遭到敌人的暗算呀。"

八

过了几天，在一个刮着东北风的下午，周成急匆匆地走出家门。迎面吹来一股急风，刺痛了他的脸。沿街皆是一片衰败景象，阴沉的天色像是被涂上了污泥。马路上行人很少，偶尔有几个也行色匆匆。

周成朝省立一乡师奔去，因为这一个月以来，在党支部的领导之下，省立一乡师的共产党员一起努力，继续出版《柔锋》杂志。

当他来到省立一乡师校门口时，学校的老校工叶大爷正从传达室里出来，准备打铃。这是一位矮小的老人，长得干瘦。叶大爷知道周成是范明枢、王武的好朋友。

周成一见叶大爷就上前打招呼："叶大爷，我找范主任有事情。"

老人拖着歪歪的小步，看了周成一眼，什么事也不多问，仅一挥手，就让周成进了校园。周成放慢脚步，来到学校后院图书馆。范明枢已是六旬多的老人，须发半苍，此时的他正在室内一人忙活着什么，一见有人来了，连忙停下手中的活，抬头一望，见是周成，就把周成让到室内坐下，然后关上门。范明枢知道周成最关心国际国内形势，所以见了周成赶紧递给他一份新邮来的《国民日报》并激动地说："周成，告诉你三个特大好消息。"

"什么好消息？"周成就问范老师。

"第一个好消息是中国共产党领导的工农红军和红色根据地迅速发展，在江西瑞金召开了全国第一次工农兵代表大会，成立了中华苏维埃共和国临时中央政府，推选毛泽东为主席，朱德为红军总司令。这是在中国大地上第一次出现全国性的工农民主政权。"

听了范老师这么讲，周成兴奋得几乎要跳起来，他说："这个消息太好了。"接着他就问："第二个好消息呢？"

范明枢说："第二个好消息是蒋介石发起的对中央红军的第三次围剿，他自任总司令，随带英、日、德军事顾问，率兵三十万人，分三路深入中央红军根据地，结果被红军粉碎了。还有第三个好消息，鄂豫皖根据地的红军和湘鄂西根据地的红军也不断取得胜利。蒋介石被迫通电全国，第二次下野。"

听完这些消息，周成为红军取得的重大胜利而高兴，这时从外面传来了激烈的敲门声,还没开门,一群军警特务和青年党的侦谍队人员就全副武装地冲进图书馆办公室。

范明枢见此情况,本想收拾眼前的进步刊物,可已来不及。随后他就镇定下来,向来人问道:"你们是干什么的?"

其中一个大个子特务把眼一瞪,说:"我们是保安总队的,奉韩主席命令,搜捕共党分子。"

范明枢说:"我们这里没有共产党。"

"我不相信,你这里的情况,我们已经调查好啦。"他扭身就问周成:"你是干什么的?"

"我是卖中草药的,给范主任介绍中草药,专治腰腿痛。"这个人看了看周成那身打扮,不像学校学生,就未再追问。其他几个军警冲进办公室,忙着翻箱倒柜,很快一叠刚刚印制好的《柔锋》就被他们搜查到手。其中一个军警赶紧拿了几份让大个子军警看。

此人立刻对范明枢厉声说:"看看你藏的这些刊物都是共产党的赤色刊物。范明枢,你还有什么话可讲?好啦,好啦,你马上跟我走一趟吧!"

"这些刊物没有什么反对政府的内容呀?"范明枢反驳道。

"这些刊物纯属赤色宣传。你少啰唆,马上跟我走一趟!"

"去哪里?"范明枢问。

"警察局。"大个子军警说完,接着朝另外几个军警一摆手,随即上来几个军警抓住范明枢的胳膊,用力拧着,就把他往屋外推。

范明枢忍无可忍,大声反抗道:"你们这是什么行为?简直是法西斯!这些资料都是宣传抗日救国的资料,难道号召人民打日本鬼子还有罪?岂有此理!岂有此理!"

"走吧!范明枢,有话到警察局说去。"大个子军警又说。

几个军警簇拥着,将范明枢推出了办公室,周成也跟着走出了办公室,接着省立一乡师就被大批军警团团包围了。一场事先策划好的抓捕就此开始了。

这会儿周成在校园里遇见了王永怀，他向王永怀使了个眼色，右手指了指那个刚才发号施令的大个子军警，低声问道："那个人是谁？"

"你不认识吗？他就是韩复榘的高级侦谍队大队长刘耀庭。"王永怀告诉他。

周成在上学的时候，就听同学说过刘耀庭这个名字，是个有名的高级特务，今天终于对上号了。

周成又问王永怀，说："跟着刘耀庭的那几个又高又凶的家伙呢？"

王永怀从小生在济南，长在济南，是地地道道的济南人。小时候也经常爱逛大观园，爱看摔跤表演，认识不少的江湖艺人。这几个人他都认识，于是他就说："那个高个子叫赵云亭，外号巨无霸。从前他们都是在大观园摔跤卖艺的，后来让韩复榘招了去，参加了保安总队。现在是韩复榘的贴身保镖。"

周成听罢心里咯噔一下子，原来韩复榘指派了他的得力干将来了。

刘耀庭这阵正与校长鞠思敏交涉。鞠校长向来睿智，遇事不惊。他刚来到现场，看到有的老师脸上惊恐万状的表情，心里就有些不悦，他最烦遇事慌乱的人。对于韩复榘出动大批军警包围校园、刘耀庭到处抓人这件事，他没有一点惧色，而是满腔怒火。他用右手托了一下稍微下移的眼镜，来到刘耀庭的跟前，说道："刘队长，我问你，突然间指派大批军警无故包剿我校，这成何体统？你们到底想要干什么？"

因为鞠思敏是省内教育界的名人，刘耀庭心里还不敢过分放肆，多少有些敬畏，于是他就说："鞠校长，我们是遵照韩主席的命令来执行任务的，您不要着急。"

鞠思敏问："执行啥任务？"

"传几个同学到警察局去一趟，了解一下情况。"

鞠思敏一听这话就问："学生只知道读书，别的知道啥呀？"

"这个您别管了，我们只是了解一下情况。"

鞠思敏说："可这事与范老师有啥关系？"

刘耀庭听了就说："也只是通过范老师了解一下情况。"

刘凯、张洪凡两人还不知道学校已被军警包围，正好从教室里走出来，接着就被军警发现了，报告了刘耀庭。

刘耀庭几步走上前，就问他俩叫啥名字？刘、张两人一报名，刘耀庭就说："正好，我要找你两位跟我们走一趟。"

刘凯和张洪凡很快明白过来，这是韩复榘派军警来逮捕他们，他们哪里肯去。刘凯对刘耀庭说："你有啥事就在这里说吧。我们要上课，别的地方不能去。"

刘耀庭立刻翻了脸，把眼珠一瞪，发黄的门牙露了出来，对周围的军警说道："把他俩带走！"话音刚落，赵云亭就带头冲上前，随后几个军警都冲上来，拧着刘凯和张洪凡的胳膊，戴上手铐押走了。

鞠思敏愤怒地说："乱抓学生，像什么话呀！"站在旁边的王武、周成、郭永正、王永怀等党员顿时都急了。

王武愤怒地说："你们为什么抓我们的同学？！"

周成说："学生都是爱国的，为什么抓他们，不能走！"

田佩和武新领着几个女同学蜂拥而上，抓着刘凯的胳膊，愤怒地对军警说："你们还有王法吗？"

由于军警太多，又有武器，手中步枪都上着刺刀，看围上这么多学生，其中几个军警赶紧上来把他们都驱赶开了。

早有几个军警前拥后推地把范明枢主任推到了校门口。刘耀庭事先已准备好了吉普车。两个军警先把范明枢推到车厢后座上，两人也上了车，一左一右坐在范明枢两侧。他俩紧紧地抓着范主任，接着司机关上车门，开车走了。

刘凯、张洪凡被押到另一辆车上，也被送到警察局。那一天，韩复榘在全市下令共逮捕了学生和老师八十余名，正谊中学也逮捕了好几个……

周成只知道白色恐怖十分严重，但是没有想到，反动派的行动这么肆无忌惮。在反动派的这次抓捕行动中，我们党又有不少好同志被捕入狱了。

九

第二天上午，王武、周成等省立一乡师的几个党员，都自发来到南上山街曹家巷开会。

这天，刮着寒风，而且越刮越大。开会的三间北屋破得快要塌了，木制窗框的窗纸，在风的摧残下胡乱颤抖着，窗外还不时传来风的呼号。

周成昨晚一夜都没有入睡，他翻来覆去地思考。为救出被捕同志，他有很多想法，想告诉秦书记和王武。

不一会儿，会议开始了。对于昨天经历的事情，大伙的情绪十分复杂，有的后悔，有的挂念，有的焦急，大部分党员两腮的肌肉紧张地抽搐着，但身上的血液都在发热，充满了对反动政府的无比愤怒。同志们都万分揪心，却又一时不知道如何是好。

大家彼此沉默着，不说一句话。周成的心里异样难受。忽然他想起表姐夫王振奎曾经对他说过的话：革命这条路真的不好走，灾难随时可能降临到头上，随时都有掉头的危险。这真应验了姐夫说的话。但是周成也知道，他在思想上早已经做好了准备，因为经过党的教育和考验，他懂得了生命对于一个共产党员的意义，就是随时随地为党献出自己的一切，包括生命。

秦书记看到大伙一直板着脸，沉默无言，就说："同志们，大伙在一起，先了解情况，再商量一下下一步的对策。我觉得敌人这次大逮捕是一次事先有预谋的行动。我们目前在很多地方警惕性不高，暴露了身份，才陷入敌人的圈套，现在想起来非常后悔。"

周成说："那次读书会人员太杂，混进了坏人，才有此结果。"

武新说："俺不是说过，那天晚上，来的那个矮个子就是一个奸细，他是青年党侦谍队头子李璜的亲戚，肯定是他给特务头子刘耀庭通风报的信，勾来了刘耀庭的侦谍队。"

秦书记又说："这一次韩复榘对济南中等学校和教育界进行的大逮捕，我初步调查了一下，被捕的师生有八十余人。主要是共产党员、共青团员和进步教师，除咱省立一乡师以外，还有省立女师党支部负责人张孝才，省立一师教师吴纯、徐子佩，省立女中教师许一悟及共青团员王复荣、王兰荣、袁金榜，还有正谊中学党员周铭汉，等等。"

杨德芳说："咱一乡师范明枢老师都六十多岁了，这把年纪也遭逮捕。还有教国语的毕济源老师，他就是思想进步，课堂上爱宣传抗日救国运动，也被抓捕了。"

袁保明说："同志们，咱们的同志被捕了，大伙想想办法，如何迫使韩复榘放人呀！"

武新说："咱们组织同学到教育厅上访，找省教育厅厅长向思正讲理去，叫他促使韩复榘放人。"

梁梦明说："依我的意见，可以依靠舆论谴责韩复榘，迫使当局放人。"

杨德芳说："我们可以通过报纸揭露国民党政府打击和迫害进步教师和学生，反对抗日救国的罪恶行为。这样势必能引起全国人民的反对，给韩复榘施加压力，迫使他放人。"

王武说："可以利用《民治日报》，《民治日报》的记者吕随是我的老乡，这个报纸也很进步。"

秦卫一书记说："根据当前的形势，我有两项提议：一是周成同志很有文采，熟悉情况，让他执笔写稿，揭露国民党逮捕、迫害进步师生的行为。其目的是揭露蒋介石不抗日，打击抗日爱国人士的真面目。要尽量在《民治日报》刊登，迫使韩复榘放人。二是咱们党员同志今天下午与鞠思敏校长一起去教育厅找向厅长，促使向厅长找韩复榘放人。我就说这些。"

秦书记讲完之后，大伙一致表示同意，约定在中午十二点半集合。王武、武新等一拨人陪着鞠思敏校长一块儿去教育厅上访，不到下午一点半就到了地方。

周成怕到教育厅再遇见柏如林，柏如林是柏艳丽的父亲，他认识周成，柏如林可能会跟着厅长出面，所以周成决定回住处等消息。

王武等人跟鞠思敏校长一块儿来到省教育厅，教育厅的传达室老高立刻从传达室走出来，他抬头一看，是鞠校长带领着一些青年学生来了，在这种紧张形势之下，心里顿时就明白什么意思，那准是找厅长有要事。鞠思敏校长是济南教育界的名人，从事教育工作几十年，是相当有影响力的教育家，是教育厅的常客。这时他脸色苍白，挺难看，一到传达室门口，就对老高说："老高，马上叫向厅长出来一趟，我们师生要找他！"

老高立刻转身向厅长办公室奔去。鞠思敏和几位学生一直在大门外等候。等了好长的时间向思正才从院内慢慢地走出来，他满脸的不耐烦。鞠思敏此时是满腔怒火，不过还是调整情绪，压着心火，对向思正说："向厅长，我和几个学生代表想来问问，为何韩主席昨夜大动干戈，这样抓捕我校师生？这些人到底犯的什么罪？"

向厅长一听这话，顿时把双眼皮一翻，态度变得十分强硬，气势汹汹地反问道："老鞠，我倒要先问一问你，你身为一乡师校长，怎么干的？怎么把好好一个省立一乡师变成了赤色分子活动的大本营？！"

"向厅长,这话怎讲?什么大本营?有何凭何据?范明枢先生那是济南市屈指可数的教育家,毕济源老师那是不可多得的从英国归来的人才,这些优秀人才也成了政府的眼中钉、肉中刺?随意抓捕,这成何体统?"

向思正意味深长地说:"老鞠,抓你校的学生都是事先调查好了的,政府不会冤枉一个好人。所抓人员都是共党分子,这一点不会错。"

这时,王武走到鞠思敏的前面,对向思正说:"向厅长,你们政府抓的人既然是共党,请你拿出可信的证据来好吧?"

"不用你说,是共党一个也不会漏网,坚决逮捕。放心,不会不是。"

"你们所抓的师生都是爱国师生,他们宣传抗日救国有何罪?日本人现在已经占领了锦州,东北三省全部沦陷。你们不但不抗日,反而抓抗日积极分子。"王武说到此处,停了停,愤愤地说,"给日本人帮忙,当汉奸。"

向思正似乎听见了,高声质问说:"你说什么?谁是汉奸?"

这时候教育厅门前及沿街聚满了人,而且人越来越多。

向思正见势不妙,怕事态难以控制,惹出大乱子,态度只好软了下来,他说:"谁都知道抗日爱国,但是敌强我弱。那我向韩主席反映反映。这些人中只要不是共党分子,立马释放。老鞠,你先带学生们回去,别影响咱们上课。"说完这些话,向思正急匆匆地返回教育厅大院办公楼去了。大伙见状只好先散了。

周成回到住处,等待王武。王武一会儿回来把经过给周成详细说了一遍。周成悲愤地写起稿来,文稿一气呵成,他又仔仔细细审了一遍,看了没有什么毛病后,两人就走出住处,一起去《民治日报》报社。由于《民治日报》在城里,路程较远,两人走了半小时才到。王武比较熟悉吕随的工作地,很快两人就找到了吕随。周成把事先写好的文章，递给吕记者。《民治日报》是一家进步报纸，对于国民党反动政府在济南教育界大逮捕的举动也不满，当王武一说明来意，吕随就同意推荐了。

第二天消息一登出，轰动全市，市民议论纷纷。这个说："这都到了什么时候了，锦州已失守，日本人已经侵占了东北三省，还不抗日，何时抗日？怎么宣传抗日救国还有罪？"那个说："青年学生这么爱国，政府应该支持才对，怎么逮捕学生呢？连那教育专家范明枢都抓进去了，太不像话啦。"

向思正知道后，就向韩复榘做了汇报。当听完向思正的报告后，韩复榘立刻就派秘书长张绍堂把刘耀庭叫来，问刘耀庭抓了多少人。刘耀庭说："八十多人。"

韩复榘顿时觉得抓得太多了，但又不好说出口。因为事先韩复榘交代，凡是共党可疑分子一律逮捕。这时他有点生闷气，就对刘耀庭说："怎么抓了这么多人？像范明枢这样的老家伙，抓来何用？"刘耀庭一时不知道如何回答。

刘耀庭马上改变了态度，对韩复榘说："韩主席，范明枢在学生中有很高的威信，可以利用他帮助我们探听共党分子的活动动向，这对瓦解共党分子很有利。"

韩复榘就说："老刘，你想得周到，看着办吧。不过如果是共党分子也休想蒙混过关，否则，拿你是问。"

刘耀庭明白：像范明枢、毕济源这些在社会上有影响的人物，不宜扣押时间太长，以免引起社会舆论谴责，不好收拾，该放人就放人。

于是刘耀庭就对韩复榘说："韩主席，一切遵照您的意思办就是啦。"

韩复榘就说："好，好，你酌情处理吧。"

十

十几天后，范明枢获释回家，毕济源也获释回了家。范明枢的老伴一见范明枢回来了，非常高兴。再看范明枢瘦削苍白的脸，仅仅十来天未见，像是老了十岁，就十分心疼，于是赶忙架扶着他进卧房。范明枢无力地倒在床上，他累了，太累了。

一个家庭能有一个好女人很重要，好女人能春风化雨，能使一个大家庭和谐。范明枢的老伴就是一个标准的好女人。她知道丈夫是济南的著名教育家、德高望重的名人，一生轰轰烈烈，今日竟遭到这么一场无妄之灾。别说丈夫不能接受，就是她心里也委屈得慌。但是她还要开导范明枢，不停地好言劝慰丈夫。她对范明枢说："你不是经常教育孩子要百忍成金吗？怎么轮到自己的头上就不行了呢？"

范明枢悲凉地说："你没有经历过，你没去过军法处，一点也不知道什么情况呀。特务们对待我的学生太残酷了，几乎把他们折磨死了。等我有了力气，跟你详细说，我算捡回一条老命。"

老伴知道他这几天太累了，尽管此时有满腹的话，也都吞了回去。是啊，回来就是最好的。她给范明枢换好了衣服，让他睡下，就轻轻退了出来。

王武、周成、武新，还有省立一乡师的同学，以及老师田佩等人得知范明枢获释的消息，纷纷前来看望。

王武、周成得到的消息最早，两人第一批来看望范明枢。范明枢住在城里小布政司街一个独立小院内。这条街平时很僻静，沿街只有几棵柳树在各家门口摇摆着。平素只有在傍晚人们沿街漫步时，这条街才会有点动静。

王武、周成两人在西门桥头集合之后，一直往东走，直奔小布政司街。

范明枢的家门楼是一座褪了色的灰色建筑，庄严肃穆。整个院落古色古香。他俩走进门洞，周成上前轻轻地敲了几下门，范明枢的老伴听到门外有动静就出来开门。见是两个学生模样的人，就问："你俩找谁？"

"我们是一乡师的学生，来看望范老师。"周成一说明来意，女主人就请两人到上房里坐。

两人穿过影壁墙，往右一拐，又走了几十步，就来到了上房，女主人接着掀了一下里间屋的布帘子，两人就跨进内室。再看范老师，只隔十余天，他几乎变了一个人。

范明枢原来魁梧高大的身子似乎变得有些驼背，面色蜡黄，双眼无神，唇上和下颔都长出了煞白的胡子，原先头发灰白，现在竟变成了雪白。王武此时忽然想起伍子胥一夜愁白了头的故事。

范明枢见王武与周成来看他，就从床上坐起来，两只细瘦的胳膊想努力支撑起更加虚弱的身子。王武、周成两人看到，赶快走过去扶起范老师。范明枢看到王武，非常激动，嗓子里连续急促地抽咽着，随后对两人说道："快坐下，感谢你们来看我。经此一遭，我对当局真是失望透顶啊。这个社会烂透了，国难当头，大敌当前，东北三省都沦陷了，日本陆军中队长板垣征四郎又在发动关东军向关内进攻，国内形势多么严峻呀！眼下国内兵荒马乱，民生凋敝，人民颠沛流离。蒋介石对日不抵抗，却在江西调动兵力忙于剿共，看来中国要遭大难了。韩复榘为搞独立王国，拼命镇压共产党。其实共产党主张抗日救国，很得人心，每个中国人都应拥护，我一百个赞成！共产党就是好。这次韩复榘的大逮捕正暴露了他'剿匪灭共'的举动，与蒋介石是一丘之貉，其手段极其残忍。"范明枢边说边回忆，那段经历于他来说，太痛苦了。

这时候，女主人来到内室给两位客人端上了茶水，请王武与周成用茶，并说："你范老师这次可是遭大罪了，你们来了，好好陪他说说话。"

说罢,女主人退出了内室。

范明枢说:"那天下午,我被侦谍队抓走后,被关押在济南警察局拘留所,后转到省立第一模范监狱。国民党说给我特殊优待,把我单独关押在一间小黑屋子里。一连关了三天,除了吃饭,无人问津。到第四天头上,一个特务来了,对我说:'范老先生,你是济南有名的教育家,德高望重,一辈子为社会培养人才,桃李满天下,受人尊崇。本应为党国多多效力,您怎能误入歧途,成了共党的工具。不过念您一大把年纪,只要您把所参与的活动,一字不漏地写清楚,认真地反省过错,并登报表示悔过,即可获释。听清楚仅限两日内交稿,否则按共党分子处理。如果顽固到底,只能死路一条。您斟酌着办吧。'

"我就说:'我啥也没有参与,一辈子就是教书育人,还有宣传抗日救国。抗日救国,这事有罪不成?'特务又对我说:'一切你自己考虑,后果自负。'随后给我送来了笔墨纸张,让我写悔过书。等了两天,我一个字也没写。我本身没罪,写啥?

"谁知道两天之后的一个下午,他们就把我押到省政府军法处一个独立的大屋内,当时我不明白特务们演什么把戏。特务把我带到一间屋的北头,让我看屋梁上吊着的一个人,我抬头一看,只见此人披头散发,已没有人样儿,一时我认不出他是谁。接着特务又追问我:'你不认识这个年轻人?'

"我仔细一看,原来是和我一起被捕的,我最好的学生刘凯。特务冷笑了一声,说:'这回你认识了吧?'

"我又心疼,又气愤地说:'认识,他是我的学生刘凯。'

"这个特务厉声说道:'这里就是阎王殿,任何人休想蒙混过关。什么事只有老实交代,才能活着出去。顽固坚持什么主义,只有死路一条。范明枢,你好好看着。'又对刘凯说:'刘凯,你听着,你的上级领导是谁?省立一乡师还有谁是共产党?你给我马上

交代！'

"吊在屋梁上的刘凯沉默无言，待了一会儿，他虚弱地说：'我不知道。'

"'刘凯，我再问你一遍：你的上级是谁？省立一乡师还有谁是共产党？快说！'这个特务大声地喊道。

"'我不知道。'刘凯这次加重了声音说。

"'范老先生，你仔细瞧着刘凯的下场，给我动刑！'特务的话刚说完，从旁边上来三个健壮的特务，捋起袖子，冲上去将刘凯的衣服都扒了下来。

"屋外边是天寒地冻，冰冷的寒风刮到人身上，骨头都疼得要命。赤身的刘凯怎么忍受得了，痛苦可想而知。特务们开始动刑了，先是用竹鞭子往刘凯身上抽打。这竹鞭子是用三根竹子拧成的，竹子坚硬得很，打到人身上就是一条血印子。血痕处一会儿就慢慢地渗血，刘凯的背部、臀部都血痕斑斑。随后特务们傲慢地说：'刘凯，你快说，不然再一次加刑。'

"刘凯咬紧牙关，眼睛都快瞪出眼眶，从牙缝里挤出声音，说：'我没有什么可以说的！'

"'好，我叫你没有什么说的！范老先生，你就好好看着。继续动刑。'

"当时我就看到刘凯浑身血肉模糊，昏了过去。他浑身没有一处好地，都浸着鲜血。看到这些，我不停地落泪。我对特务说道：'刘凯是我的好学生。他品学兼优，只是宣传抗日救国，其他事情都没有参与过，你不要再动刑了，会出人命的。'

"一个特务得意地说：'请你稍等，你叫我们不给他动刑，你就先劝劝他，让他快快交代问题。'

"'我劝他交代啥事呀？'我说。这时的刘凯不知道啥时候已醒过来了，他说：'老师，你不用管我啦，我没有啥可说的。我早已准备好了，最大莫过一死。'听到此话，特务们震怒了。

"'既然如此，继续动刑！'三个特务开始对刘凯使用老虎凳。他们把刘凯放在椅子上，把两根大腿伸直，再用砖头把大腿支撑起来，压大腿。这么一压，刘凯顿时昏迷过去，半天一动不动了。特务们就用凉水浇他。过了一会儿，他又醒过来，他们又对他再用老虎凳，一连数次，刘凯又一次不省人事了。

"看到这种情况，我都站不住了，晕倒在那间屋子里，啥也不知道了。直到第二天醒来时，才知道自己又被拖回到模范监狱那间小黑屋子里了。"

讲到这里，范明枢停了下来。周成见范明枢满眼泪水，双手有些颤抖。

周成听到范明枢的这些话，难过得掉下了眼泪。

范明枢时断时续，接着又说起来。他说：

"我回监狱之后，中午时，一个狱卒给我送来了饭。我就问那个狱卒刘凯的情况。他说：'进了军法处，一般人都受不了。每个人都要过三关。刘凯才过了两关，第三关是用烧红的烙铁烙人的鲜肉。这一关就要人命了。'我顿时很担心刘凯。狱卒说：'据说刘凯一直昏迷不醒，无法交代问题。'我庆幸着，刘凯可能一时死不了啦。

"狱卒看了看我，就说：'多数人来到军法处一动刑都乖乖地自首了。像刘凯这样的人，实在太少了。但不说，就会被酷刑折磨死。据我所知，正谊中学一个学生叫周铭汉的，到了省政府军法处，一句话也不说，特务动了刑。他最后被酷刑折磨而死。这个人到死咬着牙，只字未说。真可惜，才十七岁，正青春年少就把命断送了。'"

周成和王武一听，他们都知道周铭汉是正谊中学唯一的共产党员。我们党又牺牲了一名好同志，他俩心中无比愤怒。

这时候院内又来了好几位同学来看望范明枢，一时间房间被人挤满了。

十一

周铭汉在狱中被特务用酷刑折磨而死的消息很快传遍全市。大伙得知周铭汉如此坚强，始终保守党的机密，非常钦佩，但又为失去这样一位好同志而痛心。敌人的大逮捕、残酷的大屠杀使山东党员的数量越来越少。为此，上级党组织召开了秘密的组织会议，上级党组织反复强调和号召每个党员要不断物色发展对象，培养那些社会底层的人，像普通工人、学生、农村贫农，宣传党的主张，启发他们的阶级觉悟，帮助他们成长，在条件成熟后，吸收到党内来，壮大党的队伍，增加党的新鲜血液。

王武最早向周成传达了上级的意思，周成就把王观亭的情况，向王武做了介绍，尤其是观亭家是老工人家庭，家境贫寒，全家人朝饭夕粥都填不饱肚子，属于真正的无产阶级。王武听了，非常同情。

那时候，党的上级领导已打入济南市内，为迅速发展、壮大党组织，也在铁路系统开展工作。王武千方百计通过党组织，找到以大槐树义记自行车行作掩护的中共党员张忠厚与机务段内党员李全的关系，终于在济南火车站为王观亭谋了一份工作。事成之后王武就把这一消息告诉了周成。

这天早上，周成来到陈桂香家，恰巧王振奎病了半月之后，又拖着病体上班去了。同院北屋里的赵亮也邀着观顺一起干活去了，家中只有桂香和观亭。此时观亭正要准备出门去天桥拉套子。

周成一进屋就兴奋地对观亭说道："观亭，我已给你联系好了火车站的一份工作。"

观亭听罢不敢相信地问："舅舅，这事是真的吗？"周成点了点头，说："当然是真事，哪能随便说。"

观亭听了周成说是真事，顿时走上前，激动地双手抓住周成，说："谢谢舅舅。"

周成笑了笑,又说:"你明天就要去报到。"

桂香听了这番话,也喜出望外,激动不已,她前额上那两道深深的皱纹头一次有了些舒展。多年来穷困窘迫的生活每天折磨着她,今天周成给儿子联系上工作,她噙着泪水,微笑着朝儿子说道:"观亭啊,可记住,要好好工作,你舅舅给咱家帮了大忙啦。"

观亭响亮地对桂香说:"妈,那当然啦。我永远忘不了舅舅。"

周成就说:"别客气了,到那里要和同事们好好相处。"

观亭说:"我保证一定和师傅们团结好。"周成又把明天到机务段具体找谁,怎么说,向观亭做了详细说明。又待了一会儿,周成就起身告辞了。

这时赵玉兰来串门,也听到了此消息,顺手拍了一下观亭的肩膀,说:"观亭哥,祝贺你当了铁路工人,以后俺可高攀不上你了。"玉兰笑着说。

玉兰从小就喜欢观亭,观亭也从心里喜欢玉兰。玉兰个头高,瓜子脸,人又勤快,又机灵,不过玉兰害怕老爹嫌王家穷,不同意。

观亭望着玉兰那张俊俏又纯洁无瑕的脸,笑了笑,故意逗玉兰,说:"这件事你先暂时对外保密。明天我就去报到。我真的当了铁路工人,那再说。"他停了停,接着又说:"我要当真被录用了,要做的第一件事,你猜一猜是干什么?"

"你能干什么?"玉兰纳闷地问道。

"就是不理你了。"观亭笑着说。

"好呀,你真是一个忘恩负义的人。不理就不理,一切由你呗。"玉兰知道,观亭非常爱她,接着她双手往前,使劲儿拧了下观亭的右胳膊。

观亭不痛装痛地皱着眉头:"哎呀,哎呀。"玉兰乐得前仰后合。

其实观亭早就喜欢玉兰了。两人青梅竹马,经常一起去五龙潭或者东流水街抓鱼。王、赵两家都爱喝泉水,观亭和玉兰有时一大早备好水桶和扁担，两人一起去黑虎泉或者琵琶泉提水，以备家用。

随着年龄的增长，两人渐渐长大，一些说不清道不明的情感，在两人之间滋生。这会子说笑归说笑，待了一会儿，观亭对玉兰说道："还是干活挣钱要紧，我去天桥啦。"说罢，拿着套子绳，又跟桂香打了一个招呼，就出门去天桥拉套子去了。

第二天一早，观亭匆匆忙忙地吃完早饭就出了门。这时候天气渐暖。他走出小巷，来到大街上，忽然一阵风从树枝间吹过来，刮到观亭的脸上，风比较大，就像一把从天上展开的大扇子过来，吹得沿街路边的树枝直乱晃动。观亭此时心情大好，看这些乱晃的风也觉得有趣，似乎在为他高兴。他大步穿过六街三市，沿着一条又一条的马路，直奔济南火车站附近的宝华街走去，济南火车站机务段就在那里。

机务段是专门修理机车的单位，共分三个车间：运用车间、检修车间和装备车间。运用车间的任务是服务各条线路上开火车的人员，包括火车司机、司炉和跟班人员；检修车间的任务是专门检修机车，这个车间工种多，有车工、铆工、钳工、锻工等；装备车间管着备用机车所需的机油、燃料、器件、材料等。

机务段内部分工明确，为保证出行安全有保障，铁路系统一直实行半军事化管理，人员进出都有严格制度。段里的检修任务很重，有时还会下达紧急抢修任务。这时工人师傅就需要昼夜加班突击完成任务。

观亭快步走着，很快赶到机务段的大门前。一位警卫人员上前拦住了他，问他来找谁。观亭说要找检修车间副主任李全。警卫让他在值班室内等候，然后那人进段内给他联系。

不大的工夫，李全来到门口。观亭见李全有四十多岁的年纪，中等身材，乌黑的脸膛，宽肩膀，胡子茬有些灰白，穿着一身铁路工作服，上衣扣着纽扣，工作服对他来说似乎小了一点，两个肩膀绷得紧紧的，头和肩中间露出他那粗脖颈，可以看出李全非常结实。他的工作服外，两个胳膊上还套着一副蓝色的短套袖。套袖上有一些油污，袖口边也有一些磨损。他看了看观亭。此时观亭忙上前，伸出双手握着李全的手，问道："您是李师傅？"李全连连点了点头，说了声："是。"

观亭又说："俺叫王观亭，是张忠厚老师让俺来找你。"李全上下审视了观亭一番，微微一笑，说道："我知道，好的，你跟我走，先到段里报到。"

"好。"观亭答应道。说罢两人并排走着，观亭边走边观察着李师傅。他感觉李全是一位热情充沛、直率坦诚的老工人。两人没走多远，很快来到宽敞的段长办公室。

时任机务段段长名叫宋昆。此时的宋昆正跷着二郎腿，嘴里叼着一支炮台香烟张望着窗外，在看一只麻雀衔着一根树枝穿过树丛，他深深地吸了一口香烟，像是在考虑什么。

李全领着观亭要见的正是这位宋昆段长。宋昆的年龄有三十多岁，个子不高，体形微胖，他坐在写字台后的一把椅子上，肚子有些微垂在两腿之间，脸色黑红，双眼皮为淡淡的污泥色。

宋昆，就是济南正觉寺街著名药商宋昌的三弟。宋昆学业完成后，被济南火车站录用，分配到机务段工作。这个工作对他来说，专业对口，能充分发挥所学专长，又在家门口，可以说称心如意。他工作不久便加入了国民党。因学历高，其兄宋昌在济南也小有名气，同时宋昌暗中不断地向上层疏通关系，于是宋昆在职场上一直顺风顺水，几年的工夫升为机务段副段长。但他并不满足此职位，平时对职工傲慢至极，事事都要自己说了算。观亭的录用是通过关系硬塞进来的，似乎引起他心中的不悦，但他又不好盲目地说什么。

这时李全与观亭一起进了宋昆的办公室。李全开门见山地对宋昆说："宋段长，前天说录用的王观亭来报到。"

观亭接着对宋昆说："段长，您好，我是王观亭。"

宋昆仰头上下瞅了观亭一番，把脸一沉，边吸烟边问观亭："上过几年学？家住哪里？父母是干什么的？"观亭听了，回答说："只读过小学四年级，住在经六路。宋段长，俺妈一直在家，俺爸在卸货场卸货。"观亭刚说了这些，见宋昆没说话，就停了下来。

宋昆一扭脸，对李全说："那个叫张忠厚的人是干什么的？你认识吗？"

李全就说："我不认识，说不清楚。据说这人与省党部张主委有关系，也是赵局长的亲戚。"

宋昆沉默无语，想了片刻，把手中的烟头抛在地上，不再说什么了。由于单位上层关系错综复杂，盘根错节，宋昆一时无法分清楚。

宋昆抬头看了观亭一眼，然后对李全说："王观亭安排到你车间工作，暂定工种为钳工，从今日开始给他考勤。"

"好的。"李全答应着，随后两人离开了段长办公室，李全领着观亭去检修车间。去车间的路上，观亭的心情仿佛开了锅的沸水一样翻滚着。他想：从今天起，他有了一份真正的工作。其实，他从小到大，上学很少，他对宋段长说上了小学四年级也多了。自从懂事之后，他除了去天桥拉套子、捡煤渣、干短工，其他什么也不会干。而从今天起，他有了工作，这令他异常兴奋。

要说机务段的地盘并不大，不一会儿，观亭跟着李全就来到检修车间。眼前的一切顿时使他惊呆了，只见高大的厂房内并排摆着六个等待检修的火车头，有的火车头上方还不时地喷吐着蒸汽，发出巨响。几个工人师傅正趴在火车头下边的地沟里，手里拿着工具，不停地忙来忙去。

在车间的上空悬挂着一架一条长龙似的行车，行车不住地吊着一件件笨大件，在工人师傅哨声的指挥之下，重物在车间内来回移动着。旁边就是机加工工房，机床正在加工工件，马达的轰鸣、砂轮的尖叫、各种机器粗重的轰隆声和蒸汽的怨怒声混成一团，震耳欲聋。

两人边走边看，一会儿就来到烘炉房。机务段有一座高大的烘炉房，房子外边是一座高高的黑烟囱。黑烟囱仿佛一根粗大的棍子笔直地耸立在厂区的上空，阴沉而威严。工房内有一座红砖砌成的冲天炉。李全和观亭缓步跨进工房内，只见冲天炉正通红通红地燃烧着。

这是观亭有生以来第一次看见如何维修火车头，特别是看到修理火车锅炉的场景，他真的被震撼到了。

两个工友光着膀子，站在熊熊燃烧的烘炉旁边，面对着烧得很旺的火焰，微微地眯着双眼，精神抖擞地正轮流用大火钳夹着，把一个个铁铆钉扔进炉膛烈焰之中。当铆钉被烈焰烧得通体红透时，一位炉前工用火钳将这个铆钉夹住又扔了出来，另外几个工友对准两块厚厚的钢板的两孔，随之把火红的铆钉塞到钢板孔内。两个师傅各自抡起手中的铁锤，狠狠地击打着铆钉。很快本来分离的两块钢板被铆钉牢牢地铆在一起。接着，又一个被烈焰烧红的铆钉出炉了。人们反复地这样忙碌着。

师傅们个个裸露着健壮的肌肉，面孔漆黑，满身油烟，汗流浃背，他们身上散发着一股股汗液和机油的味道。观亭看了，心里慨叹道：铁路工人真够辛苦的，但正是这些劳苦大众创造着这个世界呀！

两人观看了片刻，转身继续往前走。李全领着观亭熟悉一下机务段的整个情况和环境，然后两人来到了钳工班的工房——观亭的工作地。

钳工班的工房中央是一个木制大案子的工作台，工作台上，只见一个个台虎钳闪着银光。不远处是一个不高的铸铁划线台，上面摆放着拐尺、划线盘、刮刀、三角板、剪白铁用的大剪刀等工具。几个工友挥舞着锉刀，在工作台前忙着锉工件。换班的工友向李全打着招呼，个个都那么热忱，那么真诚。

观亭是一个新人，不免引起大伙的关注。有的师傅问观亭："从前干什么来着？"观亭听了，很不好意思地说："从来没干过什么技术活，只会下个苦力气。在天桥拉套子，混口饭吃。"有的说："小伙子，才参加工作，不会干活不要紧，俺教你，带你干。"杜成见观亭是李全的朋友，就帮着观亭找来一套旧工作服，给观亭穿上。钳工张卫国、冯俊、万春生三人给观亭讲解机务段的工作规程，介绍钳工维修的任务。大伙对观亭的热情帮助使观亭深受感动。一会儿，李全严肃地对观亭说道："王观亭，从今天起，你就是一名铁路工人，你要好好地向工友们学习。"他指着其中一个钳工案子说："这以后就是你的岗位，你工作的地方。"

观亭不住地点头，答应着说："李师傅，你就放心吧，我一定会干好自己的工作。"李全听了，也点了点头。

十二

这天天刚黑下来，周成的脑海里一直在考虑，是否找王武一趟。他正要出发，突然外边有人急促地敲门。听敲门的声音，他敏感地分辨出是自己人，于是就马上走去开门。开门一看是武新。本来就不高的武新不仅神色匆忙，而且气喘吁吁，一片慌乱，此时的她急急忙忙跨进院内，见四处无人，便开口对周成说道："不好了，周成同志！敌人又在抓人。秦书记、王武刚从曹家巷转移，秦书记紧急通知所有党员赶快临时躲避。刚得到上级的紧急通知，不少同志被捕了，党内出了叛徒！"

武新紧张得时断时续，喘不过气来，右手和牙齿也有些颤抖。她的双脚似乎都站不稳了。

"这个叛徒是谁呀？"周成急忙问道，他把武新让到屋内坐下。

"市委干部、党的理论教师尹衡舟！"武新说。

"不可能，尹衡舟对马列主义理论掌握得很好。前不久，王武同志还说，尹衡舟不止一次地为党员讲过《共产党宣言》，他讲得娓娓动听，他是我们党少有的理论家。他怎么会叛变呢？"周成说。

"周成同志，消息千真万确！杨德芳、袁保明两人就是他领着特务到学校抓走的。我和另外两个女同学当时未住校，回校后，看门的叶大爷亲眼所见，告诉了我，我总算免遭这一劫。秦书记让我通知你转移。"

"党的高级领导也有被捕的吗？"

"有。"

"他是谁呀？"

"不清楚，可这消息千真万确的。还有在狱中叛变的。"

"那谁来领导咱们开展工作？"

"党中央会立刻指派新的领导人来济南，重组领导班子，这一点你不用担心。这些是秦书记告诉我的。尹衡舟在上海开会时被捕叛变了。他潜回济南，带领国民党特务，破坏了团省委和济南市委机关。于是不少同志被捕了。"

听罢，周成想：未与王武联系才几天，竟发生了这么大的事。无数同志的被捕和一连串令人心灰意冷的打击，使他除了震撼之外，只剩下深深的迷茫。他的心失望了，他的眼前一片漆黑。真是欲渡黄河冰塞川，将登太行雪暗天。眼前一片茫然。革命真的走到了尽头不成？

他又想：尹衡舟怎么会走到叛党的地步呢？他问武新："尹衡舟不是很懂革命理论吗？他对列宁主义'不断革命论'讲得很透彻，他怎么可能会成了叛徒？这真令人不能理解，不能接受。"

倒是武新做了精辟的回答，她说："周成同志，这是革命斗争的规律，每一个历史的关头，都在考验着我们。我们不能只看某些人讲革命理论冠冕堂皇，头头是道，而是要看他的行动。革命就像惊涛骇浪，洗礼着每一个人。尹衡舟的叛党也很正常，不足为怪。这叫大浪淘沙。"

这时周成对武新说："小武同志，你说得太好了，也太对了。有些党的干部在狱中叛变，尹衡舟的叛变也不奇怪。革命真如江河奔流，时时刻刻考验着我们每一个同志的革命意志和对共产主义的信仰。"

武新说："周成同志，你说得对。眼前，你要临时躲避一下。"

周成说："小武同志，我有地方，王进住在中大槐树街，我马上告诉他。"

武新说："秦书记根据上级的指示，调我去洛口工作。具体事宜到那里再听组织分配。我要说的就这些事。我不能再待了，我需要马上就走。"

"好，路上注意安全。"周成说。武新走后，周成也立刻锁上大门赶紧去找王进暂时躲一躲。

十三

时间过得很快，冬去春来，湖畔泉边，路旁园中，那一棵棵垂柳一骨碌苏醒过来，枯瘦的柳丝顿时泛起新绿，冒出鹅黄的柳芽。又一转眼，大树纷纷披上绿云，随后整个城池一片落英缤纷，万紫千红，接着大地就变得炎热起来。当地人幽默地说：济南的春天真美，可惜就是春脖子短。

这天中午，王武通知周成，让周成通知王进下午四点到四里山北的王鸿一林园召开党员紧急会议。周成听罢和王进一块儿到约定的地点参会。

那么王武为何选王鸿一林园开会呢？千佛山是济南著名的景点，

千佛山往西南方向有一群小山，最矮的山叫四里山。说起这山为何叫四里山，老济南人都知道，它是指从济南老城西门算起，至这座小山的距离是四里路，所以叫四里山。

四里山往南有几个连绵不断的大小山峰，依次是马鞍山，再往南相连的是五里山、六里山、七里山。这群小山就像千佛山的小兄弟一样，耸立在济南的南郊。山间环抱中，坐落着八里洼、土屋、张安、十六里河等几个小村。在四里山北边山脚下是一片平坦的农田，还有一个大林园，叫王鸿一林园。

王鸿一林园内，北边是四间茅屋，林园的周围是由桑榆树木构成的疏篱。篱笆外是一片麦田和瓜地。林园内有十几棵雪松、翠柏，还有各种果树，靠近山脚处是一片灌木丛。

这一片林园的主人叫王鸿一。据说，王鸿一乃是济南府的一位名士，后因对朝廷腐败无能产生不满，回乡归隐。回济南后，购置了这片园林，晚年在此隐居静养欢度时日，颐养天年。

眼下王鸿一早已辞世，只落下这一片僻静的园林。周围村庄的农人终年忙忙碌碌种地，平素很少有闲暇到这里游玩。即使是济南府的人，由于济南是天下泉城，城内景点甚多，如大明湖、趵突泉、黑虎泉、五龙潭、舜井等，平时人们哪还有心思逛这王鸿一林园呀。偶尔只有王鸿一的同族旁亲来看一下，因此虽然这里环境幽静，却很少有人驻足。

这里非常寂静，只有那灌木丛里几只小鸟时而叽叽喳喳地吵闹一番，声响极弱。林中的四间茅屋由于多年失修，当年结实的房顶，现在中央已经露出了一个大洞，夏秋下雨时，屋内漏雨厉害，无法避雨，所以只在晴天时，这个地方倒成了一个僻静之处。

王武来过这里几次，他发现这个僻静宝地是一个很好的会议场所，于是告诉了秦卫一书记。秦书记听后立刻来这里查看，觉得这里场地宽敞，比较安全，尤其是能有效地避开特务们的视线，也不像城内那么炎热,然后两人最后商定,在这里召开一次紧急党员会议。

林园茅屋中央放着一个石桌子和四个石凳子,这是专为游人下棋准备的。秦书记第一个来到这里,他坐在一个石凳上,一脸严肃,沉默无语。接着梁梦明、张元修来了,不一会儿,王武来了,武新来了。还有一个大高个子的人,他是新城兵工厂的党支部负责人张永平,还有一个叫宫哲的,也是属于新城支部的,都来了。这是一次联席会议,由秦书记传达上级精神。

周成和王进来到之后在一个角落里找了一块石头坐下。周成见来人都神色严肃,现场气氛十分紧张,顿时有一种不安的感觉,似乎又要有大事发生了。

大家默默地等候开会。王进从口袋里掏出一支烟,点着慢慢地吸起来。

秦书记眉峰紧蹙,环顾了一下四周,见人已到齐,他挥了一下右手,让同志们往石桌跟前凑一下,接着,同志们都移了一下位置。

秦书记严肃又悲愤地说:"同志们,我现在宣布正式开会了。我首先说个重要情况,党内又出了一个大叛徒!现已证实,党内一个叫曹志元的已叛变投敌。" 他忍着极大的愤怒,气愤地攥紧了拳头朝前用力一挥,接着说:"作为党的高级干部竟带领特务和捕共队抓捕了正在开会的省级数名高级干部呀。随即胶东各地区的党组织都遭到严重破坏。同志们,这是多么严重的事呀。我还要说的是连我们与北方联络的交通员也被捕了。他是唯一与上级联络的交通员,这样我们基层组织与上级联系已完全中断。"

周成震惊了,所有在场的党员十分愤怒。大伙纷纷表示:"秦书记,马上向上级反映,要坚决处决这个叛徒!""我们强烈要求党组织坚决处决这样的坏人!"

张永平气愤地站起身来,说:"让曹志元得到与历来的叛徒一样的可耻下场!"

秦书记让大家静静，又说："目前我们不少的党支部都陷入瘫痪。现在我们与上级失去联系，连向上级反映情况都无法进行了。"

听完秦书记这些话，大伙真的惊呆了，没有了党在前头指引方向，下一步我们的革命该如何进行。

王进听了秦书记的话十分震惊和害怕。他觉得似乎明天自己也有可能被捕入狱，然后与邓恩铭、刘谦初、刘晓浦、刘一梦等人一样，押到纬八路侯家大院被处决。恐惧已使他神色黯然，他的心在不停地颤抖。他老家还有父母双亲、老婆和一个刚刚两岁的女儿。他是家中的顶梁柱，全家人都期盼着他不要再卖草药，安全回家。他媳妇曾对他说："王进，你不要再乱闯荡了，别再跟共产党闹什么革命，这种事只是梦想罢了，根本不可能实现。混来混去，结果只能送上自己的一条性命。" 就在这时，他只是低着头吸烟，一声不吭。这种沉重的打击感，打在他的心头上，让他对未来失去了信心。

武新说："同志们，党的印刷厂也遭到破坏。当时我正在洛口袁庄印刷厂干活，突然印刷厂被特务包围，从印刷厂大门口闯进了十几个人。我认识其中的曹志元，还有特务头子刘耀庭，这些人冲进厂办公室就把一个党员抓走了，然后乱砸一气，破坏了整个印刷厂的机器。"

秦书记接着说："同志们，我们应该认真地思考一下，曹志元的叛变投敌绝非偶然。我们要认真总结这次的沉痛教训，党组织内部以至领导岗位混进了一些革命意志不坚定分子和坏人，才给党组织造成了极大的破坏。曹志元就是一个典型坏人，他入党动机不纯，只为升官发财，生活糜烂，追求享乐。在党极端困难的情况下，同志们交的党费，他任意挥霍，买留声机，吃、喝、玩、乐，哪有一个共产党员的品质呀？"

讲到这里，秦书记停了下来。他从书包里掏出一份《国民日报》让大伙看。他说："曹志元这个叛徒已经在报纸上登出了自首宣言，民众反响十分强烈，市民议论纷纷，说'这样的共产党干部还不如一介草民'。"这时在场的党员都传阅着该报纸。随后不少人说："今后发展党员一定要严格、慎重，决不能再让坏人混到党内来。"

梁梦明说："我记得几年前的一个叛徒，曾领着特务埋伏在经四路三里庄，在一家民居里抓走了刘一梦，捣毁了《晓风》周刊社。然而这一次破坏的面积太大了，损失面也太宽了。"

周成说："刘一梦是多么优秀的共产党员，还是青年作家，他所写的《失业之后》，鲁迅先生看过曾经称赞不已，我特别喜欢看。还有他的《雪朝》，写的是农民暴动，主人公是共产党员。主人公被捕后，面对敌人的严刑拷打，从不屈服。上一次叛徒叛变毕竟被捕的党员少，而这一次曹志元的叛变投敌，对党的破坏太严重了，连我们与上级党组织联络的交通员也被捕了，割断了我们与上级党的联系，没有了指引方向的党组织，我们革命的路怎么走呀？！"

秦书记说："这个教训一定要接受，发展新党员一定要慎重，不能再让坏人钻了咱们的空子。当前我们的处境很困难，白色恐怖十分猖獗，我们又与上级失去了联系。同志们，我们一定要坚定共产主义的信念，以不屈不挠的斗争精神，开展艰苦卓绝的独立斗争，恢复发展党组织，千方百计寻找上级党组织。大家要群策群力，想办法抓线索。"

大伙都静静地听着，沉默无语。有的双手托着腮，有的蹙着眉，有的执着笔，有的抱着膝，大家都静静地凝思。同志们的心情十分沉重，每一个人都懂得，大家就好像大海里航行的一只航船，上级党组织就像北斗星，船航行要靠北斗星指引。然而今天，夜幕中找不着北斗星了，船航行就没有了方向。每一个共产党员都担心迷失方向，同志们内心非常焦虑和不安。

秦卫一继续说："同志们，我们要马上行动起来，寻找上级党组织，哪怕是一丝信息，我们都要追。三天之后，同志们还在这里按时碰头，汇总信息。会议到此结束，同志们开始分头行动。"

随后大伙匆匆散去，周成与王进一块儿往回走。周成边走边对王进说："王进同志，你在济南待的时间长，你可有点头绪？"

王进说："周成，我想跟你说句心里话，依我看，中国革命没有什么希望了，连党的老革命都叛变投敌了，这就是一个有力的证明。党组织一次次地遭破坏，还有什么希望？现在连与上级的联系都中断了，我真看不到一点希望……"

周成就说："王进同志，我说说自己的想法，我自从入党那天起，就坚定地树立了共产主义信念。尤其在当前这种十分困难的情况之下，咱们更要携起手来，经得住这场严峻的考验。我相信，只要咱们努力一定能找到党组织。你说呢？"

王进听罢不吱声，只是说："你说吧。"

周成继续说："革命如潮，有起有落，咱们不要只看见眼前的困难呀。王进同志，你要树立起信心，不要悲观失望。"

然而王进什么也不说，仍然只是低着头，两眼看着路面，走自己的路。

十四

自从开过第一次王鸿一林园会议以后，每个共产党员的心里都十分迷茫。那种感受犹如漫漫长夜，翘首仰望着夜空，却没有一丝星光，一切行动迷失了方向；又像一个未成年的孩子，突然离开了母亲，一切行动如履薄冰。许多党员终日焦虑，忧心如焚，寝食难安。

党员与党员只要一见面，相互问候的第一句话就是："你有信息吗？"但得到的大多是："还没有呢。"

在这种情况之下，秦卫一与一乡师的王武、梁梦明，还有新城兵工厂的张永平经常开碰头会。周成也经常参加。

秦卫一说："我是这样想的，越是环境艰苦，越是在考验着我们每一个共产党员的革命意志。我们要在严酷的形势下，独立坚持斗争。同时千方百计抓紧寻找上级党组织，抓紧恢复和发展党组织。我们党支部要成为摧不垮的战斗堡垒，成为白色恐怖下的一颗闪光的红星。为了革命事业，我愿贡献出自己的一切。我相信，总有一天，我们一定会找到上级党组织，中国革命一定会取得最终胜利。"

其他同志都非常认同秦书记的看法，周成也非常赞同。凭着对革命事业的忠诚和对共产主义的信仰，在与上级党组织完全失去联系的情况之下，同志们独立地坚持斗争，不断恢复和壮大党的队伍。

即将熄灭的星星之火，又掀起燎原之势。革命的火种越烧越旺，经过一段时间积极慎重的努力，济南已恢复重建了九个党支部。为适应革命斗争的需要，在秦卫一的领导之下，在南郊王鸿一林园又召开了支部会议，发展了五名党员。支部会上号召全体党员团结起来，发展和壮大党组织。

周成自始至终参加会议，每次会后他的心都踏实许多。

为寻找上级党组织，尽快恢复与上级党组织的联系，支部大会发动所有的党员利用各种关系，寻找上级党组织。

从此，从齐鲁大地的农村小路到胶东半岛的海滨，到处都留下了济南共产党员的足迹。

秦卫一安排主力，分兵北平、上海、泰安、青岛，同志们满怀希望踏上征途，然而几天之后，又都失望地疲惫而归。虽然如此，每个党员并没有失去信心，同志们始终怀着一颗赤子之心，在努力寻找着上级。

秦卫一在与范明枢老师聊天时，范老师肯定地说："党应该还在！只是不知道具体的位置。因为这是核心秘密。这不，上海的《申报》还登着蒋介石围剿共产党的消息呢。"范老师用右手指了指正看着的报纸。

秦书记听后,把消息告诉了每个党员,大伙群情振奋,更加坚定了他们寻找党的信心。

周成为一时寻找不到党而焦急不安,经常失眠。深夜里他两眼仰望着昏暗的屋顶不停地发问:"亲爱的党中央,你在哪里?"他回忆起自己的过往,当初自己为了加入党组织,从学校逃往沂蒙山,经历了崎岖坎坷之路,最后终于找到了伟大的党,实现了自己的愿望,成为党的一员。今天又面临着这么严峻的形势,基层党组织与上级组织联系中断。党就像一艘航母,党的领导就是航母上的舵手,舵手指引前进的方向。现在脱离了党的领导,党的基层组织就像盲人一样,行动失去了方向。但是,他坚信,通过广大党员的努力,他们一定会找到党的。于是他下定决心,努力为寻找上级党组织出力。

周成反复琢磨后,认为党中央一定还在上海。当初中国共产党就诞生在上海,上海市区大,便于开展工作,去上海找党中央没错,所以他决定去上海。

可是他又一想,自己没有路费。他和王进一起卖中草药,王进掌握着财权,周成虽然努力跑生意,找客户,销售量大,但是王进每月只给他生活费,其他一点钱也不分给周成。因为都是党员,周成并无怨言。于是,他经过再三考虑,决定邀王进结伴一起去上海寻找党的线索。同时也可以跑一趟中草药生意。随即他把自己的想法告诉了王武和秦书记,争取领导的意见。领导听了,非常支持周成。

当天下午,周成就去找王进商量。前段时间,为了便于工作,周成临时找了住所,搬离了王进家。他离开自己的住地往西走。这里离王进的家很远,王进住在济南西片区中大槐树街。将近一个小时之后,他徒步走到了中大槐树街。

那是一条小街陋巷,在这以前,他为了生意曾三番五次地来到这个地方。他知道,王进院里住着两户人家,一户是北屋王进家,另一户住东屋,是卖豆腐脑的老杨家,周成与老杨也见过几面。

这时他在门口停下脚步，不知为什么他心里有些莫名的慌乱。他抬头一看，院子大门敞着，院子很小，很浅，像个小夹道儿，他一步就跨进门槛，但只见北屋的门紧紧关着，已上了一把大铁锁。

他呆呆地站在院门口，此时东屋里的杨大嫂在家。杨大嫂见有人来了，没有出门口，只是探着头，扒着窗子问他："你找谁呀？"

周成回答说："找北屋里的王进。"杨大嫂却说："王进现在不住这儿啦。"周成听罢，赶紧接着问道："王进搬到哪里去啦？"

杨大嫂没有回答地，只是说："王进的媳妇让我告诉你，王进得了病，回老家治病去了。从此以后请你不要再与他联系什么生意了。"

周成听罢，一切都明白了，革命考验着每一个人，而王进没有经受住考验。杨大嫂还很客气地让周成到东屋里坐一会儿，周成说："不用了，我先走了。"随后转身离开了中大槐树街。

十五

周成离开中大槐树街后，一边走一边想：王进入党好几年了，怎么革命意志这么不坚定，说变就变了呢。他感到自己有一定的责任，平时忽略了对王进的帮助。另外，两人的生意，一直是王进掌握着财权，他这一失踪，一切钱物都没有了。周成身无分文，王进此举让周成十分伤心，生活上也十分尴尬。

转念周成又一想：自己已下定决心去上海寻找党的线索，眼下就是砸锅卖铁也要去，没有路费想方设法凑钱、借钱也要去。他默默地下决心，要为寻找党组织贡献出自己所有的力量。

思来想去，这一次去上海，是要出一趟远门，不知何时归来。这次不同于上一次逃往沂蒙山，于是他决定先去表姐桂香家话别，以免表姐事后挂念。

已经有好些时日没见表姐一家人了，尤其是王观亭更让他放心不下。

这天晚上天气还挺热，小胡同更是没有一丝风，闷热得很。热气就像针似的直钻人的毛孔，汗就像变热的胶一样涂在人身上，让人浑身难受。

当他跨进表姐家大杂院的门时，已经是晚上七点多钟，王振奎一直在南边床上躺着。王振奎在货场干活休息时，不少工友与他聊天时都说近日社会上传出消息，韩复榘逮捕了一批又一批共产党员，绝大部分人都被执行死刑了。王振奎就坐在工友身边静听着，心里总为周成提心吊胆，生怕周成被捕，发生意外。今晚见周成来家探望，心里一块石头总算落在地。因此，周成一到，王振奎赶紧张罗着给周成倒水喝，右手拿着一把蒲扇不断扇着。

王观顺对这位表舅的到来很冷淡，内心里多是抱怨。他想：为什么表舅只为观亭谋求了一份工作，却不为自己找个好差使，今晚见周成来了，心里虽有牢骚，但又无法说出，就躲躲闪闪地出去了。

西屋里只有陈桂香和观亭忙着糊火柴盒，见周成来了，桂香很高兴，她立刻停下手中的活儿，起身洗手并吆喝观亭给周成倒水让座。接着就问周成吃过晚饭没有，周成忙回说已吃过了饭，桂香这才没再忙活。

借着昏黄的煤油灯光，周成忽然发现这些天不见，桂香的黑发中出现了不少的白发。表姐笑的时候不光眼角的鱼尾纹多了，而且鼻梁上也起了一些褶子，表姐忽然变老了。

这时桂香走进里间屋，弯腰从床底下拿出一双新布鞋，随后让周成试穿，说："你穿穿试试，这是俺早就给你做好的，就盼着你来拿。你怎么这么长时间也不来了呢？"

周成把新布鞋穿上，试了试，挺舒服，就说："鞋挺合适。这一段时间生意忙，没有空闲时间来，过几天要去上海一趟，所以过来看看。"

陈桂香说:"忙就好,比不忙好。这双鞋走时拿着,去上海时穿上。"接着又问:"去上海干什么?"

周成稍微想了想,就说:"上海人喜欢吃阿胶,准备去贩一趟阿胶。"

观亭这时上前递给周成一碗白开水,让周成喝。周成用右手接过碗来,一扬脖子,将水喝下。观亭向周成使了个眼色,对母亲说:"妈,屋里太热了,俺和周成舅舅出去找个凉快地方拉拉呱。"陈桂香说:"你个小兔崽子,少糊弄我。你愿意与周成舅舅凉快去,就出去吧。"

观亭看了娘一眼,狡黠地一笑,从方桌上拿起两把蒲扇,回头喝了一碗白开水之后,就往门外走。

周成忙脱下新布鞋,重新穿上那双旧布鞋,两人随即从西屋里出来,来到胡同口,走到马路对面一棵老槐树底下。周成就坐在一块石头上,观亭坐在另一块石头上。

老槐树阔大的树叶遮盖着他们,路灯只能照亮观亭的下半身,却照不到他赤裸壮健的上身和整个面孔。周成整个人都躲在树影里面,沿街的过路行人都看不清他啥模样。

有好几天没有下雨了,马路上闷热得厉害,树梢一动不动,没有一点风。观亭递给周成一把蒲扇,看看周围没有行人,便凑到周成跟前,低声对周成说道:"不好了,舅舅,我告诉你一件大事,我师傅李全几天前被捕了。我想马上告诉你,却没法找到你。"

周成听后双眼紧盯着观亭,接着就问他:"怎么回事?"

"那天是星期一早上,我刚到段里上班,突然来了十几个特务把机务段的大门封了。其中几个人就径直闯进车间办公室,李全师傅正在向工友交代生产任务,特务当场就把李师傅抓走了。"

"去的是些什么人?"

"我都面熟,其中领队的那个人就是在大观园摔跤的赵云亭,还有他手下的那几个打手,这些人来势汹汹。当时李师傅就问他们:'你们凭什么乱抓人?'赵云亭说:'当然有根据,那姓曹的提供的名单有你。'李师傅说:'我不知道什么姓曹的。'赵云亭又说:'你不知道就不知道吧。你少啰唆,马上跟我走一趟。'随后上来几个家伙就把李师傅抓走了。

"我非常气愤,工友们也很气愤,我就领着钳工张卫国、冯俊、万春生,还有几个工友一起去找段长宋昆,问他政府为何乱抓李师傅。当时宋昆板着脸说:'这个理由还用我说吗?李全是共党分子!'

"我问:'李师傅犯的啥罪?难道宣传抗日救国也有罪?'宋昆把脸一翻,说:'你是那个李全介绍来的吧?看来你也是共产党,你要不老实,我也把你送到警察局里反省。'随后宋昆又说:'李全确定为共党分子,蒋委员长一再指示灭共剿匪,宁可错杀,不可漏网,这是党国的要求。'他说话挺冲。

"我没有再与宋昆顶撞,就与工友走了。这是什么社会呀?社会太黑暗了,我憎恨这个黑暗的人吃人的社会。"说到此处,观亭才停了下来。

周成意味深长地说:"通过这件事,你就认清了这个社会。从山东局部看,国民党反动政府十分猖獗,很多共产党的组织遭到镇压、摧毁,不少党员被关进监狱,惨遭杀害,但是革命的发展是要看长远发展的,咱这里只是暂时受到挫折。在南方,中国共产党已经在江西成立了中央临时政府,红军还存在,而且取得了节节胜利,革命正在进行中。"

"舅舅,自从看了你给的《共产党宣言》,我就看到了希望,这本书我看过不止一遍了,你的一些行为让我明白了,你一定是共产党员。我就想跟着你干革命。舅舅,你能帮我加入中国共产党吗?"

周成听王观亭这么说,心里十分高兴。他开始启发观亭,说道:"观亭,你想过没有,中国共产党是为解放全人类而奋斗的,党的最终目标是建立共产主义社会。可是当前蒋介石在拼命'灭共剿匪'，到处布网抓捕共产党员。在这个节骨眼上，你要求参加共产党，随时随地都有生命危险，难道你不怕死吗？"

观亭斩钉截铁地说："舅舅，我向你保证，我不怕死，一个人活着要有意义才行，我不能这样活着，我坚决要跟党走，参加革命。我请求你介绍我加入共产党。我看韩复榘虽然凶恶，但是敌人再凶恶也不会多长久了，革命形势很快就会有转机。"

"好的，观亭，你写份入党申请书给我。你抓紧时间把申请书写好，从今天起，你要以一个中国共产党党员的标准严格要求自己。时时事事，一切服从党的领导，拥护党的纲领和决议，为革命事业贡献出自己的一切。"

王观亭一边听周成说话，一边用蒲扇轻轻地拍打着树下的蚊子，他的心激动地跳个不停。他说："舅舅，你说的话我都会牢牢地记在心里。我保证，我一定做一个合格的共产党员。"

周成又说："好的，我马上去上海执行一项重要任务。回来之后，咱们再好好地商量。"

观亭听周成这么说，立刻跑回屋内，一会儿回来时从自己的口袋里掏出三块现大洋，递给周成，并说："周成舅舅，这是我工作之后攒的钱，送给你，你在路上用。"稍微一停顿，观亭接着又说："我叫俺妈给你蒸上一锅干粮，你带上。你一路上千万多加小心，上海那里的特务一定比济南多得多呀。"

周成说："这些我能想到，你放心吧。你一定要多学习，待我完成任务就回来，咱回头见。"

"好。"观亭说。

这天晚上，周成离开表姐家时，已经很晚了。

十六

第二天一早,周成吃罢早饭,就去一乡师找王武汇报昨天发生的事情。两人在校外找了一个僻静的地方坐下,周成从头到尾把王进的情况,做了详细的汇报。王武听罢,长叹了一口气,说:"王进的思想变化,你、我作为一个共产党员都有责任呀,我觉得平时咱们工作不细心,生活上对他关心也不够,这是一个方面;但主要还是他本人思想发生了巨变。这里必须说明的是一个人思想上入党是一辈子的事。每个共产党员,只有真正思想上入了党,才会有坚定的共产主义信仰,才会经得住各种大风大浪的考验,不然就容易掉队。党员不仅要形式上入党,更重要的是思想上入党。我们要接受这件事的教训,今后要加强对党员的教育和帮助。"

随后周成又谈到昨晚去王振奎家,王观亭要求入党的事。王武说:"这件事很好,你要抓紧帮助他,使他树立正确的入党动机,进一步考验他,待他思想成熟了,再吸收到党内来。"

周成听着,不住地点头。最后周成与王武商量起寻找党的线索一事,王武说:"上一次党员开会,同志们热情可高涨了,个个摩拳擦掌表示决心,现在都在分头行动。"周成激动地说:"我原来想与王进一起去上海,想不到他竟失踪了。我不管他了,就是一个人,我也决心去上海寻找线索。我就是跑遍祖国所有的角落,也要找到党。"

王武说:"周成同志,你去上海的路费怎么办?"

周成接着说:"昨天晚上,王观亭听说我去上海执行一项重要任务,就给了我三块现大洋。"

王武说:"周成,这哪够呀!我考虑这样,你在家等两天再说。我先和秦书记商量一下,有什么情况我会找你,就这样吧。"周成点了点头。

晚上已经很晚了，周成翻来覆去睡不着，望望窗外，天空黑洞洞的，看不见星光，也没有一点月影。坐在床上，借着灯光，他又开始阅读那本不知道读过多少遍的《共产党宣言》，然后合上书本，他想起自己的经历，又想起党对自己的培养和入党誓词，心潮澎湃。亲爱的党呀，您到底在哪里？我虽然是您大家庭中的普通一员，但是我热爱您，我天天挂念着您！我不怕千辛万苦，哪怕跑到天涯海角，也要把您找到，这里的同志们天天盼着能听到您的声音呀。

这一夜，周成很晚才入睡。

没过两天，这天上午王武来找他。一见面，王武激动地告诉周成："对于你要去上海的事，秦书记非常重视和肯定，不少党员得知你要去上海，表示坚决支持。他们纷纷出钱，给你凑路费。还有范明枢老师也慷慨解囊。党内其他同志也四处借钱，给你凑盘缠。这件事充分体现了同志们的关心和对党的事业的热爱。"

周成听后十分激动，他哽咽着对王武说："王武同志，请你替我好好谢谢组织的关怀和同志们的帮助，我去上海，一定不辜负同志们的期望。"王武说："周成，你努力吧。同志们都有一个共同的目标，就是尽快找到党。"说话之间，周成给王武倒了一碗白开水。王武就把大伙凑的钱交给了周成，接着两人又商定了启程的日期。对于上海之行，周成满怀信心和希望。

其实在未去上海之前，周成就耳闻上海十里洋场的风光，还有大都市灯红酒绿的繁华，都说上海是冒险家的乐园，自己一定要小心谨慎。临行的那天下午，秦卫一、王武两人一直送他到济南火车站。在一僻静处，王武对他说："周成同志，这次上海之行一定要谨慎行事，到了那里，如果遇到困难，就到上海虹口区祥德路七十号，那里有一位姓张的，此人是我的老乡。我们从小一起长大的，后来他去了上海，留在那里。你可以找他，他一定会鼎力相助。"周成听了，连连点头，说道："好，好。"秦卫一也再三叮嘱他："上海是国民党反动派统治十分深固的地方,那里会有许多特务,一定要善于分辨,多加注意人身安全,千万别暴露了自己的身份,要严守党的机密。即使寻找失败也不要紧,我们还可以再寻找。只要我们抱定决心,找不到党组织决不罢休,我相信,最后一定会找到的!"周成谨记大家的每一句嘱咐,与秦书记和王武一一告别。很快他进了站,接着上了火车,开始了上海之行。周成找了一个硬座坐下,脑子里不停地设想着到上海可能发生的一切。

列车在大地上飞驰着,周成透过车窗,只见夜就像化开的墨汁一样漆黑。这一夜他一直没有合过眼,直到天通明大亮时,列车终于到达了上海站。周成迅速收拾行李下了火车。在离车站不远处,有一条小街叫虬江路,那里有一家旅馆叫五洋旅馆。他就在此处住下,简单吃了自己带来的煎饼,开始了一天的工作。

周成徒步走到南京路,只见这条繁华的大街上人很多,车水马龙,拥挤不堪,操着各地口音的远道客人和当地人穿梭如织。他开始认真地寻觅着线索。他怀着一颗赤子之心,仔细观察,可是一天下来,一点有用的信息也未搜集到。第二天,他就继续扩大寻找的范围,结果还是一无所获。

转眼一周过去了。他身上所带的路费一天

天减少，为了节省开支，他开始尽量少吃饭，忍饥挨饿。这天下午，他来到上海金城大戏院转了一番，随后来到南京东路的外滩，坐在一块石凳上休息片刻。他只觉得肚子饿得咕咕直叫，由于近半月不停地跑路，他来时的那双新布鞋早已磨烂，脚板子刀割似的疼痛。

他抬头望着眼前的黄浦江和远处那一长道微微荡漾的海波，那大海仿佛正在夕阳下面酣睡。周成睁大眼睛看时，黄浦江就像一片没有声息的晦暗的深坑。有好几阵，海边含有盐分的空气和一股股海藻黏液的怪味一齐向他袭来，这种气味对周成来说很陌生。

这时有好几艘客船停在码头边，四五条小船来来往往招揽口岸上的乘客。远处一艘大轮船搅动着江水，船的后面拉一长条泡沫的余痕，就像刚打开的啤酒瓶似的不住地翻腾，随着轮船的航迹，一直拉到远方。

周成有生以来第一次见到这样的景色，在他看来似乎这更像一个梦，很快，他又恢复了心里的平静。过了一会儿，天渐渐暗下来，黄昏的黄浦江非常安静。忽然一阵腥风夹杂着淅淅沥沥的小雨点从江对岸吹了过来。他又嗅到一股又腥又咸的凉风，仿佛人血的味道。

他有些心烦意乱，这时从外滩不远处的电报大楼传来一阵一阵凄切悲凉的钟声。周成感慨万千，他默默地在想：上海很大，人海茫茫，党啊，我们往哪里去寻找您？党啊，您到底在哪里？找不到您，革命下一步将如何进行呀？革命的理想将怎么实现？完不成任务，我不想回济南，我只能继续寻找。想着想着，他真想痛哭一场，他已身心疲惫，心力交瘁，孤独的他默然无语。

过了一会儿，他坚定地站了起来，对自己说：周成，你别忘记自己是共产党员，就是遇到天大的困难也要继续找下去！

十七

　　第二天傍晚，周成缓步来到南京东路南边，观察着周围的情况。突然他发现一个人，那人在马路拐弯处的墙壁上，弯腰贴了一张小标语，随即就跑了。周成走到跟前一看，只见标语写着"打倒蒋介石！""打倒国民党反动派！""中国共产党万岁！"等口号。根据标语，他的第一个反应是：这一定是自己的同志在活动。于是他立刻追那个贴标语的人，他两眼紧盯着那人的背影，不料那人径直地往南跑去，而且跑得很快，他不由分说猛跑猛追。追了一段时间，一直追到一个叫徐家汇的地方，再看前边有一条小河，那人继续猫腰跑着，忽然往左一拐弯，穿过了一架灰色的小桥，那小桥底下还流淌着浑浊的河水。眼看着那人钻进小桥附近一座大院内，竟然不见了。

　　周成走到跟前，一看大院内有座绿色的西式洋楼，四周清一色的水磨石墙，墙下裙边是虎皮石砌成的纹理，显得十分富丽。大门口大理石台阶凿成西番莲花样。洋楼前两侧有无数棵翠竹遮映，进门是曲折游廊，台阶下是鹅卵石铺成的甬道，院内奇花烂漫，佳木葱葱。

　　当周成赶到这院门口时，就想继续往院里追，此刻突然从院里走出一个头戴灰色礼帽的中年人，一下子冲到周成跟前，一举右手，拦住了周成，接着问道："你是干什么的？"

　　周成猝不及防地说："我是找人的。"

　　"你找谁？"那人直接问道。

　　"找那个贴标语的。"

　　"你见谁贴标语啦？"

　　那人说罢，上前用左手猛地抓住周成的衣领，抡起右拳，就打了周成一拳。周成顿时蒙了，就说："先生，你为何打人？"

"阿拉就是要揍你！"那人说。

就在此刻，马路上又走来两个年轻人，往前围住了周成。那个头戴灰色礼帽的家伙，右手指着周成，大声地对两个来人说道："这个小子一定是共产党！错不了！"

周成听了这话，心里有些慌了，他马上反应过来，这帮人不是自己人，就说："弟兄们，千万别误会，千万别误会。说句实话，我只是一个做中草药的生意人。"

周成一边说，一边从挎兜里掏出两包阿胶让两位年轻人看，并且说："先生，你看看这是我带来的样品，滋补身体特别管用，尤其是妇女。"

两个年轻人看了看周成的打扮和阿胶样品，其中一个矮个子黄脸小眼睛的人对戴礼帽的人说："他怎么是共产党？我看他就是一个生意人。先生，你千万别轻易对这种老实人开政治玩笑，这种政治玩笑会要人命的。"

戴礼帽的家伙听罢，笑了笑，这才松了左手，瞪着两眼，上下左右打量了周成一番，摇晃着头，然后折回院中。

周成深深地松了一口气，对两人说道："谢谢两位先生。"矮个子黄脸小眼睛的人说："不必客气，都是出门在外的人，难免遇到烦心的事呀。听你的口音像是山东来的，是吧？"

周成说："是的，我是山东人。"

"我们也是山东人。没事，放心吧，有困难我们可以帮你。"

"谢谢。"周成说。

接着周成就与两人攀谈起来。此时周成忽然想起当初王武曾嘱咐自己对外要用化名，于是周成说，自己是山东临沂人，叫周强。两人也说，他们都是山东荣成人。矮个子说，自己叫张凯，另一个叫冯涛。原来都是山东老乡，老乡见老乡，两眼泪汪汪。张凯和冯涛因为四年没回山东老家，于是非要请周成一块儿吃顿饭不可，再叙叙乡情。周成也觉得能在大上海这他乡异地遇到老乡,算是很幸运,而且两人看样子挺实在,不像坏人,也就同意了。

在离他们交谈的地方不远处就是一家饭店,他们三人一起走进饭店坐下,张凯点了几个菜、果品等下酒之物,又要了两瓶白酒,三人喝起酒来。周成发现张、冯两人特别盛情,但是对他来说,他心中有数,他明白,他是带着神圣使命来上海的,他根本没有什么心思喝酒吃菜,他只想寻找一些信息而已。

三人喝了几杯酒之后,张凯就说:"上海社会秩序挺乱,近日不少上海穷人都没有饭吃。据传说是蒋介石到处说'有共无我,有我无共',共产党成了他的心腹大患。上海正拼命剿共,经常大逮捕,一个个共产党员被逮捕杀害,就连中共上海党的领导人,共产党的大头头,也被残忍杀害了。我亲眼所见,他临死时竟毫无惧色,大义凛然,高呼口号:中国共产党万岁!看来每个加入共产党的人就像走火入魔一样,面对死亡都毫无惧色。"

听到这些话,周成惊呆了。他本想了解党中央的信息,却得到如此噩耗,一时心中很难过。而他表面上只能装作若无其事的样子。

冯涛也说:"共产党在上海的地下组织,让蒋介石的人都一网打尽了。"

周成一直没有插话,三人沉默片刻,张凯开始问周成,说:"老周,你老家那里也闹共产党吗?"

周成说:"俺只是个生意人,根本没有工夫关心这些事,也不了解什么共产党。"

"你那里中草药生意好做吗?"

"不好做,所以才来上海了解一下情况。"

"你了解的情况怎么样?"

"这里和我老家一样,不好卖,钱太难挣了!"

"你想挣大钱吗?我有办法。"张凯很自信的样子,对周成说道。

"那太好了，我已经没钱吃饭了，你有什么好办法？"周成就问。

张凯又说："你如果能提供共产党的活动信息，现在上海这里国民党机关将有重赏，咱们都可以发一笔意外之财。我能保你有重奖。"

周成听罢，顿时浑身冒冷汗，连连摇摇头，说："真的，这个钱我挣不了，俺啥也不知道。"

这时候，周成突然从这两人的表情和言语中感到气氛不对头，有一种上当受骗的感觉，他开始怀疑张、冯两人了。莫非自己遇到了特务？

周成就考虑少与这两人交谈，正在此时，那个戴礼帽的人忽然又从外边向饭店走来。冯涛见这人走来，急忙起身走出饭店，两人就在附近一棵大树下低声交谈了几句话，然后他俩来到饭店内，冯涛就对周成说："周先生，你必须跟这位先生走一遭。"

周成有些愕然地说："他找我干什么？"

戴礼帽的人就说："你跟我走一趟，一会儿就晓得了。"

周成想脱身走掉，那人把眼一瞪，说："先生你不要害怕，跟我走就是了。"周成见势头不对，想跑已不可能，只好跟着这家伙走，他心里想：自己真的遇到特务了。

四人一起来到黄浦江附近的一条马路上，走到一个高门台阶前，只见门旁高高地悬挂着中国国民党上海市党部的匾牌，门口两侧站着两个身穿灰色警服的警卫，个个精神抖擞，肩膀上挎着装着刺刀的步枪，挺胸直立地站在门前，一动不动。

三个家伙向警卫使了个眼色，就带着周成来到院内一间宽敞明亮的审讯室，室内坐着四个人，其中两人戴着大盖警官帽，旁边两人像是书记员，在审讯室门口两边站着四五个警卫，个个荷枪实弹，全副武装地站岗。室内正中央桌子后面坐着一位四十多岁的主审官。周成刚进屋，还没站稳，这人就开始对周成发问："你叫什么名字？"

周成并不十分紧张，回答说："周强。"

"你是从哪里来的？"

"山东。"周成说。

"来上海干什么？老实交代。"

"做生意，了解中草药生意行情。"

"你是不是共产党？"

"不是。"

"那你为什么猛追贴标语的人？是不是共产党派你来与上海地下共产党进行接头？"

"不是，绝对不是。我因无钱吃饭，想抓住这个人敲诈他，要点钱吃饭。"

"你是共产党也不要紧，只要你照实交代，就会从宽处理。如果提供出共党的重要情报，我们会立刻上报调查科，将有丰厚的奖赏给你。绝不会亏待你，这一点你尽管放心，你就别再卖什么中草药啦。"

周成一直就说："这方面的事，俺啥也不知道呀。"

主审官一连问了周成两遍，周成始终说啥也不知道。见此情况，那位主审官干笑了一声，说："看来，你不老实。"他对旁边的人说："把他带走。"

简单的审讯结束了，接着进来了两个特务就押着周成走出审讯室，来到后院一个很大的房子里，门口挂着执刑室的牌子。两个特务对周成进行搜身，浑身搜了一个遍，结果啥也没有搜出来。

特务们厉声问："你真的是做中草药生意的吗？"

周成立刻就说："是啊，我已干了两年多。"

"今天你要说出共产党的活动信息，只要情况属实，这里的领导就真的重赏你。如果你说不出一点信息，你就麻烦大了。"

周成说："我是一个生意人，上海我是初来乍到，啥都不知道，老总，你们高抬贵手吧，把我放了，我好回家，家中还有生病的母亲没人照顾。"

特务们冷笑了一声，就说："我们可没有这个权力，你少纠缠。既然你说不出什么信息，就别怨我们不客气，只能动刑了。"说罢，特务们对周成立刻动了刑。

先是用竹鞭抽打，几鞭子下去，周成的背部、两肋就是一条条的血痕。周成紧咬牙关，特务们嘿嘿冷笑了一阵子，就说："小伙子，你只要说出共产党的任何信息，哪怕一件，我们就可以停下来。"

周成重复着说："我啥都不知道，让我说啥呀？"不管特务们怎么重赏诱惑，周成在思想上早做好了准备，一口咬定，自己是中草药生意人，其他一概不知。特务们从周成嘴里掏不出任何有价值的信息，最后只好作罢。

到第二天早上，特务们就将周成押送到上海淞沪警备司令部，在那里有一个反省院。所谓反省院是国民党专门对政治犯，特别是共产党的政治犯进行欺骗诱叛的机构。周成到了那里，刚进反省院房间，工作人员就给他一份《危害民国紧急治罪法》的文件，让周成好好看看，进行学习和反省。

周成说："我学习啥呀？我是一个生意人，没有犯法呀？"

工作人员：" 你要好好学习，你是共产党嫌疑犯。学不好，你甭想出去。"因为特务们没有任何证据证明周成是共产党，就一直把他关押在反省院里。半个月后，周成被释放了出来。

随后周成开始在上海街头流浪，身上已无分文，最后想找个临时住所也找不到。

此刻天已快黑了，他心里十分焦虑，但是仍然找不到地方住，夜里他只好跑到上海火车站候车室借宿。

忽然他想起临行前王武对他说的话，他就去了虹口区，找王武的那个同村老乡。他一拐一瘸地走着，终于来到虹口区祥德路七十号，打听姓张的山东老乡。邻居说姓张的山东人早就搬走了,也不知道搬到何处去。他再仔细问,邻居只说:"阿拉不晓得。"

周成只好在大上海转悠,忽然他觉得脚板子又痛了起来,简直无法走路,疼痛难忍。他精疲力竭地坐在马路边上。他的脚肿了,脚踝都看不出来了。两天以后,两条腿从脚一直肿到膝盖,彻底不能走路。他寻找党的线索不成,如今又病得不成样子。他想:自己此次上海之行,看来是竹篮子打水——一场空。

这天,他在虹口区发现有一家外科诊所,抱着试一试的态度,闯进这家诊所,向医生求救。这位中年外科医生问他是从哪里来的,他说自己为做生意从山东济南来,投亲不遇,带来的钱也已花光,又病了,请求医生看病。

恰巧这位医生也是山东济南人,周成想:自己又遇到家乡人,心里一阵高兴。医生看了他的腿脚,发觉病情挺严重,就先用酒精擦拭一遍他的膝盖,然后就从药房的一个罐子里取出一些深黄色的药膏给他涂在患处,又用绷带把患处包扎好。这样给他治疗完毕,也没有收费。周成非常感动,向人家说了不少感谢的话。这位中年医生非常善良,慷慨大方,还给了他一些钱,让他当饭钱。又过了三天,周成觉得腿脚好了很多。他感到上海这个地方,实在已无力再继续待下去了。

一天夜里,他悄悄地爬上了火车,疲惫地逃回济南。在那无歌的岁月中,周成为寻找党的线索喝尽了苦水,吃尽了苦头,险些被折磨死,最后他顽强地坚持着归来。他是党忠诚的儿子,一直无怨无悔。多少年过后,这次上海之行,仍然是他终生难忘的回忆。

十八

有一个多月的时间得不到周成的消息,秦卫一、王武等同志心里非常着急和不安。因为寻找不到党的信息，同志们忧心如焚。

秦卫一、王武马不停蹄地启程，两人又去了胶东，想通过莱阳党组织与上级联系上，结果没有寻觅到任何线索，随后他们辗转到莱芜，与莱芜党支部商量。两位莱芜青年学生党员自告奋勇结伙要去上海。他们让家中的父母变卖了一年的口粮作为盘缠，开启了上海之行。可是十天之后，他们也是失望而归。他们并没有因此灰心，继续又开始第二次上海之行，一连三次去上海寻找党的线索，还是没有收获。

苍天呀！为什么寻找党的线索这么难呀？！

又过了半个月，周成拖着狼狈的身躯和受伤的心，终于回到济南。他回济后，马上就去找秦卫一，发现秦卫一不在家，接着就去找王武。终于找到了王武。两人一相见，王武顿时愣了，本来风华正茂的周成此时满面风霜，疲惫不堪。王武心痛地往前紧紧抓着周成的手说："周成同志，这些日子，你在外辛苦了！"

王武又说："你见到秦书记了吗？"

"没见到。"

"秦书记出发了，过几天就该回来了。"

周成惭愧地说："王武同志，我辜负了领导和同志们的期望，我未能完成任务呀！上海之行，空跑一趟，而且差点人都回不来了。"

"到底怎么个情况，你慢慢地说。"王武问道。

周成开始对王武说起这次上海之行的详细经过。王武认真地听着。

周成说："上海的白色恐怖十分严重，蒋介石布下了天罗地网，到处逮捕革命同志，上海地区党的领导人就惨遭反动派的逮捕杀害。"王武听到这样的消息，也是唏嘘不已。

没过几天，秦卫一回来了，王武就立刻向秦卫一做了汇报。秦卫一得知周成去上海历经千辛万苦，险些丧命，依然一无所获，非常难受。

周成与王武分手后，回到自己的住处。有好几天他一个人一声不响地坐在小院内，深深地沉思，反复自省，琢磨着上海之行为什么失败。这天晚上，天气很热，院内静悄悄的，四周非常寂静。他手中拿着一把蒲扇不住地拍打着嗡嗡乱叫的蚊蝇。他端起一碗白开水，一扬头喝了下去。他两脚叉开，站在院中央，抬头仰望星空。他在想：党啊，您到底在哪里？为什么我们找您这么难？

忽然他想到学校将要放暑假，可以发动学生党员回家乡寻找党的线索，或许能寻找到蛛丝马迹。

另外他又想到田佩老师已去北平工作，可以写封信给她，委托她在北平寻找党的信息。他就回到屋子里写起书信来。

第二天一早，他就去找秦卫一。秦卫一一见周成，就问周成："有什么新情况？"周成说："书记，我建议我们要发动全面力量，群策群力，让放暑假的学生党员回家乡后，抓住一切机会，努力寻觅党组织的线索。" 秦卫一听罢沉思片刻，就说："这办法很好，我立刻下通知。"

党员一个传一个，全体回家乡的学生党员都顺利通知到了，每个党员对领导的要求都铭记在心。每个党员出于对党的热爱和忠诚，都行动起来了，都在四处打听和寻觅党的踪迹。

梁梦明从肥城农村回来，秦卫一问他有没有消息，他回答说："没有任何线索。"

几天之后，王武从寿光回来，也对秦卫一说："一无所获。"其他党员也在努力寻找党的线索，个个都说没有任何信息。

同志们个个像离群的雁，像没有娘的孩子，都很难过。

十九

周成从沂蒙山返回济南之后，经常联系的人就是王武。同时为了生计，和王进一起做中草药生意，和王进联系较多。到后来才逐渐接触了不少一乡师的学生党员，其中与郭永正关系最好。两人志趣契合，逐渐成了好友。

他俩有着不少共同点：一是两人都是从乡村来的。周成来自沂蒙山，郭永正来自鲁西南偏僻的乡村。二是两人都是共产党员，有着共同的爱好，都关心国事，有着强烈的上进心，都爱文学和历史。郭永正对古文及古代历史特别钟情。于是一有休息日，郭永正就爱去找周成交流，谈古论今，各抒己见。有时郭永正从老家回来，还捎些农村的土特产来给周成。

郭永正是一乡师青年学生中的共产党员，他思维敏捷，学习优秀，上进努力，对党忠诚，是学生党员中的佼佼者。这天，他刚刚从濮县家乡匆匆忙忙回到济南，就抑制不住激动的心情，跑着去见秦卫一。他匆匆忙忙跑到老东门街也未见到秦书记的身影，心里非常焦急。后来回到学校，在图书室门前，遇见了王永怀，王永怀告诉他："秦书记前一天已离开了泉城，又一次到外地去了。"接着他就找到了王武，随后见四处无人就对王武说："王武同志，我告诉你一个好消息。我在家乡濮县发现了正在活动的党组织。"

王武听罢，顿时兴奋起来，就问郭永正："你跟我详细说说什么情况？"郭永正就一五一十地述说起来。

原来郭永正的原籍是濮县古云集村，在鲁西南，属于山东辖区，却处在山东与河南交界的极其偏僻的三角地带，这里文化落后，交通不便，信息闭塞，百姓穷困，污吏横行，土匪猖獗，政治生态很恶劣。贫穷的农民很少有人能到外求学读书，郭永正成了古云集村唯一走出家门的"秀才"。左邻右舍对他家都羡慕不已。他的父母也为培养出这么一个好儿子而暗自高兴。

郭永正对党支部和秦书记号召的"党员行动起来,寻找上级党组织"的事铭记于心,非常重视。学校一放假,他就起身回乡了,开始搜索各地党组织的情况。因为家中劳力少,母亲身体又不好,他回家还要帮着年迈的父亲下地干活。

由于濮县地处鲁西南,交通很不方便,郭永正经过三天才回到家。父亲见儿子放假回来,非常高兴,母亲赶忙做好了饭,于是全家边说话边吃饭。饭后郭永正又与父亲聊起村子里的情况。父亲对他说:"原来古云集小学有个教私塾的郭克志老先生已年过五旬,只能教些《三字经》《百家姓》,像《四书》《五经》《孟子》都教不了了。就在半年前,郭老先生病故,随后古云集小学来了一位年轻的王先生。王先生待人和蔼,教学有方,而且有耐心,他一教,学生就会,同学们都很尊敬他。这位王先生平时不仅教书,晚上还对年轻的村民开办识字班,普及新文化。王先生教村民认字,还介绍中国的形势。"

父子说话之间,郭永正的同族兄弟郭永文来到郭家,郭永文是来看望郭永正的。郭永文进屋坐下之后,也不住地称赞王先生。

话题一转,郭永文问郭永正说:"你上学毕业后,将来干什么?"

"想将来当一名教书先生。"

郭永文又说:"咱古云集小学的王先生就很好,你可以先向他学习,他不仅教俺识字,还教俺许多的大道理,使俺知道了不少知识,明白了不少道理。"

郭永正就说:"永文哥,我将来也想当一名老师,与农村的孩子打交道。你领我结识一下王先生好吗?与他交个朋友,也可以从中学习到一些经验和知识。"

"那当然好,那我就领着你,咱一起见见他。"郭永文说。随后,两人一起来到村西北的小学。

八月的天空静悄悄的,小学堂周围长满了蒿草,因为没有风,蒿草一动也不动。一刮风，蒿草就刷拉刷拉响。此时许多蜻蜓在蒿草上飞来飞去。学校院墙根上有地方还种了许多倭瓜、西葫芦、黄瓜等会爬蔓子的植物，有的蔓梢竟越过了高墙，开了一朵朵黄花。这会儿，村民都刚刚吃过晚饭，出院乘凉的人很少，街上也显得寂静得很，学校已没有学生。两人走进学校，只见学堂里只有一间大教室，此时空荡荡的，能看到的只有几把椅子和几张书桌，其余啥也没有。大教室的西侧是一间学校办公室。

一见郭永文、郭永正两人来了，一个身躯魁伟、面色黧黑的青年就从办公室走出来。这人穿着一身灰布旧中山服，留着分式头，看上去朴素大方、和蔼可亲。郭永文忙迎上前说："王先生，这是我弟弟郭永正，他正在济南一乡师读书，刚从那里放了暑假回家来。"

郭永正对王先生笑了笑，点了点头。

"我叫王士杰，保定二师毕业，老家直隶安国人。" 王先生自我介绍道。他一听是从大老远济南来的并且也是读师范的学生，将来干同行，就很亲近。王士杰接着把郭永正两人让到办公室内，找座位坐下。因为彼此都是年轻人，又都是师范类学生自然开始攀谈起来。

郭永文因家中还有别的事，没有久坐，就说："你们两位都是有文化的，结识一下，好好叙谈叙谈。我还有别的事情，家里水缸里一点水都没有了，我得到井上挑水，我就先走一步啦。" 说毕，郭永文就告辞了。

郭永文走后，室内只有王、郭两人。郭永正首先说道："庄上人都说，王先生非常关心国家大事，日本鬼子发动了九一八事变，眼下日本人又占领了锦州,向关内疯狂地进犯,这些事,你怎么看呀？"

王士杰说："对于日本的强盗行径，我们要号召全体国民团结起来，一致对外，一定能把日本鬼子赶出中国。可是蒋介石却在竭力主张不抵抗，他命令张学良从东北撤兵，日本随之入关。在这种情况下，我们只有跟着中国共产党走，认清抗日救亡的形势，宣传抗日主张，团结一切可以团结的力量，坚决抗日，一致对外，这才是唯一的出路。"

郭永正认真地听着，不住地点头。天渐渐黑下来，王士杰用火柴点上了一盏小油灯，屋里顿时明亮了许多。这时郭永正突然发现王士杰书桌上，在一本《三字经》课本底下是一本《共产党宣言》。这本书他读过不止一次，凭着敏感的直觉，他认为王士杰一定是一位共产党员，或者是和共产党一个战线，不然他怎么会有这本书呢？因为共产党的活动是在秘密状态下进行的，一般人是不会有这种书的。郭永正接受周成去上海的教训，害怕遭遇特务，他不敢贸然发问，免得对方产生误会。再一想，这里是鲁西南偏僻的农村，哪里会有什么大特务出现。

郭永正暗自思忖，要沉着，要有耐心，不要发生意外。他开始试探对方的表现，他懂得，这类书是不能随便传阅的。他沉思片刻，向窗外望了望，见天已黑得看不见人，然后指着《共产党宣言》低声对王士杰说道："王老师，我可以借阅一下这本书吗？"

这句看似普通的问话，王士杰却表现得很不自然。王士杰不好意思地说道："永正同学，这本书你可以看，但是不能随便传给别人。"

此时郭永正已认定王士杰是从事地下工作的中共党员，他激动地站起身来，往前一把抓住王士杰的胳膊，诚恳地说道："王老师，实不相瞒，我是中共党员。我是受济南基层党组织委派回家乡寻找这里的党组织的。"

"为什么呢？"王士杰问道。

"王老师，我必须向你实话实说，因为我们那里的党组织屡遭反动派的残酷镇压，一个又一个领导惨遭逮捕，甚至杀害，党组织大部分被摧毁。最近这一次，我们临时负责与上级联络的交通员也被捕了，至此我们基层党组织与上级联系完全中断。王老师，请你相信我，告诉我，你是不是中共党员？"

王士杰听罢，沉吟片刻，说道："郭永正同志，我坦诚地告诉你，我是中共党员，你有什么话，尽管说好啦。"

"那太好了，我们终于找到自己的同志了。"郭永正紧紧地握着王士杰的手不放。他继续说："王老师，我跟你说，将近有一年的时间，我们全体共产党员都出动，有的去北平，有的去上海，全国各地四处打听，寻找党的线索，可是始终没有成功。想不到今天在这里找到了。"郭永正稍微一停，又说："希望你把我们的情况向你的上级反映，帮助我们联系上级。你不知道，我们这些同志历经千辛万苦，却一直找不着线索，那滋味多么难受，多么焦虑。"

王士杰听罢之后，却说："郭永正同志，我只是一名普通的共产党员。你所反映的情况，我会马上向上级党组织汇报，因为党的活动是秘密进行的，所以请你慢慢地等候消息。我想，你最好写个简单的书面材料，我拿着成文见上级党组织，那样有根有据，事情会更顺利。"

"好的，好的，我写，我这就写。"郭永正连连答应着。

王士杰从书桌的抽屉里拿出一张纸，递给郭永正。书桌上放着笔墨，郭永正握着毛笔写了起来。

这时郭永正的心一直在激烈地跳动，他觉得此时此刻是他一生最幸福、最快乐的时刻。他很快写好了，交给了王士杰。

两人分别时，郭永正对王士杰说："我在这里帮着父亲干完活，大约十天就回济南，我等着你的消息。"说罢，他就离开了学校。

王士杰独自一人拿着郭永正的文稿，对着小油灯的光亮，看了起来，上面写道：

寻母启事

我是山东人,我们家是个大家族,兄弟姊妹特别多,而且分散在全国各地。母亲在外工作,她管理着整个大家族。她的通信地址由一个兄弟保管着。可是有一次意外的事情发生了,我的这位兄弟被强盗绑架后惨遭杀害,母亲的通信方式也一并丢失。可是兄弟们都万分思念母亲,谁要是能帮助我们找到母亲,我们将千恩万谢。母亲具体的特征可面谈,以免认错人。

古云集郭永正

第二天一早,王士杰就出发了。他去了河北磁县,因为他的组织关系在磁县县城,他找到了党支部书记姜宴春,立刻把郭永正写的《寻母启事》及反映的事情,跟姜宴春做了全面汇报。事情过了五天,王士杰从磁县邀来了姜宴春,他们一起来到古云集小学。

这天夜里,王士杰又把郭永正邀到古云集小学的办公室里,与姜宴春会面。郭永正一时激动得不知如何是好了,嘴都快闭不上了。他知道这次会面意义重大,寻找党组织一事终于看到了希望。

当他迈进那间并不宽敞的办公室时,姜宴春忙从椅子上起身,迎上前握住郭永正的手,亲切地问道:"你是郭永正同志?"

"是的,你是?"

"我叫姜宴春,磁县人,党支部书记。我已听王士杰同志介绍了一些有关你那里遭遇反动派残酷摧残迫害这些事,你再仔细说说你处到底发生了什么事情。我要弄明白才行。"

郭永正又一五一十地将党组织如何顽强地开展地下斗争,又如何遭遇反动派的血腥镇压,党员如何惨遭逮捕、杀害,最后与上级联系的交通员也被抓捕了,等等。谈到这里,郭永正请求姜宴春同志,尽快将此情况往上级党组织反映,帮助他们联系到上级。

姜宴春对郭永正说:"我本人仅是磁县基层党支部书记,我会将你们的情况和材料及时地给上级反映。这一切你放心好了。请你告诉秦卫一同志和其他同志耐心地等待一下。上级党组织会及时地给你那里去信的。郭永正同志,你为党立了一大功,党不会忘记你的。"

郭永正激动地说:"姜宴春同志,谢谢你对我的鼓励和表扬。这一切都是我作为一个共产党员应该做的,能为党做贡献,我很高兴。我坚信,我们的革命事业一定会取得最后的胜利。"

姜宴春说:"我与你一样坚信,我们的革命事业一定会胜利。"

那天晚上,他们三人一直谈到窗外天色大亮才算结束。

二十

郭永正在老家等了十天,一直不见姜宴春的回音,他非常着急。但是他确信,这次联系是成功的。为了把这一特大喜讯及时告诉秦卫一和其他同志,他匆匆忙忙返回济南。到济后,在秦卫一不在的情况之下,他首先找到了周成,然后找到了王武。他激动地告诉周成,他在老家濮县古云集通过党员王士杰老师已经与姜宴春接上头。周成十分高兴。

周成向郭永正表示热烈的祝贺,他说:"郭永正同志,你为党立功了!我们每个党员都会永远记住你。"

郭永正说:"周成同志,你说这话尚早,啥时候我们与上级党组织接上头,才算成功。"

周成说:"你说得对,但是不管怎样,咱总算有了盼头。"

郭永正一直想向秦卫一汇报,然而事情不凑巧,秦卫一就在前一天又离开济南出发了。

在寻找上级党的线索恢复发展党组织的同时，作为党培养多年并且经历多次考验的革命干部秦卫一还在千方百计与外地党组织取得联系。他不断在各地发展党员，建立党组织，致力于党组织的恢复和发展。

他在去泰安、济宁无果的情况下，辗转去了馆陶。在那里，他又发展了三名共产党员。他就像一个一刻也不停的钟表一样转动着，马不停蹄地为党的革命事业奔波着。在这繁忙的工作中，他哪里会想到郭永正已经从濮县归来，并且带来了重大的好消息。

时间一天一天过去了，济南的周成、郭永正、王武等党员却等不到来自濮县的任何消息；同时也不知晓秦卫一到底去了什么地方，同志们很不安。

日往月来，半个月过去了，一个月过去了。眼看着秋天很快就过去了。黄河边上已封上了一层薄薄的脆冰，河中央的水流拖着像粥一样的冰块，哗哗地冲击着岸边的薄冰，向东北方向流淌着。看样子，黄河立马就要封河，天真的冷了。人们该穿棉袄棉裤了，城里的穷人忙着换棉衣，殷实人家都在忙着购买大烟大火的块煤，准备过冬。陈桂香怕周成冬天挨冻，又为周成做了一双新棉鞋，准备送给他。这么长时间了，可是濮县那边仍然杳无音信。周成、郭永正、王武、武新、梁梦明等，还有从北平回济的田佩老师，大家天天等待着消息，那心情就像热锅上的蚂蚁一样难受。

这一天，大伙来到王鸿一林园，凑在一起开碰头会。此时天气已是深冬，一连刮了几阵西北风，本来一年一度的红叶，由于阵阵寒风，也纷纷下落。山脚下的其他树木也都迎着肃杀、凄凉的寒风，在不停地同摇落的红叶私语着。千佛山上的青草完全枯黄了，灌木丛和落叶树都光秃秃的了。大伙冻得紧缩着身子，深感大地的寒意。

王武作为老党员主持了会议。他先看了看周围，没有人再来了，就说："同志们，咱们现在开个碰头会。"

王武又一转脸，对郭永正说："小郭同志，姜宴春书记怎么还没有消息？"

大伙都转向郭永正，等着他回答。郭永正真的有些不知道怎么回答了，他说："同志们，请相信我！我向党组织保证，我反映的一切情况都是真实的。在古云集小学，我与磁县姜宴春同志交谈了一夜，并写了一个书面材料。他会向上反映的，请同志们耐心等待。如果我说的有半点不真实，请党组织给我一定的处分！"

郭永正其实更着急，他这阵头上直冒汗，两眼直眨巴，快说不出话来了。

王武说："我没有别的意思，就是盼着快来消息。"

周成接着说："我相信郭永正同志所反映的事情。"

在一旁一直沉默的武新突然问："现在的社会太复杂了，特务受过训练，十分狡猾，很会装扮成好人，让我们真假难辨。周成在上海就曾遭遇了一伙特务，结果差一点丢了性命。郭永正同志，你这一回，千万别与周成遇到的情况一样呀。"

郭永正听武新这么说，激动地说："小武同志，你说这话啥意思？"

见此情况，王武担心同志们之间产生误会，就说："同志们，都别再多说啦。咱大伙就别乱猜疑，耐心等待吧。我看咱们今天讨论一下当前的形势，商量一下如何进一步宣传党的抗日救亡的政策问题，好吧？"

这次碰头会开过没几天，秦卫一就从外地回到济南，周成立刻把郭永正从老家濮县所获的重要信息告诉了秦卫一，秦卫一听了，高兴得不得了。寻找上级党的事情终于有了盼头，有了希望。

事情也凑巧，那天郭永正中午在学校里吃饭的时候，学校看门人叶大爷给他送来了一封信。郭永正接过信一看，信封上的来信地址是山东濮县古云集小学。他顿时如获珍宝，激动地对叶大爷说：

"谢谢你，叶大爷！"

叶大爷说："谢啥，来信为啥事，这么高兴？难不成是给你说媳妇？"

郭永正嘿嘿笑了一声说："比说媳妇的事还好。"随后他便拿着信，转身迈着大步离开了学校。在离学校不远处一个偏僻的角落，他小心地环视了一下，见四周没有一个人，就拆开信封，展开了信笺，只见上面写道：

郭永正见字：

现告之，吾已联系到你母亲，请你派一兄弟在十二月十五日来古云集与母相认，务必准时，千万！

王士杰草

十二月六日

看罢，郭永正赶忙将信笺装进信封内，放在衣兜里，直奔秦卫一的临时住处，并将来信交给了秦卫一。秦卫一非常高兴。时间紧迫，应赶快派人去濮县古云集。

当天晚上，支部大会就紧急召开了。首先秦卫一通报了郭永正收到信的情况，然后同志们就讨论起派谁去古云集接头比较合适的事。

武新说："我身体好，我去吧！"

王武说："武新同志，男同志很多，哪能派女同志？还是我去合适。"

武新说："你有腿伤，你去更不适合。"

郭永正说："还是我去吧，这路我也熟悉。"

秦卫一说："你该歇歇啦，本该我去最好。"

周成这时从座位上站了起来，说："同志们，都别再争啦。这事我去是义不容辞呀。我老家是沂蒙山，对于鲁西南的地形、风土人情，也都熟悉。我明天下午就动身！路途遥远，早去早回，大家就等候好消息吧。"秦书记说："周成有魄力，经验丰富，我同意他去。"

秦卫一的发言大伙一致认同。

周成决定第二天下午三点出发。两点半以前，武新买来了五斤煎饼，还送给了周成五块钱。王武也掏钱给周成，周成把表姐给他做的一双新棉鞋也带上，一路上穿着暖和。大伙有钱的出钱，有东西的献东西，群策群力。正在这个节点上，一个更大的惊喜来了。田佩老师推着一辆新自行车来了。田佩对周成说："周成同志，我送给你这辆新自行车。这次出发路程太远，骑车子方便一些。这样你好快快归来。"

周成感动地说："田老师，谢谢你！真谢谢你！"

田佩老师说："周成同志，这是我的一点心意，也是我对党的一点表示。"其实这是田佩省吃俭用才买的自行车，她送给了周成，支持周成的工作。她想过，谁最需要就送给谁。

大伙看到这种情况都被田佩老师的行为感动。周成说："有了田老师送的这么好的新车子，我一定坚决完成这项任务，把胜利的消息尽快带回来。别的我不多讲了，就看我的行动吧。"

说罢，同志们帮着周成把该带的东西都带上，周成又把郭永正给他的濮县王士杰的来信深藏在内衣的口袋里，用别针别好。接着，他抓着自行车车把，说走就走。秦卫一对周成说："周成同志，望你一路上千万注意安全，我等着你的好消息。"

周成说："秦书记，放心吧。"周成与大家告别后，立刻上路了。

二十一

天公不作美。周成刚上路不久，天就阴上来，一切都变了模样。

北风吹得树枝直响,天空呈现一片混沌沌的景象,大地开始飞舞着大片大片的雪花。周围的一切都成了白色,沿途枯黄的草和树桩看不见了。连路旁的树也被积雪压得挺吃力地站立着,那道路都被雪埋没了,大地只是白茫茫的一片。

周成迎着风雪,骑着自行车,一刻也不停歇地赶路,衣服都已湿透,浑身冰凉。严冬刚刚到来,才开始降第一场大雪,北风一刮,天气更冷,滴水成冰。大地都冻出了口子。北风呼啸着,像小刀子似的刺人,直吹人的脸,火辣辣地痛。周成仍然不顾一切地骑着车子,朝着既定的路线前进。他两眼注视着积雪上面留下的行人足迹,不停地骑行。

他的眉毛、嘴上都结了冰,周身的血液似乎都冰凉了,他握着车把的两手冻得都快僵了。他仍然坚持着。离开济南,进入平阴是一片山路,高低不平。遇到上坡路,他只好停下脚步,嘴里呵着热气,暖和一下冻僵的手指。眼看着自行车的车圈上积满了雪和泥巴,他就再用路边的尖形小石块刮掉车圈上的积雪,推着自行车,翻山越岭继续走。

他穿着桂香送给他的那双布棉鞋,踩在雪上吱吱作响。然而走着走着,他的鞋上挂了雪掌子,在脚心处好像贴上了一块石头似的,圆滚滚的。积雪贴在鞋底脚心处,使他走路十分碍事,一不小心就跌倒,就这样,他不止一次地跌倒,又爬起来再走。

一天过去了,他确实因为骑上自行车省了力气,行程也快多了。沿着崎岖的山道,穿过一座座深山峡谷,一路颠簸,经过东阿之后,到了第二天将近中午时分,他来到一个叫斑鸠店的地方。

斑鸠店是大镇,可是这里除了东西一条街,南北一条街之外,再都是些小胡同了。街上更没有什么,只有一家打油酥烧饼的店铺,一家中药铺,还有一家卖油盐酱醋烟酒的杂货店,剩下的就是两家客栈。在各家店门前,迎风挂着布幌子,上面写着:某某客栈。在那古风犹存的布幌子上，还挂着一些细碎欲融的雪花，在风中轻轻地飘扬。

小街被大雪覆盖着，很冷清。周成已经一天都没有喝上一口水，他的嘴唇有点发抖，甚至不知不觉地伸出舌头来舔嘴唇。他已力不能支，跟跟跄跄推着自行车走着，走进一家客栈，准备暂时歇歇脚再走。

他进客栈之后，摘下棉帽子，只见帽子耳朵和帽舌头上都是雪，他拍打了一下，又重新把棉帽子戴上。这阵儿，他觉得脚指头冻得火烧火燎的。接着他就向站在店门口的中年男掌柜打了一个招呼，随后问道："请问这里离濮县古云集有多远？"

掌柜说："已不远了，还有九十里路。"

周成听罢高兴了，因为他初步估计能准时到达目的地。这时客栈里一位约六旬的老人走到周成的自行车跟前，来回走着，看了又看。那位中年掌柜也跟着看了一番。老人感慨地对周成开口问道："你骑的还是一辆新车子呢？"

"是啊，刚买的。" 周成并不理解两人说这话是啥意思，随后走进一间草房，放下车子，拿出自己随身带的煎饼，向掌柜要了壶白开水，随便吃了点饭，交上钱，就又准备出客栈上路。这时这位六旬老人，走进屋里来，上下打量了周成一番，出其不意地问他道："你知道俺这地方是啥地方？"

周成说："不是叫斑鸠店吗？"

老人说："你说对了，那为什么叫斑鸠店？"

周成因负有党的神圣使命，时间紧迫，忙着去执行任务，就没有回答老人的问话，要推车走人。

老人看了周成一眼，当即抓住车把，微微一笑，对他说："你先别急着走，我对你说几句话。斑鸠店这个地方在唐朝属山东六府兖州府东阿县，此地是乱世英雄程咬金的老家。程咬金响马出身，后来贞观年间，他被册封为宿国公，对家乡的土匪、草寇、黑恶势力大力镇压，所以这里一直安全太平，连斑鸠都居住在这里，所以这里取名斑鸠店，成了风水宝地。你现在走，当天又到不了濮县，眼下大雪天，天寒地冻，这路和溜冰场一样，一不小心出现意外怎么办？再说，你再往西走六十里就是山东与河南交界处，那里历来有土匪出没。人出门在外遇到强盗，遭抢劫是再平常不过的事啦。你这辆新车子，整个斑鸠店这么多人家都没有这么一辆，看看都让人眼红，你要多加小心。俺劝你，不如在这里住一宿，明天天一蒙蒙亮，你再走也不迟，那多么好呀。"

周成听老人这么说，有点犹豫，但一想，一切风险都不能耽误大事呀。他就对老人说："谢谢您老人家的关照，我也算当地人，我心中有数。"

老人的话也说明这个地区是穷山僻壤，真的有可能出现草寇，自己要提高警惕，多加防备。他又联想到当今的中国社会，不仅有外侮，而且还有内患，各省军阀混战，在农村还残存着各种黑恶势力，真是民不聊生。眼前的现实真是黑暗如漆，这些都需要彻底消灭。这就更需要党领导人民，将革命进程加快向前推进呀。

周成想到自己肩上的担子和任务，就没有再停留。他走出客栈，向老人与店掌柜摆了摆手，迎着寒风，在空旷的山野间继续进发。

离开斑鸠店，渐渐是一马平川。虽然路滑，但是能骑自行车的路多了。每当他想起斑鸠店老人的话，骑车的速度就更快了。很快，他进入了河南地界，更不敢停歇一会儿。

隆冬季节，昼短夜长，天黑得早，雪地路滑，他也有些精疲力竭。但凡一有平路，周成就骑上车子快行。他把周围的那一圈世界重新扫了一遍，这是一片叫人看了发愁的景象，到处都是雪野，一直到天际线。周成看了看大地，静悄悄的，仿佛一个沉睡了的巨人，在做着千年的长梦，任由外面的世界纷纷扰扰。这时已下午三点，眼前闪过一个又一个村庄，野外下雪之后，不见一个人影儿，一点声息都没有，连那平时爱聒噪的家雀也不知躲到谁家的屋檐下寻梦去了。在刚刚经过一个荒村之后，前面是一丛丛的松林。松林内有三座大坟，他想：要快一些经过这一地带。还在琢磨之际，突然从大坟后边冒出三个年轻力壮的彪形汉子站在路中央，他们不分青红皂白，一下子把周成的车子拦劫住了。其中一个高个子的人，右手挥舞着一把大砍刀，蛮横地对周成喝道："站住！"周成见势不妙，匆忙地跳下车来，就问三人："老乡，你们有什么事吗？想干什么？""不想干什么，没钱花了，想向你要口饭吃。"其中一人这么说。

周成脑子里马上反应过来，自己真的遭遇到土匪，应验了斑鸠店老人的话。由于今天是雪天，本地老乡都不出门下地，也不走亲访友。荒郊野坡十分空旷，人都是结伙过路的。周成独自一人，在风雪天骑着新自行车的情况，实在罕见。这些土匪哪会轻易地放过他呀。野外、雪天、四处荒无人烟是他们下手的最佳时机。

周成已经经历过不少风风雨雨，又不是一般粗笨之人，他反应机智灵敏。他想：遭遇土匪就要丢掉钱财，这也无关紧要，只要不影响完成任务就行。

三个土匪伸手跟周成要钱，周成马上从衣兜里掏出五块钱递给了土匪。然而三个土匪并没有因此放过周成，他们先嫌钱少，接着对周成进行搜身，将周成身上所有的钱，一分不漏地都抢走了。最后他们还从周成的深兜里搜出了那封濮县古云集王士杰的来信，三个土匪有两人看了，因为不识字，也不知道内容啥意思。最后让那个唯一识几个字的土匪看。那个家伙一看内容简单，就没有再拷问周成，只是说道："这个小子还是一个孝子呢，原来是冒着雪天，去找他老娘。"其他两个土匪听了这些，也就没有再吱声。

当时周成非常担心土匪抢劫此信，所以他立马伸手要回这封信，赶紧将信笺和信封装好,放到深兜里。就这样,有惊无险,躲过了这一劫。突然一个土匪又使出新招,咧着嘴,干笑了一声,耍无赖地对周成说:"孝子呀,你这辆新车子,我们要借着骑一下。"接着仨土匪开始抢新车,周成只好向土匪苦苦地求情,不要抢他的自行车。他说:"这是我借的自行车,因为有急事才骑车子。"可是土匪哪肯饶他?

临了,三个土匪还是硬将周成的新自行车抢走了。其中一个土匪还对周成说:"要不是看在你是一个孝子的份上,你就没命了。你该明白,你沾了光,捡了一条命。"三个土匪推着新车,大摇大摆地往东走去。他们彼此低声嘀咕了几句话,随后其中一个土匪骑上新车,蓦地蹿了。

自行车被劫了,钱财也被洗劫一空。周成毫无办法,他呼天天不应,叫地地不语。但作为一位党员,党的忠诚的儿子,他没有难过,他知道,这些不值得难过。他不敢怠慢,毫不犹豫地徒步朝濮县奔去。他非常明白,此地离古云集不太远了。自己身上的任务,马上就要完成。他的心一阵阵地骤烈跳动,临行前同志们的热忱希望涌上心头,化作无穷的力量,促使他慨然前行。他在雪地里迎着暴风雪疲惫地走着,顽强挣扎着前进。

在周成走到离古云集村不远时,遇到了一位外出走亲戚的老乡,这人告诉他,

前头就是古云集村，并且给他指了指小学的方位。随后周成就大步流星地朝小学方向走去。渐渐地在他的眼前出现一簇簇的平房，再往前像是一所小学。天眼看着快黑了，周成来到濮县古云集那天正是十二月十五日。

此时古云集小学门口正站着一位年轻人，他正是王士杰老师。他正翘首遥望着远方。周成正向他走来。当周成走到学校门前时，那人亲切地问他："老乡，请问你找谁？"

"我找王士杰老师，我是从济南来的，找我母亲的。"王士杰立刻明白了，他对周成说："我就是王士杰。"周成一听就冲上前，紧紧地拉住王士杰的双手，说："我可找到你啦！我叫周成。""我终于把你盼来了，周成同志。" 王士杰说。王士杰立刻请周成到学校办公室去。

两人快步走进学校，学校西北角就是办公室。他俩一前一后，很快就迈进屋门，周成再一看，原来房间里还有两个人。

屋内两人见王士杰和周成来了，霍地站了起来，疾步走向前，迎接周成。王士杰笑了，指着另外两人对周成说："我给你介绍一下，这一位是我的支部书记姜宴春同志，这位是上级指派的联络员程玉同志。" 紧接着，姜宴春和程玉都忙着上前与周成紧紧地握手，相互让座。

四人坐定之后，这会儿，周成激动得眼含热泪，真想号啕大哭一场。他对两位同志说："姜宴春同志，程玉同志，今天我总算找到党啦！我叫周成，自从去年我们这里基层党组织与上级党组织联系中断以后，全体党员一直在找线索，始终接不上头。今天总算找到了党。我谢谢你们，我衷心地谢谢你们！"

程玉听罢就说："上级根据姜宴春同志所反映的情况，立马做了认真仔细研究，认为反映的情况非常真实，于是派我和姜宴春同志与你们进一步接头。周成同志，一路上，大雪纷飞，山路湿滑，你辛苦了!"说毕,程玉往前又一次紧紧地握住周成的手。

  至此周成终于完成了任务。周成就像一个孩子,终于找到了失散多年的母亲,投入亲人的怀抱。周成握着程玉的手,久久不能松开。他有千言万语要说,因为他知道,他终于找到了党,有了坚强的后盾,他相信,光明终将会来到。

(第一部,终)

后　记

"四面荷花三面柳，一城山色半城湖。"说的就是我脚下的济南。我热爱济南，热爱这片热土。作为从小喝泉城水长大的济南人，对旧社会济南的苦、新中国成长的甜可谓有深刻感悟。但如今，在新时代长大的年轻人，对曾经的一切，似乎了解得不多。我觉得，我有责任告诉他们，旧社会的济南是啥模样，最初的中国革命是多么艰难，今天的锦绣江山多么来之不易。这无论从艰苦奋斗、珍惜今天的胜利果实，还是从继承革命传统的角度来说，都有深刻的意义。于是我就暗自下定决心，要写一部关于济南的长篇小说。这就是《济南的前夜》创作的初衷。

热爱是最好的老师，文学总能给人以力量。我在读中学时，就爱上了文学，并一直把文学当成一生的追求。走上工作岗位后，我仍坚持业余创作。20世纪70年代，为了学习创作，经人介绍，我结识了山东著名作家吕曰生老师。当时吕老师负责《作家报》的编辑工作。我拜吕老师为师，他欣然接受，这一幕依然记忆犹新。吕老师曾不止一次地审阅我的文稿，指出缺点与不足，并指导我如何修改，还向我推荐应阅读的文学作品。这些都使我终身受益。

为了创作《济南的前夜》，我翻阅了大量文献，结合父辈的教诲，又实地走访考察，然后才潜心进行创作。《济南的前夜》我准备写两部。本书是系列小说的第一部，接下来对主要人物，尤其是周成的革命之路、爱情成长以及王观亭等革命新秀的觉醒与成长，都会有更精彩的故事续写。

在成书的过程中，济南市作家协会张鸿福主席不断对我进行鼓励和帮助，山东大学文学院教授、博士生导师马兵先生亲自为本书写了评论。还有济南周三读书会创始人、会长李炳锋先生为本书题写了书名，著名画家徐以庆先生为本书做了插图，这一切使该书更加出彩。在此对以上诸君的帮助和支持，表示由衷感谢。

李之敬

2022年5月于济南